二見文庫

新版 スワンの怒り

アイリス・ジョハンセン／池田真紀子＝訳

The Ugly Duckling
by
Iris Johansen

新版

スワンの怒り

登　場　人　物　紹　介

ネル・コールダー	銀行家の妻
ニコラス・タネク	謎の男
ジェイミー・リアドン	ニコラスの仲間
リチャード・コールダー	銀行家。ネルの夫
ナディーン・ファロン	一流モデル
ジョエル・リーバー	整形外科医
タニア・ヴラドス	ジョエルの家政婦
フィリップ・ガルドー	実業家。麻薬カルテルのボス
ポール・マリッツ	ガルドーの手下
ナイジェル・シンプソン	ガルドーの会計士
ジョー・カブラー	麻薬取締局の幹部
フィル・ジョンソン	看護士
カーター・ランドル	訓練所の大佐
ピーター・ドレイク	訓練所の少年
ミカエラ・エチバラス	ニコラスの牧場の管理人
テレンス・オマリー	ニコラスの恩人

プロローグ

ノースカロライナ州グリーンブライアー

「壊《こわ》すつもりはなかったの」ネルの頬を涙が伝った。「許して、ママ。手に持って見てたら、落としちゃったの」

「ママのものに触《さわ》らないでって言ったでしょう。これはね、パパがヴェニスでプレゼントしてくださった鏡なのよ」真珠をちりばめた壊れた持ち手を見つめ、母は怒りに唇をきつく結んだ。「だめね、もう元どおりにはならない」

「大丈夫よ。約束する」ネルは手を伸ばし、母の手から手鏡を取ろうとした。「鏡は割れてないもの。壊れたのは持ち手だけよ。接着剤でつけてみる。ちゃんと元どおりにするから」

「無理でしょうね。だいたい、ママの部屋で何をしてたの？　ここには入れないでっておばあちゃんにも言っておいたのに」

「おばあちゃんには黙って入ったの。だからおばあちゃんのせいじゃないわ」ネルはすすり泣き、喉を詰まらせた。「ちょっと――鏡をのぞいてみたくて――生け垣のスイカズラでこの花輪を作ったから――」

「なるほどね」母は蔑むようにネルの頭にのった花輪に指を触れた。「滑稽よ」ネルの顔の前に鏡を突きつける。「おまえが見たかったのはこれなの？　滑稽なだけだわ」

「あたし、きれいに見えるんじゃないかと……きれいに」

「きれい？　よくご覧なさいな。おまえはでぶで、不器量なの。大きくなってもそのままでしょうよ」

母の言うとおりだった。鏡に映った少女は太っていて、目を真っ赤に泣き腫《は》らしていた。鮮やかな黄色の花びらも、さっきはあれほど美しいと思えたのに、ぼさぼさの茶色い髪に埋もれたいまは、しおれたみじめな姿をさらしていた。ネルが身につけると、花でさえ醜く変わってしまう。ネルは小声でつぶやいた。「ごめんなさい、ママ」

「言いすぎじゃないのかい、マーサ？」祖母が戸口に立っていた。「この子はまだ八つだよ」

「そろそろ現実に直面させたほうがいいんですよ。この子は大人になってもきっと醜いちっぽけなネズミのままでしょうからね。そのことをわきまえておかないと」

「子供はみんなかわいらしいものだよ」祖母が静かに言った。「それに、いまちょっとばかり器量がよくないからといっても、ずっとそのままとは限らない」

母はまた鏡をつかみ、ネルの目の前に差し出した。「おばあちゃんの言うとおりかしらね、ネル？　おまえはきれい？」

ネルは顔をそむけた。

母は祖母のほうを向いた。「この子の頭におとぎ話や夢物語を吹きこまないでくださいな。醜いアヒルの子は白鳥にはなれないんです。不器量な子供というのは、不器量なまま大人になるんですから。清潔できちんとした身なりをして、他人様の言うことをよく聞くようにしていれば、周りのひとに受け入れてもらえる。こういう子はそれで十分なんです」それから、ネルの両肩をつかみ、ネルの目をまっすぐに見た。「わかったの、ネル?」

ネルにはわかっていた。ママの言う〝受け入れてもらえる〟というのは、ひとに愛されるということだ。あたしはママのようにきれいにはなれない。だから、ひとの望むとおりのことをしなければ、愛してもらうことはできない。

ネルは何度もうなずいた。

母はネルを離し、ベッドに置いたブリーフケースをつかんでドアのほうへ向かった。「あと二十分で会議だっていうのに、おまえのせいで遅刻だわ。もう絶対にこの部屋には入らないでちょうだい」それから苛立たしげに祖母を睨みつけた。「どうしてこの子をもっときちんと見ていてくださらないんです?」

母は出ていった。

祖母はネルのほうへ腕を差し伸べた。ネルを慰め、心の傷を和らげてやるつもりだった。ネルも祖母に抱かれ、祖母の胸に顔を埋めたいと思った。だが、その前にやっておかなくてはならないことがあった。

ネルは振り向いてドレッサーに近づくと、壊れた手鏡の破片を一つ残らず拾い集めた。接着剤で丁寧に張り合わせよう。壊れてたなんて誰にもわからないくらいに。一生懸命、頭を使って、上手にやらなくちゃ。

だって、あたしは醜いアヒルの子だから。

絶対に白鳥にはなれないんだから。

1

六月四日　アテネ

　ありゃ機嫌が悪いな。

　税関から大股で出てくるニコラス・タネクを目にした瞬間、コナーはそう思った。タネクはポーカーフェイスだが、長いつきあいだ。タネクの様子を見れば、機嫌の良し悪しくらいはわかる。タネクの力と存在感は常に歴然としていたが、苛立《いらだ》ちが顔に表われることはない。

　うまくやれよ、とタネクに言われていた。

　確かにうまくはやれなかった。だが、精一杯のことはした。

　コナーは何気ない様子で近づき、愛想笑いを浮かべた。「快適な旅だったかい？」

「最低だ」タネクが出口に向かう。「ジェイミーは車で待ってるのか？」

「ああ。昨夜、ダブリンから着いた」ひと呼吸おいて、コナーは続けた。「だが、パーティにはきみひとりで行ってもらうことになりそうだ。招待状が一枚しか手に入らなかったものだから」

「二枚用意しろと言ったはずだ」

「なあ、こっちの事情もわかってくれよ」

「本当に襲撃があっても、おれには援護はないということはわかったよ。おれがおまえに金を払ってるのは、おれの指示どおりに動いてもらうためなのにな」

「このパーティはあのアントン・カヴィンスキーの歓迎パーティで、招待状は三カ月も前に発送されてるんだ。何てったってロシア連邦の一国の大統領だからな。一枚手に入れるだけでも、ひと財産使ったんだ」コナーはあわててつけ加えた。「それに、ジェイミーが同行するまでのこともないかもしれない。正確な情報とは限らないって言っておいただろう。メダス島のパーティが襲撃されるとほのめかしたメッセージが、麻薬取締局のコンピュータに入ってたってだけのことなんだから」

「それだけか?」

「リストも」

「何のリストだ?」

「招待客のうち、六人の名前のリストだよ。麻薬取引に絡んでるとはっきりわかるのは、カヴィンスキーの護衛のひとりと、パーティの主催者マーティン・ブレンデンだけだ。それから、目立つように丸がついた名前が一つだけ。女だ」

「どうしてそれが殺しのリストだと思った?」

「青インクだ。おれたちの情報提供者は、ガルドーは指示の内容をインクの色で示すらしいと推測してる」

「推測?」そう繰り返したタネクの声は、不気味なほど穏やかだった。「おれはその推測とやらのために、はるばるやってこさせられたということか?」

コナーは唇を湿らせた。「ガルドーに関する情報はどんなことでも知らせろって言ってただろう」

フィリップ・ガルドーの名を出すと、思惑どおりタネクの苛立ちが和らいだので、コナーはほっとした。ガルドーに関する限り、どれほど手を尽くしても尽くしすぎることはなく、どんな対応も無意味ではないと経験からわかっている。

「そうだな、おまえの言うとおりだ」タネクが言った。「で、メッセージの送り主は?」

「麻薬取締局のジョー・カブラーが、ガルドーの組織の人間に金を払って情報を提供させている」

「その情報提供者の名前を探り出せるか?」

コナーは首を振った。「やってみてはいるが、いまのところはまだ」

「カブラーはこのリストに関して何をしようとしてる?」

「放っておくつもりらしい」

タネクはコナーを見つめた。「放っておくだと?」

「カブラーは、贈賄《ぞうわい》候補のリストだと考えてる」

「やつは〝死の青インク〟の推測を信じてないってことか?」タネクが当てこするように訊

いた。

そのときにはもうメルセデスは目の前だった。コナーは安堵の息をついた。あとはジェイミーにまかせておけばいい。どうせ似た者同士なんだから。「リストはジェイミーが持ってる」コナーは急いで後ろのドアをあけた。「ホテルに案内するよ。その間にジェイミーと話してくれ」


「やあやあ、カウボーイ」ジェイミー・リアドンは西部劇をまねたつもりらしいが、アイルランド訛りがきつくてちっともそれらしく聞こえない。「ブーツは家でお留守番かい」

車に乗りこむと、タネクの苛立ちも若干おさまった。「履いてくりゃよかったよ。けつを蹴飛ばすにはブーツが一番だ」

「おれのけつか？ コナーのか？」ジェイミーが訊ねた。「コナーのだろうな。おれの麗しいけつを蹴りたがるやつはいない」

駐車場を出ながら、コナーが気弱に笑った。

ジェイミーの馬面がいたずらっぽく輝き、意地の悪い目がコナーの後頭部に注がれる。

「コナーに腹を立ったとしても無理はないよな。何の理由もないってのに、アイダホからはるばる来させられたんだから」

「おれだって何でもないかもしれないって言っただろう」コナーが言った。「それに、おれがニックに来てくれと言ったわけじゃあない」

「来るなとも言わなかったろ」ジェイミーがつぶやいた。「沈黙は同意と同じだ。そうだろう、ニコラス？」

「もういいじゃないか。もう来ちまったんだから」タネクは、疲れたように革のシートにもたれかかった。「無駄足だと思うか、ジェイミー？」

「ひょっとするとな。麻薬取締局が本気でとりあってる様子はない。カブラーには公費を使ってまでメダス島の招待状を手に入れる気がないのは間違いない」

突破口なしか。ニコラスはうんざりしていた。

「でも、あのだだっ広いだけの牧場からたまには抜け出してくるってのも、あんたにとっちゃいい気晴らしになるだろう」ジェイミーが言った。「牧場から戻ってくるたびに、あんたはますますジョン・ウェインに似てくる。健康によくない証拠だ」

「ジョン・ウェインはもう何年も前に死んだ」

「だから健康によくないって言ってるんだよ」

「パブに入りびたるのは健康にいいのか？」

「おっと、ニコラス、わかってないなあ。アイルランドのパブはな、世界の文化の中心なんだよ。詩と芸術が夏のバラのように咲き乱れ、会話が……」ジェイミーはなかば目を閉じ、思い出に耽《ふけ》った。「他の場所ではひとはおしゃべりをするが、アイルランドでは語り合う」

タネクが弱々しい笑みを浮かべる。「何が違うんだ？」

「世界の運命を決めるか、子供に新しいテレビゲームを買ってやるか。そのくらいの大違いだ」ジェイミーが眉をつりあげた。「だが、あんたにその良さを説明したって、時間の無駄だよな。未開のアイダホにゃ、せいぜい牛くらいしか話し相手がいないんだから」

「何だっていいさ。カウボーイは強くて無口だって思われてるのも不思議はないよ。声帯を使わないもんだから、退化しちまってるんだ」

「カウボーイにだって、人並みにしゃべる能力くらいはあるさ」

ジェイミーは鼻で笑った。

「リストを出せよ」コナーが口を挟んだ。

「おやおや、この男は自分の呼び出し命令が誤ってなかったと証明したくてうずうずしてる」ジェイミーが言った。「この男、あんたを恐がってるんだ」

「くだらない」コナーの笑い声はほんのわずか大きすぎた。

「あんたはとっくに手を引いてると言い聞かせたんだが、こいつは信じられないらしい。あんたがカウボーイ・ブーツをはいて来るんじゃないかと期待してたのになあ。いかにも健康そうだし、ひとをびびらせることもないから」

「もういい、ジェイミー」タネクが言った。

ジェイミーはくっくっと笑った。「ちょっとした冗談だよ」それから、コナーに聞こえないように言った。「ああいう肝っ玉の小さいウサギみたいなやつはどうも好かん。やつがびくつくたびに、皮をひんむいてやりたくなるぜ」

「好きになる必要はない。あいつには麻薬取締局に情報提供者がいる」

「いまのところ、ほとんど役に立ってないがな」ジェイミーはポケットから折りたたんだ紙を取り出すと、タネクに渡した。「どうせまた空振りだ」

「パーティの主催者は？」タネクが訊いた。

「銀行家だ。コンチネンタル・トラストの副頭取、マーティン・ブレンデン。コンチネンタル・トラストはカヴィンスキーの海外資産を狙ってる。ブレンデンはこの週末、メダス島の城を借りて、カヴィンスキー歓迎パーティを開く」

「ブレンデンとガルドーはどこでつながってる？」

「おれたちにわかる限りではつながりはない」

「カヴィンスキーとは？」

「可能性はある。カヴィンスキーはヴァナスクの大統領に選出されてからこっち、表でも裏でもでかい取引をしてる。ヴァナスクに麻薬を輸入するのを断って、ガルドーを怒らせでもしたのかもしれないな」ジェイミーは言葉を切った。「だが、カヴィンスキーの名はリストには載ってない」

「そういうことなら、おれはカブラーの解釈に賭けるな。賄賂《わいろ》だよ。あいつも長いこと麻薬取締局の上層部にいるんだ。がせネタくらい見分けられるだろうし、もともと抜け目のない男だからな」

「となると、あんたはメダス島に行かないってことか？」

タネクは考えこんだ。もしガルドーのリストが単なる贈賄リストだとしたら、パーティに行くだけ時間の無駄だ。ガルドーをつぶすきっかけを探して、これまであまりにも時間を無駄にしてきた。

だが、もしそれが殺しのリストだとしたら、ターゲットとされた人物の中に、役に立つ情報を握っている者がいるかもしれない。それにガルドーがその人物を殺したいと願っているのなら、タネクはぜひともその人物に生きていてほしかった。

「どうする？」ジェイミーが促した。

「そのメダス島とやらには、どうやって行くんだ？」

「アテネの埠頭から招待客を運ぶボートが出る。最初の便は今晩八時。招待状さえ持っていけば乗れる」

「同じように招待状を買ったガルドーの手下がごろごろいるだろうな」

「いや、招待客を調べた」コナーが言った。「出席の返事をしてるのは、全員が正式な招待客だ」

わかるもんか。「島に行く手だては他にもあるのか？」

コナーが首を振った。「海岸は岩だらけだ。埠頭からしか近づけない。メダス島は切手みたいに小さな島だ。一時間もあれば歩いて一周できるくらいのね。パーティが開かれる邸宅の他には、建物が二、三あるだけだ」

「そのうえカヴィンスキーの護衛が埠頭を警護してる。ガルドーが邪魔者を始末するのにそんな日を選ぶとは思えないよな」ジェイミーはそう言ってにやりとした。「ま、あれほど隙のなかったケイファーでもおれたちなら殺《や》れたわけだが」

「あのころのおれたちは飢えてたからな」タネクが指摘した。「いまのガルドーは、鼠《ねずみ》の巣の前に陣取って待ち伏せするのを好む肥えた猫だ。まあ、とにかく行って調べてみることにしよう」

「おれが行ってもいい。それとも、誰か他の人間に行かせてもいいんだぜ」

「いや。自分で行く」

「どうしてだ?」ジェイミーが目を細めた。「未開の地が退屈でたまらなくなったってことか?」

そうだ。じっとしてなどいられない。退屈でじりじりし、早くけりをつけたくてたまらない。ガルドーを倒すというゴールに、一年前から一歩も近づいていない。

「あんたは危険ととなり合わせの生活に染まりすぎた」ジェイミーが軽い口調で言った。

「いつになってもあんたは飢えた猫のままだろうよ。おれだってときどき、あのころが懐かしくなる」ため息をつく。「それにあいにく、語り合ってるだけじゃやってられないってのが悲しい真実なんだよな」

「懐かしんでるわけじゃない。ガルドーをつぶしたいだけだ」

「あんたがそう言うならそれでいい」

「リストに挙がった全員について報告書をくれ」

「もうホテルの部屋の机に置いてある。それを見てもらえばわかるが、全員を結びつける糸はなさそうだよ」

ない――すると、メダス島は矛盾と推測と憶測のもつれあう場となるわけだ。

だが、コナーが言っていた、一つだけ丸で囲まれた名前には何か意味があるかもしれなかった。賄賂が最も有効と思われる人物なのか、殺しの第一のターゲットなのか。いずれにしろ、注意しておいたほうがいい。タネクはジェイミーに渡された紙を広げた。

リストの最初の名前は丸で囲まれ、さらに下線が引かれていた。

ネル・コールダー。

六月四日　ギリシア　メダス島

「お化けを見たんだよ、ママ」ジルが言った。

「まあ、そうなの、ジル？」ネルは中国風の花瓶に活けたライラックの左に純白のヒアシンスを差すと、首をかしげ、できばえを確かめた。よし、完璧だわ。もう一本ライラックの枝を取ろうと手を伸ばしながら、戸口に立ったジルに目を向ける。「ピートみたいな魔法のドラゴンだった？」

ジルはうんざりしたように母親を見た。「ちがう。ピートはお話の中の怪獣でしょ。あたしが見たのは本物なんだってば。男のひとのお化け。鼻が灰色で長くてね、目がこんな大きいの」人差し指と親指で円をつくったが、もっと大きかったと思い直したのか、もう一方の手も使ってさらに大きな円をつくった。「背中にはね、こぶがついてた」

「ゾウさんみたいね」デルフィニウムをもう一本足したら完成だわ。「それとも、ラクダさんかしら」

「ママったら聞いてないのね」ジルが言った。「男のひとの怪物で、洞窟に住んでるんだったら」

「洞窟?」ネルの体を恐怖が駆け抜けた。一瞬にして花のことを忘れ、娘のほうを振り返る。「洞窟で何してたの? ブレンデンのおじさんがおっしゃってたでしょ。洞窟に入っちゃだめだよって。海水が入ってきて、悪い波にさらわれるって不動産屋さんが言ってたって」

「ちょっと入ってみただけ」ジルは言い訳をするように続けた。「それにパパに呼ばれたから、すぐに出てきたもん」

「パパが一緒だったの?」何てこと。リチャードったら、もっと注意して見ててくれないと。この島は四歳の子供には危険だらけだってことがわからないのかしら? やっぱり浜辺の散歩に私もついて行けばよかった。リチャードはブレンデンの取り巻きと一緒にいると、ジルが一緒だということを忘れてしまう。その場の人々の中で最も優秀で、最も魅力的で、最も愉快で、最も賢い人物でなければ気がすまないたちなのだ。

私ったら何を考えてるのかしら? ネルは後ろめたい気持ちになった。リチャードには、最も優秀な人物になろうと努める必要などなかった。もうすでに最も優秀な人物なのだから。ジルの面倒を見るのはネルの役割だ。人目を避けるように邸に閉じこもり、パーティ用の花をいじっているくらいなら、他の客と一緒に出かけてジルを見ているべきだったのだ。「洞窟には入らないようにしなさいね。危ないから。パパがあなたを呼んだのも、危ないからなのよ」

ジルはうなずいた。「怪物がいるから危ないのよね」

「そうじゃないのよ」ジルは感受性の鋭い、想像力豊かな子供だった。怪物がいるなどという空想は、早いうちに摘み取っておいたほうがいい。ネルはオービュソン織りの絨毯《じゆうたん》に膝をつき、ジルの両肩にそっと手を置いた。「怪物なんかいなかったのよ。何かの影が怪物に見えることもあるわ。気味の悪い場所にいるときは特にそうよ。いつか夜中に目が覚めてしまって、ベッドの下にお化けがいるって言ったことがあったわね、覚えてる？　一緒にのぞいたけれど、何もいなかったでしょう？」

「ほんとにいたんだってば」ジルが強情に唇を結んだ。「おどかされたんだもん」

怪物がいると思いこませておけば、ジルも二度と洞窟に近寄らないかもしれない――ネルは一瞬そう考えた。だが、これまで娘に嘘を教えたことはなかったし、それはこれからも同じだった。とにかくこの不愉快な島にいる間、ジルから決して目を離さないようにしよう。

「何かの影よ」ネルはきっぱりと言い、念のために続けた。「パパもそう言ったでしょう？　怪獣がいたって言ったら」

「パパは聞いてくれなかった。静かにしなさいって言われちゃった。ブレンデンのおばさんとお話ししてたから」ジルは目に涙をためていた。「ママも信じてくれないんだね」

「信じてるわ。でもね——」ジルの責めるような褐色の目。ネルは言葉をのみこんだ。ジルの額に落ちたつややかな茶色の髪をやさしく後ろへかきあげる。短く切りそろえたまっすぐな髪。それを見てリチャードは、ジルを〝うちの中国美人〟と呼ぶ。だが、ジルには中国の娘のような華奢な雰囲気はない。ネルがおやつにつくるアップルパイのような、はつらつとした典型的アメリカ娘だ。「じゃ、こうしましょ。あしたの朝、一緒に洞窟へ行って、その怪物を見せてちょうだい。そうして、ふたりで追い払っちゃいましょう」

「ママ、恐くないの？」ジルが小声で訊いた。

「この島には恐いものなんかいないわ。小さな子には楽しいところでしょ。海も砂浜もあるし、このおうちはとっても素敵だし……。きっと楽しい週末になるわ」

「ママは楽しくないんでしょ？」

「え？」

ジルが、子供には不似合いな見透かすような目でネルを見つめた。「ママが楽しそうにしてることなんかないじゃない。パパとちがって」

子供の洞察力をみくびってはいけない——ネルは自分がいやになった。「ママは恥ずかしがりやなだけよ。おしゃべりをしないからって、楽しくないわけじゃないの」ジルを抱き寄せる。「それにね、ママはジルと一緒ならいつだって楽しいのよ。ジルもそうでしょう？」

「うん」ジルがネルの首にすがりつき、体をぴったりと寄せる。「あたしも今夜のパーティに一緒に行っていい？　ママの話し相手になってあげるよ」

ジルの体は、海と砂と、昨晩どうしても使いたいとせがんだネルのラベンダーの石けんの香りがした。ネルはジルを強く抱きしめたが、やがて名残惜しげに腕をほどく。「大人のパーティなのよ。ジルにはきっとつまらないわ」

つまらないのは私だって同じ――。ネルはリチャードの妻としての務めにも慣れ、人目につかないようにしているのもお手のものだったが、この週末はそれさえも難しそうだった。カヴィンスキーに紹介し、彼を圧倒し、コンティネンタル・トラストとの契約書にサインさせるためにブレンデンが島に招待した社交界の重鎮《じゅうちん》や有名人たち。彼らに囲まれれば、不器量な女はまるで包帯を巻いた親指のように目立つことだろう。

「じゃ、ママも一緒にこのお部屋にいて」ジルが甘える。

「それはだめ」ネルは鼻に皺《しわ》を寄せた。「パパの銀行の偉いひとがいやがるわ。パパにとってはとっても大事な日なの。だから、ママもジルもパパのお手伝いをしてあげないとね」ジルの顔がふたたび曇りはじめたのを見て、ネルはあわててつけ加えた。「でも、寝る前にごちそうをいっぱい持ってきてあげる。ママとふたりだけでパーティをしましょ」

ジルの不安げな表情がさっと消えた。「ワインも持ってきてくれる?」ジルがせがむ。「ジャン・マルクのママは毎日、晩御飯のときにグラス一杯飲ませてくれるんだって。体にいいんだって」

ジャン・マルクというのは、パリにある一家のアパートメントに〝君臨している〟家政婦の息子だった。このいたずらっ子の噂は、ネルも耳にたこができるくらい聞かされている。

「オレンジジュースならね」ジルに言い返す隙を与えず、すぐに言葉を継ぐ。「でもね、夕食を残さず食べたら、チョコレートエクレアを探してきてあげる」それから立ち上がると、ジルはジルに手を貸して立ちあがらせた。「さ、ママはこのお花を階下《した》に持っていくから、その間にお風呂にお湯を入れておいて。二分で戻ってきますからね」

ジルは中国風の花瓶を神妙な顔つきで見つめ、輝くような笑みを浮かべた。「きれいだね、ママ。お庭に咲いてたときより、そのほうが素敵だな」

ネルにはそう思えなかった。花を摘むのはいつでも辛かった。花が咲き誇る庭ほど美しいものはない。ウィリアム・アンド・メアリー大学に通っていたころ描いた、あのペンションの庭のように。霧、豊かな色彩、そして朝の空気……。

ふいに胸が締めつけられ、ネルは思い出を振り払った。自分を哀れむことはない。ネルの両親とは違い、リチャードがネルの絵を蔑《さげす》んだことは一度もなかった。結婚後は、絵を描きつづけなさいとさえ言ってくれた。ただ、ネルには時間がない。野心を抱いた若きエリートの妻という役割に、一日のすべてを奪われているような気がした。

ネルは花瓶を持ちあげ、顔をしかめた。午後いっぱいかけて花を活ける仕事をサリー・ブレンデンに押しつけられていなければ、あの美しい海岸線をスケッチすることができたのに。だが、花を活けていなければ、ブレンデン夫妻やリチャードと一緒に海岸に行くことになっていただろう。笑い、お愛想を言い、サリーの慇懃《いんぎん》無礼《ぶれい》に耐えなければならなかっただろう。サリーに睨《にら》まれるくらいなら、サリーのどこか女王然とした態度を我慢しているほうがはるかにましだった。

ネルはジルの額に軽いキスをした。「さあ、パジャマを出して。バルコニーには近づいちゃだめよ」

「ママ、それはさっきも聞いた」ジルがまじめくさって言った。

「さっきは洞窟に入っちゃいけないって言ったのよ」

「そうは言わなかった」

「いいえ、そう言ったわ」

ジルはバスルームに向かって歩きだした。「洞窟は楽しいんだ。バルコニーは嫌い。下の岩を見てると、目がまわっちゃう」

それを聞いてネルは少し安心した。それにしても、小さな子供がいる夫婦に、バルコニーの真下が岩だらけの海岸という部屋をあてがうなんて、サリーはどうかしている。いや、どうかしているわけではない。バルコニーから外を眺めるのが好きだと、何年も前にリチャードがサリーに言っていた。そしてサリーはいつでもリチャードの機嫌をとろうとする。誰もがリチャードの機嫌をとろうとする。ゴールデン・ボーイ、リチャードの。

「カヴィンスキーが送りこんできた護衛の数をごらんよ。アラファトが来るのかと勘違いしそうだ」リチャードが突風のように部屋へ飛びこんできた。花に目をとめる。「きれいだな。階下《した》へ持っていくといい。ロビーに花がなくて寂しいとサリーが気にしてたから」

「いま活けたばかりなの」私ったら、また言い訳をしてる。ネルは自分に腹が立った。「私はプロでもないし。アテネから誰かを呼んでやってもらったほうがよかったんじゃないかしら」

リチャードはネルの頬にキスをした。「でも、こんなにきれいなのはできなかっただろう。センスのいい奥さんがいて運がいいわねと、サリーにいつも言われてる。いい子だから早く持っていってあげてくれよ」そう言って、寝室に向かった。「いまのうちにシャワーを浴びないと。カヴィンスキーの到着までもう一時間もない。パーティの前に軽く一杯やりながら紹介するよってマーティンに言われてるんだ」

「私も一緒に行かないといけないかしら？　パーティだけ顔を出せばいいかと思っていたけれど」

リチャードは少し考えてから肩をすくめた。「気がすすまないならいいよ。招待客の中でもきみならすぐに見つけられるだろうしね」

安堵感がネルを包みこんだ。パーティで目立たないようにしているほうがずっと気楽だ。ネルはドアのほうに向かった。「ジルがお風呂にお湯を入れてるの。戻るまで見ていてくださる？」

リチャードがにっこり笑う。「いいよ」

リチャードは白いショートパンツにシャツを着ていた。茶色の髪が風で乱れ、頬は日に焼けて赤くなっている。タキシードやスーツを着こなしたリチャードも素敵だが、いまのような彼がネルは一番好きだった。親しみやすく感じられる——自分のものだと実感できる。

リチャードが両手で銃を撃つ仕草をしてみせた。「さあ、早く。サリーがお待ちかねだよ」

曲線を描く大理石の階段を下りかけたとき、サリーの小鳥のような甲高い声が聞こえてきた。ヒョウのようにしなやかで均整のとれた百八十センチの体に、あんなか細い声は似合わない。いつもネルはそう思う。

サリー・ブレンデンは使用人を叱るのをやめ、振り向いた。「ああ、やっといらしたのね。待ちくたびれたわ」ネルから花瓶を受け取り、美しい金の飾りがついた鏡の下の大理石のテーブルに置く。「もう少し気を使ってくださると思ってましたよ。私には他にも心配することがたくさんあるんですからね。花火を打ち上げるあの小柄な男の方とも話さなければいけないし、料理長とも打ちあわせがあるし、私の着替えもまだなのよ。今晩がマーティンにとってどんなに大切かおわかりでしょ。何もかも完璧でないと」

ネルは、頬がかっと熱くなるのを感じた。「ごめんなさい、サリー」

「重役の妻というのはね、夫の昇進を左右する存在なのよ。私がいなければ、マーティンだって副頭取にはなっていなかったでしょうね。あなたには荷が重すぎて？」

この自画自賛めいた説教は、すでにうんざりするほど聞かされていた。腹立たしさがさざ波のように体を包みこんだ。ネルはすぐにそれを振り払った。「本当にごめんなさい、サリー。他にお手伝いできることは？」

サリーはきれいにマニキュアを塗った手を振った。「マーティンがグレー夫人を招待してるの。夫人が居心地の悪い思いをしないように気をつけてさしあげて。人前に出るのがひどく苦手なひとだから」

エリーズ・グレーは、ネルよりもさらに内気でパーティが苦手らしかった。サリーは手のかかる招待客を必ずネルに押しつけるが、ネルは気にならない。そういったひとたちの気持ちを楽にし、不快感を和らげることで、ネル自身も大きな満足感を得ることができる。ネルだって、ヨーロッパでの最初の数年間、同じように気を遣《つか》ってくれるひとの存在がどれだけありがたかったことか。

「アンリ・グレーはどうしてあんなひとと結婚したのかしらねえ」サリーがあけすけな視線をネルに向ける。「でも、精力的な男性が、従順で無能な女性と結婚することって多いわよねえ」

素早いジャブ、そのあとにナイフのひと突き。サリーの辛辣な言葉に慣れきっているネルは、動揺を見せてサリーを嬉しがらせるようなことはしなかった。「エリーズはとてもいい方だわ」ネルは彼女に背を向け、階段へ急いだ。「ジルのところへ戻らなくちゃ。お風呂に入れて、夕食を食べさせなくてはいけませんから」

「ネル。あなた、乳母を雇いなさいな」

「自分で面倒を見るほうがいいわ」

「でも、何かと足手まといでしょう。今日の午後、リチャードにそう話したら、彼も私に賛成してくれましたよ」

ネルは足を止めた。「リチャードが賛成したですって?」

「当然でしょう。リチャードにもわかってるのよ。彼が銀行で出世すればするほど、あなたの仕事も増えるって。パリに戻ったら、ジョナサンが小さかったころにお願いしてた紹介所に連絡してさしあげます。シモーヌのおかげで、あの子に手がかからずにすんだのよ」

その結果、ジョナサンはわがままで反抗的なティーンエイジャーに成長し、マサチューセッツの寄宿学校に厄介払いされるはめになった。

「お気持ちはうれしいわ。でもそれほど忙しくありませんから。ジルがもう少し大きくなったら考えます」

「海外投資をうちに任せるようカヴィンスキーさんを説得できたら、リチャードが運用責任者になるでしょう。そうしたら、あなたも一緒にあちこち飛びまわらなければならないのよ。必要に迫られる前に乳母を雇おうというリチャードの考えは正しいわ」サリーはネルに背を向けると、大広間のほうへ歩いていった。

まるでもう決まったかのような言い方ね。ネルは逆上していた。預かった子供を連れ、のんきな顔をして公園を歩いている女性を見かけたことがあるが、ジルをああいった女に預けることなどできない。ジルは私のものよ。どうしてリチャードはジルを私から取りあげようなんて考えられるの？

いや、彼は何も考えてなどいないのだ。ジルはネルのすべてだった。リチャードの望むことにはすべて応えてきたが、これだけは――。

「あんないやな女の言うことなんか気にすることないわ。あなたの困った顔を見たいだけなんだから」ナディーン・ファロンが階段を下りてきた。「いじめっ子は必ずおとなしい子を標的にするのよ。それこそが獣の本能なんだから」

「しーっ！」ネルは肩ごしに振り返ったが、サリーはすでに消えていた。

ナディーンがにっこり微笑む。「私がかわりにあの女にぎゃふんと言わせてあげましょうか？」

「そうね」ネルは鼻に皺を寄せた。「でも、きっと私が頼んだってばれちゃうし、そうなるとリチャードが困るわ」

「困らせておけばいいのよ。あなたとサリーじゃ勝負にもならないってこと、わかりそうなものなのに。あの強欲な女にびしっと言ってやるのは、本当ならリチャードの役割よ」

「あなたにはわからないのよ」

「ええ、わからないわね」

〈オピウム〉の香りとカール・ラガーフェルドのシフォンのドレスに身を包んだナディーンは、ネルの横を通って階段を下りていった。赤毛のナディーンは、美しく、エキゾチックで、自信に満ちあふれていた。「ずっと昔、ブルックリンにいたころにね、反撃しない女は潰《つぶ》されるってことを身をもって学んだわ」

ナディーンが潰されるなんてありえない。ネルはうらやましく思った。ナディーンはニューヨークでモデルとしてのキャリアをスタートし、その後、苦労の末にパリでも一流のショーモデルになったいまも、素朴なユーモアと自由奔放な人柄はそのままだった。どんなパーティにも必ず招待されていたし、特に最近はネルとナディーンが顔を合わせる機会が増えていた。リチャードはナディーンを〝生きたマネキン〟と呼んでいるが、ネルはナディーンに会うとうれしく思った。

ナディーンが振り返る。「今日はとっても素敵よ。ね、少し痩せた？」

「まあね」私は素敵ではない――ネルにはわかっていた。先月ナディーンに会ったときもいまも、太っていることには変わりはないし、スラックスは皺だらけ、髪も今朝とかしたきりだ。ナディーンは、サリー・ブレンデンに情け容赦なく痛めつけられたネルを慰めようとしているだけなのだ。当たり前だ。六号サイズの女性には、十二号サイズの女性に親切にする心の余裕もあるだろう。そう考えた瞬間、ネルは自分が恥ずかしくなった。他人の親切には常に感謝しなくてはならない。そんなひねくれた見方をしてはいけない。「急いでリチャードのところに戻らないと。じゃあ、パーティでまた」

ナディーンは笑って手を振った。

ネルは一段おきに階段を駆けあがり、長い廊下を走った。リチャードは居間にはいなかった。寝室から鼻歌が聞こえてくる。部屋の前で立ちどまり、それから意を決して勢いよくドアを開けた。「ジルに子守はいらないわ」

鏡をのぞいていたリチャードが振り返った。「え？」

「あなたが子守を雇うつもりだってサリーに聞いたの。私はいやよ。子守なんかいらないわ」

「何を怒ってるんだい？」リチャードはまた鏡のほうを向き、ネクタイをまっすぐに直した。「単なる暇つぶしのおしゃべりだよ。かまいすぎて子供を窒息させてもいけないだろう。知り合いはみんなひとを雇ってる。子守はステータス・シンボルみたいなものさ」

「じゃあ、雇うつもりだってことね？」

「きみが賛成すればの話だよ」リチャードはタキシードの上着を着た。「今夜は何を着るんだい？」

「まだ決めてないの」どんな違いがあるというのだろう？　何を着ても変わり栄《ば》えしないのに。「青いレースのドレスがいいかしら」体の脇で両手を握り締める。「私はジルを窒息させたりなんかしないわ」

「あの青いドレスは素敵だ。あの襟の縁飾りはきみの肩の線をきれいに見せてくれるし」

ネルは部屋を横切り、リチャードの胸に頬を寄せた。「ジルの面倒は自分で見たいのよ。あなたは留守が多いでしょう。だから、他に話し相手がいないの」ネルは囁《ささや》いた。「お願い、リチャード」

リチャードがネルの髪をなでた。「きみのためを考えてるんだ。きみとジルが何不自由なく暮らせるように、僕が必死で働いているのはわかってるだろう。ほんの少し力を貸してくれ、ネル」

もう決めたということね。ネルは絶望とともに悟った。「力になろうとしてるつもり」

「確かにそうだ」リチャードはネルをそっと押しやり、ネルの顔を見つめた。「だが、もっともっと力になってほしい」リチャードの顔が興奮して輝く。「カヴィンスキーが鍵を握ってるんだよ、ネル。僕はね、こういうチャンスを六年も待っていた。金のことだけじゃない。力が手に入るんだ。僕がどこまで上に行けるか、もう誰にもわかりゃしない」

「私ももっと頑張るわ。あなたの言うことなら何でもする。だから、ジルだけはそばに置かせて」

「そのことはまた明日話そう」リチャードはネルの額にキスをし、ネルに背を向けた。「さて、そろそろ階下へ下りたほうがいい。カヴィンスキーがいつ着いてもおかしくないからね」

リチャードが出ていったあとも、ネルは閉じたドアをぼんやりと見つめていた。明日話し合いをしたところで、リチャードは優しい言葉をかけながらも譲ることはしないだろうし、ネルの望みどおりにできないことを、心のどこかですまないと思う程度だろう。ネルが後ろめたさを感じ、自分が無力だと思いこむようにしむけ、そしてパリに戻ったらネルの好きな黄色いバラを買い、ネルの負担にならぬよう自分で子守の面接をするだろう。

「ママ、お湯が冷めちゃうよ」ジルのとがめるような声が聞こえた。大きなピンク色のタオルを体に巻き、裸足で戸口に立っている。

「あら、ほんと？」ネルは喉《のど》のつかえを飲みこんだ。いまは明日のことを考えるのはやめ、ジルと一緒に過ごせるこの貴重な時間を楽しもう。ひょっとしたら、カヴィンスキーの契約はとれずに終わるかもしれない。もしかしたら、リチャードの気が変わるかもしれない。

「じゃ、温め直しましょうね」

「うん」ジルはくるりと振り向き、浴室へ消えた。

「ママ、王女様みたいだね」ジルは膝をかかえ、体を前後に揺らした。

「まさか」ネルはジルの頭を枕にのせ、毛布をひっぱりあげた。「ちゃんと寝てるのよ。パーティ用のごちそうを持ってきたら起こしてあげるから。メイドさんに居間にいてもらうようにするわ」そう言うと、からかうようにジルの髪をくしゃくしゃにした。「ほら、怪物に会っちゃったら困るでしょ」

「ほんとに見たんだってば、ママ」ジルが真剣な顔つきで言った。

「そうね、でももう会わないはずよ」ジルの額にキスをする。「絶対に大丈夫」

部屋を出ていこうとしたとき、ジルが声をかけた。「ワインを忘れないでね」

ネルは寝室のドアを閉め、くすりと笑った。この分なら、自分は社交的でないとか、自己主張できないといってジルが悩むことは、この先も決してないだろう。

廊下の鏡の前を通ったとき、ネルの微笑みはすっと消えた。自分の外見に王女のような雰囲気を見いだしてくれるのは娘だけだった。身長は百七十センチ近いが、豊満という表現はそぐわない。はっきりと太っている。太っていて、ぱっとせず、平凡な顔立ち。これといった特徴のない顔。その中で、鼻だけがぱっとしない他の部分に埋没せずにつんと上を向いている。短く切った茶色の髪もぱっとしない。ジルと同じ薄い木の実のような色だが、少女の髪のような艶はない。ネルはどこまでも平凡だった。

いいえ、ジルは美しいと思ってくれている。私にはそれで十分だわ。リチャードは、ネルを魅力的だと思っていないわけではなかった。一度、きみは手づくりのキルトみたいだ、と言われたことがある——忍耐強く、古風で、素朴な美しさがあるという意味らしい。ネルは鏡の自分に向かって淋しげに顔をしかめ、ドアに向かった。女なら誰でも、手づくりのキルトよりは妖艶な絹のシーツでいたいと願うはずだ。だが、十人並みの女にも一つだけ利点がある。誰にも気づかれずに部屋を出入りできるということだ。誰にとがめられることもなく、ジルとのふたりだけのパーティ用のトレイを持って大広間を抜け出すことができるだろう。

大理石の階段の最上段に立ち、ひとで埋め尽くされた玄関ホールを見下ろした。

音楽。

花の香り。高価な香水の香り。

笑い声。ざわめき。

ああ、あの中へは入っていけない。大広間に通じる彫刻の入った大きな扉は開け放たれ、リチャードは玄関ホールの片隅で、胸にリボンをつけ、髭《ひげ》を生やした長身の男と話している。あれがカヴィンスキーだろうか？　たぶん、そうだろう。マーティン、サリー、ナディーンも、その男を囲んでいる。サリーの表情は媚《こび》を売っているようにも見えた。ネルもいずれはカヴィンスキーに挨拶をしなくてはならないだろうが、いまは邪魔になるだけだろう。

ネルは玄関ホールを見まわし、フランス窓の陰にグレー夫人を見つけた。年齢は五十くら

いだろうか。ほっそりした体つきのエリーズ・グレーは、白いベルベットのカーテンに溶け
こめるものなら溶けてしまいたいといった様子をしていた。ふいに同情がわきあがる。凍り
ついた笑み、怯《おび》えた表情。見慣れた表情だった。鏡の中に同じものを見たばかりだった。
ネルは階段を下りはじめた。カヴィンスキーを魅了し、周囲の人々を相手にうまく立ち回
るのはリチャードに任せておけばいい。あの哀れなご婦人のつらさをすこしでも和らげるこ
とでリチャードの力になれるのなら、そのほうがネルの性分に合っている。
「あら、あの男性はバラをくわえたらきっとお似合いね」エリーズ・グレーがつぶやいた。
「何ておっしゃいました？」ネルはトレイにレモンタルトをひと切れのせた。ジルにチョコ
レートエクレアを約束したが、ビュッフェ・テーブルには見当たらない。
「ほら、シュワルツェネッガーが、空を飛ぶ以外、何でもできるスパイを演じた映画があっ
たでしょう」
ネルは、バラの花をくわえたシュワルツェネッガーの巨体がタンゴを踊るその映画をおぼ
ろげながら思い出した。「『トゥルー・ライズ』？」
エリーズが肩をすくめる。「映画のタイトルはいつも忘れてしまうけれど、シュワルツェ
ネッガーだけは忘れようと思っても忘れられないわ」そう言って、部屋の向こう側にいる誰
かに向かって会釈した。「あの男性も同じね。どなただかご存じ？」
ネルは振り返った。その男は、シュワルツェネッガーほどには背も高くなく、たくましく

もなかったが、エリーズの言いたいことはわかるような気がした。黒っぽい髪、年齢は三十代半ば、ハンサムというよりは魅力的な顔立ち。体じゅうから自信が滲《にじ》み出ている。絶体絶命の場面に陥《おちい》ることなど、この男にはありそうもない。素敵な男だとエリーズが思うのも不思議はなかった。エリーズやネルのような人間にとっては、あの男が発散しているような自信は、手に入らないからこそ魅力的に見える。「一度もお会いしたことのない方だわ。きっとカヴィンスキーさんの部下ね」

エリーズが首を横に振った。

エリーズの考えるとおり、カヴィンスキーの部下ではないだろうとネルにもわかっていた。あの男は、他人のあとについて歩くような人間には見えない。

「ねえ、そんなにお腹が空いてらっしゃるの?」エリーズの視線はネルのトレイに移っていた。

ネルの頬が焼けるように熱くなった。「いえ。娘に少し持っていってやろうと思って」

エリーズがきまり悪そうな顔をした。「ごめんなさい、そういうつもりじゃ——」

「わかってます」ネルはおどけた顔をした。「私は栄養不良には見えませんものね」

「あなたはとても素敵よ」エリーズが優しく言った。「悪いことを言ってしまったわね」

「いいえ」ネルは微笑んだ。「悪いのは私のチョコレート・ケーキへの執着だもの。愛用の毛布みたいに慰めてくれますから」

「あら、慰めが必要なの?」

「誰にでも必要でしょう?」ネルは曖昧《あいまい》に答えたが、すぐにきっぱりと否定した。「いいえ、もちろん必要ないわ。もう欲しいものはみんな持っていますから」それから穏やかな声でつけ加えた。「明日時間があったら、娘に会ってやってくださいな」

「それは楽しみだわ」

「ああ、エクレアがあったわ。娘はエクレアが大好きなんですよ」ネルはトレイにのせた宝物にエクレアを加え、エリーズのほうを向いた。「ちょっと失礼します。これをジルに持っていってやりたいので。寝ているように言っておいたんですけど、まだきっと起きているでしょうから」

「どうぞどうぞ。お引き留めしてごめんなさいね。ご親切に話し相手になってくださって」

「とんでもない。楽しかったわ。お礼を言うのは私のほうです」それは本当だった。ひとたびうちとけてみれば、エリーズはユーモアとウィットを備えた女性だった。エリーズのおかげで、楽しい時間を過ごすことができた。ネルはトレイを持ちあげて言った。「もし今晩もうお目にかかれなければ、明日の朝、食事のあとにお電話しますね」

エリーズがうなずいた。視線が部屋の反対側にいる夫のほうへ泳ぐ。「戻ってらっしゃるころには、もうおいとましているかもしれません。アンリがじきに帰ろうと言うでしょうから。カヴィンスキーさんにお目にかかるのだけが今晩の目的だと思っているようですからね」

ネルは人々の間をじりじりと進んだ。重いトレイのバランスをとることに気をとられ、思わず眉間に皺が寄る。

ワイン――

大広間を出たところで、ネルはふと足を止めた。

いいじゃないの。ほんの少しくらい飲ませてやっても、害はないわ。ヨーロッパでは小さな子供にもワインを飲ませている。今夜はジルのわがままをかなえてやりたかった。一緒に過ごす機会が、あとどのくらい残されているかわからないのだから。

ネルは大広間に引き返した。シャンパン。なおさらいいわ。そばを通ったウェイターからシャンパンのグラスを受け取った瞬間、もう一方の手で支えていたトレイがぐらぐらと揺れた。

誰かがネルの手からトレイを取りあげた。「お手伝いしましょう」

アーノルド・シュワルツェネッガー。いや、こうして近くで見ると、誰にも似ていなかった。強烈な個性。全身から滲み出る自信に圧倒され、ネルはその場を逃げ出したい衝動にかられた。男の顔から目をそらす。「いえ、結構です」

ネルはトレイに手を伸ばしたが、男はネルに届かないようにトレイを遠ざけた。「手伝わせてください。これくらい何でもありませんからね」男はそう言うと大股で大広間を出てゆき、ネルはあわててあとを追わざるをえなくなった。「逢い引きはどちらで?」

「逢い引き?」

男がトレイを見おろした。「どうやらお相手は大食漢らしいな」

ネルの頬がぴりぴりと熱くなる。二十八歳にもなって、顔を赤らめるなんて。ネルは小さな声で言った。「娘の夜食なんです」

男はにやりとした。「とすると、やはり寝室で待ち合わせているわけだ。とにかく、シャンパンとこのトレイの両方を持って階段を上がるのは無理ですよ」男は玄関ホールを横切り、階段を上りはじめた。「ニコラス・タネクといいます。あなたは……？」

「ネル・コールダーです」気がつくと、小走りで男のあとを追っていた。「あの、本当に大丈夫ですから。トレイを――」

「コールダー？　リチャード・コールダー氏の奥様ですか？」

驚いてるんだわ。リチャードが結婚相手にネルを選んだと聞くと、誰もが驚く。「ええ」

「まあ、ご主人はお忙しくてお手伝いできないようですからね。僕が代理を務めましょう」

何を言っても断りきれそうにない。したいようにさせておくほうがいいのかもしれない。この男を追い払うには、結局それが一番手っ取り早いのだろう。男のあとについて階段をのぼりながら、ネルはしなやかに動く男の肩や尻を無意識のうちに見つめていた。適度に筋肉がついた、ほれぼれするような体。

「娘さんはおいくつですか？」

ネルはきまり悪く思いながら視線を男の顔に移したが、彼がまっすぐ前を向いたままなのでほっとした。「ジルはもうすぐ五歳になります。お子さんはいらっしゃるんですか、ミスター・タネク？」

男は首を振った。「どっちですか？」

「右です」

「あなたもコンチネンタル・トラストで働いているんですか？」

「いえ」

「じゃ、何のお仕事を？」

「何も。いえ、その――娘の世話で手一杯で」タネクが何も言わないので、思わずつけ加えた。「いろいろとつきあいが多いですから」

「ああ、きっとお忙しいんでしょうね」

いいえ、あなたの知っている女のひとたちのように忙しくはないわ。あなたの世界の女の方はみな、あなたと同じように洗練されて、才能にあふれ、自信に満ちているのでしょうね。

「アメリカからいらしたんでしょう？」

ネルはうなずいた。「ええ、ノースカロライナ州のローリー出身です」

「大学がある街ですね」

「ええ。両親はローリー郊外のグリーンブライアー大学の教授でした。父は学長をしていました」

「まさに……安定した生活といったところですね」

退屈な生活だと言いたいのだろう。ネルはけんか腰に言った。「小さな町も楽しいものです」

男が振り向いた。「それでも、いまの暮らしとはとうてい比較にならないでしょう。コンチネンタル・トラストのヨーロッパ本部はパリにあると聞いてますよ」

「ええ、そうです」

「この島のような場所に来るのだって楽しいでしょう。贅沢も必要なものですからね」

「そうでしょうか?」

「さきほどご主人とお話ししましてね。お見受けしたところ大邸宅で何不自由なく暮らすのがふさわしい方です」

「いえ、主人が一生懸命働いてくれるから、こうして贅沢が楽しめるんです」男の意味のない詮索に腹が立ちはじめていた。本当にリチャードやネルに関心があるとは思えない。ネルは話題を変えた。「あなたも銀行業界の方ですか、ミスター・タネク?」

「いや、隠居の身ですよ」

ネルは当惑して男を見つめた。「本当に? まだお若いのに」

男がくすりと笑った。「もう十分儲けましたからね。引退パーティやら金の腕時計やらをもらえるようになるのを待つまでもないと思ったんですよ。いまはアイダホで牧場を経営してます」

またしても意外だった。どう見ても都会の生活を捨てられるタイプには思えない。「そうは見えな――」

「孤独が好きでしてね。人間だらけの香港で育ったせいでしょう。だから、自分で選べる身分になったとき、大自然をとりました」

「ごめんなさい。私には関係ないことですね」

「かまいませんよ。僕には隠すようなことはありませんから」

この男はとてもたくさんのことを隠しているはず――ふとそんな気がした。洗練された外見の下に、すべてをひた隠しにしている男。「以前はどんなお仕事を?」

「商品取引をね。えっと、どの部屋ですか?」

「あ、左の一番奥です」

男は廊下を足早に歩き、スイート・ルームの前で立ち止まった。

「ありがとうございました。お手を煩わせるまでもなかったのに――」

ネルは驚いた。男はドアを開け、さっさと部屋の中へ入っていく。

ギリシア人のメイドが、椅子の上であわてて姿勢を正した。

「下がっていいよ。用があったら呼ぶから」ニコラス・タネクがギリシア語で声をかける。

メイドが部屋を出てゆき、ドアが閉まった。

ネルは呆然と男を見つめていた。

タネクが微笑んだ。「そう警戒しないでください。妙な気など起こしませんから」そう言ってウィンクしてみせる。「もっとも、退屈だからといってパーティから抜け出すなんてけしからんとお思いでしたら別ですが。しばらく席を外す口実がほしいなと考えてたら、ちょうどあなたがあわてて出ていかれるのが見えましてね」

「ママ、持ってきてくれた——」ジルがドアのところに立っていた。タネクをじっと見ている。「誰?」

タネクがお辞儀をした。「ニコラス・タネク。きみがジルだね?」

ジルが警戒しながらうなずく。

「じゃ、これはきみのだ」タネクがトレイを麗々しく差し出した。「ミードとアンブロシアでございます」

「あたし、エクレアが食べたかったのに」

「エクレアもございますよ」タネクがジルにすっと近づく。「どちらで召し上がりますか?」

ジルはしばらくタネクを観察していたが、やがて降参したように言った。「ママとふたりでパーティをするんだ。床に毛布を敷くね」

「そりゃいいな。きみは僕たちよりずっと冴えてる」タネクは毛布の上に紙皿を並べはじめ、やがてネルのほうを振り返って言った。「ナプキンを忘れましたね。何か代わりを見つけましょう」タネクはバスルームに消えたが、すぐにティッシュペーパーの束と刺繍《ししゅう》のついたハンドタオルを二枚抱えて戻ってきた。「失礼しますよ、マダム」ジルの首からハンドタオルをふわりとたらし、後ろで結ぶ。

ジルがくすくすと笑った。

ジルが見知らぬひとからちやほやされるというめったにない経験を楽しんでいるのを見て、ネルは腹が立った。本当なら自分と娘のふたりだけの時間のはずだったのに、この男はそれをぶちこわしている。

「ミスター・タネク。トレイを運ぶのを手伝ってくださってありがとうございました」堅苦しく礼を言う。「もうパーティにお戻りになりたいでしょうから」

「パーティに？」タネクが振り返った。ネルの顔を探るように見つめる。やがて唇から笑みが消えた。ゆっくりとうなずく。「そうですね。戻ったほうがいいかもしれない」それから、ジルにお辞儀をした。「ですが、お食事がすむまでここでお待ちして、わたくしがトレイをお下げしましょう、マダム」

「いえ、そんな」ネルが言った。「明日の朝、メイドに片づけさせますから」

「待たせてください。居間にいます。食事がすんだら呼んでください」タネクは大股で寝室を出ていった。

「あのひと、だあれ？」半分開いたままのドアを見つめ、ジルが小声で訊いた。

「パーティのお客様」

タネクがあれほどあっさりと引きさがったことに、ネルは驚いていた。いや、完全にあきらめてくれたわけではなかった。あのとおり、パーティには戻ろうとしないで、このスイートを避難所代わりにしているじゃない。誰を避けてるの？　きっと女の方ね。女性に追いまわされるタイプの男性だもの。でも、どうだっていいわ。私とジルの時間の邪魔さえしなければ。

「あたし、あのひと好き」ジルが言った。

それはそうだろう。わずか数分で、あの男がジルを女王のような気分にさせたことだけは間違いないのだから。

だが、期待のこもった視線をクリスタルのゴブレットに向けた瞬間、ジルは夕ネクのことなど忘れたらしかった。「それ、ワイン?」

「シャンパンよ」ネルは床に腰を下ろし、脚を組んだ。「仰せのとおり、お持ちいたしました」

ジルの顔がぱっと輝いた。「持ってきてくれたのね」

「パーティですもの」ネルはジルにグラスを渡した。「ひと口だけよ」

ジルがごくりと飲んで、顔をしかめた。「酸っぱい。でも何かあったかくて泡みたいなものが下りてく」もう一度、グラスを持ち上げる。「ジャン・マルクはね――」

ネルはグラスを取りあげた。「おしまい」

「わかった」ジルはエクレアに手を伸ばした。「でも、パーティなら音楽がなくちゃ」

「そうね」ネルは這うようにナイトスタンドのそばに行き、オルゴールを取ってねじを巻いた。オルゴールを毛布に置き、蓋《ふた》の上でくるくるまわる二匹のパンダを眺める。「階下のオーケストラよりずっと素敵」

ジルがすり寄ってきてネルの腕を持ち上げ、その下にもぐりこむ。ジルがエクレアにかぶりつくと、ネルの青いレースのドレスに食べかすがこぼれた。食べ終わるころには、ふたりともチョコレートでべとべとになってしまうことだろう。

そんなこと、何でもないわ。ネルは娘の小さな温かい体をぐっと抱き寄せた。ドレスなんてどうなったっていい。このうえなく貴重なひとときなのだから。

しかも、これからはこんな瞬間はますます少なくなるだろう。

いいえ、絶対にそんなことはさせない。リチャードの考え方は間違っている。ジルには私が必要なのだと納得してもらわなくては。

でも、もし説得できなかったら？

そうしたら、リチャードと口げんかになるだろう。そう考えると、恐怖と絶望がわきあがる。意見が食い違うたびにリチャードは、ネルが道理のわからない、残酷な人間のようにネルに思わせる。リチャードは自信に満ち、ネルは何事にも自信を持てない。

だが、これだけは別だ。ネルに娘を手放させ、どこの誰だかわからない他人に預けるなんて間違っている。

「ママ、苦しいよ」ジルが言った。

ネルは腕をゆるめたが、ジルを離さなかった。「ごめんね」

「いいの」ジルはエクレアをほおばったまま、許してあげるとでもいうように体をすり寄せてくる。「平気」

選択の余地はなかった。気力を奮い起こし、リチャードと闘うしかない。

これは無駄足だったな。眼下の岩に砕け散る波を見つめながら、タネクはうんざりしていた。ネル・コールダーを殺したいと思う者などいるわけがない。あの女がガルドーとつながっている可能性は、いま彼女からフランス風ペストリーと愛情を惜しみなく与えられている、あの大きな目をした小さな妖精がガルドーとつながっている可能性と同じくらいのものだろう。

もし、このパーティの招待客に暗殺のターゲットが含まれているとすれば、おそらくカヴィンスキーだろう。ロシア連邦の新生国家の長であるカヴィンスキーは、ガルドーにとって金づるにも、とんでもない厄介者にもなりうるだけの権力を握っている。だが、あのネル・コールダーを邪魔者と考えるような人間はいないだろう。ネルに浴びせた質問の答えはすべて事前に知っていた。ただネルの反応を見たかっただけだった。パーティが始まったときからネルを観察していた彼には、ネル・コールダーというのは親切で内気で、階下にあふれる強欲なだけで何もできない連中にさえまったく歯が立たない女だとわかっていた。ネルは賄賂工作の行方を左右するような人物には見えなかったし、ガルドーと真っ向から渡りあうことなどできそうもない。

ただし、ネルが見かけを欺《あざむ》いているとすれば話は別だ。ありえないことではない。現に羊のようにおとなしく見えたが、自分を娘の寝室から追い払うだけの度胸はあったではないか。意義のある闘いなら、誰だって反撃する。娘との時間を邪魔されたくない――ネル・コールダーにとっては、それは意義のあることだったのだ。あのリストには何か別の意味があるに違いない。階下に戻ったら、カヴィンスキーに張りつくことにしよう。

のぼって　のぼって　のぼって　のぼって
あの青い空に届くほど
落ちて　落ちて　落ちて　落ちて
あの赤いバラに届くまで

ネルが娘に歌っている。タネクは子守歌が好きだった。タネクの人生にはない、時空を超えた安堵感。太古の昔から母は子に歌い、千年後にも変わることなく歌っているだろう。

歌が終わると、低い笑い声と囁き声が聞こえた。

やがてネルが寝室から現われ、ドアを閉めた。溶けかけたバターのように優しい表情を浮かべた顔が上気し、輝いている。

「あの子守歌ははじめて聞きました」タネクは言った。

ネルは驚いたようだった。タネクがまだそこにいるのを忘れていたかのようだった。「古い歌です。祖母がよく歌ってくれました」

「娘さんは寝ましたか」

「いいえ。でも、すぐに寝るでしょう。またオルゴールをかけてきました。終わるころには、たいていうとうとしますから」

「かわいらしいお嬢さんですね」

「ええ」明るい笑顔が、ネルの平凡な顔をふたたび輝かせた。「ええ、ほんとに」

タネクはネルを見つめた。惹きつけられていた。気がつくと、その笑顔が消えないでほしいと願っていた。「それに頭がいい」

「ときどき、よすぎると思うこともあります。想像力がありすぎて困ったり。でも、いつもは聞き分けがよくて、ひとの言うことを——」ネルはそこでふと口をつぐんだ。熱意が消えてゆく。「つまらないことを言ってしまって。トレイを忘れてきたわ。取ってきます」

「いや。娘さんを起こしてしまいますよ。朝になったら、メイドに片づけさせればいい」

ネルはタネクに冷ややかなまなざしを向けた。「さっきそう申し上げましたのに」

タネクは微笑んだ。「さっきの僕は聞く耳をもっていなかった。でもいまはまったくあなたのおっしゃるとおりだと思います」

「あなたがそうなさりたいからでしょう？」

「そのとおり」

「私もパーティに戻らなくては。まだカヴィンスキーさんにご挨拶していないんです」ネルがドアに向かって歩きだした。

「ちょっと待って。ドレスについたそのチョコレートを取ってからのほうがよさそうですよ」

「まあ」ネルはドレスについた染みを見て顔をしかめた。「忘れてたわ」バスルームに向かいながら、そっけなく言った。「先に行ってらして。今度は手伝っていただかなくても大丈夫ですから」

タネクはためらっていた。

ネルが肩越しに鋭い視線を注ぐ。

ここにとどまる口実を思いつかなかった。だが、口実を思いつかないというささいなことから躊躇していたわけではなかった。

だが、ここにとどまる道理もなかった。長年、機知に頼って生きてきた彼は、自分の直感を信じている。この女は暗殺であれ何であれ、ターゲットなどにはなりえない。カヴィンスキーのほうを見張るべきだ。

タネクはドアに向かって歩きはじめた。「メイドに戻るように言っておきましょう」

「ご親切にありがとうございます」ネルは機械的にそう答え、バスルームに消えた。

あのマナーは子供のころからしみついたものに違いない。誠実さ。穏やかさ。何もかもがあの愛らしい子供を中心にまわっている心優しき女性。彼は間違いなく空くじをひいたのだ。

メイドは廊下にいなかった。階下から使用人を来させなければならない。

タネクは廊下を早足に進み、階段を下りはじめた。

そのとき、銃声が響いた。

大広間からだ。

しまった。

タネクは階段を駆け下りた。

爆発音。

爆竹ね。ネルはぼんやりと考えた。花火でパーティを華やかにしめくくるとサリーは言っていた。思っていたよりもずっと長い時間、二階にいたようだ。サリーが気を悪くするだろう。

染みは大してひどくなかった。ソーダ水の魔法に感謝しなくちゃ。着替えなければいけないかと思いはじめていたのだ。チョコレートの汚れを慎重にたたく。

居間のドアが閉まる音が聞こえた。

メイドね。名前はなんと言ったかしら？　そう、ヘラだった。「バスルームにいるわ。もうすぐまたパーティに行きますからね、ヘラ。ドレスの染みを――」ネルは顔を上げた。

鏡に映った顔――血の気のない、憎しみにゆがんだ顔。

銀色のきらめき。腕が持ち上がる。

ナイフ。

振り向こうとした瞬間、ナイフが振り下ろされた。

激痛。

ナイフが肩からねじり取られ、ふたたび振り下ろされる。

強盗に違いない。「宝石は――ないわ。やめて」

ナイフがふたたび突き刺さった。上腕がえぐられる。男は毛糸のストッキングのマスクの下で歯をむき出していた。強盗ではない。楽しんでいる——ネルは恐怖にのまれた。私をもてあそんでいる。私の苦痛と無力を楽しんでいる。

血が腕を伝い、あまりの激痛に吐き気がこみあげた。

なぜこんなことを?

私は死ぬのね。

ジル。

ジルが隣の部屋にいる。もしこのまま死んでしまったら、ジルを護ってやることができない。

男がまたナイフを振り上げた。

ネルは男の急所を膝で蹴りあげた。

男が苦しそうにうめき、体を二つに折る。

ネルは男を押しのけた。奇妙な、ゴムに似た感触。よろめきながら居間に逃れた。膝ががくがく震えている。気が遠くなりそうだった。

「このあま」男が真後ろに迫っていた。

武器を探さなくては——何もない。

すぐそばのテーブルに置かれたランプのコードを力まかせに引き抜く。ランプを男に投げつけた。

男は片手でランプを払いのけた。じりじりと迫ってくる。

ネルはあとずさりした。叫ぶのが最良の防御と教わったんじゃなかった？

ネルは叫んだ。

「叫ぶといい。どうせ聞こえやしない。誰も助けに来ないさ」

男の言うとおりだ。爆竹の音や階下の喧噪《けんそう》にかき消されてしまう。

ネルはバルコニーに通じるフランス窓を背にして立っていた。ベージュの絹のカーテンを引きちぎり、男の頭にかぶせるように投げつけた。男のそばを走りぬけるとき、男が「くそ」と言うのが聞こえた。

もう少しで逃げられる。

だがちょうどそのとき、男がカーテンを振り払い、ネルの腕をつかむと、乱暴に膝をつかせた。ふたたびナイフを振り上げる。

ネルは頭から男の腹にぶつかっていった。

腕をつかんでいた男の手がゆるんだすきに、腕を振りほどく。

「ママ」

ああ、何てこと。ジルが寝室のドアに立っていた。

「来ちゃだめ」

バルコニー。もし男をバルコニーに誘い出せば、ジルは逃げられるかもしれない。

拳《こぶし》で男の頬を殴りつけた。それから向きを変え、バルコニーへ飛び出す。

男は追ってきた。

「逃げて、ジル。パパのところへ行くの」

ジルは泣いていた。慰めてやりたかった。「逃げなさい、ジル――」

ナイフ。突き刺さる。痛み。

闘うのよ。

力が抜けていく。

殴りなさい。痛めつけてやるのよ。

時間を稼いでジルを逃がしてやらなくては。

逃げるの。

逃げる場所はない。

石の手摺《てすり》が背筋に当たる。固く。冷たく。

この男を落とすのよ。バルコニーから突き落とすの。ネルは男を倒そうと必死で肩をつかまえる。

「おい、やめろ、このばか」男はネルの手を振り払い、ネルを手摺から突き落とした。

ネルは悲鳴をあげた。

落ちながら。

死に向かって落ちながら。

ニコラスはパニックに陥った招待客をかきわけ、大広間から玄関ホールへ飛び出した。

すれ違いざまにサリー・ブレンデンの腕をつかむ。「何があった？」

「放して」恐怖でぎらぎらと輝く目。「めちゃくちゃだわ。殺されたのよ。もうこんなところいや」

タネクは彼女の腕をつかんでいた手に力を入れた。「誰が撃った？」

「私が知るわけないでしょう」そう言い放ってから、大広間から現われた大柄な男に叫ぶ。「マーティン！」

マーティン・ブレンデンの血の気を失った額を汗が流れていた。「カヴィンスキーがやられた。そのほかにもふたり。リチャードもだ。やつら、リチャードを撃ったんだ」

「何人いた？」タネクが訊ねた。「弾はどっちから飛んできた？」

「窓の外からだった」マーティンが答えた。「カヴィンスキーの護衛が追ってる」サリーの腕をつかむ。「さあ、ここから出よう」

「どうしてこんなことに？」サリーがぼんやりと言った。「私の最高のパーティが……」

「犯人はすぐに見つかる」マーティンがサリーの腕をそっと叩く。「カヴィンスキーは部下をふたり、埠頭に張りつけてる。犯人も島からは逃げられないはずだ」

サリーが夫に手を引かれるまま歩き出す。「私のパーティが……」

タネクは人混みをかきわけ、正面玄関へ向かった。

走り去るふたりの男。引き締まった体が月の光をにぶく跳ね返す。ウェットスーツだ。

彼らは埠頭ではなく、島の反対岸へ向かっていた。

当たり前だ。埠頭に向かうわけがない。ガルドーなら、ターゲット襲撃のあと、埠頭の見張りに出くわさずに逃げる道を確保しているはずだ。

ターゲット。

ネル・コールダー。

タネクは向きを変えると、屋敷に向かって駆け出した。

2

「ひどい。見て、この顔。化け物みたい」

ナディーンの声。

――お化けを見たんだよ、ママ
ジルはそう言っていた。今日は誰もが怪物に遭遇する。

「ぼうっと突っ立ってないで、カヴィンスキーを診てる医者を連れてくるんだ。医者が必要なのはやつよりこのひとのほうだ」

リチャード？　ちがう、もっと無骨で力強い声。タネクだわ。暗闇でもタネクの声を聞き分けられるなんて変ね。

目を開けようとする。やはりタネクだった。さっきのスマートさはもうなかった。血だらけで、上着も着ていない。怪我でもしたの？

「血がつい……」

「しゃべるな。大丈夫だ」タネクがネルの目をまっすぐに見る。「絶対に大丈夫だ。きみは死んだりしない」

ナディーンが泣いていた。「かわいそうに。ああ、どうしよう。吐きそう」

「さっさとあっちへ行って吐けよ」タネクの冷たい声。「だが、その前に医者を連れてきてくれ」

怪我をしたのは私なのね。

落ちていく。

死へ向かって。

私が死にかけているなら、なぜリチャードがそばにいないの？　ジルに会いたい。

「ジル……」

「しっ」タネクが言った。「大丈夫だよ」

何か変だわ。いいえ、何もかもがおかしい。私が死にかけているというのに、家族が誰もそばにいないなんて。

この知らない男だけだなんて。タネクだけだなんて。


「テレビで見た」ジェイミー・リアドンは受話器をとるなりそう言った。「今夜はずいぶん忙しかったらしいじゃないか、ニック。標的はカヴィンスキーだったってことか？」

「わからない。護衛も撃たれてる。カヴィンスキーは流れ弾に当たっただけかもしれない」

「連中はどうやって島へ潜りこんだんだ？」

「海から島のはずれの洞窟に忍びこんだ。数マイル沖に停泊して、ウェットスーツとスキューバダイビングの装備を使って海中から洞窟に侵入したらしい。で、ニュースでは何と言ってる?」

「カヴィンスキーの国のテロリストによる襲撃・暗殺事件で、近くにいた五人の罪のない人間が殺害された、と」

「いや、四人だ。女はまだ生きている。かなりの重傷だが。三カ所も刺されたうえに、バルコニーから転落した。下の岩にもろにたたきつけられてる。いまアテネの病院へ向かってるところだ。パーティの招待客に医者がいて、ショックで死んだりしなければ、命は助かるだろうと言ってる。専用機を用意してくれないか。アメリカに連れて帰って治療を受けさせる」

ジェイミーが口笛を吹いた。「そりゃカブラーの気に障るだろうよ。自分でその女と話したがるだろう」

「カブラーなんかほっとけ」

「家族は? 手術の同意書はとれるのか?」

「近くにいた罪もない人間のひとりは彼女の夫なんだ。今から死体保管所に運ばれるところさ。あんたが女の弟だっていう証明書をコナーにつくらせて、リーバーには病院へ電話させろ。病院のほうには話を通しておく」

「なんでリーバーなんだ?」

「あいつが一番の適任者だからだよ。彼女の顔の骨は、一つ残らず粉々になってるらしいからな」

「どうしてリチャード・コールダーがやられたんだろう？　リストには載っていなかったのに」

「四歳の娘の名前だってなかった」

「うそだろ」

ニコラスは目を閉じ、バルコニーから下を見たときに彼を見上げていた光景をかき消そうとした。無駄だった。目に焼きついていた。「へまをやっちまったよ、ジェイミー。無駄足だったと思いこんだ」

「おまえだけのせいじゃない。カブラーだって首を突っこまなくていいと言ったんだ」

「おれは首を突っこんでた。あの場にいたんだよ。計画を妨害することだってできたんだ」

「おまえひとりでか？」

「あの女に警告してやれたはずだ。あれだけ娘を溺愛してたんだ。耳を貸したかもしれない」

「警告してたら、おまえのことを頭がいかれてると思っただろうよ。どうなってたことか。もしその女がガルドーと何かでもめていたんだとしたら、その女の責任さ」ジェイミーはそこで言葉を切った。「島から出るのに助っ人が必要か？」

「いや、いまのうちに出れば大丈夫だ。カブラーもまだ来ていない。地元の警察の事情聴取もすんだし、もういつでも抜け出せる。空港で会おう」

ニコラスは電話を切った。

六月五日　ミネソタ州ミネアポリス

空港に着くと、しかめ面をしたジョエル・リーバーが救急車を従えて出迎えた。「この件には関わりたくないと言っといたはずだぞ、ニコラス。カブラーのような連中にかかずらっている暇はないんだ。邪魔ばかりされて――おい、気をつけろ！」担架を下ろそうとしている救急隊員のほうを向く。「揺らすな。揺らすなと、何度も言っただろう」救急車に運ばれてゆく担架のあとを追いながら、ジョエルが肩越しに言う。「僕のオフィスで待っていてくれ。患者を診《み》たら行く。意識は戻ったのかい？」

「発見直後に一度だけ。ナイフの傷は大して深くないが、腕と鎖骨が折れている。アテネの救急病院で腕と鎖骨は固定させたが、顔はいじるなと言っておいた」

「で、僕が芳《かんば》しからぬ名誉を賜《たまわ》るというわけか」ジョエルが皮肉を言った。「それにカブラーの非難も」

「おれがきみをかばってやるさ」

「かばう努力はしてみるってことだろ。カブラーからもう二度も電話があった。重要証人を不法に動かすのに僕が手を貸したのを快く思ってないらしい」

「彼女にはきみが必要なんだよ、ジョエル」

「世界じゅうが僕を必要としている」ジョエルはため息をついた。「それが天才の宿命さ」

救急車に乗りこむ。「あいにくと僕はせいぜいスーパーマンで、神じゃない。彼女を救えるかどうか、またあとで連絡するよ」

「あいつが持ってないのは獣医の免許だけらしいな」ジェイミーの目は、ジョエルのオフィスの壁に飾ってある免状や賞状に釘づけになっていた。「どうして獣医学だけ勉強しなかったのかな」

「知識は十分だから、勉強するまでもなかったんだろ。サムが脚をコヨーテの罠にかまれたとき、治してくれたよ」

「ってことはつまり、ずらっと並んだ賞状をほっぽり出して、僻地《へきち》のあんたのところに駆けつけたってことか」

「スーパーマンだって、年じゅうおだてられてりゃ飽きるんだろ」

「ほんのときたまはね」ジョエル・リーバーが大股で入ってきた。机にブリーフケースを投げ出し、値の張りそうな革張りの椅子に身を沈める。「尊敬は天才を育てる糧《かて》なのさ。僕は毎日、大量の尊敬を自分に投与している」

「わかるような気がするな」ジェイミーが言った。

「パブの仕事はどうだ？」ジョエルが尋ねた。

「繁盛してる」

「じゃあダブリンに残って、ニコラスになんか近寄らないようにしてたらよかったのに」

「確かに。だが、人間、やるべきことと、実際にやることが偶然の一致を見ることはめったにないのさ」ジェイミーはにやりと笑った。「難題が降りかかると、つい手を出すのが人間だ。だろ、ジョエル？」

ジョエルが顔をしかめた。「今回の難題には手を出さないかもしれない」

「ひどいのか？」ニコラスが訊く。

「切り傷はない。だが、顔そのものを作り直す必要がある。一度の手術で第一段階の外科処置は終わるが、そのあと、精神療法に定期検診――どれだけ大変な作業かわかるかい？　しかも僕は二年先まで予約がいっぱいだ。時間がないんだよ」

「彼女にはきみが必要なんだ、ジョエル」

「僕に責任を押しつけないでくれよ。世界じゅうの人間の問題を解決するなんて無理だ」

「あの襲撃事件で、彼女は夫も子供も殺された」

「確かにひどい話だ」

「すべてを失ったんだよ。化け物じみた顔で生きていけって言うつもりか？」

「外科医は他にもいる」

「だが、最高の外科医はきみだろう。しょっちゅうおれにそう言ってるじゃないか。彼女は、最高の外科医が診るに値する」

「考えておく」

「おれは彼女と話をした。素敵なひとだった」

「考えておくと言ってるじゃないか」ジョエルが低い声で言った。

「ああ、考えてくれ」ニコラスは立ちあがり、ドアに向かった。「明日、書類を揃えて持ってくる。そのときにまた話をしよう。行こう、ジェイミー。夕食でも食おう」ニコラスは一瞬、間をおいてから訊いた。「ところで、タニアはどうしてる？」

「元気さ」ジョエルは顔をしかめた。「きみに会いたがるだろう。夕食はうちで食べていかないか」

「温かいご招待を断るのは心苦しいが、遠慮しておく」ニコラスはにやりと笑った。「どうだい、ネル・コールダーを助けるべきか、タニアの意見を聞いてみたら？」

「うるさいぞ」ジョエルが言った。

ニコラスはにやにやと笑いながらドアを閉めた。

「タニアって？」待合室を突っ切りながら、ジェイミーが訊ねた。

「家政婦だよ。タニア・ヴラドスはおれたち共通の友人なんだ」ニコラスがエレベータのボタンを押す。

「そのタニアがあいつを説得してくれるかな」

「そもそもタニアに話すかどうかも怪しいよ。あいつもタニアにはかなわないだろうからな。これがまた迫力のある女でね。それにタニアに説得してもらう必要はないさ。ジョエルはもう相当迷ってる。あいつも貧しい育ちだから、情けを優先して金儲けのチャンスをみすみす逃すってことがなかなかできないんだよ」

ジェイミーは振り返り、ガラスのドア越しに贅沢なオフィスを眺めた。「いまでも儲かってると思うがな」

「そのくせ週に一日、虐待された子供たちを無料で診療している」エレベータがとまり、ニコラスは乗りこんだ。「そして、ネル・コールダーを助けた場合、あいつがキャンセルする顧客はその子供たちじゃない」

「たっぷり報酬を出してその気にさせたらどうだ」

「いまはだめだ。それじゃあジョエルを侮辱することになる。やる気になったら必ず向こうからばか高い料金を請求してくるよ」

「あんた、とんでもない面倒に首を突っこむはめになる」

「だから？」

「あんたのせいじゃないのに」

「そりゃ違うさ」ニコラスは弱々しく首を振った。「それでも、ガルドーと関わっていたんだから彼女自身の責任だなんてくだらんことは言うな。おれは彼女は無関係だったと思ってる」

「じゃ、どうしてガルドーはあの女を消そうとした？」

「わからない。説明がつかないことだらけだ。何か理由があるはずなのに」ニコラスは考えこんだ。「彼女も娘もナイフで刺された。銃で撃つほうが短時間ですんで効率がいいのに、だ」

「マリッツの仕業か」

「たぶんな。ベトナムでは特殊部隊に所属してたし、ガルドーの手下でナイフに執着するのはマリッツだけだ。やつの狙いはネル・コールダーひとりだったんだろう。夫や他の人間は大広間で殺されてるのに、やつは彼女を追っていったわけだから」

「第一の標的か」ジェイミーがうなずく。「とすると、たまたま現場に居合わせた無実の人間だというあんたの仮定は明らかにおかしいことになる」

「じゃ、おれが間違ってると証明してみろ。彼女がガルドーの手下だったとわかれば、おれだって気が晴れる。ところで、おまえがガルドーと彼女につながりがあったか探るとなると、コナーが集めた書類だけじゃ情報が足りないな。彼女が六歳のとき、朝食に何を食べてたかまで知りたい」

「で、いつはじめる?」ジェイミーが片手をあげた。「いや、何でもない。晩飯のあとにしよう。いいな?」

「誰か別のやつにやらせてもいい。つまらん仕事だし、情報を集めたところでガルドーにわずかでも近づけるか、わからないからな」

「それが、パブはいまのところ、ちょっとばかり暇でね。おれがやってもいい。他には?」

「病室に警護をつけてくれ。ガルドーは彼女が生きていると知ったらおもしろく思わないかもしれない」ニコラスは顔をしかめた。「ガルドーには知られないようにしたほうがいい。知られると、ジョエルがおじけづく」

「そう簡単にいくかな。ああいう医者ってのは縄張り意識が強いだろ」ジェイミーは考えこんだ。「そうか、看護士にすればいいか。シカゴからフィル・ジョンソンを呼ぼう」

「好きなようにやっていい。とにかく、明日の朝までに配置してくれ」

「今晩はどうする？」

「おれがついてる」

「飛行機でも眠らなかったんだろう」

「ああ、そして今夜も眠らない。失敗を繰り返したくないんだ」


またタネクだ。

この前とどこか違って見える。だが、ネルにはその理由がわからなかった。緑のセーター。タキシード姿ではない。それにもう怒ったり、苛立ったりしてもいない。ただ疲れているように見えた。

わかるような気がする。私も疲れている。目を開けていられないほど疲れている。ふわふわと浮いているような……。

当たり前だ。死にかけているのだから。もしこれが死ぬということなら、死ぬのも悪くないわ。

口に出してそうつぶやいていたらしい。タネクが身をかがめてこう言った。「死にはしないさ。大丈夫だよ」顔をゆがめる。「いや、大丈夫ってわけでもないが。それでも死んだりはしないよ。ここは病院だ。アメリカのね。あちこち骨が折れてるが、治せないような傷はない」

どことなく気が楽になった。そうね。このひとに不可能はない。最初に会ったときからわかっていた。

「さあ、眠りなさい」

だが、ネルは眠れなかった。何かおかしい。落ちる直前のあの底知れぬ恐怖に関係しているもの。訊かなければならないこと。「ジル……」

タネクの表情は変わらなかった。だが、ネルはかすかな恐怖を感じた。そうだ。何かがおかしい。

「眠りなさい」

ネルは急いで目を閉じた。暗闇。暗闇に隠れればいい。タネクの無表情な瞳の奥にかいま見た忌まわしい真実から身を隠せばいい。

ネルは暗闇に身をまかせた。

「スープ、飲まないの」ダイニングの椅子に腰を下ろしながら、タニアが言った。「口に合わないんだね」

ジョエル・リーバーは顔をしかめた。「またその話はやめてくれ。腹が空いてないだけだよ」

「夜明けから日が暮れるまで働いてるし、お昼もほとんど食べないって秘書のひとが言ってたよ。お腹だって空いてるはず」タニアの冷静な目がジョエルの視線をとらえる。「ということは、あたしのスープが口に合わないってことでしょ。でも、まだ飲んでみてもいないのに、どうして口に合わないってわかるわけ？」

ジョエルはスプーンを取りあげ、スープに突っこみ、口に運んだ。「うん、うまい」ジョエルは唸った。

「じゃあ、残りも飲んで。早くね。ローストが冷めないうちに」

ジョエルはスプーンを置いた。「僕の家で僕に命令するのはよしてくれ」

「どうして？　あなたが他人の命令に従うのは家の中だけでしょ。どうせいつも威張ってるんだから」タニアはスープをちびちびとすすった。「確かに手術室では威張っても許されるでしょ。何もかも心得てるのはあなただから。でも家の中のことは、あたしが一番心得てるんだからね」

「きみは世界じゅうのものすべてについて心得てるつもりだろ。きみがここに越してきてから、僕は毎日が苦痛で苦痛で」

タニアは穏やかな笑みを浮かべた。「嘘つき。これほど満ち足りた生活は初めてのくせに。あたしのおかげでおいしい食事や、お母さんみたいに甘えられる肩や、清潔な部屋があるんだから。あたしがいなかったら、あなた、何もできないじゃない」

確かにそうだ。「きみの肩はちっとも母親みたいじゃないがね」タニアの肩はいかつくがっしりしており、いままさに出撃しようとしている兵士のように見えた。そして悲しいことに、タニアにとって戦争は日常のことだった。地獄と化したサラエボで生まれ、育ったのだから。四年前、爆撃で心にも体にも傷を負い、餓死しかけていたタニアを、ニコラスがジョエルのところに連れてきた。十八歳だというのに、老女のような目をしていたタニア。「それに、きみが来る前だって何年も不自由なく暮らしてたんだぞ」

タニアは鼻で笑った。「でもね、ダナがあなたと離婚したのは、あなたとすれ違ってばかりいたからでしょ。男のひとはね、仕事だけじゃだめ。家庭も大切にしなきゃ。まだ救いようがあるうちにあたしが来てよかったじゃない」タニアはスープをもうひと口飲んだ。「ダナもそう思ってるって。あたしがここに来たことが、あなたにとって一番素晴らしい出来事だって言ってた」

「ひとの別れた女房と共謀するなんていただけないな」

「共謀してるわけじゃない。世間話をしてるだけだよ。それって共謀なの?」

「そうさ」

「ねえ、あたしは一日じゅうひとりで家にいるんだよ。英語を練習しなくちゃいけないでしょ、だから電話でひとと話をするの」タニアが満足気に言う。「ね、あたしの英語、だいぶうまくなったでしょ。もうすぐ、大学に行けるようになるよね」

ジョエルの手が止まった。「大学に行くのか?」

「そんなにがっかりしないでよ。ここにいるから。この家で暮らすのは楽しいし」

「がっかりなんかしてないさ」ジョエルはタニアを睨みつけた。「きみを追い払ったらせいせいするだろうな。ひとの家にずかずか入りこんできて、占領したのはきみのほうなんだから」

「そうするしかなかったんだもの」タニアがさらりと言う。「もしあたしが来なかったら、あなたはきっと熟してないオリーブみたいに気むずかしいおじいちゃんになってたね」

「つまり、きみがここにいるおかげで、僕は若く、優しい男でいられるってわけか？」

「そう」タニアは微笑んだ。「若さを保つほうにはあたしが貢献してるよ。でもね、優しいってほうは手に負えそうもない」

タニアの笑顔は素晴らしかった。えらが張ってがっしりとした顔に、よく動く大きな唇と、深くくぼんだ目。微笑むまでは美しい顔とは思えない。ジョエルは、タニアから特別な贈り物をもらったような気がした。顔の傷を元どおりにしたのはジョエルだが、この笑顔を授けたのは神だ。

タニアが静かに言った。「でも、あなたのベッドに誘ってくれたら、少しは楽かもよ」

ジョエルは視線をスープに落とし、あわててひと口飲んだ。「言っただろう。僕はティーンエイジャーとは寝ない」

「もう二十二だって」

「僕はもうすぐ四十一だ。きみの相手には年をとりすぎてる」

「年齢なんて関係ない。いまどきそんなこと気にするひとなんかいないよ」

「僕は気になるね」

「だろうね。だから困ってるんだ。だけどこの話はもうおしまい」タニアはそう言って立ちあがった。「ジョエルってばもう怒っちゃってるし、消化が悪くなったらあたしのスープのせいにするだろうから。夕食がすんだら、書斎でコーヒーを飲みながら、何が気に入らないのか聞かせてよ」

「気に入らないわけじゃない」

「話しあえばきっと機嫌もよくなるよ。そろそろローストをとってくる」

タニアはキッチンへ消えた。

「コーヒー、飲んだら?」タニアはジョエルの向かいの大きなソファで背を丸め、長い脚を組んだ。「シナモンを少し入れてみたんだ。きっとおいしいよ」

「甘ったるいコーヒーは好きじゃない」

「スパイスは甘くないよ。それに、どうして嫌いだってわかるの? 大学の医学部にいたころから、出がらしのブラック・コーヒーしか飲んだことないくせに」

「出がらしなんかじゃないさ。それにきみだってカフェイン入りのコーヒーは飲ませてくれないじゃないか」

「でも、病院ではカフェイン入りを飲んでるんでしょ」

「それもどうせきみのスパイの報告なんだろうがね。僕は飲みたいものを飲ませてもらうよ」ジョエルはカップをテーブルにそっと置いた。「だが、いまはどんなコーヒーだって飲む気分じゃない。患者をチェックしに病院へ戻らなきゃならないからね」

「食事も喉を通らないほど、その患者さんが心配なの？」

「心配などしていないよ」

「じゃあどうして病院に戻るの？　あの子供たちの誰かなの？」

「いや、女性だよ」

タニアは黙ったまま、ジョエルが先を続けるのを待った。

「ニコラスが連れてきた女性だ」ジョエルは、しぶしぶつけ加えた。

「ニコラスが？」タニアが身を乗り出した。

「そうやって興味を示すだろうと思ったよ」ジョエルは苦々しげに言った。「だからといって何が変わるわけでもないがね。ニコラスの頼みだっていうだけで、この患者を引き受けろと僕を説得しようったって無理さ。損傷がひどすぎて、完全に元の顔に戻すのは不可能なんだ。サンプリンにでも引き継いでもらうよ」

「説得するつもりなんてないよ。確かにニコラスに恩があるけど、その恩返しはあたしひとりの問題」タニアが顔をしかめた。「そのひと、誰なの？」

「ネル・コールダー。カヴィンスキーを狙った暗殺事件の犠牲者のひとりだ」

「そうじゃなくて、ニコラスとどういう関係なのってこと」

「やきもちを焼くことはないよ。ニコラスもあのひとのことはほとんど知らないと思うな」

「どうしてあたしがやきもちを焼かなきゃなんないの？」

タニアは本気で驚いているようだった。ジョエルの心に安堵がわきあがる。何気ないふりで肩をすくめ、言った。「ほら、きみたちふたりはやたらに仲がいいからね」

「ニコラスはあたしの命を救い、あなたのところへ連れてきてくれた。それだけのこと」タニアが探るような目をジョエルに向けた。「ニコラスとあたしは、どっちも友情以上のものは求めてないよ」

「ニコラスが見返りを期待せずに何かをすることはめったにない」

「どうしてニコラスのことをそんなふうに言うの？　ニコラスを好きでしょ」

確かに、ニコラスのことは好きだった。だが、ジョエルは狂おしいほど嫉妬していた。映画『カサブランカ』の一場面がふと頭に浮かぶ。イングリット・バーグマンがハンフリー・ボガートの背中を思い焦がれるように見つめる。その背後で待つ、高潔で面白味のない男ポール・ヘンリード。ヘンリードがレジスタンスの英雄であることなど、バーグマンにとっては何の意味もない。アウトローはいつの世でも魅力的なのだ。

「ニコラスのことをわかってないんだね」タニアが言う。「見かけほどしたたかなひとじゃないよ。いまは向こう側にいるんだ」

「向こう側？」

「ニコラスは辛い生活をしてきた。もう何も信じられない、もうどんな災難がふりかかっても何とも思わない、そう思うほど傷つけられて、心がねじまがってしまうような事件が起きた。しばらくたつと、その段階を越えるときがくる」タニアはコーヒーカップを見つめた。「そうして、また人間に戻る」

タニアはニコラスのことだけを言っているのではなかった。タニアもやはりその地獄を経て、向こう側へと突き抜けたのだ。ジョエルは彼女を抱き寄せ、慰めてやりたいと思った。いつまでも彼女を愛し、大切にすると伝えたかった。

ジョエルはカップを取り、ひと口すすった。「うまい」嘘だった。おまえはタニアのコーヒーを褒《ほ》めた大した男だよ、ジョエル。ニコラスはタニアの命を救い、おまえはタニアのコーヒーを褒《ほ》める。

タニアが輝くような笑みを浮かべた。「ほらね」

「いつもいつもほらねって言うなよ。腹が立ってくる」

「で、どうしてニコラスはあなたにその女性を助けてくれって頼んだの？」

ジョエルは肩をすくめた。「自分にも責任があると思っているらしいな。贖罪《しょくざい》のために僕のところに連れてきたわけさ。だが、僕はそんな話には乗らないね」

「ううん、きっと乗ることになるよ。だって、そのひとをかわいそうだって思ってるでしょう」

「言っただろう。とても元どおりにはできないよ」

「そっくり同じ顔には戻してあげられないかもしれない。でも、まったく新しい顔を作ってあげることならできるんじゃない？」

「僕を説得する気はないんじゃなかったのか」

「ないよ。だってあなた自身が決めることだから。でもね、どうせ引き受けることにするんだったら、何か目標を作ってやりがいのある仕事にしたら？」タニアがからかうような笑みを浮かべる。「あなたの理想の女性を作ってみたいと思ったことはない？」

「いいや」ジョエルはきっぱりと否定した。「それは整形外科とは言えない。ただの夢物語だよ」

「そうだね。でも、誰だって夢が必要だよ、ジョエル。特にあなたにはね」タニアが立ちあがり、ジョエルの手からカップを取った。「このコーヒー、まずかったんでしょ」

「いや、そんなことは――」タニアと目が合った。「ああ、まずかった」

「でも、あたしのために飲んでくれたんだね」タニアの唇がジョエルの額に軽く触れた。「ありがとう」

タニアはトレイを持って書斎を出ていった。

生気にあふれたタニアがいなくなったとたん、書斎が暗くなったような気がした。

ニコラスに対する恩義は自分ひとりだけのものだ、とタニアは言った。

それはちがう。

ニコラスはジョエルにタニアを与えてくれた。たとえニコラスが、この先もずっと傷ついた子羊たちをジョエルのところへ連れてきたとしても、ジョエルにはその恩を返しきることはできないだろう。

「そんなこと、どうだっていいか」

理想の女性。ガラティア。そのことを考えろ。

「ここで何をしてる？」

ニコラスが顔をあげると、ジョエルが病室に入ってくるところだった。「こっちが訊きたいね」ニコラスは言った。

「ここは僕の病院だよ」

「整形外科医は夜の十一時に回診はしないと思うが」

ジョエルがカルテをざっと見た。「意識は？」

「一、二分だけ戻った。自分は死にかけていると思ってるらしい」ひと呼吸おいてから続ける。「娘はどうなったかと訊かれた」

「夫や娘が死んだことを知らないのか？」

「まだだ。耐えなければならない苦しみを、もう十分抱えてるだろうと思ってね」

「ああ、十分すぎるくらいだ。手術、精神的ダメージ」ジョエルは顔をしかめた。「それから、喪失感がトラウマとなって心に残る。精神的に強くない女性なら、そのトラウマが精神に異常をきたす引き金になるかもしれない。このひとはどんな女性だ？」

「決して強いひとじゃない」娘の部屋から出てきたときのネル・コールダーの顔が、ふっと脳裏によみがえった。「優しい、穏やかな女性だ。娘を溺愛していた。娘を中心に世界がまわっていた」

「素晴らしい」ジョエルは弱々しい手つきで茶色の巻き毛を指でかきあげた。「他に家族は？」

「いない」

「仕事は？」

「していない」

「くそ」

「ウィリアム・アンド・メリー大学で三年生まで美術を専攻していた。それから、グリーンブライアー大学に編入し、教育学に専攻を変えた。その大学で、経済学の修士課程を学んでいたリチャード・コールダーに出会った。理想的な結婚相手だったらしいな。頭が切れて、人を惹きつける力があって、野心に満ちて……。グリーンブライアーに戻って三週間で結婚し、大学をやめた。一年後に娘のジルが生まれた」

「どうして美術の勉強をやめたんだろう」

ニコラスは首を振った。「わからない。空白の期間は徐々に埋めていこうと思ってる」

「簡単にはいかないだろうな」

「だが、手術は引き受けてくれるんだろう？」

「あとで後悔するかもしれないぞ。今回必要な手術にくらべたら、タニアのときの手術など子供の遊びみたいなものだからな。湖のそばに新築の家が買えるくらいは支払ってもらうことになるぞ」

ニコラスが渋い顔をした。「そんな無茶な」

「彼女は何か変だとうすうす感づいてるはずだよ。いつまでも黙ってるわけにはいかない。もう家族はいないんだってことは、きみが伝えろよ」

「どうしてその名誉がおれにまわってくる？」

「家族を失くしたことと僕とを結びつけられては困るからだ。僕は希望や新しい人生を象徴する存在にならなくてはいけない。家族のことを話したら、きみは消えてくれ。彼女もしばらくはきみに会いたくないと思うだろうから」

「『良い警官と悪い警官』セオリーか」

ジョエルが眉をつり上げた。「僕は警察のやり方についてはきみほど詳しくは知らないが、まあだいたいそんなとこだ」ジョエルは一分ごとに機嫌がよくなっていった。「スーパーマンのマントを汚すわけにはいかないからな。話ができる程度に意識がはっきりするように、明日は鎮痛剤の量を減らそう」

「そりゃどうも」

ジョエルの笑顔が消えた。「穏やかに話すんだぞ、ニコラス。とてつもないショックを与えることになるんだから」

おれがこのひとを傷つけたがっているとでも思ってるのか？　ニコラスはそっけなくうなずいた。「穏やかに話したところで何の役にも立たないだろう。たとえイエス・キリストみたいに優しく話したところで、おれが伝えようとしている内容を理解したとたん、そんなことは関係なくなるさ」

「僕がそのあと鎮痛剤を投与しておく」

「苦痛を取り除いてやるということか？」

「そうさ、それが善玉の役割だ。僕が医者になったのはそういう理由からさ。容姿の醜さや体の障害は、一生癒えない苦痛として残るものだ。僕ならその傷を治せる」ジョエルはニコラスに背を向け、ドアのほうへ歩きだした。「もちろん、高額の報酬をもらって悪い気はしないし」肩越しにからかうように笑う。「おっと、きみにとっては痛手だよな。そうさ、きみの財布が慈悲を求めて泣き叫ぶようにしてやるぞ」

ジョエルが廊下を歩きながら吹く口笛が、ニコラスの耳にも聞こえてきた。


「もう寝たら」タニアが書斎の入口から声をかけた。

「あと少し」ジョエルは上の空で答えた。メモ用紙に無造作に描いた楕円の寸法を丁寧に測る。ジョエルはいつも、メモ用紙に図を描いてからコンピュータに入力することにしていた。

「ほら、早く」タニアが大股で机に近づいた。裸足にジョエルの古いTシャツを羽織っているだけだ。女っていうのは、どうしてこう男の服を着るとどうしようもなくセクシーに見えるんだ？

「もう真夜中すぎだよ。眠っておかないと、明日の手術ができなくなる」

「明日は午後まで手術の予定はない」ジョエルは疲れたように首を横に振った。「だが、その手術のあとには、ネル・コールダーのところへ行って、これから数週間は絶対安静にしていなくてはいけないと伝える仕事が待ってる。うらやましいだろう、え？　夫や娘のことを考える時間がたっぷりあるってわけさ」

タニアが卵形の図に目を落とした。「これがそのひとの顔？」

「ああ。寸法を確認して、どういう手があるか考えてるんだ。どういう手術になるか、明日、話してやれるようにと思って。だって、他のすべてのものを失ったんだ。何かすがるものが必要だろう」

「そのすがるものをあなたがあげるってことだね」タニアはジョエルの肩に手を置き、静かに言った。「あなたって素敵だよ、ジョエル・リーバー」

ジョエルは机にかがみこみ、メモ用紙にじっと目を注いだ。それから、つっけんどんに言った。「そう思うなら、邪魔せずに寝てろよ。僕にはやることがあるんだ」

「二時間」タニアがあとずさりし、手がジョエルの肩から離れた。「二時間したら迎えにくる」

ジョエルは目を上げ、大股でドアへ向かうタニアの後ろ姿を見守った。タニアがぶらぶらと歩くことはない。いつも目的地をはっきりと知っているような歩き方をする。

「あたしの脚、素敵でしょ？」タニアが振り向いた。「運がよかった。あなたは女性の脚にうるさいってダナが教えてくれたから」

「実は違うんだよ。ダナにそう言ったのはね、ダナが男の子みたいな胸をしてたからさ」

タニアがとがめるように舌打ちした。「それは嘘でしょ。ダナにじゃなくて、いまあたしに嘘ついてる」

タニアは書斎を出ていった。

ジョエルは無理にメモに視線を戻した。二時間後にタニアがここへ戻ってくるが、ここで待っていてはいけない。あの娘には、倍も年が離れている仕事の虫、しかもすでに一度結婚に失敗している男よりも、もっとふさわしい男がいるはずだ。あの長い脚。あの笑顔。彼女のことを考えていてはいけない。

そう、考えてはいけない。

そうさ、考えないようにしよう。

ガラティアのことを考えるんだ。


今回はタネクの顔ではなかった。

若々しい顔。高い頬骨。骨折したことがあるらしい鼻。青い目。クルー・カットの金髪。

「どうも。フィル・ジョンソンといいます、ミセス・コールダー」

「どなた？」

「看護士です」

というよりはフットボール選手みたいね。筋肉が盛り上がって、白衣の肩に皺が寄っている。

「楽になりましたか？　薬の量を減らしましたから、ぼんやりした感じは軽くなってるはずです」

そう言われれば、いままでより頭がすっきりしている。すっきりしすぎている。冷たい恐怖が体を駆け抜けた。

「包帯だらけですが、気にしないで」温かな笑顔だった。「すぐ元気になりますよ。体の傷はそれほどひどくありませんし、世界で最も優秀な外科医がその他の傷も治療してくれますからね。ドクター・リーバーのところには、世界じゅうから患者さんが集まってきます」

私が自分のことを心配していると思っているのね。ネルは信じられない思いがした。「娘は……」

フィルの笑顔が消えた。「ミスター・タネクが外で待っています。意識が戻ったら声をかけるように言われてますので」

ジルのことを訊ねたときのタネクの表情が、ふいに心によみがえる。鼓動が速くなった。タネクが病室に入ってくるころには、息ができないのではと思うほど心臓が激しく打っていた。

「気分はどうかな？」

「怖い」そんな言葉が口から出るとは思っていなかった。「娘はどこですか？」

タネクがベッドのそばの椅子に腰をおろした。「何が起きたか覚えているかい？」

ナイフ。激痛。ドアのそばに立つジル。チリンチリンというオルゴールの音色。転落。体が震えはじめた。「ジルはどこ?」

タネクの手がネルの手を包んだ。「きみが襲われた夜、殺された」

まるでその言葉に殴られたかのように、ネルの体がぴくりと動いた。死んだ。ジルが。

「嘘でしょう。ジルを殺せるひとなんかいるわけがない」熱に浮かされたように言葉があふれ出る。「ねえ、あなたも見たでしょう。会ったでしょう。ジルを傷つけるひとなんかいるわけがない」

「死んだんだ」タネクがぞんざいに言う。「これが嘘だったらどんなにいいか」

このひとの言うことは信じられない。リチャードなら本当のことを教えてくれるだろう。

「夫に会わせてください。リチャードに会わせて」

タネクが首を横に振った。「残念だが」

ネルは驚いてタネクを見つめた。「どういうこと?」かすれた声で聞き返す。「リチャードはあの部屋にはいなかったわ」

「大広間で襲撃事件があった。ご主人の他にも三人が殺された。カヴィンスキーも負傷した」

カヴィンスキーなどどうでもいい。

ジル。リチャード。ジル。

ああ、神様。ジルが……。

天井がまわりはじめ、視界が暗くなってゆく。

──のぼって　のぼって　のぼって　のぼって　あの青い空に届くほど……

ジルの歌声？　いいえ、ジルは死んだとこのひとは言った。リチャードも死んだ。生き残ったのは私ひとり。

──落ちて　落ちて　落ちて　落ちて……

そう、暗闇に落ちていこう。そこならジルに会えるかもしれない。

「ジョエル、すぐ来てくれ」ニコラスは大声で言った。「気を失っちまった」

顔をしかめながら、ジョエルが大股で病室に入ってきた。「いったい何をした？」

「何もしないさ。ただ、人生は終わったと教えてやっただけだよ。動揺したって不思議はないだろ」

「どうせいつもの優しい、そつのない手腕を発揮してくれたんだろうよ」ジョエルがネルの脈をとった。「まあ、いまさら言ってもしかたがないがな。どうやら、それほどひどいダメージはないらしい」

「気を失っちまってる。何でもいいから手当をしろよ」

「このまま自然に意識が戻るのを待ったほうがいい。さ、もう行けよ。このひとも、目が覚めたとき、きみの顔だけは見たくないだろうから」

「ああ、わかってる」だがニコラスは行こうとはせず、包帯を巻かれたネルの顔を見つめた。

この目……。「心配するな。おれだって会いたくない。あとはきみにまかせたよ、ジョエル」

「じゃ、その手を離して、出ていってくれ」

ネルの手を握ったままでいたことに、ニコラスはこのとき初めて気がついた。手を離し、立ちあがる。「また連絡する。状況を知らせてくれ」

「そうだ、カブラーをどうにかしてくれないか。今朝も電話があった」ジョエルが言った。

「何と言ってた？」

「さあね。僕は電話に出なかった。何のために秘書を雇ってると思う？」ニコラスが座っていた椅子に腰をおろす。「カブラーに彼女を質問責めにさせるわけにはいかない。心に大きな傷を残すことになってしまう」

カブラーのことはニコラスも気になっていた。ニコラスもカブラーがネルにあれこれ訊くような事態は避けたかったし、たとえ病室にフィルを張りつけておいたとしても、ネルがガルドーに襲われないという保証はない。「ウッズデールの診療所に移せないかな」

「術後の療養のためにということかい？」

「いや、いますぐだ。あの診療所も手術の設備は整ってるんだろ」

「めったに使っていないよ」

ウッズデール診療所は、完全なプライバシーと匿名を望む、著名な映画俳優や州知事のためにだけ使われる診療所だった。一流ホテル並みの設備と懺悔《ざんげ》室にも劣らぬプライバシーがある。

「ウッズデールなら、カブラーもそう簡単には手を出せないだろう。あそこの警備員はトップクラスだ」

「そりゃそうさ、きみが僕のために雇ってくれた連中だからな」ジョエルは眉根を寄せ、じっと考えこんだ。「いま移動するとなると、かなり面倒だぞ。ウッズデールはここから二百キロ近く離れてるんだ」

「ジョー・カブラーとやり合うほうがもっと面倒じゃないか」

ジョエルがため息をつく。「いずれにしろ、カブラーとやり合うはめになりそうだな」

「いや、そうとも言えないさ。カブラーがいまどのくらいやることを抱えてるかと、どのくらいこのひとを見つけだそうと躍起になってるかによる。で、いつ彼女を動かせる?」

「動かすとはまだ言っていないだろう」ジョエルが肩をすくめる。「だが、それが一番いいかもしれないな。今日の午後にでもやるか」

「おれが雇った看護士も行かせよう」ニコラスはそう言ってから考え直した。そうだ、フィルには他にやってもらうことがある。「フィルは明日、ウッズデールへ行かせることにするよ」

「あの看護士はきみの部下のひとりなのか？　ずいぶん若く見えるが」

ニコラスは、その質問に直接は答えなかった。「あの男の持ってる資格は申し分ないし、身元保証人も一流だ」

「資格や保証人が本物だとしたら、の話だろ」

ニコラスはにやりとした。「大部分は本物さ。きみのところの看護婦にも気に入られたらしい。きみもきっと気に入るよ」

「まあ、きみがウッズデール診療所によこしたあのジュノーよりはましだ。ジュノーときたら、まるで筋肉隆々の殺し屋だからなあ。患者が麻酔から覚めるときには付き添わせないようにしてる。ショック状態に陥るだろうから」ジョエルが眉をひそめた。「それに、僕の言うことを聞いてくれない」

「それは気の毒に。腹も立つだろうな。だが、ジュノーは決してばかじゃない。いかにもそれらしい見かけっていうのが、かえっていい隠れ蓑《みの》になることもあるから」

ジョエルが身をこわばらせた。「つまり、あいつは本当の殺し屋だってことか？」

「だからどうだって言うんだ？　ジュノーは黙って仕事をこなし、何の面倒も起こさない。あいつのせいで何か騒ぎが起きたことがあるのかい？」

「いや、それはないようだな。だが、犯罪者を匿《かくま》ってると思うと」

「犯罪者じゃないさ」ニコラスは笑みを浮かべた。「いまはな。フィルもジュノー以上に頼りがいがある男だと、きみにもそのうちわかるだろう」そう言って病室を出ると、ナースステーションへ向かった。ナースステーションでは、フィルが婦長と世間話をしていた。


ジル。

同じ病室。違う顔。

ジルはここにはいない。ネルは素早く目を閉じた。暗闇に戻ろう。

「僕は担当医のジョエル・リーバーといいます。大きなショックを受けているのはわかっていますが、どうしても話しておかなくてはならないことがあります」優しい声が聞こえた。「最良の結果を出すために、できるだけ早く手術をしたいと思っています。ですが、あなたの同意がなければ手術はできません」

なぜ放っておいてくれないの？　このひとは暗闇を押しのけようとしている。

「話したくないですか？　かまいません。とにかく聞いてください。あなたの顔の損傷はかなりひどい。元どおりにしようと試みることはできます。でも、そのやり方ではあなたが毎日鏡で見ていたのとまったく同じ顔には戻せない。ですが、新しい顔を、おそらくは前よりもさらに美しい顔を作ってさしあげることならできます。損傷を受けたのは骨ですから、手術は一度だけですみます。上唇の際にメスを入れ、皮膚を押し上げて——」ジョエルは言葉を切った。「細かなことは省きましょう。いまは聞きたくないでしょうから」ネルの手をとる。「でも、私の腕はいい。とても腕がいいんです。信頼してください」

ネルは答えなかった。

「何かご希望はないですか？　こんな顔になりたいって思う人はいますか？　約束はできませんが、かなり似た顔なら作れますよ」

このひとはいつまでも話しつづけている。どうして暗闇に戻らせてくれないの？

「ネル、目を開けて、聞いてください。大切なことなんです」

いいえ、大切なんかじゃない。大切なものは何もかも消えてしまった。それでも、ジョエルの口調には抵抗しがたい響きがあった。ネルは目を開き、ジョエルを見つめた。素敵な顔ね。ぼんやりと考えた。四角い、力強い顔。本来なら冷たく見えそうな灰色の目が、知的で思いやりにあふれて見える。

「そう、それでいい」ジョエルが手に力をこめる。「わかりましたか?」

「ええ」

「どのような顔にしてほしいですか?」

「何でもかまいません。先生のお好きなようにしてください」

「私が一番いいと思うようにしてくれということですか? でも、お気に召さなかったら困るでしょう? 何か提案してください」

「どうでもいいんです」ネルはつぶやいた。どうしてわからないの?

「どうでもいいはずはないでしょう」ジョエルは疲れた様子で頭を横に振った。「でも、いまはそうお思いのようですね。時間がたって気持ちが変わるといいのですが」そう言って立ちあがる。「今日の午後、僕の診療所へあなたを移します。手術はあさって行ないたいと思っています。明日の晩に僕も診療所に行きますから、そのときに顔の候補をお見せしましょう」

困っている。いいひとらしい。何も言ってあげられなくて残念だわ。

ジョエルがドアへ向かった。ネルはほっとした。ようやく解放してくれた。瞼《まぶた》を閉じる。

まもなくネルはふたたび眠りに落ちた。

病院のこちらの棟にはもうほとんど誰もいなかった。文字どおり、九時から五時までの勤務なんだな。廊下をぶらぶらと歩きながら、フィル・ジョンソンは考えた。きれいな看護婦が向こうから歩いてくる。はつらつとした顔。黒い巻き毛。そばかすがある。フィルはそばかすのある女が好みだった。看護婦に微笑む。

看護婦が微笑み返し、足をとめた。「迷われたんですか？　ここは管理棟ですよ」

「保険関係の書類を届けるように言われて」

「事務室は七時までです」

フィルはがっかりした顔をした。「ついてないな。ところできみは管理棟に勤務してるのかな？」

看護婦はうなずいた。「医療事務の研修中」しかめ面をして続ける。「以前、救急医療室で気絶してしまって。私には縫合よりも計算のほうが向いてるんじゃないかって人事課は考えたみたいです」

「きみもついてないんだな」フィルは同情するように言った。それから、手に持ったファイルに目を落とす。「いったん小児科に返して、また明日来なくちゃいけないってことか」

看護婦はためらったが、やがて肩をすくめた。「事務室に入れてあげましょうか。ファイルはトルーダの机に置いておけばいいわ」

「それは助かる」看護婦がポケットから鍵束を取りだし、鍵穴に差しこむのを見守りながら、フィルは笑みを浮かべた。「僕はフィル・ジョンソン」

「パット・ドブリーです」看護婦はスイッチをぱちんと押して明かりをつけ、フィルからファイルを受け取った。「トルーダの書類受けに入れておきますね」

事務室の奥へ入っていく看護婦を、フィルは入口から見つめた。可愛い。ほんとうに可愛い。

看護婦が戻ってきて、明かりを消した。

フィルは鍵に手を伸ばした。「僕がやろう」鍵をかけ、ノブをがちゃがちゃと鳴らす。「よし」フィルは鍵を返した。「ありがとう、パット。駐車場まで送っていこう」

「いえ、結構です」

フィルはにっこりとした。「いいんだよ。僕が送ってあげたいんだから」

十分後、フィルは、パットがホンダのエンジンを唸らせて遠ざかっていくのを、名残惜しげに手を振って見送っていた。素敵な娘だ。もう誘うチャンスがないなんて残念だな。フィルは振り向き、駐車場を小走りで抜け、病院の建物に戻った。

数分後、フィルは事務室に入り、ドアをそっと閉めた。明かりをつけないまま、素早く机に近づいてコンピュータの電源を入れる。モニタの光で室内は十分明るかったし、この程度ならドアの下から明かりが漏れることもない。

なつかしい滑らかなキーの感触。ひどくなつかしい。会うたびに新鮮で、会うたびに刺激的な恋人の体に触れるのに似ていた。さあほら、任務開始だ。フィルは自分に言い聞かせた。パスワードがわからないので、システムに侵入するのに二、三分かかった。それでも楽勝なほうだ。

ネル・コールダー――ウッズデールへの転院がすでに入力されている。

よし。フィルはその記録を抹消し、ファイルキャビネットに近づいてネル・コールダーに関する書類をすべて引っ張りだした。病院が裁判所から記録の提出を求められでもしない限り、書類まで破棄しておく必要はない。この世を支配しているのはコンピュータだ。事務員も、苦労して紙のファイルを探すくらいなら、コンピュータの記録をプリントアウトするだろう。だが、ニコラスは完璧にやれと言っていた。

たとえ書類がなくなったことがわかったとしても、誤ったファイルに保管されたのだと思われるだけだろう。人間は過ちを犯すが、コンピュータは犯さない。

フィルはコンピュータに戻り、必要なデータを打ちこみ、プログラムを終了させた。それから、じっと座ったまま、彼にとってはどんな女性よりも魅力的な濃い緑色の画面を見つめた。おい、せっかくだから、データバンクのどれかに侵入して、どんなデータがあるかのぞいてみたって、ばちは――

フィルはため息をつき、コンピュータの電源を落とした。ばちが当たるだろう。当たらないとしたら、なぜアパートのコンピュータを処分して、看護士になるはめになった？　ニコラスはチャンスをくれた。ここで誘惑に負けて、せっかくのチャンスをぶちこわすわけにはいかない。

フィルは立ちあがってコールダーのファイルを脇に抱え、ドアへ向かった。パットがファイルを書類受けに入れている間に鍵穴に貼っておいた、強力な透明テープを慎重にはがす。パットに出会ったのは幸運だった。そうでなければ、職員に気づかれる危険を冒して、マスターキーの束から鍵を一つ一つ試さなければならなかっただろう。

ドアを閉じる前に振り返り、最後にもう一度、焦がれるような目をコンピュータに向ける。それほど悪くはないさ。この仕事が嫌いというわけではない。ひとと話すのが好きだし、他人の役に立てる仕事は気持ちがいいものだ。あのネル・コールダーの力にもなってやりたいと思っている。気の毒なひとだ。とてつもない面倒に巻きこまれているに違いない。そうでなければ、ニコラスもあんなデータを入力するように命じたりはしないだろう。

〈午後二時四分、死亡。原因は外傷。遺体はジョン・バーンバーム葬儀場へ移送済み〉

3

「これ、そのひとの写真？」タニアはそう言って、ジョエルが机に広げたファイルの一番上にのった写真を手にとった。じっと観察したあと、うなずく。「あたし、このひと好きだな。思いやりのありそうなひと」

「どうしてそんなことがわかる？　目か？」

タニアはネル・コールダーの間のあいた茶色い目を見つめたあと、首を横に振った。「口もと。何ていうか……繊細な雰囲気。この口は変えないで」

「完璧にバランスをとろうとしたら、この口は大きすぎるよ」

「完璧にバランスがとれてたら、冷たい感じになっちゃう。あたしがこのひとだったら、冷たく見られたらいやだな」

そんなものかな、とジョエルは思った。「僕はガラティアを作ることになってるものだと思っていたが」

「あら、ひとりにしてほしい？」タニアががっかりした顔で訊く。

「いや」ジョエルは微笑み、タニアのために椅子を机に引き寄せた。「手伝ってくれるのはかまわないさ。患者自身はまったく力を貸してくれそうもないからね」

「気の毒に。最初のショックが一番つらいんだよね。両親や弟が死んだとき、あたしも死んでしまいたいと思った」

タニアが家族の死のことを口にしたのは初めてだった。「三人ともいちどきに亡くなったのかい？」

「ううん。父は兵士だった。母と弟は、一年後に通りで狙撃された。あたしたちの分の水を汲《く》みに行くところだった」ネルの写真に目を落とす。「最悪なのは孤独と無力感だね。何もかもが奪われてしまったら、生きる理由はなかなか見つからない」

「きみはどんな理由を見つけた？」

「怒り。あたしを殺す満足感まで与えてたまるかっていう怒り」タニアは無理に笑顔をつくった。「そのあと、あなたを見つけた。生きることに、もう一つ目的ができた」

ジョエルは彼女の話に深く感動していた。しかし、あわてて逃げ道を探す。「目的って、僕をカフェイン地獄から救うことかい？」

「それもそう」タニアは写真を人差し指で軽く叩いた。「ね、このひとにも目的を作ってあげてよ」

「まずは新しい顔を作ってやらないと」ジョエルがコンピュータの画像処理プログラムを呼びだすと、ネルの顔がモニタに現われた。コンピュータ用のペンを取りあげ、モニタの横のタブレットに身を乗り出す。「頬骨はどんな感じがいいだろう」

「こんな感じかな」ペンをパッドの上に向かって滑らせると、モニタのネルの頬骨がぱっと高くなった。「高く」

「もうちょっと高く」

頬骨をさらに高くする。

「そんなとこ」タニアが顔をしかめた。「その上を向いた鼻はどうにかしないとね。あたしは好きだけど、頬骨とアンバランス」

ジョエルが鼻を消し、代わりに直線的で上品な鼻を挿入した。「これでいいかな？」

「そんなものかな。まあ、またあとで直せばいいね」

「口は……」

「口はそのままがいい」

「それじゃ、角ばった顎にしないと」顎の線を修正する。「目は？」

タニアは首をかしげた。「少しだけつり上げてみて。ソフィア・ローレンみたいにね」

「縫わなくちゃいけなくなる」

「だけど、つり上げたほうが魅力的になる。でしょ？」

ジョエルが間隔のあいた目の形を変える。すると、いちじるしい変化が現われた。できあがった顔は、力強く、上品で、しかもどこかエキゾチックだった。だが、大きく、表情の豊かな口もとが、繊細さと官能を添えていた。古典的な美人顔ではなかったが、魅力的でひとの目を引く顔だった。

「ソフィア・ローレンにも似てるし、オードリー・ヘップバーンにも似てる……」タニアがつぶやいた。「でも、鼻をどうにかしたほうがよさそうだね」

「僕がきみの意見を聞かずに変えたからかい？」ジョエルが皮肉っぽく言った。

「ううん、ちょっと線が細すぎるから」タニアは顔を近づけ、モニタを見つめた。「よくできてる。千隻の船を動かす顔だね」

「トロイのヘレンのことか？　僕たちのネルはギリシアの女神には見えないな」

「トロイのヘレンがいかにも女神らしい顔をしてたなんて、あたしは考えたことないよ。ヘレンの顔はね、一度見たら忘れられない、いつまでも見ていたいと思うような顔だったと思う。そういう顔を作らなくちゃ」

「その顔を作ったあと、彼女はどうなる？」ジョエルがタニアの顔を見た。「そこまで劇的に変わると、心に傷を残しかねない」

「このひとはもう精神的な傷を負ってるって言ったのはあなただよ。トロイのヘレンに変わったからといって、それ以上の傷を負うことになるとは思えないし、それどころか心の支えになるかもしれない。たとえ生きる目的を失ってるとしても、少なくとも武器を手に入れることになるでしょ。大きな意味があるよ」

「きみの顔の手術に同意したのは、そういう理由からだったのか？」

タニアはうなずいた。「あたし自身はね、顔に傷が残ることは気にならなかったけど、周りのひとは気にするだろうってわかってた。あたしだって生きていかなくちゃいけないのに、世間のひとは醜いものに近づきたがらない」

ジョエルはにやにやと笑った。「彼女をきみみたいな顔にしてもいいな。悪い顔じゃあない」

「すごく素敵な顔だよ。でも、あたしなしでは生きていけないとあなたが認めてくれたあと、面倒なことになっちゃう。いまだってあなたは混乱してるのにね。だめ。このひとが楽に世間を渡っていけるように、この素敵な顔にしてあげようよ」タニアはペンを見てうなずいた。

「ね、鼻をもうちょっとだけ丸くできないかな」

翌日の夜、ニコラスはジョエルがネルの病室から出てきたところをつかまえた。

「話しかけないでくれ」ジョエルはそっけなく言い、クリップボードをひらひらとふった。

「手術の同意書だよ」

「サインしてくれないのか?」

「サインしたさ。どんな手術をするか、こと細かに話した。どんな顔になるか、コンピュータのプリントアウトを見せたんだ。僕の言ったことが、一言でも聞こえていたかどうかはわからないがね。彼女はどうでもいいと思ってるんだ」ジョエルは髪をかきあげた。「治療がすべて終わったら、裁判を起こされるかもしれない。きみにはそのことがわかってるのか?」

ニコラスは首を横に振った。「あのひとは訴えないだろう」

「どうしてわかる？　生きた死人だよ、あれは」

「約束するよ。どんな結果になっても、きみを護ってやる。法的にも個人的にも」

「本当なんだろうな。カブラーが今日も電話をしてきたぞ」

「今度電話があったら、聖ジョゼフ病院の管理課に問い合わせるよう秘書に言わせろ」

「なぜ？」

「ネル・コールダーは、昨日の午後、死亡したからさ」

「何だって？」ジョエルは仰天してニコラスを見つめた。「いったい、何をやってくれたんだ？」

「きみの責任になるようなことは何もしてないさ。とにかく、カブラーと直接話すのは断りつづけろ。やつが管理課に問い合わせれば、ネルが負傷が原因で死亡し、地元の葬儀場へ移されたとわかるはずだ」

「もしその葬儀場に問い合わせたら？」

「火葬の記録がある。それに、明日の新聞に彼女の死亡記事が載る」

「きみにまかせると言ったのは、そういう意味じゃ——。なあ、これは許されないことだぞ」

「もうやっちまったんだよ」

「それに、自分が死んだことになってると知ったら、ネル・コールダーが何と言うと思う?」

「危険が去ってから、世間に『あの死亡記事はとんでもない誇張だった』と言えばいい」

「危険?」

「彼女は巻き添えを食った罪のない被害者じゃない。狙われてたのは彼女なんだよ。いまも危険にさらされているのかもしれない」

「まさか――。僕が何に巻きこまれようとしてるのか、きみは僕に説明してやろうとは考えなかったらしいな」

「考えたさ。だが、話せばかえって迷うと思ったんだよ」ニコラスがにやりとする。「いまさら気が変わることはないだろう。違うか?」

「つまり、僕にいらぬ心配をさせぬよう、秘密にしておいてくれたってわけだ」ジョエルは皮肉たっぷりに言った。

「まあ、それと、きみの反論からおれ自身を護るためにね。既成事実を作っちまったほうが、ずっと簡単だろ」

「そんなことはない」

「いや、簡単に決まってる」

「記録を見れば、担当医は僕だとわかってしまう。文書偽造で責められるのは僕なんだぞ」

ニコラスが首を横に振った。「きみの署名が入った移送許可書の原本がある。必要ならそれを提出するよ」

「それできみの気がすむなら」

「いや、すまないさ」ニコラスはジョエルを見つめ返した。「きみを護ると約束した。おれは約束は破らないよ、ジョエル」

ジョエルはむっつりとした顔でニコラスを見た。ニコラスが約束を守る男だというのはわかっていたが、それでも気は晴れなかった。「利用されるのは嫌いだ」

「きみを利用してなどいないよ。利用したのは記録さ」ニコラスは、同意書をはさんだクリップボードに目をやった。「それに、きみはおれのことは大して怒ってないんだろう。患者のことが心配なだけさ。彼女、回復に向かってるんだな」

「いや、精神分裂症になりかけてる」ジョエルは答えた。「僕には大したことはできやしない。もし精神病院で一生を送ることになったら、新しい顔に何の意味がある？」

「そんなことにはならないようにするよ」

「絶対に、だぞ」ジョエルはニコラスに指を突きつけた。「ひとりでやるのはごめんだからな。アイダホに逃げ帰るなんて許さないぞ。ここに待機していろ。わかったな」

「了解」ニコラスは口もとをほころばせた。「だが、街のホテルに泊まるくらいはかまわないだろ？　病院にいるとじんましんが出そうだ」

「いつでも連絡がつくようにしておくなら」

ニコラスは両手を上げて降参した。「仰せのとおりにいたしましょう」

「結構」ジョエルは大股で廊下を去っていった。

フランス ベルヴィーニュ

「しくじりやがって」フィリップ・ガルドーが低い声で言った。「私は失敗が嫌いなんだよ、ポール」

「あの女があんなに抵抗するとは思わなかったんで」ポール・マリッツが顔をしかめる。

「それに、あそこから落ちれば死ぬだろうと思った」

「与えられた仕事をちゃんとやっていれば、落ちれば死ぬだろうなどとあてにすることもなかっただろうが。ひと突きですんだはずだ。どうせまた殺しを楽しんでたんだろう」

「そうかもしれません」マリッツはむっつりと答えた。

「そのうえ子供を殺した。子供や動物は殺しちゃいかんと、何度言ったらわかる？　どういうわけか知らんが、大人を百人殺すよりもひとを怒らせるものなんだよ」

「女が落ちたあと、こっちに走ってきたんですよ。おれを殴ったんです」

「で、四歳の子供を相手に身の危険を感じたってわけか」ガルドーがそっけなく言った。

「いや、顔を覚えられていたかもしれないんです。見られるのは二度目だったから。あの日の午後、洞窟でも見られてた」

「ゴーグルもマスクもかぶっていたんだろうが」ガルドーが言う。「私は言い訳は好かん。さあ、欲求不満がたまって、何か気晴らしが必要だったんだと認めてみろ。そうしたら許してやる」

「ええ……たぶん頭がどうかしていたんです」マリッツがつぶやく。

「ほら、簡単だったじゃないか」ガルドーは椅子の背にもたれ、ワインを口もとに運んだ。「自分の失敗を認めれば、それですむんだよ。子供のことは失策だったが、大したことじゃない。女はアメリカの病院に運ばれた。命はとりとめるだろう。だが、もし顔を覚えられているとしたら、その予測はおれたちで修正しなくちゃならんだろうな」ガルドーは言葉を切った。「女をアメリカに連れていったのはニコラス・タネクだ。あの男がメダス島にいたのは偶然だとは考えにくい。となると、われわれの身内にスパイがいるという結論が出てくるわけだな。さて、おまえは今度こそしくじらずにそのスパイを見つけだし、始末できると思うか?」

マリッツが力強くうなずく。

「そう願いたいね」ガルドーは穏やかな口調で言った。「今回はおまえには非常にがっかりさせられた。もしもまた期待を裏切るようなことがあれば、私自身の気晴らしを見つけなくてはならんな」あくびを手で押さえる。「おまえはそのナイフでピエトロの剣と闘えると思うかね?」

マリッツは唇を湿らせた。「やつをずたずたにしてやります」

ガルドーは肩をすくめた。「剣は実に残酷な武器だ。だからこそ、おれは剣の優雅さとロマンを好むんだが。ときどき、自分がメディチ家の生まれ変わりのような気がするよ。この時代に生まれてきたのは間違いだったのではないかと心配になる」マリッツの顔を見てにやりと笑う。「それはおまえも同じだな。馬に乗ったおまえが、フン族の王アッティラに従う姿が目に浮かぶ」

それが侮辱であることはマリッツにも何となくわかったが、命拾いをしたばかりだったので何も言い返さなかった。前回、ガルドーが決闘を命じた男がピエトロにやられるところを、マリッツも目の前で見ていた。「必ずスパイを見つけだします」

「おまえならやれる。おまえを信頼しているよ、ポール。ただし、おまえが能力を証明すれば、だ」

「それから、タネクも追います」

「よせ！ タネクには手を出すなと、何度言わせる？」

「あの野郎はボスの邪魔するじゃないですか」マリッツはむっつりと言った。「面倒の種をまく」

「そのうち始末するさ。潮時がきたらな。それまでやつには手を出すんじゃない。わかったな――」

「パパ。ママがこれくれたの、ほら見て」ガルドーの末娘が、風車を手にテラスに駆け出してきた。「風が吹くと回って、ほら、ね、どんどん速くなるの」

「すごいじゃないか、ジャンヌ」ガルドーは六歳になるジャンヌを膝にのせた。「ルネもママに同じのをもらったのかな？」

「ううん。ルネはお人形」ジャンヌが体をすり寄せる。「ね、きれいでしょ、パパ」

「おまえと同じくらいきれいだよ」ガルドーは、風車に息を吹きかけた。

つやのある茶色の髪。どことなくネル・コールダーの娘に似ている。といっても、マリッツの目には、どの子供も同じに見える。

「もう下がっていい、ポール」ガルドーは、マリッツに目をやろうともせずに言った。「ただでさえおまえは私の家族の時間を奪っているんだ。今度来るときにはいい知らせを持ってくるんだな」

マリッツはうなずいた。「近いうちに。約束します」それから、庭に続く階段を駆けおりた。ガルドーは決して手下を家の中に入れない。おれたちに会うと、妻や子供が汚れると思って心配なんだ——マリッツは苦々しく考えた。実際、けばけばしいパーティの警備のために呼びつけるときを除けば、子分たちがベルヴィーニュに来るのをガルドーはひどくいやがっている。メダス島から戻ってすぐにガルドーに電話で呼びだされたとき、マリッツがまず驚いたのはそういうわけだった。

驚き、そして怯えた。

跳ね橋を渡ったところでシャトーを振り返る。自分が他人を恐れるなど、許せない。この前恐怖に震えたのはいつだったか、思い出せない。おそらく子供のころのことだ。自分の才能に気づく前、ナイフの力に気づく前のことだ。気づいた瞬間から立場は逆転し、周囲の人間がマリッツを恐れるようになった。

誰もがいまも自分を恐れている。あの女も怖がっていた。抵抗はしたが、怯えていた。

あの女。あの女と対決する次の機会を、おれがガルドーのお気に入りにカムバックするチャンスを、必ず手にしてみせる。

だが、いまは他の連中と変わらない。そう思うと嫌気がさす。こびへつらい、泣きごとを言い、ガルドーがいつ自分に手を上げるかと恐れおののいている。

もう一度シャトーを振り返った。城を構えた王。その王が倒されるときは、果たして来るのだろうか。

ピエトロの話を持ち出して自分を脅したときのガルドーの目を思い出すと、背筋が寒くなった。ピエトロが怖いのではない。マリッツの血を凍りつかせるのは、ピエトロのあの剣だ。車に向かう足が速くなる。まずはスパイ、その次にあの女。そのふたりを厄介払いすれば、ガルドーとの関係もすべてうまくいくだろう。

「来てくれ。いますぐ」ジョエルの声だった。

がちゃんと受話器がたたきつけられる音が響き、ニコラスはたじろいだ。ジェイミーのほうを振り返る。

「ウッズデールに行ってくる。何かあったらしい」

「リーバーは、手術は成功したと言ってたんじゃないのか」ジェイミーが言う。「もう一週間になる。そんなにたってから容態が変わるものかな」

「それもそうだな。どういうことだろう」ニコラスは上着をひっかけ、ジェイミーが集めたネルに関する資料を閉じた。資料に目を通している最中に、ジョエルから電話がかかったのだ。「とにかく行ってみるよ。一緒に来るか？」

「もちろんだろ。ジュノーにもしばらく会ってないしな」ジェイミーも立ちあがる。「あんたが組織を解散したとき、うちのパブの用心棒にならないかとあいつを誘ってやったんだ。知ってたか？」

「そりゃとんでもない間違いだよ」

「おれはジュノーが気に入ってたんだ」ジェイミーはニコラスのあとについてホテルの部屋を出た。「だが、ウッズデールの仕事のほうが楽だろうな。けんかの回数は少ないだろうから」

「だろうな」

ウッズデール診療所の地下駐車場の入口に着くと、ジュノーが待ちかまえていた。警備員の制服は着ていない。ニコラスが、ジュノーに制服を着せる必要はないといってジョエルを説き伏せていたのだ。

「おれが車を停めておくよ。ドクター・リーバーがすぐに来てほしいとさ。四階だ」ジェイミーを見てかすかな笑みを浮かべる。「元気でやってるか？」

「ああ、元気だ。ニコラスが用をすませる間、あちこち案内してくれてもいいぞ」

「すごい警備システムだぜ。腰を抜かすよ。あんたでも、突破するにはてこずるだろう」

「うわ、傷つくなあ。おれをみくびってるのか？」

ニコラスはふたりをそこに残し、急ぎ足でスロープを下りた。診療所の正面玄関は、コンクリートの要塞のような駐車場の奥にある。安全とプライバシーが完璧に守られており、名士が手術のために出入りしても、その姿が外部の者に目撃されることは絶対にない。

数分後、四階でエレベータを降りると、ジョエルが出迎えた。

「彼女のことはきみが責任を持つって言ったな」ジョエルは不機嫌な声だった。「さ、どうにかしてくれ」

「何があった？」

「何も変わらないのが問題なんだよ。日ごとに自分の殻に引きこもるようになってる。精神科医を何人もつけた。牧師も呼んだ。だが、何をやっても効果がないんだ。食べない。話さない。昨日からは点滴をはじめたよ」

「死ぬってことか？」

「死のうとしてるんだと思う。驚くほど意志が強い。装置につなげば、生かしておくことはできると思うがね」

テレンスが人工呼吸装置のスイッチを切ってくれと懇願した記憶が、ふいによみがえる。

「機械につなぐのはやめてくれ」

「じゃあ、きみが解決方法を見つけてくれよ。左側の三番めの部屋だ」ジョエルは廊下を指さした。

ニコラスは廊下を歩きだした。

「彼女には生きる目的が必要なんだと、タニアは言ってる」ジョエルが追いかけるように言った。

「おれに目的を与えてやれというのか」

「僕の手術が無駄にならないよう、あのひとに生きようという気持ちを持たせてくれればい い」

「おれのやり方じゃ、きみは気に入らないかもしれないぞ」

「もし彼女が死んだり、精神病院に入れられたりしたら、そのときはきみのやり方がまずかったんだと考えることにするよ」ジョエルが言った。「そういう可能性をあおるようなやり方じゃない限り、僕は何も口を挟まない。とにかく僕にできることはもうないんだから」

だとすると、おれはジョエルにも起こせなかった奇跡を起こさなくてはならないわけか。素晴らしい任務だ。ニコラスは病室のドアを開けた。

ネルの顔にはまだ包帯が巻かれており、最後にニコラスが会ったときよりも小さく、もろく見えた。ネルはまっすぐ前を見つめたまま、ニコラスが部屋に入ってきたことにも気づいていないようだった。

生きる目的。

ああ、そうさ。生きていく気にさせるにはどうするのが一番いいか、おれはよく知っている。生きる目的を与えてやることならできる。

ニコラス・タネク。

私の人生からもう消えたものだと思ってたのに。ネルはぼんやりと考えた。消えてほしかった。ジルの死を私に伝えたのはこのひと……。

ネルはニコラスがいるという事実を心から締め出そうとした。何かを考えないようにすることも、前よりはるかに楽にできるようになっていた。だが、だめだ。この男の存在感は強烈すぎる。少しずつ平静を失ってしまう。あわてて目を閉じた。

「芝居はやめろ。眠ってはいないんだろう」ニコラスの冷たい声が聞こえた。「きみはただ臆病なだけだ」

衝撃の波がネルの体を洗った。

「そこでじっと自分を哀れんでて、楽しいのかい？」

この男にはわからない。自分を哀れんでいるわけではない。ひとりにしておいてほしいだけなのに。

「ま、おれは驚かないよ。いままでだってきみは、ひたすら屈服しつづけ、すべてから逃げてきたんだからね。芸術家を志していたのに、両親がぱちんと指を鳴らしただけで、何もかも投げだして逃げ帰った。夫はきみを型に押しこめようとした。きみはそれにも逆らわなかった」

リチャードのことね。ひどい。リチャードは死んだのよ。死んだひとの悪口は言わないものでしょう。

「ジルがどんな死に方をしたか、聞いたかい？」

ネルは目を開けた。「やめて。聞きたくない。ひとりにして」

「ジルは刺されて死んだんだ」

ナイフ。ああ、神様。あのナイフ。

「あいつは楽しみながらジルを刺した。いつだって楽しんで殺す」

そう、あの男は楽しんでいた。ネルに向かってナイフを振り下ろしながら、マスクの奥で薄笑いを浮かべていた。

「あいつは自由の身でどこかにいる。あいつはジルの人生を、すべての喜びを、きみがあの子のために計画していたすべてを奪った。あいつがジルのすべてを奪い去るのを許したのはきみだ」

「違う！　私はあの男を止めようとしたわ。バルコニーにおびき出して――」

「だがジルは死に、あいつは野放しだ。どうやってジルを殺したか、何度も思い出して楽しみながら、大手を振って歩いてる。子供を殺すのは簡単なのさ」

「やめて」ニコラスの言葉がネルをずたずたに引き裂く。どうして放っておいてくれないの？　人間がこれほど残酷になれるとは。「なぜそんな話をするの？」

「きみが苦しんでいようがいまいが、おれには関係ないからさ。ジルは死に、きみはジルを裏切っている。いままでずっとしてきたように、地面に伏せ、すべてが終わるのをじっと待っている。ジルはいい子だった。娘を殺した男に罰を受けさせるべきかどうか、考えてみる気力さえない母親には、あんな娘はもったいないだけだった」

「ジルは死んだわ。私に何ができると――」

「ほら、言い訳、思いこみ。人生から逃げてばかりいることに、自分でもうんざりしないのか？　いや、しないんだろうね」ニコラスは身を乗り出し、ネルの目をまっすぐにのぞきこんだ。「そうやって娘のことを考えながらここで寝てる間に、何度も思い出してほしいことがある。ジルは苦しんで死んだということだよ。あの男は決して楽に死なせたりしない」

何かがネルの中で爆発した。「このひとでなし」

「だが、きみには関係のないことなんだろ。また眠ればいい。眠って、不愉快なことは何もかも忘れればいいさ」ニコラスは立ちあがり、ドアのほうへ歩きはじめた。「さあ、さっさと眠れよ。どっちにしろ、きみには何もできやしない。生まれてこの方、意義のあることなど一度もできたためしがないんだからな」

ネルの声は激しく震えていた。「あんたなんか大嫌い」

ニコラスは無表情のままネルを見つめた。「ああ。わかってる」

ニコラスが部屋を出ていった。

ネルは爪が手のひらに食いこむほど強く拳を握りしめた。ニコラスに戻ってきてほしかった。そうすればニコラスがネルを打ちのめしたように、ネルもニコラスを殴ってやれる。残酷だ。人間がここまで残酷になれるとは、想像したこともなかった。

ジルを殺したあの男以外は。あの怪物以外は。

あの男は決して楽に死なせたりしない。

その言葉は、ジルの命を奪ったナイフよりも鋭くネルを貫いた。私はジルが苦しみながら死んでいったことを考えていなかった。自分が失ったもの、人生の空しさだけを考えていた。

ジルは空しい人生など過ごさなかったはずだ。人生のあらゆる面を楽しめる子供だった。両手を大きく広げ、人生に向かって走っていったことだろう。それなのに、無抵抗の子供を殺す怪物の手にかかり、人生を奪われた。

その思いがネルの中でのたうちまわり、疼《うず》き、燃え上がった。ジルは死に、あの男は自由の身でいる。

「許せない」このまま放ってはおけない。その気持ちが、過去を、現在を、未来を焼き払っていくような気がした。

生まれてからいままでに、意義のあることなど一度もできたためしがない——そんなの嘘よ。

いいえ、本当のことだわ。

何が真実であってもかまわないとき、真実を見極めるのは、ひどく簡単だった。

言われたとおりにしなさい——愛してほしかったら。

沈黙の脅しが常に存在していた。まず両親の、それからリチャードの。そして、ネルは彼らの愛を失うのが怖くて、一も二もなく服従していた。

いま、その恐怖は消えていた。失うものがなくなったからだ。大切なものはもう何も残っていないからだ。

ジルの思い出しか。

ジルを殺したあの男だけしか。

「どうだった？」病室を出たニコラスにジョエルが尋ねた。

「わからん。とにかく興奮がおさまるまで、しばらく誰も病室に近づけないでくれ」

「興奮？」

「真っ赤に熱した焼きごてを傷口に突っこんで治療してやったんだよ。麻酔なしで」

「どういう意味だか訊きたいとも思わないね」

「話すつもりもないさ。どうせきみの気に入らないだろうし」ニコラスはエレベータに向かって廊下を歩きはじめた。「おれはしばらくアイダホに帰ってもいいだろう。この期《ご》に及んで彼女がおれに会いたがるはずもない。いくらか普通の状態に戻ったら電話をくれよ。彼女に訊きたいことがあるんでね」

その晩、ネルは眠れなかった。暗闇を見つめていると、タネクの言葉が殴りつけるように襲ってくる。

ジル。

大きくなったジル。学校に通うジル。初めてのパーティ。初めてのデート。初めての出産。ジルが決して知ることのない、初めての体験の数々。

奪われた。命を奪われ、そういった経験を残らず奪われた。あの怪物がジルから奪ったものに比べれば、ネルが失ったものなど何でもなかった。

それなのに、自分はこうして何もせずにじっと寝て暮らしている。

猛烈な怒り。

焼き尽くし、破壊し、すべてを浄化する怒り。

クリスタルの花瓶に生けたオニユリ。その青年の大きな手には不似合いなはずだが、不思議とそうは見えなかった。青年の顔には見覚えがあった。闇に隠れていたとき、そばにいてくれた青年だ。名前は何といっただろう。「フィル・ジョンソンさんだったわね」ネルはゆっくりと声をかけた。

フィルが勢いよく振り向いた。「おや、僕を覚えていてくれたんですね」興奮した様子でベッドに近づいてくる。「気分はどうですか？　何かほしいものは？　オレンジジュースはいかがです？」

ネルは首を横に振った。「ありがとう。いまはいらないわ」自分の腕に目を落とす。まだギプスのままなのに驚く。初めて目が覚め、ベッドのそばに座っているタネクに気づいたあのときから、もう百年もたったような気がした。目がくらむほどの怒りを押し殺す。タネクのことなんかどうだっていい。落ち着いて頭を使うのよ。

「私、ここにはどのくらい入院してるの？　そもそも、ここはどこ？」

「ウッズデール。十日になりますね」

「ウッズデール？」ドクター・リーバーが、別の診療所に移すと言っていたのを思い出す。

フィルがうなずく。「手術を受けたことは覚えてらっしゃいますか？」

ネルは顔に手を伸ばした。指先が包帯に触れる。

「ドクター・リーバーは、完全に治るまで包帯をとりたくないようですね。整形手術をすると必ずあとが残りますし、あなたはただでさえかなりのショックを――」フィルはふいに口をつぐんだ。「すみません。あなたを心配させるようなことを言ってはいけないのに――」

顔をしかめる。「またやってしまいました。失言ばかりだな。ひとりにしてさしあげましょうか」

ネルは首を振った。「何だか体に力が入らないわ。まだしばらく寝ていなくちゃいけないのかしら？」

「ドクター・リーバーに訊いてみてください。でも何か食べればきっと元気が出ますよ」フィルは機嫌をとろうとするように微笑んだ。「点滴なんか、あんまり気持ちのいいものじゃないですからね」

「食べるわ」ネルは言った。「ドクター・リーバーに話があるの。来てくださるように伝えてもらえる？」

「ええ。今朝は街の病院に行かれてますが、そろそろお戻りでしょう」フィルはテーブルの花のほうに顎をしゃくった。「きれいですよ。誰からのお見舞いか調べましょうか？」

――きれいだね　ママ　お庭に咲いてたときより素敵

強烈な悲しみが体を切り裂き、息ができなくなった。追い出してしまうのよ。悲しみに目を塞《ふさ》がれているようでは、何もできやしない。

「大丈夫ですか？」フィルが心配そうに訊ねた。

「ええ、大丈夫」ネルは落ち着いて答えた。「カードを読んでくださいな」

「名前だけですね。タニア・ヴラドス。お友だちですか？」

ネルが首を振る。「知らない方だわ」

「だったら、きっとあなたのことを誰かから聞いたんでしょうね」フィルはカードを戻した。

「趣味がいいな。ありきたりじゃないし。ジャングルに咲いてる花みたいだ」

「オニユリね」自然に振る舞うのがひどく辛かった。目をつぶって、また眠ってしまいたい。だめよ。それはできない。だってほら、うまくやれてるじゃないの。このフィル・ジョンソンという親切な青年は、私がうわべだけ取り繕《つくろ》っていることに気づいていないらしいし。

「お礼を言わなくちゃ……その方がどなたなのかわかったら」

フィルがうなずいた。「きっと聖ジョゼフ病院にも花束がたくさん届いてますよ。こっちに転送するのに、少し時間がかかるはずですからね」

そんなことはありえない。リチャードが花を贈ってくれることはもうないのだし、他には贈ってくれるようなひとは誰もいないのだから。「気にしてないわ」ネルはフィルをしげしげと観察した。「ねえ、あなた、ほんとに体格がいいのね。フットボール選手？」

「ええ。ノートルダム大のタイトエンドでした」

「じゃあ、筋力トレーニングには詳しいでしょ」

「いくらかは」

「私、体力が落ちちゃってるでしょう、それがいやなの。こうやって寝ていても筋力をつけられるような器具を探してもらえない？」

「そうですね。もう少し傷が良くなったら」

ネルは苛立ちを抑え、慎重に言葉を選んだ。「すぐに始めたいの。何から始めたらいいか教えて。やりすぎて体を痛めるようなことはしないわ。気をつけてやるから」

フィルが理解できるというようにうなずいた。「お気持ちはわかりますよ。僕だってそうやって何もせずに寝ていたら、気が狂いそうになるでしょうから。ドクター・リーバーに確認してみましょう」

「ありがとう」

ネルは部屋を出ていくフィルを見送った。目を閉じてはいけない。暗闇に戻ってはいけない。大丈夫。フィルは私の力になってくれるだろうし、あとは、自分自身の力に頼るだけだ。自分の力だけに頼るほうがずっと楽なはず。ナイトスタンドに飾られた花に目を移した。タニア・ヴラドス。あの晩のパーティ客のひとり？　エリーズ・グレーしか思い出せなかった。

パーティ。バルコニーから落ちたあと、ナディーンがそばにいたことをぼんやり覚えている。マーティンとサリーは無事だっただろうか。私ったら、本当はあのふたりのことを心配していなくてはならないのにね。

いや、その必要はない。あの夫妻のどちらも好きだと思ったことは一度もなかった。そして、自分を偽るのはもうやめたのだ。

リチャードはあのパーティで殺された。なぜもっと悲しいと思えないのだろう？　彼の死を嘆き悲しんでもおかしくはないはずだった。しかし、ジルの死を知ったときから、その他の人間に対する悲しみを感じる余裕はなくなっていた。

「だいぶ元気が出てきたそうですね」ジョエル・リーバーがそう言いながら病室へ入ってきた。ベッドの端に腰を下ろす。「ようやく安心しましたよ。ずいぶん心配しましたから」

ネルはリーバーは確かに心配してくれたのだろうと感じた。ジョエル・リーバーというひとは、思ってもいないことを口にしたことなど一度もないのだろう。「私、どのくらい悪いんでしょう？」

「順調に快復してますよ。腕と鎖骨を骨折してますし、他の傷もかなりひどかったのですが、傷あとが残らないようにしましたからね。三週間もすればギプスもとれるはずですよ」

ネルは顔の包帯に触れた。「これは？」

「目の周りをすこし手術しましたが、抜糸はすぐにでもできます」

「顔につけてるこれは？　しゃべりにくいんですけれど」

「顎の線を整えるために固定器をつけてあるんです。すぐにはずせるようになりますよ。まだ手術のあとは残ってるはずですが、ここで包帯をとって、だいたいどんな顔になったかお見せしてもいいですが」

「いえ、結構です。待ちます。ただ、あとどのくらいで退院できるかわかれば。一カ月くらいですか？」

「おそらくは。万事順調にいって、あなたが私の言うとおりにしてくだされればですがね」

「おっしゃるとおりにします」それからネルはわずかに躊躇したが、やがて意を決したように言った。「あの、新聞を見せていただけたらと思うんですが……メダス島の事件の翌日の……」

ジョエルの笑みが消えた。「それは賢明とは言えないな。もう少し時間がたってからにしましょう」

「もう長すぎるほど待ちました。それにいつかは事実に直面しなければならないでしょう。取り乱したりしないと約束しますから」

ジョエルはネルをしばらく見つめていた。「大丈夫そうですね。わかりました。探して、持ってこさせましょう。他には？」

「結構です。ご親切にありがとうございます、ドクター・リーバー」

「ジョエルと呼んでください」

「あまり長いことお手を煩《わずら》わせないようにします、ジョエル」

「まったく困った方だ」

「すみません」ネルは心から申し訳ないと思っていた。ドクター・リーバーは立派な人物であり、そして懸命に自分を救おうとしてくれている。だが不幸にも洞察が鋭すぎて、ネルの体の細胞一つ一つを満たしている非現実感を察することができてしまうのだ。それでも、ネルにはどうすることもできない。「すぐによくなります。そうすれば、もうあなたを煩わせることはないわ」

「そう願ってますよ」ジョエルは、一瞬ネルを見つめたあと、背中を向けて病室を出ていった。

テロリスト。

ネルは新聞を膝に置き、クリーム色と桃色の縞模様の壁を見つめた。筋は通っている。リチャードや、ここに載っている人々を殺したいと思う人間がいるはずがない。狙われたのはカヴィンスキーのはずだ。

では、私が狙われたのはなぜ？　カヴィンスキーのそばには近寄りもしなかったのに、どうしてテロリストのひとりが私を襲うの？　ジルが殺されたのは偶然の成りゆきかもしれないが、殺し屋がはじめからネルを狙っていたのは間違いない。

――あの男は決して楽に死なせたりしない

タネクは、ジルを殺した男を知っているような言い方をしていた。

殺し屋の正体を知っているのなら、タネクはその男の居場所も知っているかもしれない。

「いったいどこに行ってた？」ニコラス・タネクが受話器を持ち上げたとたん、ジョエルが言った。「先月からずっと、きみをつかまえようとしてたんだぞ」

「ちょっと外国に」ニコラスは手を伸ばし、ジャーマンシェパードのサムの耳を撫でてやった。サムがニコラスの腿に体をすりつける。

「彼女が会いたがっている。すぐにだ」

「そいつは驚いたな。具合はどうだ？」

「目をみはる回復ぶりさ。食欲も旺盛だし、フィルともよく話をしてる。フィルにトレーニング用の器具を買ってこさせて、脚や骨折していないほうの腕の筋トレまでしてる」

「なのに、どうしてきみはそんなにいらついてる？」

「いらついている？　いらついてなんかいない。偉大な人間はいらついたりしないものさ」

「失礼。じゃ、何をそんなに心配してる？」

「彼女があまりにも落ち着いてるからだ。まるで他人事みたいな顔をしてる」

「この時期にはそれが一番いいんじゃないのか。少なくとも、体が良くなってるってことだろう」

「ああ、見る見るうちにな。それから意志の強さもだ。弓から放たれた矢みたいだよ。まっしぐらに標的めざして突っ走ってる」

「で、何をめざしてる？」

「こっちが聞きたいね」ジョエルは言葉を切った。「彼女に何を話した？」

「生きる目的を与えたのさ」

「どんな目的をだ？」

「復讐」

「何だって」

「おれができることをやるしかなかったからな。彼女に脳外科医になれと勧めたって、奮起させることなどできなかっただろう。生きる目的になりうるのは復讐だけさ」

「このさき彼女はどうなる？」

「彼女の気持ちをそらせよ。きみは大げさに考えすぎてるんじゃないのか。優しくて、穏やかな女性なんだ。本来の彼女を引き出すような方法を考えろよ」

「本来の彼女がどんな女性か、きみはちっともわかってないんだな。きみが言っていた女性とはまったく違う」ジョエルはわずかにためらってから続けた。「きみが帰っていった翌日、彼女はメダス島事件に関する新聞記事を読みたいと言った」

「動揺していたか？」

「ああ。ジョンソンが言うには、青ざめて震えていたが、それでも自制心を保ってたそうだ。きみに会いたいと言ったのはその直後だ。もしきみが会いにこなかったら、退院した次の瞬間にはきみの家の玄関に現われるだろうよ」

「だとしたら、おれがそっちへ行くほうがよさそうだな。サムは客が来るのをいやがる」

「サムの脚はどうだい?」

「ますます強くなった」

「たまにそういうことがあるんだよ。一度ひどい傷を負った生き物を治してやると、生まれ変わったようになるのさ。じゃ、明日、きみが来ると彼女に伝えておくよ」

そんな警告など不要だった。ニコラスはあのとき、どんな危険を冒すことになるか承知していた。あれ以外に方法はなかっただけのことだった。傷に焼きごてを当てれば必ずあとが残る。受話器を置き、革張りのスペイン風の椅子に腰を下ろした。すぐにサムが膝の上にのぼろうとする。ニコラスは無意識にサムの頭を撫で、膝から押しのけた。サムはあきらめたような顔でニコラスを見上げてから、足もとで丸くなった。

もし彼女を思いとどまらせることができなければ、新たな傷口が開き、そこに焼きごてを当ててやらなければならないときが来る。ニコラスはそう力なく考えた。その役目が自分にはまわってこないことをひたすら願っていた。


——落ちて　落ちて　落ちて……

いやあああ!

ネルは跳ね起きた。鼓動が激しい。

夢だ。ただの夢だ。

ジルがドアのそばに立ち、ネルを見つめていた……。
ネルは濡れた頬を手の甲で拭った。
お願い。もうこんな夢はやめて。耐えきれない。
もうあんな夢は見させないで。

4

「おれに会いたいんだって？」

　顔を上げると、タネクが部屋の入口に立っていた。どうにも押さえきれないほど強烈な怒りがこみあげる。いや、意志の力で抑えなければ。ネルはそっけなく答えた。「ええ」

　タネクが歩み寄る。ジーンズにクリーム色のスウェットシャツ。初めて会ったあの晩のタキシードと同じようにさりげなかった。そう、強烈な印象を与えるのは服ではなく、タネク自身なのだ。

　タネクはベッドのそばに置かれた椅子にどさりと腰を下ろした。「そろそろ包帯がとれたかと思ってたが」

「明後日の予定。矯正器ははずしてもらえたけど、ジョエルは縫合した手術あとが消えてから包帯をとろうって」ネルは攻撃に転じた。「ジルを殺した男を知ってるんでしょう？」

　タネクはしらを切ったりはしなかった。「そうくると思ってたよ。そのとおり、見当はついてる」

「あなた、テロリストなの？」

タネクの唇の端が持ち上がる。「仮にそうだとして、おれが認めると思うのかい?」

「思わないわ。でも、何か反応があるかもしれないでしょう」

タネクがうなずいた。「結構な心構えだ」

ネルはタネクに褒められたいのではない。答がほしいのだ。「あれがテロリストの襲撃だったなんてとても信じられない」

「そうかい? 世間ではそういうことになってるが」

「私は大広間にいたのではないわ。なぜ、テロリストがわざわざ私を追ってくるの?」

タネクはわずかに目を細めた。「襲われる理由に心当たりは?」

「ないわ」ネルは挑むようにタネクを凝視した。「あなたのほうは?」

「おそらくガルドーの機嫌を損ねたんだと思う」

ネルは驚いてタネクを見つめた。「ガルドー? ガルドーって誰?」

タネクの肩の力が抜けるのを見て、ネルははじめてタネクが緊張していたことに気づいた。

「非常に不愉快な人間だ。きみの知り合いでなくてよかったよ」

私の反応を確かめるために、その名前を持ち出したのね。ガルドー。ネルはその名を記憶に刻みこんだ。「あの晩、なぜ部屋までついていくと言って譲らなかったの? 私の居場所を殺し屋に確認させるため?」

「いや。殺し屋は島に着く前からあの邸の詳細な見取り図を入手して、どの部屋に誰が泊まっているか把握してたと思う」タネクの目がネルの視線をとらえる。「おれは、きみが傷つけられたり殺されたりすることなど、これっぽっちも望んでなかった」

ネルはタネクの目を見返すことができなかった。このひとは私に信じてほしいと願ってい
る。強く願っている。しかし、信じてはいけない。すべての人間を疑わなくてはいけない。

中でも特にこの男を。「ジルを殺したのは誰？」

「ポール・マリッツという男だろう」

「知ってるのに、どうして警察に通報しないの？」

「警察は、カヴィンスキーを狙ったテロ事件ということで納得ずみだからだ」

「そのマリッツという男はテロリストなのね？」

タネクが首を振った。「マリッツはフィリップ・ガルドーの手下だ。だが、警察がきみの
娘を殺した犯人としてマリッツを追うことはないだろう」

またガルドーという名前。「いったいどういうことなのか、あなたから話してくれるつも
りはないの？　このまま私が訊き出さなければいけないということ？」

タネクは弱々しい笑みを浮かべた。「ここまでのところ、きみがうまく話を運んでたから、
しばらくやらせておこうと思っただけさ。ガルドーという男はディストリビューターだよ。

ラモン・サンデケス、フリオ・パロマ、ミゲル・ファアレスの三人が仕切るコロンビアの麻薬
カルテル配下で、ヨーロッパと中東を直接つなぐ役割をしてる」

「ディストリビューター？」

「売人にドラッグを卸し、取引を円滑に進められるように金をばらまいているんだ。マリッ

ツはガルドーの手下のひとりだよ」

「そのガルドーが、私を殺すためにマリッツを差し向けたわけ？　じゃあ、ジルはどうして？」

「ジルが邪魔だったからだ」

何と単純な表現。子供が邪魔だった――だから殺した。

タネクがネルの顔を見守っていた。「大丈夫かい？」

つくろっていた平静が一瞬にして崩れさった。「平気じゃないわ」ネルの怒りに燃えた目がタネクに注がれる。「腹が立って、吐き気がするほどよ。その男を殺してやりたい」

「そうだと思った」

「しかも法律ではその男を裁くことさえできないんでしょう？」

「きみの娘さんの死に関しては。他の罪でなら逮捕できるかもしれないが」

「だけど、あなたはそれだって怪しいと思ってる」

「ガルドーは必ず部下を護るだろう。護らなければ自分の身を危険にさらすことになるからな。やつがばらまく金のうち、かなりの額が警察官や判事に流れてる」

ネルは信じられないといった顔でタネクを見つめた。「つまり、その男がひとを殺しても、誰ひとり問題にしないということ？」

「きみは問題だと思ってるんだろう」タネクが静かに言った。「おれもだ。だがいましてるのは、何十億ドルという金の話なんだよ。ガルドーが片手を上げた次の瞬間、どこかの判事がリヴィエラの新居と、引退して王侯貴族のように余生を送れるだけの金を手にしてるのさ。たとえマリッツを告発しようという人間がいたとしても、必ずガルドーが判事を買収するだろう」

「そんなこと信じられない」

「じゃあ、信じなくていい。だが本当のことだ」

ネルを納得させたのは、タネクのその淡々とした口調だった。ネルを説き伏せようとしているのではなく、事実を述べているのだ。「じゃあ、そのマリッツのことは忘れろと?」

「おれはばかじゃない。きみが忘れるわけがない。おれは、この件はおれにまかせてくれと言ってるんだ。ガルドーもろともマリッツを破滅させてみせる」

「破滅させる?」

タネクがにやりとした。

「殺すということね」ネルは低い声で言った。

「できるだけ早いうちに。驚いたのかい?」

「いいえ」メダス島事件前のネルなら驚いたはずだ。だが、いまはちがう。「なぜ?」

「理由など関係ない」

「あなたは私を知り尽くしてるんでしょう。でも私はあなたのことを知ってはいけないということ?」

「まあ、そういうことだな。おれは一年以上も前からやつらを追い、きみに負けないくらいの情熱を抱いて目的達成のために身も心も捧げてる。そのことだけ知っていればいいさ」

「私に負けない情熱？　そんなはずはないわ」ネルが抱いている以上の憎しみや強烈な怒りがこの世に存在するわけがなかった。

「きみはいま周囲が目に入らなくなってるからそう言うんだ。別の角度からものごとを見ることができれば、おそらく――」

「その男はどこにいるの？」

「マリッツか？　わからない。ガルドーがかくまってるんだろう」

「じゃ、ガルドーはどこ？」

「だめだ」タネクがきっぱりと言った。「ガルドーとマリッツはふたりまとめて片づけなくちゃいけない。きみは手を出しちゃだめだ。ガルドーの遊び場にのこのこ足を踏み入れるようなへまをすれば、間違いなく殺される」

「どうしたらへまを避けられる？」

「へまをしないためには、あの連中には近寄らないことだね。いいか、マリッツはベトナムの特殊部隊にいたんだ。ひとを殺す方法など、きみが考えつく以上に知ってる。それにガルドーは、爪先を踏まれただけで相手を殺すような男だ」

「でも、あなたはそのふたりを殺せると思ってるんでしょう」

「必ずやってみせる」

「でもまだ殺せていないわけでしょ？　何をもたもたしてるわけ？」

痛いところを突いたらしい。タネクが唇を固く結んだ。「おれは生きのびたいからだよ。やつをガルドーを殺したあと、おれも殺《や》られるなんてごめんだ。それは勝利とは呼ばない。破滅に追いこみ、しかもおれは無事でいられる方法を――」

「そんなことでは、私に負けない情熱を抱いてガルドーを追うとは言えないわね」ネルはタネクの目をまっすぐに見つめ、淡々と言った。「私はガルドーを殺したあとなら自分が殺されたってかまわない。ガルドーに死んでほしいだけ」

「たまげたな」

「だから教えて。私を利用してよ。あなたの代わりにやってあげるから」

「絶対にだめだ」タネクは立ちあがり、ドアに向かった。「この件には関わるな」

「どうして怒るわけ？　私たちには共通の目標があるのに」

「いいか、よく聞けよ。ガルドーはきみを消したがってる」ドアを開ける。「おれはおとりをちらつかせて虎をおびき寄せるような手は使わない」

「待って」

「なぜだ？　話は終わっただろう」

「どうして私のことをそこまで知ってるの？」

「資料を集めさせた。ガルドーがきみを殺したがってると仮定して、その理由を知る必要があったからだ」

「でも、見つからなかった」ネルは苛立たしげにタネクを指さした。「見つかるわけがなかったのよ。理由なんかなかったんだから。何もかも説明のつかないことだらけだわ」

「理由はあるはずさ。いまはまだわからないだけのことだ。まだ調査は続けてる。さあ、もう行ってもいいだろう？」

「だめよ。あの晩、部屋まで来ると言って譲らなかったわけを、まだ話してくれてない」

表情は変わらなかった。だが、目には見えないが、タネクがふと体をこわばらせたのがネルにもわかった。「何の関係がある？」

「すべてつながっているはずよ。知りたいわ」

「きみの名前が挙がってるという情報があった」

「名前が挙がるって、何に？」

「はっきりした情報ではなかった。おれは、きみに関する部分は間違いだと判断した」

「でも、間違いではなかったのね」

「そうだ。これで満足だろう？　おれは判断を誤り、マリッツの手にきみを渡してしまったんだよ」

ネルはタネクをじっと見ていた。「自分を責めてるのね。だから、あれこれ手を尽くして私をここに連れてきた」

タネクが陰気な笑みを浮かべた。「マリッツの他にも恨むべき相手が見つかって、元気が出てきただろ？」

確かに元気は出てくるかもしれない。すべての責任をタネクに押しつけられればいいのに。

心からそう願った。「あなたを責めてはいないわ。あなたのせいじゃないから」

タネクの顔に驚きが表われた。「ずいぶん寛大だな」

「寛大なわけじゃないわ。あなたは知らなかった。マリッツが来たとき、あの場にいなかった」

「だが、そばにいることもできた」

「そうね、できたわね。もし罪悪感を感じたいというのなら、勝手に感じてくれればいいわ」ネルは強い口調でつけ加えた。「いいえ、ぜひ責任を感じてほしいものだわ。そうすれば、きっとマリッツを探すのを手伝ってくれるでしょうから」

「忘れろ」

「忘れないわ。私はね――」

タネクはもう消えていた。

鼓動が激しくなっていた。血管の中で血液がどくどくと脈打ちながら流れてゆくのさえわかるような気がした。ネルを護っていた平静という氷の殻を、タネクは粉々にしてしまった。

だが、それでもかまわなかった。

タネクはマリッツを知っている。マリッツに通じる道を指さすことができる。何としてもその道を示すことだけはしてもらわなくては。

ナイトスタンドからトレーニング用のゴム・ベルトを取り、左足をひっかけた。日ごとに筋力がついている。なかなか寝つけないときなど、真夜中にトレーニングをすることさえあった。

夢を見るようになったいま、眠りは歓迎できるものではなくなっていた。

ニコラスの顔を見るなり、ジョエルは意地の悪い笑みを浮かべた。「どうやらかっかしてるようだな。僕の話は大袈裟《おおげさ》だったかい？」

「いや」ニコラスがぶっきらぼうに答えた。

「前にも言ったとおり、僕はあの淡々とした態度が気がかりなんだよ」

「え？」ニコラスはネルが自分を迎えたときの冷めた態度を思い出した。だが、ニコラスに対する攻撃を開始したとたん、その冷静さは消えた。ただ一つの目標しか見えないほどの固い決意と、揺らぐことのない信念だけを残して。

――私に負けない情熱を抱いてガルドーを追うとは言えないわね
ああ、そうなのだ。彼女には激しい怒りがある。ジャンヌ・ダルクを救国に駆り立てたのと同じ、盲目的な激しい情熱がある。

ジョエルが首を振った。「だから、僕はあの冷静さが――」

「聞こえてる。それは心配するに及ばないと思うよ。あとどのくらいで退院だ？」

「二週間だ」

「延期しろ」

「どうして？」

「まだ彼女の心構えができてないからだよ」ニコラスにしても同じことだった。ネルは絶対にあきらめないだろうし、ニコラスがネルを思いとどまらせる方法を見つけなければならないことも疑う余地がない。「合併症とか、適当な言い訳はないのか？」

「ないね。僕は患者には嘘をつかない主義なんだ。それに、もう二カ月も入院しているんだよ」ジョエルは恨みがましい笑みを見せた。「どうしたんだい、ニコラス？　彼女は強いひとじゃなく、ひたすら穏やかで優しい女性だと言ったのはきみだろ」

ネル・コールダーがどんな人間になったのかはよくわからないが、それでも彼女の激変ぶりを目の当たりにして、ニコラスは不安になっていた。「やめてくれ、ジョエル。力を貸してほしいんだ」

「僕の職業倫理を曲げる以外のことならね」

「わかった、嘘は言わなくていい。彼女の骨折はまだ治ってないんだろう。完全に治るまで入院してるように言ってくれ。ベッドが足りないということはないんだろ」

ジョエルは考えた。「それくらいなら」

「タニアには会わせたのか？」ニコラスが訊ねた。

「まだだ」

「できるだけ早く会う機会をつくってくれ」

「同性からなら好影響を受けると期待してるのかい？」

「いや、逆境に打ち勝った人間の好影響だ」ニコラスは向きを変え、フィルを手招きした。

「しっかり見ててくれよ」

フィルは傷ついたよう顔をした。「ちゃんと世話してるよ、ニック」

「わかってるさ」ニコラスは微笑んだ。「いいか、誰にも気づかれずに彼女がここを抜け出してたなんてことがないようにしてくれよ。わかったな？」

フィルはうなずいた。「彼女はいいひとだね。大学でコンピュータ・サイエンスを専攻していたと言ったら、大いに興味を示してくれた。コンピュータについて、あれこれ質問されたよ」

コンピュータに関心を示せば、フィルに好かれるのは間違いない。「どんな質問だ？」

フィルが肩をすくめた。「ただの質問」

ネルが興味を示したといっても、そこには隠された目的はないのかもしれない。あるいは、フィルの友情を得るにはそれが一番てっとり早いと直感しただけのことかもしれない。メダス島で会ったあの女性が策謀をめぐらすとは思えなかったが、しかし、いまのネルは未知の人間だった。「とにかくしっかり見張っててくれ」

「ああ、まかせてくれ」フィルはネルの病室に戻っていった。

「いい青年だ」ジョエルが言った。「それにいい看護士だな」

「意外そうな言い方だな。きみもきっと気に入ると言っただろう」ニコラスは話題を戻した。

「タニアを連れてきてくれるな？」

「もちろん。タニアのほうも会いたがってる」ジョエルは間をおいた。「退院して、誰も彼女の身を護れなくなったとき、彼女が何をするか心配なんだろう。しかし、彼女だって誰かが自分を殺そうとしたことは知ってる。軽率なことはしないさ」

「軽率？　ああ、きみならそういう言葉を使いそうだな。だが、自殺行為と表現したほうがおそらく正確だよ」

「きみは彼女を殺そうとした人物が誰か知ってるな」ジョエルがゆっくりとした口調で言い、目を見開いた。「ひょっとして教えたのか？」

「ドミノ効果ってやつさ。教えるしかなくなったんだ。それに、彼女には知る権利がある」

ジョエルが首を振った。「大きな間違いだ」

「かもしれない。だが、間違いならもういくつも犯しちまったよ」ニコラスはエレベータに向かって歩きはじめた。「いま大切なのは、被害を最小限に食い止めることだけだ」

「ああ、ちょっと待て。きみあてに電話があった」ジョエルは内ポケットに手を入れ、メッセージを書いたメモを取り出した。「ジェイミー・リアドン。ロンドンにいるからすぐに電話をしてほしいそうだ」

タネクはメモを取りあげた。「きみのオフィスを借りていいかい？」

「もちろん」ジョエルが廊下の奥のドアを指さす。「僕はきみの役に立つためだけに生きてるのさ、ニコラス」

「そのことをやっと認めてくれて嬉しいね」ニコラスは無表情にそう答えると、オフィスに向かった。「はじめはなかなかわかってくれなかったが」

背後からジョエルがニコラスを罵《ののし》る低い声が聞こえた。

ジェイミーが電話に出たときも、ニコラスはまだ笑みを浮かべていた。「何かわかったのか？」

「コナーがガルドーの組織に潜りこんでるカブラーの情報提供者の名前を探り出したよ。そいつもいまロンドンにいる。ナイジェル・シンプソンとかいう会計士だ。カブラーだけでなく、こっちにも情報を流すように交渉しようか？」

ニコラスはぞくぞくするような興奮を覚えた。「確かにその男なんだな？」

「コナーによればね。ありゃあ小心者だから、絶対の確信が持てなければはっきりしたことは言わないよ。シンプソンに近づいてみるか？」

「いや。次の飛行機でそっちへ行く。その男から目を離すな」

「心配ない。今晩はお気に入りのコールガールのアパートにお泊まりのようだからな。動くとは思えないよ」ジェイミーはふふっと笑った。「いや、女の中では別か。あの女が相手なら、そりゃあ激しく動きたくなるだろうよ。変態趣味があるって評判の女なんだ。ところでおれはミルフォード・ロードの二三番地にいる。古式ゆかしい黒のロールスロイスのタクシーで待ってるよ」ため息をつく。「こういうタクシーはだんだん数が少なくなってる。その代わり、歴史ってものを重んじてるとは思えない、こぎれいなモンスターがふんぞり返ってる。悲しいね」

「だからって、シンプソンが消えないようにしてくれよな」

「大丈夫だよ。おれがあんたをがっかりさせたことがあったか？」

「あれ、まだ起きてたんだね。よかった」

ネルが顔を上げると、背が高く、脚の長い黒髪の女が病室の入口に立っていた。ジーンズ、袖を肘までまくり上げた男物のストライプのシャツ、革のベスト。女が笑った。

「入っていい？　あなたはあたしのこと知らないでしょうけど、あたしはあなたのことをよく知ってるような気がしてて。あたしはタニア・ヴラドス」

名前に聞き覚えがあった。「花束を贈ってくださった方ね」

タニアはうなずき、ネルのほうへ近づいた。「気に入ってくれた？　あたしが自分で育てた花なの」

タニア・ヴラドスには、いかにもアメリカ人的な服装にそぐわないかすかな訛《なま》りがあった。

「きれいだったわ、ミス・ヴラドス」

「タニアって呼んで」タニアが明るく微笑んだ。「あなたとならいい友だちになれそうな気がするな。あたしの勘ってけっこう当たるの」

「そうなの？」

「祖母はジプシーだったの。あたしには未来を見ることはできないけど、耳がいいってよく言ってた」椅子に腰を下ろす。「魂のこだまが聞こえるってことね」

「とても……おもしろいわね」

タニアがくすりと笑った。「頭がおかしいと思ってるでしょ。まあ無理もないよね。でもほんとの話」

「この診療所で働いてるの？」

「ううん。ジョエルのところで働いてる。家政婦」タニアは脚を伸ばした。「訊かれる前に言っとくけど、ジョエルの家だけじゃなくてベッドにも潜りこんでるって意味じゃないから」

ネルは驚いてタニアを見つめた。「そんなこと、訊くつもりはなかったわ」

「そう？　そう訊くひとがあんまり多いんでびっくりしちゃうくらいなんだけど。世間にはプライバシーはもうないみたいだね」タニアの目がいたずらっぽく光る。「たいていはね、はい、ベッドにも潜りこんでますって答えることにしてる。そうするとジョエルは怒り狂う。ジョエルが頭かたいってことは知ってるでしょ」

「いいえ、知らなかったわ」

タニアがうなずく。「最初の何週間かはあんまりいろんなことに気づかないよね。悲しすぎて。あたしもそうだった」

ネルが身をこわばらせた。「あなた、家政婦なんかじゃない。ジョエルがまた精神科医を呼んだのね。だったら、さあ、出ていって。あなたとは話したくないわ」

「精神科医？」タニアはおかしそうに微笑んだ。「あたしにも必要ないな。この診療所で治療を受けてたころ、ジョエルは精神科医にも会わせようとしたけど、追い返しちゃった」

「あなたもここの患者だったの？」

「サラエボからここへ運びこまれたときは、かなりひどい傷があってね。でも、ジョエルが治してくれた」にっこりと笑った。「今度はあたしがあのひとを治してあげるつもり。あのひと、美しいでしょ」

ネルには、美しいという言葉とジョエル・リーバーとを結びつけたことは一度もなかった。

「そうね。とてもいいひとだと思うわ」

「いいひとなんてものじゃないよ。ものすごく心が広い。あんなに広いひとは、めったにいない。薔薇《ばら》みたいだね。見た目にも美しくて――」

「さてと、包帯をはずす心の準備はできたかな？」ジョエルが病室に入ってきて、ネルに声をかけた。

「もちろん」タニアが意気ごんで答えた。

ジョエルは牽制《けんせい》するような目をタニアに向けた。「僕は患者に話してるんだ」

「どうぞ先を続けて」ネルが言った。

「包帯をはずすとき、タニアがいてもいいかな。手術が終わってからずっと、きみに会わせろとうるさくてね」

「当然の権利って気がするけど」タニアが言った。「あなたの新しい顔を作るのを手伝わせてもらったの。口は前のままにしてねって頼んでおいたよ。きれいな口だったから」

「ありがとう」ネルはおかしそうに口もとをゆるめた。「でも、残りの部分は捨てるように言ったってことね？」

「そんなとこ」

ジョエルが首を振る。「口に気をつけろったら。常に口に気をつけておけよ」

あら、私、笑ってる。ネルはそう気づいて愕然とした。本物の微笑みだった。正常な精神状態に戻ったと見せかけるためのつくり笑いではなかった。

タニアが洞察に満ちた目でネルの顔を見つめた。「大丈夫だよ」静かな声だった。「笑ってもいいんだってこと、そのうちわかるようになるから」ネルに答える間を与えずに、タニアはジョエルのほうを向いた。「ネルはね、あなたのことをいいひとだとは思ってるけど、薔薇みたいだとは思ってない」

「薔薇？」ジョエルがおうむ返しに尋ねる。

「あなたは薔薇。初めて会った瞬間から、ずっとそう思ってる。あとからあとから新しい顔や心の美しさを見せてくれるひと」

ジョエルは恐ろしいものでも見るような顔でタニアを見た。

「そりゃあ、薔薇のような香りはしないけどね。薔薇っていうよりは、ユーカリかな。でもね――」

「車椅子をとってこよう」ジョエルは逃げるように出ていった。

タニアが立ちあがる。「あのひと、おかしいでしょ。ね？ それにしても変だよね。男のひとって、花にたとえられるといたたまれなくなるみたい。花は女のものっていう思いこみは理解できないな」

「私もその比喩はあまり一般的じゃないと思うけど」ネルはまだ微笑みを浮かべていた。

「でも、おもしろいわ」

「ジョエルにはときどきショックを与えてあげないとね」タニアはネルがピンクのガウンを羽織るのに手を貸し、一番上のボタンを留めた。「優秀な医者っていうのは、尊敬されたりお世辞を言われたりするのに慣れっこでしょ。それってすごくよくないことだよ」満足げにうなずいた。「このガウン、きれい。ガウンはみんなピンクにするべきだね。朝、目が覚めたとき、誰だって最初にきれいな色を見たいものでしょ。いい趣味してる」

「せっかく褒めてもらったけど、私が選んだんじゃないのよ。これは最初からここにあったの」

タニアがにっこり笑った。「自分のことを褒めたんだよ。あたしが選んだの」

「私が薔薇みたいに見えるだろうと思って、ね？」

「あら、冗談が言えるようになったじゃない。その調子」タニアが首を振った。「でも、違う。あたしの薔薇はジョエルだけ。あとでまた――」

「さ、見つかったぞ」ジョエルがフィルを従え、車椅子を押しながら病室へ入ってきた。厳《いか》めしい顔をしてタニアを見る。「行儀よくしていられるかい？」

「だめ」タニアは、フィルがネルを慎重に車椅子に移すのを見守りながら答えた。「もうわくわくしちゃって」

「そうか」ジョエルが甘い声で言った。

あら、ジョエルはタニアを愛しているのね。ネルはそのときふとそう思った。ジョエルとタニアが交わす視線は、温かく、愛情にあふれ、五十年来の夫婦のような理解に満ちていた。自分とリチャードにはそんなまなざしを交わしたことが一度もないと気づき、胸が痛んだ。そのうちにこのふたりは――。

「さて、準備完了」タニアがネルの膝に毛布を掛け、フィルに合図をした。「連れていってあげて。あたしたちはあとからついていくから」


「どう、気に入った？」タニアが興奮した様子で尋ねた。

ネルは鏡に映った見知らぬ顔を呆然《ぼうぜん》と見つめた。

「気に入らないんだね」タニアが暗い顔をする。

「しーっ」ジョエルが言う。「そうせかすなよ」

ネルはそっと自分の頬に触れた。

「もし気に入らないとしたら、あたしのせいだね。ジョエルは最高の手術をしたのに」

「ほんと。素晴らしいわ。頬骨のあたりが堂々とした感じで」ネルは、自分が彫刻を誉めるような冷めた言い方をしていることに気づいた。だが、彫刻としか思えなかった。鏡の中の顔は、芸術だった。実に魅力的で、そう……うっとりと見入ってしまいそうな。茶色の瞳と口もとだけが元のままだった。いや、そんなことはない。かすかにつりあがった目尻のせいで、前よりも大きく、生き生きとした色をしているように見える。そして口もとも、立体的な頬や顎とは対照的に、驚くほど繊細に、官能的に感じられた。

瞼《まぶた》に触れてみる。「ここはどうしたの？　色が濃くなってるわ」

「ちょっとした美容外科手術だ」ジョエルが顔をしかめた。「泳ぐこともあるだろうから、上瞼と下瞼に落ちないアイライナーを入れておくべきだ、とタニアが言ったものだから。僕らの神は、きみが水の中でも完璧であることを求めておいでだね」

「すごく薄い線を入れただけ。とても自然な感じだよ」タニアがあわてたように言う。「どうせなら何もかもやっておいたほうがいいと思ったから」

「そうなの」ジョエルとタニアは期待に満ちた表情でネルを見守った。「私……うっとりするくらいきれいだわ。想像もしていなかった――」

「コンピュータのプリントアウトを見せたじゃないか」ジョエルが言った。

ぼんやりと思い出した。「まさか本当に――あのときは本当にこうなるとは思っていなかった」

「見慣れるのに時間がかかるだろうね。カウンセリングが必要ならば――」

タニアが咳払いをした。

ジョエルはタニアを無視して続けた。「前にも言ったように、劇的な変化は心に傷を残しかねない。それを乗り越えるのに専門家の手助けがいるかもしれない」

「ありがとう。でも大丈夫」これでこの先の人生が変わるなど、ありえないという気がした。

いや、メダス島事件の前だったら、人生が変わっていたかもしれない。ネルはふとそう思った。ジェエルが与えてくれたこの顔は、醜いアヒルの子にとっては叶うはずのない夢だった。美しさは自信を生む。これまでのネルにはまったく備わっていなかったものだ。だがこれからは違う。そして、怒りがさらに力を与えてくれる。しなければならないことは何でもできる。ネルは確信を持ってそう思った。「鏡の前を通るたびに、びっくりして見直してしまいそう」

「きみから百ヤード以内に近づいた男も、同じだろうな」ジョエルが皮肉のこもった口調で言った。「ニコラスが心配している以外の理由でも、ボディガードが必要になりそうだ」

「ボディガード？」

「フィルは二つの命令を受けてきてるんだと思うな。ニコラスはきみに護衛をつけたかったんだろう」

ネルは眉をひそめた。「フィルはニコラス・タネクに雇われてるということ？」

ジョエルがうなずく。「以前はニコラスのところで働いてた。フィルがいれば、身の危険はないと思っていい。ニコラスはこういうことに関しては抜かりのない男だから」

「フィルの給料も彼が払ってるのね？」

「心配しなくていい。きみの治療費も全部ニコラスが払ってくれる」

「そんなのだめよ。請求書は私に送って」

「ニコラスに払わせておけばいいよ」タニアが言った。「ジョエルの料金はものすごく高いんだから」

「私にも払えるわ。母が残してくれたお金が少しあるし」ネルはタニアを見つめた。「ニコラスを知ってるの？」

タニアがうなずいた。「もう何年も前から」タニアはぼんやりと返事をした。目はネルの髪に注がれている。「ねえ、明日、階下《した》の美容室に行って、その白髪を染めようよ」

「白髪？」ネルはまた鏡を覗きこんだ。左のこめかみあたりに白髪が混じっているのに気づき、愕然とする。

「前はなかったんだね」タニアがそっと訊いた。

「ええ」

「ありがちなことだよ。あたしの叔母さんは目の前で叔父さんを殺されてね、そのあと髪が真っ白になっちゃった」タニアは微笑んだ。「でも、ほら、ほんの二、三本だけじゃない。その茶色の髪、軽くメッシュを入れたら素敵だと思うよ。みんな、あか抜けしたって言うと思うな」

「どっちでも私はかまわないわ」

「だめだめ。あたしがデザインした顔を貧弱な髪で飾るわけにいかないんだから」タニアはジョエルのほうを向いた。「いいでしょ？」

「どうして僕に相談するんだい？　もう決まったのかと思ったよ」ジョエルはそう言ってうなずいた。「ああ、大丈夫だと思う」

タニアがネルのほうに向き直った。「明日、十時でいい？　予約しておくね」

ネルはためらった。特に急いで白髪を染めたいとは思わない。だが、どんなことであっても自分の作品が台なしになれば、タニアががっかりするのは間違いなかったし、ネルはタニアが好きだった。しかも不思議なことに、タニアがいると心がなごむ。「あなたがそのほうがいいと思うなら」

「そう思う」タニアの顔に笑みがひろがった。「あなただってきっと気に入るよ。絶対」

「どうぞ、シンプソン様」ジェイミーはうやうやしくドアを開けた。「良いお日和で」

ナイジェル・シンプソンは顔をしかめた。「タクシーは呼んでいないが」

「いえ、お呼びになったのは女の方でございました」

たぶん、僕がシャワーを浴びている間にクリスティーンが呼んでおいてくれたのだろう。ことが終わると必ず気をきかせてくれる。刺し傷も蜂蜜を注げば癒《いや》せると信じているのだ。昨晩の彼女はどんなに素晴らしかったか。シンプソンはにやりと笑った。あの女はまったく最高だ。タクシーに乗りこむ。

タネクだ！

シンプソンの手がドアノブをぱっとつかんだ。

タネクがそのシンプソンの腕を押さえた。「落ち着け」タネクは静かに言った。「おれを怒らせることになるぞ。おれのことを知ってるらしいな？　なぜだ？　会ったことはないと思うが」

シンプソンは唇を湿らせた。「去年、あんたがロンドンに来たとき、あるひとが教えてくれた」

「ガルドーか?」

「ガルドーという人間は知らない」

「知ってるはずだ。ジェイミー、公園を少しドライブしてくれないか。そうすればこちらのシンプソン氏も思い出してくださるだろうからな」

ジェイミーがうなずき、運転席に乗りこむ。

「思い出すだって?」シンプソンはわざとらしい笑い声をあげた。「あんた、誰か別のやつと勘違いしてる」

「おれの名前を教えたのはガルドーなのか?」

「いや、さっきも言ったけど——」タネクと目が合い、シンプソンは口をつぐんだ。タネクは身動きもせず、また口調もさりげないと言ってもいいほど穏やかだったが、シンプソンはふいに恐怖を覚えた。「僕は何も知らない。車を停めてくれ。こんなタクシーはごめんだ」

「きみは会計士だったたな。貴重な存在なんだろう。ガルドーと……カブラーにとっては」

シンプソンが凍りついた。「どっちの名前も知らないよ」

「ガルドーはカブラーの名を知っている。おれがガルドーに電話をかけて、きみがカブラーにも情報を提供しているとしゃべったらどうなる?」

シンプソンは目を閉じた。こんなことがあってたまるか。これまで何もかも順調だったのに、このいかれた野郎が突如現われ、すべてをめちゃくちゃにしようとしている。

「顔色が悪いな」タネクが言った。「窓を開けてやろうか」

「証拠はないはずだ」

「証拠なんかいらない。ガルドーが危険を冒すとは考えられない、違うか？」

違わない。ガルドーは笑って肩をすくめる。次の日の朝、シンプソンは死体で発見される。

それだけのことだ。

シンプソンは目を開いた。「何がほしい？」

「情報だ。定期的に正確な報告書を送れ。すべておれが最初に見る。カブラーに売ってもいいかどうか決めるのもおれだ」

「ガルドーの会計士が僕ひとりだとでも思ってるのか？　あの男が何もかもひとりの人間に任せることは絶対にないんだ。僕は出納記録のほんの一部を割り当てられるだけだし、しかもほとんど暗号化された記録なんだ」

「メダス島の暗殺候補者リストは暗号じゃなかった」

「指示は暗号だった」

「襲撃の理由は？」

「わかったことはすべてカブラーに知らせた」

「じゃ、もっと調べるんだな。あの襲撃事件について、何もかも知りたい」

か、おれには関係ないってことが」

「無理だ。僕の身が危ない」

「なあ、わかってるかな、ナイジェル」──タネクはにやりと笑った──「きみの安全なんか、おれには関係ないってことが」

「何だか……見慣れない」ネルが首を振ると、淡い金色のメッシュを入れた髪が、美容室の柔らかな照明を受けて輝いた。

「素敵」タニアが断言した。「それにそのカットも似合ってる。カジュアルだけど洗練されてて」美容師のほうを振り向いた。「いい腕だね、ベット」

ベットが笑みを浮かべた。「美味《おい》しそうなケーキに最後の仕上げを加えられるなんて光栄ですよ。さてと、髪型を変えたら、次は新しい服を揃えないといけませんね」

「そうだね。明日、一緒に街へ出ようよ」タニアが顔をしかめた。「ううん、ジョエルがきっとだめって言うだろうな。来週まで待とうか」

「そんな必要ないわ」ネルが言った。「パリにいる家政婦に連絡して服を送ってもらうから」

「それでもいいけど、ベットの言うとおりだよ。新しい女になったんだから、新しい服がいる」

新しい女。ネルの心の中にタニアの言葉が何度も響いた。ある意味では、ネルはジルとリチャードが死んだあの晩に死に、ジルが殺されたことを知った苦しみの中からふたたび生まれたのだ。しかし、新しい女はまだ完成していない。中身が空っぽだった。いえ、まったくの空っぽというわけではないかもしれないけど。ネルは、ふいにそう気づいた。タニアが現われてからの何日間かは、温かさや、楽しさを感じるようになったのだから。そして、うらやましささえも感じているのだから。

「あたしって、押しつけがましい？」タニアが訊いた。「癖なの。必ずしも悪い癖とは言えないけど。ただ不愉快なだけで」

「不愉快なんかじゃないわ」ネルはベットのほうを向いた。「料金はおいくらかしら」

ベットは首を振った。「私は診療所からお給料をいただいていますから。料金もチップも結構です」

「じゃ、お礼の気持ちだけ受け取って」ネルは笑った。「とっても腕がいいのね」

「ベストを尽くしましたが、さっきも申し上げたように、私は最後の仕上げをしただけですよ。それだけの美しいお顔なら、坊主頭でも素敵に見えるはずです」

「ところで、一緒に街に買い物に行く？」美容室を出ると、タニアが尋ねた。

ネルはずっとそのことを考えていた。街に出るのはいいことかもしれない。「ジョエルが許可してくれたらね」

「よかった。代金は全部ニコラスに請求するってジョエルに言っておく。そう言えばジョエルだって、きっと遠足を許可してくれるよ」

「どうして？　ジョエルはニコラスが好きじゃないから？」

「好きなんだけど、あのふたりの関係は複雑でね。ジョエルはひどい負けず嫌いだし」

ネルはぽかんとした表情でタニアを見つめた。

「ニコラスのほうは……」タニアが肩をすくめる。「ニコラスだし」

「でも、ジョエルは最高の外科医でしょ」

「でも、ニコラスは並みはずれたひと。ほら、他人に大きな影響を与えるひとっているでしょ。でも、ジョエルは他人の支配下におかれるのをいやがる」タニアはそう言って微笑んだ。

「だから、ジョエルはジョエルにとって一番楽しい方法でそのいらいらを解消してるわけ。あなたが自分で治療費を払うと言ったとき、ジョエルはものすごくがっかりしてた」

ネルもタネクの支配下にはおかれたくなかった。「借りがあるのはこの私よ」

タニアがネルをじっと見た。「ニコラスのことを怒ってるんだね」

確かに怒りを感じていた。ネルが防護壁を張りめぐらしていることを見破った彼の力。ネルを現実に引き戻した残酷さ。ニコラスに会うたびにメダス島の事件を思い出すこと。ネルに力を貸せるはずなのに、ネルを締め出そうとしていること。そういったすべてに怒りを感じていた。「ニコラスがあなたの友人なのは知ってるけれど、私は好きじゃないわ。あなたのジョエルのほうが好きよ」ネルは話題を変えた。「診療所には美容室の他にも施設はあるの？」

「スパから五つ星レストランまで、何でも揃ってるよ。ジョエルの患者さんの中には、完全に治るまでここにいるのを希望するひとがいるから、いろんな施設が必要なの。何があればいいなと思ってた？」

「トレーニング・ジム」

「あるよ。でも、ジョエルは、しばらくは激しい運動はだめだって言うと思うな。骨折をきちんと治すのが先って」

「できることからやるわ。体力をつけておかなくちゃ」

「そのうちつくよ。時間の問題」

だが、ネルには待てなかった。これほど弱く、何もできない自分が腹立たしかった。いますぐにでも準備を整えたかった。ネルは繰り返した。「できることからやるわ」

「じゃ、何なら大丈夫か、試してみようか」

「明日は?」

タニアが眉をつりあげた。「ジョエルに相談しておく。たぶんあたしが一緒に行って、無茶しないように見てることになる」

「でも、それじゃ仕事の邪魔になるでしょう。迷惑はかけたくないの。いまだっていろんなことをしてくださってるし」

「迷惑なんかじゃないよ。あたしだって楽しいだろうから。あたしもエクササイズしたほうがいいし、ジョエルの家政婦の仕事はあまり時間がかからないんだ」タニアがくすりと笑った。「それに、あたしが電話ばかりかけなくなれば、ジョエルだって喜ぶ」

ネルはそれはどうだろうと言いたげな目を向けた。

「ほんとだってば。ところで、エクササイズ用の服がいるね。買い物に行くまで、あたしのを貸してあげる」

ネルは首を横に振った。タニアはどう見たって八号以下だ。「サイズが合わないわ」

「そうだね。ちょっと大きすぎるかもしれない。でも、大丈夫。エクササイズにはゆったりしているほうがいいでしょ」

ネルは驚いてタニアを見つめた。

「他人の服を着るのがいやだっていうなら別だけど」

「いいえ。もちろんそんなことはないけど、でも――」

「よかった」ネルの病室の前に着いた。タニアがフィルに声をかける。「ほら、無事に連れて帰ってきたよ。ね、この髪型どう？」

フィルが驚いたように口笛を吹いた。「いいね」

タニアがネルのほうを振り向いた。「明日、九時に来て、着替えを手伝ってあげる」そう言って笑顔を見せると、手を振って廊下を去っていった。

「ベッドに戻るのを手伝います」フィルが言った。「お疲れでしょうからね」

確かにくたくたに疲れきっている――そう気づいて自分に腹が立った。「ありがとう。でも、自分でできるようにならなくちゃ。ひとに頼ってばかりじゃ――」

フィルがネルを軽々と抱きあげ、ベッドへ運ぶ。「頼ってばかりでいいんですよ。あなたは羽根みたいに軽いし。それに僕はこれでお金をもらってるんですからね」フィルはそう言ってネルをベッドに寝かせた。「さあ、ひと眠りして、それから昼食にしましょう」

──ちょっと大きすぎるかもしれない

──あなたは羽根みたいに軽いし

そっと腕を持ちあげると、ガウンの袖が滑り落ちた。しばらく腕を見つめていた。それからガウンの胸をはだけ、ゆったりとした綿の寝巻きの上から手を体に押し当てた。この一カ月で、軽く十キロは体重が落ちているに違いない。

即席減量法ってとこね。そんな皮肉を考えた。バルコニーから転落し、何もかも失えば、グレイハウンド犬のようにほっそりとした体が手に入る。長い間、贅肉を落とそうと必死に努力してきたのに、そんなことがどうでもよくなったいまになってその贅肉はなくなった。だが、きっとありがたいことなのだろう。贅肉に妨げられることなく、早く筋力をつけることができるだろうから。

外見には意味がなかった。ただ、力だけがすべてだった。

5

「本当にいいのかどうかわからないな」廊下を近づいてくるネルとフィルを見守りながら、ジョエルは小声でタニアに言った。「ニコラスなら絶対にだめだと言うだろう」

「三時には戻るから」タニアが言った。「街まで行くのも、店から店に移動するのも、フィルが車にのせてくれるんだし。半日、買い物に出かけるくらいで、何も起こらないって」

「ニコラスにそう言ってみろよ」

「うん、言ったっていいよ。ねえ、信じて。ネルにとってはいいことなんだから」

「服を買うことが、ネルの重要事項リストの最初のほうに載ってるとは思えないな」

「そうだね。でも、買い物は単純でごく普通のことだよ。ごく当たり前のことをしてるのがいまのネルにとっては大切なんだ」

「筋力トレーニングとか？」

タニアは顔をしかめた。「ネルのエクササイズのやり方はちっとも普通じゃないけどね。取り憑かれてるみたい。放っておいたら、一日二十四時間ジムにこもっていそう」

「まあ、害にはならないさ」ジョエルは言葉を切った。「なあ、ずっとネルのお守りをしてる必要はないんだぞ。きみは保護者じゃないんだから」

「ネルが好きなの。力になってあげたい」タニアがゆっくりとつけ加えた。「たぶん、ネルの中にあたし自身を見てるんだろうね」

「きみみたいなのはひとりでたくさんだ」ジョエルはそう言い、すぐそばまで来たネルに目をやった。「無理をしないで。疲れたら、切りあげて戻ってくること」

「はい」

ジョエルは折りたたんだ札を何枚かネルに渡した。「さあ。きみの手持ちがいくらあるかわからなかったから」

ネルは当惑してジョエルを見た。「必要ないわ。クレジットカードはいま持ってないけれど、電話をかければどうにかなると思うし」

「いや、タニアが全部まとめてクリニックに請求して、あとできみに請求し直すのが簡単だろう」ジョエルは車の後ろのドアを開けた。「このリンカーンは三時になったらカボチャに戻ってしまうよ。それを忘れないで」

「ここはデイトンズ・デパートっていうの。基本的なものはほとんどここで揃うはず。高級品が欲しかったらブティック街に行けばいいし」タニアは車を降りてフィルに声をかけた。「三時間ちょうだい。一時にここに迎えにきてくれる?」

フィルが不安げに眉をひそめた。「それには賛成できないな。どこかに車を停めておくから、中で会うことにしないか」

「わかった。じゃあ、スポーツ用品売り場に来て。まずそこに行くから」

タニアのあとについてデパートに入ると、たちまち柔らかな照明とぎらぎらとした商業主義にのみこまれた。「他へ行くことはないわ、タニア。普通のものだけで十分だから」

「必要なのと欲しいのとは別」タニアはエスカレーターにのった。「あまり興味ないかもしれないけど――あれ、ちょっと、どこ行くの？」

「用があるの。一時に正面の入口で会いましょう」ネルはちらりと振り返ったが、そのまま脇の出口へ急いだ。

タニアはすでにエスカレーターの真ん中あたりまで上っていたが、振り向いて下りはじめた。「だめだったら」

ネルはデパートの横の出口から外へ出ると、タクシー乗り場で客待ちをしていた一台に飛び乗った。「図書館へお願い。中央図書館に」

タクシーが歩道を離れた瞬間、タニアがデパートから走り出てきた。「ネル！」

ネルは良心の呵責を感じた。タニアはずっと親切にしてくれていた。そのタニアを騙《だま》すのはいやだった。だが、タニアはタネクの友人でもある。邪魔をされる危険は冒したくなかった。

十分後、ネルは無表情のまま図書館の閲覧室に入ってゆき、デスクに座った司書の女性に声をかけた。「ネクシスはありますよね？」

女性がネルを見た。「ええ」

「使ったことがないんです。どなたか情報を探すのを手伝っていただけないかしら？」

女性は首を振った。「検索プログラムは用意していますが、使い方を指導する時間はありません。それから、一項目調べるごとに料金が加算されますよ」

ネルは女性の名札に目をやった。グレース・セルカーク。「教えていただければその分の料金もお支払いしますけど、ミズ・セルカーク」

「すみません。時間がありま――」

「僕がお手伝いしましょう」

振り向くと、ひょろりとした長身の青年が微笑んでいた。

「僕、ラルフ・ダンドリッジといいます。ここの職員です」

ネルも微笑んだ。「ネル・コールダーです」

女性が割りこんだ。「規則は知ってるでしょう、ラルフ」

「規則は破るためにあるんですよ」ラルフはそう言ってネルのほうを向いた。「コンピュータに慣れてなければ、この検索プログラムはちょっとわかりづらいんです。一から教えてさしあげますよ」

「そんな時間はないでしょう、ラルフ」グレース・セルカークが言った。「他にもやってほしい仕事があるのよ」

「じゃあ、そっちの仕事は昼休みのあとにやります。僕はいまから昼休みにしますから」どうぞお先に、とラルフはネルに道を譲った。「コンピュータは隣の部屋の隅に置いてあります」

「ご迷惑をおかけしては」

「大したことじゃありません。ただのバイトですから。僕、大学の二部に通ってる学生なんです。それにあのグレースってひとはやたらに杓子定規なひとで。何でもかんでも規則、規則って」

「そう。力を貸してくださってありがとう」ネルは笑みを浮かべた。「もし来てくださらなかったら、どうなっていたことか」

ラルフは、一瞬、ぼんやりとネルを見つめていたが、やがて目をそらした。「さて、どれだけお手伝いできるかやってみましょうか。ネクシスは基本的には情報システムです。何千という新聞、雑誌、定期刊行物の記事を収録しています。キーワードを入力するだけで、過去十年間の関連記事を呼びだしてくれますよ」

「人物名でもアクセスできるかしら？」

「もちろん。でも似たような名前がたくさん出てくる中から根気よく探さなければなりませんよ。何という人をお探しですか？」

「ポール・マリッツ」

ラルフはポール・マリッツという人物に関する記事を二件探しだし、画面に呼びだしてネルに見せた。最初の一件は何かの賞をとったシナリオ作家に関する記事だった。もうひとりのポール・マリッツは、子供を救出した消防士だった。

マリッツに関する資料があるとは期待していなかったが、やってみる価値はあったと思った。

「他には？」

「フィリップ・ガルドー」珍しい名前なので、マリッツの場合と同じような問題にぶつかるとは思えなかった。だからといって、さっきよりも運に恵まれるとも限らない。だが、タネクの話では、フィリップ・ガルドーは大物犯罪者だ。逮捕、裁判……きっと何か資料があるに違いない。

大当たりだった。綴《つづ》りを変えて入力してみると、三つめでフィリップ・ガルドーに関する記事が三本見つかった。それぞれ『タイム』誌、『スポーツ・イラストレイテッド』誌、『ニューヨーク・タイムズ』紙掲載の記事だった。

「かなり長い記事のようですよ。このままざっと目を通してみますか？」ラルフが訊いた。

「いいえ。三つとも印刷できる？」

「もちろんです」ラルフは記事を指定してから印刷ボタンを押し、椅子の背にもたれた。

「このガルドーってひとについて記事でも書くんですか？」

「え？」

「ライターの方たちがよく調べものにいらっしゃいますから」

「ええ、候補のひとりなの」ネルはプリンターから排出される紙を熱心に見守った。

ラルフが紙の束を拾い上げ、ネルに渡した。

「いくらお支払いすればいい？」

「結構ですよ。有給休暇をとったことにしますから。おかまいなく」

そんなことはさせられない。多くの学生は一日一日を暮らしていくので精一杯だということを、ネルは知っていた。「それはだめ――」だが、断ってラルフの自尊心を傷つけてもいけない。どうしよう。すぐにでもこの記事を読みたいのに。ネルはため息をついた。「そうね、もしお時間があるのなら、近くのレストランでお昼をごちそうさせてくれる？」

ラルフの目がべっこう縁の眼鏡の奥で輝いた。「もちろんですよ」

ネルは、記事をプリントした紙をバッグに押しこむと立ちあがった。「行きましょう。戻るのが遅くなって、あなたがボスに怒られたら大変だわ。近くにお店はある？」

「ええ」ラルフは躊躇した。「あの、『ハングリー・ペザント』まで行ってもかまいませんか？　ほんの数ブロック先なんですけど」

「そっちのほうがおいしいの？」

「いいえ。でも僕の友人のたまり場なんですよ」ラルフはにっこりと笑った。「僕とあなたが一緒にいるところを連中に見せたいんです」

私をトロフィーか何かのように見せびらかしたいということね。ネルはそう気づいて嫌悪を感じた。ジョエルがくれた顔のおかげでこの親切な青年はネルに力を貸してくれたのだろうが、一方でこんな結果も招いてしまう。ありがたいのか何なのか、よくわからなくなる。

だが、ラルフはネルを物欲しげな目で見つめていた。そして、ネルはこの青年に借りがあった。ネルは観念して言った。「わかったわ、その『ハングリー・ペザント』へ行きましょう」

一時五分前にデイトンズ・デパートに戻った。

タニアは店の前で待っていた。タニアの顔を見た瞬間、体がこわばった。「タニア、ごめんなさい。どうしてもやっておきたいことが――」

「何も言わないで」タニアがさえぎった。「あたし、すごく怒ってるんだからね。車の前につき飛ばしてやりたいくらい」タニアは歩道の縁まで踏みだし、手を振った。「ほら、フィルが来た。話は診療所に戻ってからね」

車に乗りこむと、フィルが責めるような目でネルを見た。「あんなことをしてはいけませんよ、ネル」

「とにかく診療所に戻ろうよ、フィル」タニアがぶっきらぼうに言った。冷ややかな表情をしていた。

タニアが冷たい態度をとったことは一度もなかったのに。きっともう二度と私には会いたくないと言うだろう。

これほど寂しい気持ちになるとは予期していなかった。

ウッズデール診療所に戻ると、タニアはネルの病室にずかずかと入っていき、シーツを整えると、フィルのほうを向いた。「喉がからから。レモネードを持ってきてくれない？ ネルはあたしが寝かせておくから」

フィルがうなずいた。「わかった」

フィルが出ていき、ドアが閉じたとたん、タニアはネルのほうを振り向いた。「二度と嘘はつかないでよ」

「嘘はついてないわ」

「裏切ったでしょ。同じこと」

「そうね、あなたの言うとおりだわ。でもどうしてもやらなくちゃいけないことがあって、だめだって言われるんじゃないかって心配で」

「それはそうだよ、だめだって言う。ジョエルは出かけるのに反対したけど、あたしが説得したんだよ。それなのにあたしを利用した」

「そうね」

「どうしてなの？ 嘘をつかなければいけないほど大切なことって何？」

「情報が必要だったの。タネクは教えてくれそうにないから。図書館に行ったのよ」

「あたしには話せなかったわけ？」

「だって、あなたはタネクのお友だちでしょう」

「だからって、ニコラスの所有物じゃないよ。あたしはあなたの友だちでもあるんだってこと、まったく考えなかったの？」

ネルは目を見開き、小さな声で言った。「考えてなかったわ」

「ふうん、そう考えてくれればよかったのに。最初は確かにニコラスに頼まれて会いにきたけど、それからあとは自分の意志で来てるんだからね」タニアは体の両脇で拳を握りしめた。「ニコラスがあたしに来てほしいという理由はわかってた。ふたりとも大きなものを失ったから、ニコラスは、あなたにはあたしが必要だと思ったんだよ。ニコラスはあたしがこうしてちゃんと立ち直ったことをあなたに見せたかったんだろうね。でもね、あたしは立ち直ってなんかいない。いつになっても立ち直れっこない。ただし、うまく折りあっていくことは学んだ。あなたにもそのうちわかるはずだよ」

「もうわかりかけてるわ」

「そんなことはない。ニコラスが人参をぶらさげてて、あなたはそれを追いかけてるだけ。本物の代用品だね。悪夢を見なくなったら、それがもう大丈夫だってしるしだよ」ネルの驚いた表情を見て、タニアは苦笑した。「悪夢を見るの、自分だけだと思ってたの？　母と弟が死んだ最初の一年、あたしは毎晩、悪夢を見た。いまでもときどき見る」タニアは言葉を切った。「でもね、夢のことは話さないことにしてる」

「ジョエルにも？」

「ジョエルなら聞いてくれるだろうけど、それにきっと力になってくれようとするだろうけど、絶対に理解はできない。あんな経験はしたことがないから」タニアはネルの視線をとらえた。「でも、あなたは同じような経験をしてる。あなたなら理解できる。あたしにはわかってくれるひとが必要だった。あたしがここに来るのは、あなたが必要だから。あなたがあたしを必要としてるからだけじゃないんだよ」

タニアは真実を話してくれている。ネルはふいに絶望感に襲われた。「ねえ、あなたを助けてあげることはできないわ。わからない？　私にはあげられるものなんか何も残ってないのよ」

「あるはずだよ。だってもう生き生きとしはじめているもの。ひと晩ではそんな風には変われない。潮の満ち引きみたいに行ったり来たりしながら変わるものだから」タニアはかすかに微笑んだ。「あたしの怒った顔を見たとたん、どうしようって思ったでしょ。いい兆候だよ」

「でも、必要ならまたやるわよ」

「娘さんを殺した男を見つけたいからでしょ」

「見つけなくちゃいけないの。それ以外のことは何の意味もないわ」

「ううん、あるよ。まだそれが見えてないだけ。母と弟を殺した狙撃者に顔があったら、あたしだって同じように思うかもしれない」タニアは力なく言った。「でも、兵士には顔がない。ただの敵なんだ」

「私には顔も名前もわかってるわ」

「知ってる。ニコラスが教えたってジョエルから聞いた」タニアが肩をすくめた。「教えるしかなかったんだね。ジョエルはあなたのことをとても心配してたな。ニコラスはあなたの命を救ったんだよ。知ってるでしょ」

「いいえ。知らなかったわ」知らなかったし、救われたことに嫌悪を感じた。「何か理由があったんでしょう。ニコラスは感情に動かされないひとだという印象があるもの」

「感情に動かされる？　それはないけど、情の深いひとだよ。つきあいにくいけどね、こうと決めたら、決して裏切らない。ニコラスが約束を破ったことなんか一度もないよ」タニアは首を振った。「ニコラスはあなたをここに連れてきて、あなたの力になろうとしてる。なのに、どうしてあたしがニコラスのことを言うたびに、そうやっていらいらするの？」

「私の行く手に立ちふさがってるから」

「ニコラスをどかすのは大変だってそのうちわかるよ」

「それでもどいてもらわなくちゃ。私はあなたと違う。時間がたっても、私は忘れはしない」ネルは淡々とつけ加えた。「私の悪夢はマリッツが死ぬまで消えないわ」

「神よ、われらを助けたまえ」タニアはため息をついた。「わかったわ、じゃあね、少なくともあたしを騙したりしないって約束して」

ネルはためらったが、ゆっくりとうなずいた。「あんなことはしたくなかったわ。でも他に方法を思いつかなかったから」

「調べて何かわかったのかどうか、それも教えてくれないんでしょ」

「ええ。あなたの心を二つに分けてしまうことになるもの。あなたはやっぱりニコラスの友だちだから」

タニアはネルをじっと見つめた。「ニコラスだけの？」

「私の。私の友だちでもあるわね」ネルが微笑む。「でも、どうしてなのかしら」

「そんなこと言われちゃったら、あたしはこの十五分とたくさんの言葉を無駄使いしたってことになるね」タニアは手を差し出した。「でも、ちょっとくらい謙遜しても害はないよね。あたしの友情は何よりも素晴らしい宝物っていうのはほんとのことだよ」

タニアが差し出す手を見つめながら、ネルは不安な気持ちがわきあがるのを感じた。友情。友情とは責任を意味する。使命を果たさなくてはという現実味のない世界から、一歩ずつ引き戻されてゆく。

タニアの笑みが消えた。ためらいがちに言う。「あたしね、頼み事をするのは嫌いなんだ。でも、あたしには理解してくれるひとが必要なの」

ネルはゆっくりと手を伸ばして、タニアの手を握った。


タニアがそのまま一時間近く病室にいたので、コンピュータのプリントアウトを読むことができたのは、フィルが持ってきた夕食を終えたあとだった。

三十分後。最後の一枚を膝の上に置いた。裁判の記事はなし。逮捕もなし。犯罪活動について書かれたものさえなかった。

『ニューヨーク・タイムズ』紙の記事は、フィリップ・ガルドーが自らピカソの絵を寄付したエイズ患者救済オークション出席のため、ニューヨークを訪問したことに触れているだけだった。記事中のガルドーは〝ヨーロッパの実業家・慈善活動家フィリップ・ガルドー氏〟と呼ばれている。

『タイム』誌の記事はもっと一般的なものだった。フランスのワイン製造業者が高関税率の継続を要求して政府と闘っているという内容だった。二つの段落を割いて、ベルヴィーニュのガルドーのシャトーと葡萄園のことが書かれている。〝ガルドー氏は四十六歳、家族は妻と子供ふたり。有力なワイン製造業者〟。躍進いちじるしい新進事業家のひとりで、中国や台湾への投資で財を築き、わずか五年前にワイン製造業に参入したばかりという。

『スポーツ・イラストレイテッド』誌では葡萄園はまったく触れられておらず、ベルヴィーニュのシャトーに関することのみが書かれていた。毎年、クリスマスから元日にかけてシャトーでフェンシングのトーナメントが開催され、大晦日に決勝が行なわれるのだという。ルネッサンス時代のトーナメントを再現したこのイベントの期間中、招待客はルネッサンス時代風の衣装をまとうことになっている。このトーナメントは、リヴィエラの重要な社交行事であるばかりでなく、フェンシング愛好者や一流剣士たちにとっての憧れの舞台となっている。それにくわえ、イベントの収益はさまざまな慈善団体に寄付されるという。記事は最後に、値段のつけようがないと言われるガルドー所有のアンティークの剣のコレクションを紹介していた。

慈善活動家、有力な実業家、アンティーク・コレクター、スポーツマン。殺人や麻薬や賄賂については何も述べられていない。マリッツのような殺し屋を雇って人を殺させるようなことには、一言も触れられていない。

ここに書かれているガルドー氏は、別のガルドーだということ？

――中国や台湾で財を成し……

タネクは香港で育った――せいぜい蜘蛛《くも》の糸ほどのつながりしかない。

ネルはハンドバッグに記事を押しこんだ。これだけでは不十分だった。確信が持てない。

やはりタネクが必要だ。

あと一分。

ネルは、フィルに教えられたとおり口で呼吸をしながら、〈ステアマスター〉を力強く踏みつづけた。常に「あと一分だけ」と思うようにしていれば、疲労が限界に達したあとでもさらに踏みつづけられるということに気づいていた。脈が速くなり、汗が額から流れ落ちる。

あと一分。

「お時間をいただけるのなら、ちょっとお話がしたいんですが」

ネルはジムの入口に立っている男をちらりと見た。看護士でも医師でもないようだ。背が低く、小太り。以前は薄い茶色だったのだろう、灰色になりかかった巻き毛。グレーのスーツにストライプのシャツ、ローファー。退院も間近だから、管理部門の誰かが支払いについて訊きにきたのかもしれない。「少し待っていていただけますか？　すぐ終わりますから」

「十五分も前からずっとここであなたを見ていたんですよ。そろそろやめたほうがいい」

ひょっとすると医者だったのかもしれない。あれではやりすぎだとジョエルに言いつけられてはたまらない。「おっしゃるとおりね」ネルは微笑みながらマシンを降りた。「でも、お話なさりたいんでしたら、一緒に歩いていただかないと。呼吸が整うまでは足を止めないようにとフィルに言われてますから」

「ああ、フィル・ジョンソンですね。確か廊下で見かけたな」男が顔をゆがめた。「残念ながら、向こうにも私を見られてしまってね。だからあまり時間がないんですよ」

「あら、もう来客についてはあまりうるさく言いませんから」ネルはきびきびと歩きはじめた。「私もほとんど全快していますし」

「素晴らしい回復ぶりですよ」男もネルと並んで歩きはじめた。「リーバーも見事な腕前ですな。以前の写真からでは、あなたとはわからなかったでしょうから」

「ジョエルが私の写真をお見せしたんですか？」

「いや、そういうことではありません」

ネルはふいに不安に襲われた。速度を落とし、男を見つめる。「あなた、誰なの？」

「問題はね、あなたが誰なのか、ということなんですよ」

「ネル・コールダーです」ネルはいらいらと言った。「私の写真やファイルをご覧になったのなら、ご存じのはずでしょう」

「いや、知らなかった。そうじゃないかなと思っただけです。だからこそ危険を承知でこうしてリーバーの聖域に侵入したわけですよ」男はジムを見まわした。「大した診療所ですな。

大統領夫人は本当にここでフェイス・リフト手術をやったんでしょうかね？」

「知りません。興味もないわ。あなた、いったい誰なの？」

男が愛想笑いを浮かべた。「ジョー・カブラー。麻薬取締官です」

ネルは黙っていた。

「タネクから聞いていませんか？」

「何もかも話すほどには親しくありませんから。あなたとタネクは友だちなの？」

「お互いに尊敬しあってるし、いくつか共通の目標を持ってもいます。ですが、私は犯罪者を友人とは呼びません」

ネルが立ち止まった。「犯罪者？」

「おやおや。あの男はあなたに何一つ話してないらしいですね。タネクは自分のことを何と言ってました？」

「引退したって。商品取引をやっていたって聞いてるわ」

カブラーは忍び笑いを漏らした。「まあ、それは確かにそうだ。あの男は犯罪組織のボスでね、あらゆる商品を扱ってましたからなあ。公文書、情報、美術品。あの男は犯罪組織のボスでね、長年、香港の警察を手こずらせてた」そう言って肩をすくめる。「ただ、麻薬取引には手を出さなかったから、私と直接に関わることはなかったんですがね。ところで、やつはどこです？」

「知りません」

カブラーはネルの表情を観察した。「本当らしいですな」

「嘘をつく理由がないじゃありませんか。タネクはアイダホに牧場を持っているそうだから、そこをお探しになったらいかが」

「半年も前に行きましたよ。あの牧場に侵入するのに比べたら、この診療所に忍びこむくらい、簡単なことに思えますな。それに、緊急を要するという話でもありませんしなあ。タネクがあなたを始末してしまったわけではないと、これではっきりしたわけで」

あまりにさりげなく言われたので、ネルはかえってショックを受けた。「タネクが私を殺したと思ったの？」

「いや、それはないだろうとは思っていました。ただ、タネクの行動は決して予測できませんからな」カブラーは笑みを浮かべた。「それで、何がどうなっているのか確認しに行くべきだと思ったわけです。だが、どうやらあなたはお元気らしい」

「おかげさまで」ネルはぼんやりと答えた。「そもそも、なぜタネクを疑うんですか？」

「理由はですね、あいつがニコラス・タネクであり、何の関係もなくメダス島にいたからですよ。そして島からあなたを連れ去ったうえ、私にあなたと話す機会を与えるつもりもないと聞いたからです」

「あなたが私とお話しなさりたかったなんて知りませんでした」ネルはためらった。「フィリップ・ガルドーについて何をご存じなの？」

「それは、私があなたにしようとしていた質問で」

「私は何も知りません。ガルドーがメダス島の襲撃を命じ、私の娘と夫がガルドーの手下に殺されたとタネクから聞かされただけで」

カブラーの表情が和らいだ。「私を残酷な男だとお思いでしょうな。申し訳ないと思います、コールダー夫人。お察しします。私にも子供が三人いますからね」

あなたにわかるはずがない。あなたの子供が殺されたわけではないのだから。「メダス島事件がテロリストによる襲撃などではないということには賛成してくださるでしょう？」

カブラーは答に躊躇した。「ガルドーの仕業かもしれないという可能性はあります」

「ガルドーが私を狙った理由は何？　彼に会ったこともないのに」

「同感ですな。どうも筋が通らない。私どものほうでも、あなたとガルドーの間に何のつながりも発見できないでおりまして。だから、あなたが間の悪いときに間の悪い場所にいただけのことだ、という結論を出しました。カヴィンスキーが標的にされる理由は説明がつきます。何かの折りにガルドーのつま先でも踏んづけてしまったんでしょうな。あの晩、あなたは城の中でも最高のスイート・ルームに宿泊していた。だから、ガルドーの手下があなたの部屋をカヴィンスキーの部屋と間違えたということもありえます」

「でも、カヴィンスキーは階下にいたんですよ」

「ガルドーは万が一のときのために、第二の計画を用意してることが多いんですよ」カブラーは静かにつけ加えた。「あなたはその第二の計画を邪魔したんじゃないですかな」

「そのガルドーは、ベルヴィーニュ・シャトーの持ち主と同じ人物ですか？」

カブラーがうなずく。

「じゃあ、なぜその男をどうにかなさらないの？　その男が裏で何をしているかご存じなのに、どうしてやめさせられないの？」

「努力はしてますよ、ミセス・コールダー。しかし、そう簡単にはいかんのです」

「世間の人は、その男の正体さえわかっていないみたいね」ネルは途切れ途切れに言葉を続けた。「タネクが言ってました。たとえその殺人犯たちが裁判にかけられることがあっても、有罪にはならないだろうって。それは本当なの？」

　カブラーはためらった。「そんなことがないことを願ってますよ」

　本当なのね。ネルは疲れを感じた。無実の人間が殺され、殺人鬼が野放しになる。

「私は決してあきらめません。少しでも慰めになればと思って言いますが」カブラーが言った。「二十四年間、この人間のくずたちと闘ってきました。あと五十年だって、闘いつづけますよ」

　カブラーが立派な、意志の強い人間なのは明らかだ。しかし、彼が闘いに敗れかけているという事実には変わりはない。「慰めになどなりません。私は娘を亡くしたんです」

「タネクはガルドーにその償いをさせてみせると約束したんですな？」

　ネルは答えなかった。

「タネクに利用されてはいけませんぞ。ガルドーを追いつめるためなら、あの男は何でもするでしょうから」

　タネクに自分を利用してほしいと懇願したことを思い出し、ネルは陰気な笑みを浮かべた。

「タネクには、私を利用するつもりはありません」

カブラーが首を振った。「そんなはずはありませんな。ガルドーを倒せるとあれば、悪魔とだって取引しかねない男なんですから」カブラーは名刺を差し出した。「お話したかったのはこれだけです。助けが必要になったら、電話を」

「ありがとう」ネルはドアのほうへ歩いていくカブラーを見守った。

カブラーは立ち止まり、ネルを振り返った。「そうだ。タネクが聖ジョゼフ病院の記録を改竄《かいざん》した方法はつかんでます。フィル・ジョンソンほどの腕なら、時間さえあればスイスの銀行のシステムに侵入することだってできますからな。しかし、あなたを火葬したという偽の書類をどうやってバーンバーム葬儀場に作らせたのか、タネクに訊いてみるといいですよ」

「話があるの、ジョエル」ネルは受話器に向かってそっけなく言った。「いますぐ」

「気分が悪いのかい？　きっとトレーニングのやりすぎだな。タニアにちゃんと――」

「気分は悪くないわ。会いたいだけ」ネルは電話を切った。

一時間後、ジョエルがネルの病室に入ってきた。「話があるんだって？　飛んできたよ」

「聖ジョゼフ病院の記録上、私が六月七日に死んだことになっているのは、いったいどうして？」

「ばれてしまったか」ジョエルがため息をついた。「僕はその件には関わっていない。ニコラスが、世間にはきみが死んだと思わせておくほうが安全だと考えたんだ」

「それで、私をこの世から抹殺したというわけね。私は自分のクレジットカードを使うこともできない。銀行に電話をしたら、私は死んだことになってたわ」ネルはジョエルを見つめた。「私が電話をかけるんじゃないかって、あなた、わかってたんでしょ。だから先週、街へ出かけたとき、あんなに現金をくれたのね。私がクレジットカードを使おうとしたらまずいから。いつまで隠しておくつもりだったの？」

「きみに話す名誉はニコラスに与えるつもりだった。あいつの後始末をしてまわるのはうんざりだからね」ジョエルは一瞬、黙りこんでから訊いた。「なぜわかった？」

「カブラーってひとが来たわ」

「カブラーが？　ここに？」ジョエルが口笛を低く鳴らした。「どうやって警備網を突破したんだろう」

「そんなこと知らないし、どうだっていいわ。あなたはどうしてこの件に関わったの？　タネクは自分は常識にとらわれない人間だと思っているかもしれない。でも、あなたはもっと常識をわきまえたひとだと思うけど」

「ニコラスの考えが正しいと思ったから引き受けた」ジョエルは片手をあげて、ネルの反論をさえぎった。「きみは重傷だった。僕はね、きみをカブラーの質問責めにさらしたくなかったし、ニコラスはきみがまだ危険だと考えた。僕としては気の進まない治療だったが、やっただけの意味はあった」

「ええ、そうでしょうよ。タネクのやることにはすべてちゃんと意味があるんでしょうよ。で、私が生き返るにはどんな書類が要るの？」

「本気でそう思ってるのかい？」

「もちろん」

「いまも危険にさらされてるのかもしれないのに」

「あなたに支払う治療費さえ引き出せないのよ」

ジョエルは楽しげに微笑んだ。「それなら、ニコラスに払わせたらいいさ。当然の報いだよ」

はらわたを抜き、体を八つ裂きにする——そのくらいしても当然よ。「タネクには借りをつくりたくないの」

「じゃあ、このごたごたが片づくまで、僕がきみに貸しておくことにしよう」

ジョエルに対する怒りがすっと消えた。すべてのきっかけになったのは、タネクひとりだけ。ネルはそう確信した。ジョエルは、彼女にとって最良のことをしてくれようとしただけの、善良な人間なのだ。「ありがとう、ジョエル。でも、それはできないわ。弁護士に連絡して、預金の一部を解約できるか相談してみるわ」

「二、三日、考えてみてくれないか？　急ぐことはないさ。いずれにしろ、退院は来週だ。骨が正常に結合してるかどうか、レントゲンで確認しておきたいからね」

「ねえ、もう三カ月も入院してるのよ。完全に治るまで入院させるのは、ＶＩＰだけだと思ってたけど」

「それと、退院しても行くあてがない患者だ」

ネルの笑みが消えた。行くところがない。飛びこんでいける胸もない。孤独な女。

「それで思い出したが、昨夜、タニアと相談してね。退院したら、うちに来てほしいんだ。これからどうするか考えるいい機会になるだろうし」

ネルは即座に首を振った。「あなたにそこまでしていただくなんて――」

「僕は何もしないさ」ジョエルは笑った。「ただね、きみがいればタニアも忙しいだろう。僕にとってはそれがありがたいんだよ。タニアの全神経が僕に向けられていると、毎日が息苦しくてしかたがないからね。きみが来てくれれば、タニアも僕も嬉しいんだ」

ネルは安堵に包まれた。寒々としたホテルの一室に寝泊まりしながら計画を練り上げなくてはならないだろうかと、ずっと恐れていたのだ。「そうね、じゃあ、一日か二日なら。ありがとう」

「よかった。じゃあ、きみに小言を言いにわざわざ診療所に来る必要はなくなったと、タニアに言っておくよ。タニアに小言を言われると、きみでなくたって病気がぶりかえしかねない」ジョエルが立ちあがった。「さて、少し眠ったほうがいい。睡眠薬は必要かな?」

「いいえ」薬を飲めば眠りが深くなる。眠れば必ず夢を見る。その眠りが浅ければ、目を覚まして夢から逃れることだってできる。「大丈夫よ」

ジョエルが去ったあと、ネルは長いこと目を開けていた。怒りがゆっくりと引いていく。

自分は死んだことになっているとわかったときのショックが、激しい怒りを生んだ。まるで、これまで生きてきた歴史や、ネルがネルである土台を、タネクに奪われたような気がしたからだ。それとも、そんな土台はとっくに壊されているのだろうか？　いまのネルは、メダス島にいたあの女でもなく、ノースカロライナで育ったあの少女とも違う。

よく考えてみるようにとジョエルは言った。そうだ。この先どうなるのか考えてみよう。私が死んだと世間が信じているとしたら？　表面的にはとんでもない災難だ。クレジットカードも、運転免許証も、パスポートもつくれない。母親の遺産に手をつけることもできず、無一文になる。では個人的にはどうだろう？　私の死を悲しむ者はいそうにない。家族はいし、リチャードと結婚して以来、学生時代の友人ともつきあいはなくなっている。ネルの人生は結婚した瞬間からリチャードに支配され、ネルには家族以外の人々と心を通わせる時間は与えられなかった。

支配されていた？　ネルはとっさにその言葉から逃げようとしたが、強いてその言葉を見つめ直そうとした。嘘はもうごめんだわ。真実を隠してはいけない。好意から出た独裁ではあったが、リチャードはまさしくネルを支配していた。リチャードはネルが家族以外の人間と絆《きずな》を持つのをいやがった。だからネルもそれに従った。

こうしてひとりぼっちになったのはかえって好都合なのかもしれない。世間に死んだと思われている限り、自由に動きまわることもできるではないか。しかも殺しのターゲットとして狙われる可能性も少なくなる。

ただし、それはネルが本当にターゲットにされていると仮定しての話だった。カブラーの言うとおり、間の悪いときに間の悪い場所にいた、それだけのことなのかもしれない。いや、他に説明がつかないではないか。だが、タネクは、ネルが襲われたことは決して偶然などではないと考えている。

カブラーではなく、タネクの言うことを信じるのはなぜなの？　タネクは犯罪者で、カブラーは立派な法執行官だ。タネクを信じる理由は、タネクを包んでいるあの内に秘めた自信が放つ強烈なオーラにあるのだろう。あんなものは無視し、カブラーの論理的な説明に耳を傾けたほうが身のためだ。

だが、あのオーラを見て見ぬふりはできなかった。タネクの言うことをネルは信じているからだ。犯罪者――そんなことは少しも気にならなかった。ネルにとって意味があるのは、タネクがガルドーとマリッツを知っており、ネルがそのふたりを倒すのに協力できる人物だという事実だけだった。タネクが犯罪者でかえってよかったのかもしれない。カブラーを縛りつける法や規則を、タネクは何とも思っていないのだから。カブラーが不可能だと言ったものを、タネクはネルに与えてくれた。

復讐を。

「今日、カブラーが来た」ジョエルは電話で言った。「あの男を僕に近づけないようにすると豪語したのはきみだぞ」

「やつはネルと話したのか？」ニコラスが訊いた。

「フィルの話だと、ネルがジムにいるところをつかまえたらしい。死んだことになってると教えてしまった」

「ネルの反応は？」

「さんざん責められたよ。死後の世界から生還する書類を作りたいと言っている」

「やめるように説得してくれ」

「きみがやれよ。三日以内に来たほうがいいぞ。三日後に退院だ」

「行くよ」

「え？　反論しないのか？」

「反論の必要がどこにある？　ネルとはいつかやりあわなきゃならないだろうと思ってた。時間がたてばネルの決意も揺らぐだろうと期待してただけのことさ」

「じゃ、きっと驚くぞ。タニアが言うにはネルは――まあ、来ればわかる」すこし間をおいたあと、ジョエルは皮肉を言った。「それはそうと、きみのジュノーの代わりの警備責任者を探さなくちゃならなそうだよ。ジュノーはカブラーを診療所から追い払うのに、見事な手腕を発揮してくれたからな」

「カブラーが来たら通せと言ってあったんだ」

「何だと？」

「カブラーは抜け目のない男だ。ネルが死んだとは信じないだろうことも、聖ジョゼフ病院とウッズデールのきみの診療所を結びつけるだろうということも、わかっていた。だから、カブラーが現われたら追い返すなとジュノーに言っておいた」

「どうしてまたそんなことを？」

「追い返せば、得るものよりも失うもののほうが多いからだよ。ネルは尋問に耐えられるくらいには快復しているし、カブラーにはブラッドハウンド犬のような本能がある。あの男はいちど臭跡をかぎ取ったら、獲物を追いつめるまで決してあきらめない。ジュノーの警備にひっかからずに侵入できたことで、カブラーはすべてを掌握した気になったはずだ。カブラーはネルを追いつめ、手に入れるものを手に入れた。もうネルを追いかけようとはしないさ」

「でも、もしカブラーがネルを診療所から連れ去ろうとしてたらどうなってた？」

「そうだな、そうなったらフィルとジュノーが邪魔をしただろうな」タネクの口調は穏やかだった。「穏便にね、もちろん」

「もちろんそうだろうよ」ジョエルは辛辣に言った。「きみの計画を僕に教えておこうとはこれっぽっちも思わなかったんだろうよ。たかだか僕の診療所だし、たかが僕の身の安全だからな」

「きみを心配させる必要がどこにあった？　そもそも何も起こらなかったかもしれない。カブラーはネルの死を額面どおりに信じたかもしれないんだ。それに、ジュノーは自分の警備網を破ることができると思われるのはたとえ見せかけだけでもいやだと言ってね。そこでおれが気高くもすべての責任を負うことにしたわけさ」

ジョエルは鼻で笑った。

「おれの真意を誤解しないでほしいね」ニコラスは言った。「もう切るぞ。三日後に会おう」

6

タネクがクリニックに着いたとき、ネルは病室にいなかった。

「ジムでトレーニング中だ」背後でジョエルの声がした。「来いよ。案内してやろう」

タネクは振り返って言った。「退院の準備でもしてるかと思ってきたんだが。今日じゃなかったかな」

「昼ごろに退院させると言ってあるんだ。昼までだらだらと時間を潰《つぶ》すくらいなら、トレーニングに励むのがネルさ。ロシアの体操選手が来ていたとき以来、ジムはほとんど誰も使わなかったんだがね」

タネクは病室を出て、ジョエルについていった。「具合はどうなんだ？」

「体のほうは、申し分ないくらい健康だ。精神的には……」

「精神的には？」

ジョエルは肩をすくめた。「普通にしてる。ときには、フィルと冗談さえ言い合うようになった。たとえ鬱《うつ》に陥ることがあるにしても、そのことを隠してる」

「タニアにもか？　あのふたりは親友になったんだろう？」

「僕の知る限りではタニアにも何も言ってない」

「で、きみは、ネルが何もかもひとりで抱えこんでるんじゃないかと心配してるってことか」

「そのとおりだよ。しかし、僕にはどうにもできない。彼女が、まずいタイミングで参ってしまわないことを願うのみさ」ジョエルはタネクの顔にちらりと目をやった。「そうだ、まだ僕の作品を見てないんだっけな。きみも気に入ってくれると思うよ」

「ああ、おそらくな。きみは常に素晴らしい仕事をするから」

「ネルは中でも素晴らしい出来だとタニアは言ってる。もちろん、そう言って自分のことを褒めてるわけだが」ジョエルはジムのドアを開けた。「ヒントをくれたのはタニアだから」

広々としたトレーニング・ルームに、ぽつんとネルがいた。ふたりに背を向け、奥の壁に取りつけられた木のバーで懸垂をしている。白いショーツにゆったりとしたスウェットシャツ。タネクの記憶よりも背が高く見えた。いや、背が高くなったのではない。ネルは細く、しなやかに、たくましく変身していた。ふたりが入ってきた気配に気づいていない。ゆっくりと体を上下させるネルの熱気。タネクにもそれが伝わってきた。

「すごいな。いつもこんな勢いでトレーニングしてるのか？」タネクが低い声で訊いた。

「いや。いつもはもっとすごい勢いでやってるよ。今日は休息日なんだろう」ジョエルは声を張り上げた。「ネル」

「すぐ行くわ」ネルが大きな声で答える。一セット終えると、バーから軽やかな身のこなしぶやく。

で床に降りた。タネクたちのほうを振り返る。

タネクは息をのんだ。「タニアはいったいどんなヒントをきみにやったんだ?」小声でつ

「トロイのヘレンさ。忘れられないほど美しく、もろい女」近づいてくるネルを見守りなが

ら、ジョエルは満足げに微笑む。「いい出来だろう?」

「いい出来だと? 怪物を作っちまったのかもしれないんだぞ」

「心理的な悪影響はまったくないと思う。ネル自身はどうでもいいと思っているようだ。ネ

ルには新しい扉を開くための顔が必要だ、とタニアは言ってたがね」

「その扉の向こうに何があるかが問題だよ」タネクは一歩前に出て、ネルを迎えた。「やあ、

ネル。元気そうだな」

ネルはショーツにたくしこんであったタオルを引っ張り出し、額の汗を拭った。「元気そ

のものよ。毎日、どんどんたくましくなってるわ」ジョエルのほうを向く。「彼が来るなん

て教えてくれなかったじゃない」

「きみに話があるらしい」ジョエルが微笑んだ。「それに、今朝のトレーニングはもう十分

だろう」振り向き、ドアのほうへ歩き出す。「昼食がすんでからまた」

「私も話があるの」ジョエルが出てゆき、ドアが閉まったとたん、ネルが口を開いた。「ミ

スター・カブラーが来たわ」

「ああ、知ってる。ジョエルから聞いた。気に障るようなことを言われたかい?」

「いいえ。とても丁寧だったわ。質問もそれほどしなかったし」

タネクは少し驚いたようだった。「しなかった？　妙だな。いつものカブラーなら、根掘り葉掘り訊くんだが」

「あなたが私を殺していないと確認して安心したかったみたい」ネルは言葉を切った。「それから、あなたが犯罪者で、信用できない人間だって警告したかったようね」

タネクが眉をあげた。「本当か？」

「あなたが犯罪者だろうと私はかまわないけど、信用できるかどうかは大事なことだわ。タニアはあなたは必ず約束を守るって言う。それは本当？」

「そうだ」タネクはかすかに微笑んだ。「だが、おれを美化するのは勘弁してくれ。誠実にやってくだけで精一杯なんだから」

「誠実？」

「おれ流の誠意さ。約束を守り、進行中のゲームの規則に従って行動する。おれとの関わりでどういう立場に置かれているかを周囲にわからせておくことが肝心なんだ」

「で、私はどういう立場に置かれてるのかしら？」ネルはタネクの視線をとらえた。「あなたは決して慈善活動などしない。なのに、私をわざわざここまで運んでくれた。治療費まで支払おうとしてた。私に利用価値があると考えてるとすればそれも納得がいくけれど、私の協力を拒もうとしてるでしょ」

「きみの協力は必要ない」

「でも、私はあなたの協力が必要」ネルはぶっきらぼうに言った。「たぶん、必要というのは言いすぎかもしれない。あなたが協力してくれないとしたら別の方法を探すわ。でも、あなたが力を貸してくれるのなら、さっさとすませられる」ネルは拳を握り締めた。「私はあなたの身代わりに殺されてあげるつもりも、あなたの邪魔をするつもりもないわ。どうしても協力はできないというのなら、私が知っておかなければならないことを教えて。あとは自分でやるから」

ネルはさっきと同じ恐ろしいほどの熱気を発している――。「ガルドーが何人の部下に警護させてるか、わかってるのか」

「そのうちのひとりがマリッツだということは知ってるわ」

「マリッツは、何人殺したかやつ自身も思い出せないくらいの人間を殺した。いや、それは違うな。あいつはひとりひとりを覚えてる。殺しを楽しんでるからな。それから、リヴィルもいるぞ。ローマのギャング集団の仲間に入るのは許さないと言った自分の母親を殺した男だ。ケン・ブレイディは自分のことを色男だと思ってる。ところがあいにく、この男は女と寝るだけでなく、傷つけるのも大好きときている。ブレイディが前の情婦の両乳首を切り落としたとき、ガルドーはやつの刑を軽くするのに相当な金を使ったらしい」

「私を脅かそうとしてるの？」

「違うよ。連中はきみの手には負えないことをわからせてやろうとしてるだけだ」

「いいえ、あなたがガルドーや部下のことをよく知ってるってことがわかったわ。もっと教えてくれない？」

タネクは苛立たしげにネルを睨んだ。「だめだ」

「それなら、自分で調べるしかないわね。ガルドーやベルヴィーニュのシャトーのことは、もういくらか知ってるわ」

「カブラーから聞いたのか？」

「いいえ。図書館に行って、ネクシスで検索したの」

「だから、コンピュータについてフィルにあれこれ訊いたんだな。きみに利用されたと知ったら、フィルはがっかりするぞ。あいつはきみが好きなのに」

「私もフィルは好きよ。でも、知識が必要だったの」ネルは入口に目をやった。「シャワーを浴びて着替えなくちゃ。一時間後にタニアが来てジョエルの家へ連れていってくれることになってるのよ」

お払い箱か。おれにはもう利用価値がない、だから追い払ってしまおうというわけだ。タネクは腹が立つと同時におもしろがってもいた。ネルのあとを追いかける。「ジョエルの家に移るのか？　ジョエルはそんなことは言ってなかった」

「ほんの数日だけ」

そのあとベルヴィーニュへ向かい、マリッツの腕に自ら飛びこむ気か。「きみは射撃が得意なのか？」

「いいえ」

「ナイフは使えるのか？」

「いいえ」

「空手は？　テコンドーは？」

「できないわ」ネルは勢いよく振り向いた。目が怒りに燃えている。「私は無力だって言いたいの？　自分が無力だってことくらいわかってるわ。マリッツと闘ったあのときだって、ランプよ、ランプを投げるしかなかったのよ。あれほど自分の無力さを感じたことはなかったわ。バルコニーで争ったときだって、あの男は簡単に私をねじ伏せ、手摺から放り出した。でも、いまならそう簡単には負けない。日ごとに強くなってるわ。力だけでは足りないというのなら、必要なことを片っ端から身につける覚悟をしてる」

「おれは教えないよ」タネクが冷たく言い放った。

「じゃあ、他のひとを探すわ」

「おれは、特殊部隊員か何かになれと言いたかったんじゃない。きみがガルドーと闘うのはとても無理だとわからせたかっただけさ」

「もうわかったわ。ご心配なく。あなたにはもう頼まないから」ネルは背を向けようとしたが、思いとどまった。「一つだけ教えて。娘と夫がどこに埋葬されたか、あなた知ってる？」

「ああ。ご主人のお母さんが、故郷のアイオワ州デモインに遺体を返してくれと希望したはずだ」

「ジルも一緒に？」

「そうだ。驚いたようだな」

「エドナ・コールダーは、ジルを愛してなどいなかった。あのひとにとってはリチャードがすべてだったのよ。リチャード以外の人間が入りこむ余地はなかったわ」

「きみでも？」

「私は特に、だわね」ネルはためらった。「どこの墓地に——」いったん口をつぐみ、また続ける。「お墓参りをしたいの。どこだか知ってる？」

「調べればわかる。だが、墓参りに行くのはどうかな」

「あなたがどう思おうと関係ないわ」ネルは激しい口調で言った。「これは私の問題よ。ふたりにお別れさえ言えなかった。何よりも先に、どうしてもさよならを言いたいの」

タネクはネルの顔をしげしげと見た。「わかった。お別れを言いに行こう」そう言って、背を向けた。「着替えてこい。おれは飛行機を予約する。ジョエルには、明日の朝、きみをタニアのところに送り届けるからと言っておく」

ネルは呆然とタネクを見つめた。「これから？」

「デモインは目と鼻の先だ。どうしても行きたいと言ったのはきみだぞ」

「でも、あなたがついてくる必要はないわ」

「もちろん、ないさ」タネクは歩きはじめた。「何本か電話をかけてくる。一時間後に迎えに行くよ」

〈ピースフル・ガーデンズ〉

アーチ型の墓地の門に掲げられた霊園の名。文字の周囲は渦巻き模様で飾られている。なぜどこの墓地もアーチ型の門にするのだろう？　ネルはぼんやりと考えた。訪れる人々に、天国と、天国へ通じる真珠の門を連想させるためだろうか。

「大丈夫かい？」タネクが運転するレンタカーが〝天国への門〟を通り抜けた。

「大丈夫よ」嘘だった。どうしてもここへ来なければならないとわかっていた。心が麻痺してくれることを祈っていた。だが、無気力にはなってくれなかった。いつもの悪夢と同じだ。生々しく。恐ろしく。逃れることはできない。

守衛の詰め所の前でタネクは車を止めた。「ここで待っててくれ。すぐ戻る」

お墓の場所を確認するのね。

ジル。

タネクが車に戻ってくる。「坂を越えたところだ」

数分後、ネルはタネクに導かれ、墓碑が立ち並ぶ中を歩いていた。ブロンズの墓標の前でタネクが足を止める。「これだ」

ジル・メレディス・コールダー。

——のぼって　のぼって　のぼって　のぼって

　あの青い空に届くほど……

ネルの体がぐらりと揺れ、タネクが腕を支えた。「ジルはこの下にいるわけじゃない」タネクは荒々しく言った。「きみの心と思い出の中にいるんだ。それがきみのジルだ。ここにいるわけじゃないんだよ」

「わかってる」ネルは感情を押し殺した。「離しても大丈夫よ。気を失ったりしないから」

ネルは背を伸ばし、二、三歩奥に進むと、ジルのものよりも大きく、凝った装飾が施された墓標の前に立った。

リチャード・アンドリュー・コールダー。エドナ・コールダーの最愛の息子。

ネルの名もジルの名も、どこにもない。リチャードは死に、エドナはリチャードを取り戻した。しかし、エドナは一瞬たりともリチャードを失ってはいなかった。リチャードは一度もネルのものだったことがなかったのだから。

さよなら、リチャード。

「ずいぶん花が多いな」タネクが言った。

リチャードの墓は、ありとあらゆる花でつくったブーケに埋もれていた。新しい花束ばかり。ネルはジルの墓に視線を戻した。何もない。

あなたは何てひとなの、エドナ。

タネクがネルの顔をじっと見ていた。「どうやら孫をかわいがるタイプのおばあちゃんではないらしいな」

「エドナはジルのおばあちゃんなんかじゃないわ」あんな女に、ほんのわずかでもジルを渡してたまるもんですか。「ジルはリチャードの子供じゃなかったんだから」ネルは墓に背を向け、歩きだした。

さようなら、ジル。エドナから取り返してあげられなくてごめんなさい。ああ、何もかもママのせいね。許して……。

「ジルの墓に毎週、花を供えたいわ」ネルは唐突にそう言った。「それもあふれるほどの花を。あなた、手配してくださる?」

「ああ、手配しておこう」

「いまはあまりお金がないの。母の弁護士に連絡をとって――」

「いいったら」タネクがぶっきらぼうに言った。「手配しておくと言っただろう」

タネクの無愛想さが心地よかった。気を遣われたらかえってうっとうしかっただろう。タネクの前で演技をする必要はない。だいいち、演技をしたところでタネクが騙されるかどうか。「帰りたいわ。今晩じゅうに戻れる飛行機はある?」

「もう夜間特別便をふたり分予約してある」

「今夜はここに泊まるのかと思っていたわ」

「きみがなかなか墓地を離れようとしなかったときには泊まろうと思っていた。別れを言うなんてくだらない。だからおれはもう、さよならなんか言わないことにしてる。ここに来るのだって間違いだとおれにはわかってた」

「そんなことはないわ。どうしても来なくてはならなかったのよ」

怒りが、タネクの顔から次第に消えていった。「そうかもしれない」車のドアを開け、疲れたようにつぶやく。「おれにわかるはずがないよな」

ふたりが真夜中すぎにミネアポリス空港に到着すると、ジェイミーが出迎えた。「こちらはジェイミー・リアドン。ジェイミー、こちらがネル・コールダーだ」タネクが言った。「悪いな、ジェイミー。迎えにきてもらって」

「かまわないさ」ジェイミーの驚いたようなまなざしがネルの顔に釘づけになった。「あれあれ、あんた、ほんとに美人だねえ」

いかつい顔つきとジェイミーのアイルランド訛りに心がなごむ。ネルはにっこりと笑った。「本物の美人ではないんですよ。ジョエル・リーバーのおかげ」

「本物みたいなものだよ」ジェイミーもふたりと一緒に歩き出す。「おれのパブに来てみなよ。客がみんなあんたをうたった詩を書きはじめるだろうな」

「詩ですって？　詩はもう過去の芸術になったと思ってましたけど」

「おれたちアイルランド人にとってはそうじゃない。ほんのちょっぴりでもインスピレーションを与えてくれたら、アイルランド人は魂を揺さぶる詩を作ってみせるよ」それから、タネクのほうを向いて言った。「ロンドンのあいつから連絡があった。何か情報があるのかもしれない。電話をくれとさ」

「すぐにかけよう」タネクは駐車場に出た。「だが、まずはネルをジョエルの家へ送っていかないとな」

「今晩はやめておきましょう」ネルが言った。「もう遅いし、あのふたりだって私が来るのは明日の朝だと思ってるわけだから。ホテルに泊まるわ」

タネクがうなずく。「おれたちと同じホテルに部屋を取ってやろう」

「どこでも」――ロンドン。タネクに何の電話かと訊くべきなのかもしれない。いえ、私はとても疲れているし、だいたいタネクが教えてくれるとは思えない。ようやく無気力が襲ってきたが、いまさら遅かった。「同じホテルでいいわ。お願いします」

ジェイミーがうやうやしく車のドアを開ける。「少しばかりお疲れのようでございますね。一時間以内にはベッドでおやすみになれるよう手配いたしましょう」

「ええ、疲れたわ」ネルは無理に微笑んでみせた。「こんな時間に迎えにきてくださってありがとう、ミスター・リアドン」

「ジェイミーでいいよ。礼なんかいらないさ。いつもできる限りニコラスを迎えにくるようにしてるんだ。こいつはタクシー嫌いでね。誰が運転してるかわからないだろ」

ネルの体を寒気が走った。すべての人間を疑いながら生きる――どんな気持ちなのだろう。

「なるほどね」

タネクがネルにちらりと目をやった。「いや、きみにわかるはずはないさ。きみにはわかりっこない」

タネクの言葉には強烈な残忍さがにじんでいた。ネルはどきりとした。いまは議論に耐えられそうもなかった。シートにもたれて目を閉じる。「話をする気分じゃないの。ごめんなさい」

「その礼儀正しさ。ガルドーも素晴らしいマナーでひとと接する。常に礼儀にかなった言葉だけを並べ、しかしその一方でマリッツにきみの喉を切り裂けと命じる」

「ニコラス、このひとにいまそんな……」ジェイミーが口をはさんだ。「なあ、そんな話はあとにできないのか」

「できない」タネクはそっけない返事をした。

ここで何も言わなかったら、私は意気地なしってことだわ。ネルは無理やり目を開いた。

「言いたいことを言えばいいわ」

タネクはしばらくネルを見つめていた。「あとにしよう」顔をそむけ、窓の外を眺める。

タネクは、ジェイミーと自分のスイートの三つ奥の部屋をネルのために取った。

ジェイミーはスイートの鍵を開けると、ネルに微笑んだ。「ぐっすりお休みなさいよ。あいにくとおれは眠れそうにないけどな。明日の朝、あんたに捧げる詩をつくるからね」

「気障《きざ》なことを」タネクはネルの背を押し、廊下をさらに進んだ。「あいつも十分後には眠ってるさ」

「そいつには情緒ってもんがわからないんだ」ジェイミーはドアを開けながらため息をついた。「羊やらの下等な動物と暮らしているせいだな」

ネルは微笑んだ。「おやすみなさい、ジェイミー」

タネクはネルの部屋の鍵を開け、ネルの先に立って中に入った。明かりをつけ、エアコンを調整する。「診療所を出る前に昼飯はとったのか？」

「いいえ」

電話をとってボタンを押す。「野菜スープ。ミルク。フルーツの盛り合わせ」ネルを振り返って訊く。「他には？」

「お腹は空いてないわ」

「以上だ」受話器を置くと、タネクは意地の悪い笑いを浮かべた。「いずれにしろきみは食べるんだろう。きちんと食べなければ、筋力が落ちるからな。きみは最近、『強靭な体』教に入信したんだろ？」

「ええ、食べますとも。あなたはもう自分の部屋へ帰ったら？」

「ルームサービスが来てからだ」

ネルはかすかに笑った。「誰がカートを押してるかわからないから？」

タネクは答えなかった。

ネルは天井の高い広々とした部屋を見まわした。グレーのカーペット。金と濃緑色の縞模様のエレガントなソファ。バルコニーに通じるフレンチドアを覆う、金色のダマスク織りカーテン。

バルコニー。

タネクが背後ではっと息を呑むのが聞こえた。「こっち側の部屋にはバルコニーがあるのを忘れてた。部屋を替えてもらうか？」

ああ、辛い一日を過ごしたあとで、こんなことが待っているとは思ってもいなかった。泣いて、ベッドの下に隠れてしまいたかった。だが、隠れることはできない。もう二度と逃げ隠れしないと決めたのだ。

「いいえ。もちろん大丈夫よ」ネルは背筋を伸ばし、ガラスのドアに近づいた。「鍵は開いてるの？」

「ああ」

「窓に鍵がかかって開けられないホテルに泊まったことが何度もあるわ。事故を防ぐためでしょうけれど、リチャードはものすごく怒るの」ネルは思いつくことを片端から早口でしゃべった。ガラスの向こう側に何があるのか想像する間を自分に与えないように。「リチャードはね、バルコニーから景色を眺めるのが好きだった。わくわくするって言ってた」

「景色を見下ろしてると、民衆に手を振るペロンやムッソリーニみたいな気分にでもなれたんだろうよ」

「ひどい言い方」

「優しい台詞を言う気分じゃないもんでね。おい、近づくんじゃ――」

バルコニーのドアを開けると、冷たい風がネルの顔に吹きつけた。ここはメダス島とは違う。自分にそう言い聞かせる。このホテルのバルコニーは小さく、実用性だけを追求したものだった。そこからの眺めもメダスとは違う。岩もなければ、砕け散る波もない。高い手摺に近づき、遥《はる》か下方に広がる街の明かりやホタルの群れのように流れる車のライトを見下ろした。

二分間。二分間だけ我慢できたら、バルコニーから離れることにしよう。

オルゴールの音色……。

——落ちて　落ちて　落ちて　落ちて……

「もういい」タネクはネルの腕をつかんで手摺から引きはがし、部屋に戻らせた。ガラスのドアを音をたてて閉め、鍵をかける。

ネルは弱々しい深呼吸をし、声の震えがおさまるまでしばらく待ってから言った。「乱暴ね。私が飛び降りるとでも思ったの？」

「いや。きみは苦痛に耐えられるかどうか、自分を試してるんだろうと思った。自分の強さを証明しなくちゃならなかったんだろ。娘さんの墓の前に立つだけでは足りなかったのか？足りないんなら、暖炉の火の中にでも手を突っこんでみたらどうだ？」

ネルは無理に笑みを浮かべた。「この部屋に暖炉はないわよ」

「おもしろくもない冗談だな」

「そうね」震えを止めようと、ネルは自分の胸を抱いた。「自分を試してたわけじゃないわ。あなたにはわからないでしょうね」

「だったら、わかるように説明してくれ」

「怖かったの。これまで私は決して勇敢な人間ではなかった。でも、これ以上怖がっているわけにはいかないの。恐怖を克服する唯一の方法は、怖いと思うものと直接に向かい合うことだわ」

「だから墓地へ行ったのか？」

「いいえ。あれは違う」

——ごめんなさい　ジル　ママを許して
恐怖感が襲いかかった。ネルは自分がばらばらになってしまうのではないかと思った。タネクに背を向け、早口で言う。「もう行ってちょうだい。ルームサービスのボーイなんか怖くないし、もうバルコニーには出ないと約束するから」

タネクがネルの肩に両手を置いた。

ネルは体をこわばらせた。

タネクがネルを振り向かせる。「行かないよ」

ネルは彼の胸をぼんやりと見つめた。「お願い、行って」小声で言う。

「大丈夫だよ」タネクがネルを腕の中に抱き寄せた。「きみはいま、自分のことをガラスみたいにもろく感じてる。壊れたっていいじゃないか。おれのことは気にしないでいい。こうしてただ立ってるから」

ネルは身動きもせず、まっすぐ前を見つめていた。

——のぼって　のぼって　のぼって　のぼって……

タネクの胸にゆっくりと頭をあずけた。タネクの両腕がネルを包む。そこに感情はない。タネクが言ったように、ただそこにいてくれる存在。そばにいる。生きている。慰めを与えてくれる存在。

ネルは長い間そのままでじっとしていた。それからようやく一歩後ろに下がる。「あなたに甘えるつもりはなかった。許して」

タネクはにやりと笑った。「またもや洗練されたマナーか。きみに会って最初に気づいたことだが……。小さいころからお母さんにしつけられたのかい？」

「違うわ。母は数学の教授で、そんな暇はなかった。本当の意味で私を育ててくれたのは祖母よ」

「十三歳のときに亡くなったんだろう？」

ネルは一瞬、驚いたが、タネクが話していた資料のことを思い出した。「すごい記憶力。私に関する報告書は、かなり完璧に近かったのね」

「だが、ジルがリチャードの娘でないことは書いてなかった」

ネルは無意識に体をこわばらせたが、次の瞬間、もう隠すほどのことではないと思い直した。護るべきジルはもういない。喜ばせなくてはならない両親もいない。話してしまえばいいじゃないの。その他のことは何もかも知っているのだから。「そうでしょうね。両親はうまくそのことを世間から隠していたから。はじめは中絶しなさいと言われたけど、私がいやだと言い張ったから、体裁を取り繕おうと必死になった」

「父親は誰だ？」

「ビル・ワジンスキーという芸術学部の学生。ウィリアム・アンド・メリー大学に通っていたときに知り合ったひと」

「愛してたのかい？」

彼を愛していただろうか？「当時は愛しているんだと自分に言い聞かせてた。彼に夢中だったのは確かよ」ネルは首を振った。「いえ、愛してなどいなかった。私たちはふたりとも、人生や、セックスや、傑作を描けると信じていた真っ白なキャンバスを愛していたのね。両親と離れて暮らすのは初めてだったから、私は自由に酔っていた」

「そして、そのワジンスキーは責任を引き受けようとはしなかった？」

「彼には話さなかったの。あれは私の過ちだったから。彼にはピルを飲んでると言ってた。ビルの父親はウェストヴァージニア州で炭坑夫として働いていて、ビルは奨学金をもらって大学に来てたの。私の人生だけじゃなく、彼の人生までめちゃくちゃにすることなんかできるわけがない。妊娠がわかるとすぐ、私は両親のもとに戻ったわ」

「中絶したほうが楽だっただろうに」

「したくなかった。学校を卒業したら働こうと思ったの」ネルは苦々しい口調でつけ加えた。

「でも両親は反対したわ。未婚の母なんて、世間体が悪くて許せなかったのね」

「この時代に？」

「あら、両親は自分たちが最先端の思想の持ち主だと自負してたわよ。でも、自律ということをとても重んじてた。子供は家族という枠組みの中でこそ生まれるべきだって。人生は常に高い教養に満ち、バランスのとれたものでなくてはならないと考えてたのね。ところが私は妊娠して戻ってくるという規律に反する行ないをしてしまった。だから、中絶するか、赤ん坊の父親と結婚するかのどちらかしかなかった」

「だが、きみがグリーンブライアーに戻って一年後に、ジルが生まれている」

「七カ月後よ。両親は私の過ちをうまく隠したって言ったでしょう。グリーンブライアーに戻って二カ月後に、リチャードと結婚したの。リチャードは父のアシスタントとして働いていた。私が妊娠してることも知っていたわ」ネルは虚ろな笑みを浮かべた。「知られずにいられるわけはなかった。私のせいで私の家族は大混乱に陥ってたから。私が反抗するなんて、両親には思いもよらないことだった。そこでリチャードが解決策を思いついたの。私は赤ちゃんを産み、彼は私と結婚して両親の家から遠ざけるという解決策を」

「それで、リチャードは見返りに何を受け取った？」

「何も」ネルはタネクの視線をとらえた。「リチャードはあなたが考えてるような出世のことしか頭にない人間ではなかったのよ。私が崖っぷちに立たされてたとき、リチャードは救いの手を差し伸べてくれた。そして、何の見返りもないというのに、別の男の子供と女を家族に持つことになった。ときには厄介な存在だった妻を持つことにね。私の経歴や家柄はエリートの妻として申し分なかったけれど、性格的には向いていなかった」

「最初に会ったあのパーティでは、うまく立ち回ってるように思えたが」

「嘘ばっかり」ネルはいらいらと言った。「目が見えなくたって、私がどうしようもなく内気で、ゴジラ程度の社交性しかないことくらいわかるはず。忘れたふりをしてもだめ」

タネクが微笑んだ。「おれが覚えてるのは、きみが優しいひとだと思ったことだけさ」一瞬の間。「それに、見たこともないほど素敵な笑顔を見せてくれたこと」

ネルは驚いてタネクを見つめた。

ノックの音が響いた。

「ルームサービスだな」タネクは振り返り、ドアに向かった。

ルームサービス係はラテン系の中年女性で、騒々しい音とともにトレイを持って入ってきた。フレンチドアのそばに置かれたテーブルに料理を素早く並べ、ネルが伝票にサインをしている間、陽気な笑顔を浮かべていた。

「大して恐ろしげなひとじゃなかったわね」給仕が出ていくと、ネルは皮肉を言った。

「わかるもんか」タネクがドアに向かう。「ドアには鍵をかけて、ジェイミーかおれ以外の人間には絶対に開けるなよ。明日の朝、九時に迎えにくる」

タネクが出てゆき、ドアが閉まった。

今日一日の彼の行動にも驚かされたが、このときもあまりにも唐突に行ってしまったので、ネルは驚いた。

「ほら、鍵をかけろ」ドアの向こうからタネクの声が聞こえた。

ネルはふいに腹が立ち、ドアに突進して鍵をかけた。

「よし」

タネクはもういない。足音は聞こえなかったが、もうタネクの存在を感じなかった。いなくなってせいせいだわ。ネルはつぶやいた。墓地にもついてきてほしくなどなかった。あの恐怖には彼女ひとりで立ち向かいたかったのだ。

それにもちろん、タネクに秘密を打ち明けたいなどとは思っていなかった。もしタネクが同情を示していたら、すぐに追い返していただろう。ところがタネクは、まるで枕のように感情を表わさず、枕のようにすべてを受けとめた。タネクのようにエネルギッシュなひとを枕にたとえて褒めてはいけないわね。ネルは考えた。まあ、いいわ。長い沈黙を破ることができて、私にとってはかえってよかったのかもしれない。言葉が転がり出ていったあのとき、まるで日陰から日向へ足を踏み出したような気がした。恥ずかしくなんかない。もう隠れない。私は解き放たれたのよ。

ネルは料理ののったテーブルに戻った。食欲はなかったが、とにかく食べるつもりだった。食べたらシャワーを浴びて、寝よう。くたくたに疲れているから、すぐに眠れるだろう。ひょっとしたらあの夢も見ないかもしれない。

ネルは意識的にバルコニーに面した椅子を選んで腰を下ろすと、食べはじめた。

7

「あんたが知りたがってたことがわかったよ」受話器が上がったとたん、ナイジェル・シンプソンが言った。「島が襲われた理由だ」

「どんな理由だ？」ニコラスは訊いた。

「こっちへ来れば教えてやるよ。現金で二十万ドル持ってくればね」

「それはできないな」ニコラスがにべもなく言う。

「僕は逃げなくちゃならない。誰かに見張られてるみたいなんだ」シンプソンはわめいた。

「あんたのせいだ。あんたがこんなことをさせたからだぞ。一年以上もカブラーと取引をしてきたが、誰にも疑われなかった。なのに何もかも捨てて逃げなきゃならないなんて」

「このことは口外しないという約束ならしてやれる」

「よく聞けよ。僕は逃げるのに金が――」

「カブラーがおまえのために積み立てた金がスイスの銀行口座にあるとジェイミーから聞いてるぞ。熱帯の楽園で新たな人生を始めるくらいは貯えているはずだ」

沈黙が流れた。「十万ドル。十万ドル払えば、ガルドーの帳簿を渡してやる」

「帳簿が何の役に立つ？　有罪の証拠にはならないと言ったのはそっちだろう」

「パルドーの帳簿と突き合わせれば話は違ってくるんだ。そうすれば絵が完成する」

「パルドー？」

「フランソワ・パルドー。サンジェルマン四一二番地。ガルドーのもうひとりの会計士だよ」シンプソンの口調に小狡《こずる》さがにじんだ。「ほら、僕が協力的だってことがわかっただろう。ここまでは一ペニーももらわずに教えたんだから」

「その帳簿もおれにとっては何の意味もないかもしれないさ。おれは、ガルドーを刑務所にぶちこみたいわけじゃない」

「カブラーはぶちこみたがってる。帳簿はカブラーに渡してもいいんだぞ」

「二股をかけるようなまねはするなよ、シンプソン。いますぐ金がほしいなら、カブラーは論外だってことくらいわかるだろう。お役所でそんな巨額の金を横領しようと思ったら時間がかかる」

「帳簿がほしいのか、ほしくないのか」

「買うよ。五千ドルに偽のパスポートと身分証明書つきで。それに無事イギリスから出国できるよう護衛をつけてやる。それがいやならあきらめるんだな」

「そんな金額じゃ足りない。僕はそれだけの働きを――」

「おまえが書類を自分で偽造しようとしたら、ガルドーにばれてずたずたにされるだろう。猫がネズミを引き裂くようにな」

シンプソンは一瞬、黙りこんだ。「どのくらいかかる?」

「ジェイミーが書類を手配するのに一日。おれが明日の朝、飛行機で発って、夜中までにはおまえのアパートに行く」

「だめだ。ここには来るな。あんたと一緒にいるのを見られたくないんだ。あさっての朝十時ちょうどに、金と書類を聖アントニウス教会の献金箱に入れてくれ」

「帳簿も情報もなしにか? おれもそこまで心は広くない」

「献金箱に、バース駅のトンプソンズ・ホリデー・ツアーのバス停留所にあるコイン・ロッカーの鍵を入れておく。信用してくれ」

「バースまでは、ロンドンから車で一時間以上かかる」

「それしかないんだ。IRAの爆弾テロのおかげで、ロンドンの駅にはコイン・ロッカーがなくなってる」

「おまえにとっちゃずいぶん都合のいい街だな」

「リスクを引き受けるのは僕なんだぞ」シンプソンが金切り声を出した。「尾行されたらどうなると思う?」

「ああ、尾行するぞ。おまえが金を拾い上げた瞬間から、コイン・ロッカーに約束どおりのものが入っていたとおれがジェイミーに連絡するまで、しっかりとな。ジェイミーが誰かにおまえを迎えに行かせ、無事に出国させてやるのはそれからだ」

ニコラスは電話を切った。

「帳簿って？」部屋の奥の椅子に座ったジェイミーが訊いた。

「シンプソンのやつが怖じ気づいた。現金と身の安全を保証すれば、ガルドーの帳簿とメダス島の情報を渡すと言ってきた」

「何のために帳簿なんか？」

ニコラスは肩をすくめた。「さあな、無駄な買い物かもしれない。役に立つ可能性があるってだけで。わざわざパリへ行ってパルドーの帳簿のほうも手に入れなければ、シンプソンの帳簿を解読することもできないかもしれないんだから」

「だったら、なんでそんなものに金を払う？」

「役に立たないと思ったものが、実は鍵を握ってることはよくある。それに、ここまでガルドーに近づけたのは初めてだってことだけは確かだ。しかもおれはなぜメダス島が襲われたのかが知りたいんだよ」

「で、どうせシンプソンの書類づくりにすぐ取りかかれって言うんだろ？」ジェイミーは立ちあがり、まっすぐ電話に近づいた。「実益最優先の現実社会の罠にまたつかまっちまったってことか。ついてない。不朽の名作の創作に没頭してたってのになあ。この世のものとは思われない、あのネルの瞳に捧げる叙情詩をね」

ジョエル・リーバーの家を見て、ネルは雑誌で見たフランク・ロイド・ライトの建築を思い出した。直線とガラスが主体のモダンで洗練されたつくり。岩や花々、きらきらと輝く小川から落ちる小さな滝が配置された庭が、絶妙に調和している。

「素敵」車を降りたネルは言った。

「そりゃあそうさ」タネクがネルを玄関へ案内する。「あれだけ金をかければ」

「ジョエルは慈善活動にも力を入れてるってタニアに聞いたわ」

「あいつをけなしてるわけじゃない。おれは資本主義者でね。誰だって労働に対する報酬を受け取る権利がある」

「やあ、ニコラス。よく来てくれたな」

ネルが驚いて振り向くと、フィルが庭の小道に姿を現した。ジーンズとシカゴ・ブルズのTシャツを着て、手には鍬《くわ》を持っている。「どうしてあなたがここに?」

フィルが嬉しそうに笑った。「あなたの具合がまた悪くならないように、しばらく僕がついていたほうがいいだろうとニコラスが言いましてね。それを聞いたドクター・リーバーから、ついでに庭仕事をしてくれないかと頼まれたんです。僕は養樹場で売り子のバイトをして大学の学費を稼いでましたからね。また花をいじれるのが楽しくて」そう言うと、小川沿いに歩きだした。「何かあったら遠慮なく呼んでください」

ネルはタネクを見た。「ぶりかえしたりなんかしないわ、わかってるくせに」

「どうかな」タネクは話題を変えた。「死亡記録を抹消するための書類を作りたがってるとジョエルから聞いたよ。どうしておれに話さなかった?」

「気が変わったからよ」

「それはよかった。理由は何だ？」

「かえって都合がいいかもしれないと思ったから。新しい名前はイヴ・ビリングズにしようと思うの。その名前で運転免許証とパスポートが要るわ。手配してくださらない？」

「二、三日かかるが」

「それから、当面の生活費も必要だわ。銀行口座をつくって、自分のお金を使えるようになるまでの生活費を入金しておいてくださる？　もちろん借用書を渡すわ」

「借用書？　きみらしいね」タネクが言った。「殺されに行くとまだ言い張るんなら、きみの遺産から回収するしかなくなるだろうな」

「すぐにやってもらえる？」

「ジョエルの銀行に電話をして、昼までにはイヴ・ビリングズ名義の口座に送金してもらうよう手配する。身分証明は郵便で送るよ」

「ありがとう。カブラーはあっけなく私の居場所を見つけ出したわ。マリッツも診療所に移ったことまでは探り出す可能性があるということ？」

「いや」

確信に満ちた答だった。穴はちゃんと塞いであるわけね。「手術の記録は？」

「ジョエルがここに保管しているもの以外は破棄した。残りも始末するように頼んでおこう」

「ありがとう」ネルは呼び鈴を鳴らした。「私、あなたにはもう何も頼まないって言ったわよね。いまので絶対に最後よ。さよなら、タネク」

「もう二度と会わないような言い方はするなよ。また会おう。きみが死んだりしないかぎ
――」

「いらっしゃい」勢いよくドアが開き、満面の笑みを浮かべたタニアが顔を出した。「ニコラスも一緒なんだね。ちょうどよかった。さあ、入って、あたしがジョエルの家で起こした奇跡を見て」

「今度にするよ。急いでるんだ」タネクはタニアに微笑んだ。「飛行機の時間が迫ってる。またな」

車に戻ってゆくタネクを、ネルはじっと見つめた。旅行に出ることは聞いていない。ロンドンかしら?

「さ、入って」タニアがネルをせき立て、玄関に引っ張りこむ。「見て。あたしの――」

「奇跡、でしょ」ネルがタニアの言葉を引き取った。「家の外観だけでもう十分に奇跡よ」

「でも冷たい感じでしょ。ジョエルは外科医だし、すっきりした無駄のない直線に魅かれるみたい。だけどね、家の中は温かい雰囲気にしなくちゃ。ジョエルにはよく言ってるんだ。あなたがメスを入れた切り口みたいに無駄がない家なんかだめだからねって」タニアはネルの手を引いて居間に案内した。「変化と色が必要なんだ」

「確かに変化と色に満ちてるわ」居間に並んだ椅子やソファはすっきりとしてモダンな雰囲気で、質の良さそうなキャメル色の革が張られていた。特注らしいクッションがあちこちに

置かれている。ワイン色、薄茶色、オレンジ色。本当なら衝突するはずの縞模様と花柄とゴブラン織りとが不思議と調和し、エキゾチックでありながらどこかくつろいだ雰囲気を醸《かも》し出していた。オーク材の床に敷いたアフリカ風のクリーム色の絨毯が、柔らかく温かな輝きを添えている。「とっても素敵よ」

「どんなに固い床でもクッションをたくさん置けば柔らかくできるって祖母がよく言ってた」タニアは顔をしかめた。「まあ、祖母だって何もかも知ってたわけじゃないけど。でも、これに関しては祖母の言うとおりだわね」

「ジプシーのおばあさまのことね？」

タニアはうなずいた。「あたしが来る前のこの家を見てもらいたかったな。モダンなデンマーク製の家具ばかりですごく冷たい雰囲気だったんだから」体を震わせてみせる。「ジョエルにはよくないよね。ジョエルってひとはね、押しつけられない限り、自分からは温もりを求めようとしない」タニアは明るい笑みを浮かべた。「だから、あたしが温もりを押しつけてあげてるってわけ」

「とても個性的だわ。ねえ、インテリア・デザイナーになろうと思ったことはない？」

タニアが首を振る。「秋から大学に行くけど、創作を勉強するつもり」タニアはドアへ向かった。「ね、来て。あなたの部屋を見せるから。小川が見える部屋だよ。水の音が聞こえて落ち着けると思う」らせん階段を駆けあがり、扉を開ける。「ほら、素敵でしょ」色があふれていた――金色、えんじ色、緋色。秋の色がちりばめられた机まわり。アンテイークのベッドにはハンター・グリーンのカバー。真鍮《しんちゆう》のプランターから蔦《つた》のつるが下がり、クリスタルの花瓶には見事な菊。低い本棚には革装の豪華な本が並んでいる。「素敵だわ」

「そう言ってくれると思った」タニアは満足げだった。「青は心を鎮《しず》める色だっていうけど、この部屋もきっと気に入ってくれるってわかってた。あの菊はね、今朝フィルに切ってもらったの」

ネルは心を動かされた。「いろいろ準備をしてくれたのね。それほど長くお世話になるわけではないのに」

「でも、あたしの家で楽しく過ごせるくらいの時間はあるでしょ」タニアが言った。「昼食までひとりにしてあげるから、少し休んだら。あと、クローゼットの服を試してみて」

「服？」

「無礼にも私を置き去りにしたあの日に、デパートから送っておいた服」

ネルは困惑してタニアを見つめた。「服を買ったなんて言わなかったじゃない」

「他にすることないでしょ？」タニアは床に目を落とした。「時間を無駄にするのももったいないし、あなたが戻ってくるまですることがなかったから」

「どうして言ってくれなかったの？」

「どうして言わなきゃいけないの？　あなた、ひどいことをしたでしょ。うんと罪の意識を感じてもらおうと思って。ひとりで楽しく買い物してたなんて教えたくなかったんだ」

タニアはそう言うと部屋を出ていった。ネルは自分がいつの間にか微笑んでいることに気づいた。タニアは、邪魔ものをすべて吹き払いながらふっと訪れる温かな微風のようだった。

　クローゼットにちらりと目をやる。あとにしよう。

　窓辺に立った。滝まではわずか五十ヤードほどしかなく、タニアの言うとおり、水の流れ落ちる音を聞いていると心が落ち着いた。フィルが小川のそばにひざまずき、改良種らしい黄色いバラの花壇をいじっている。

　リチャードはいつも黄色いバラを贈ってくれた。女性を喜ばせ、自分は特別な存在なのだと思わせるさりげない心遣いができるひとだった。サリー・ブレンデンのお気に入りだったリチャード。いや、リチャードは誰からも愛されていた。

　リチャードはもういない。なぜ私は彼の死を悲しいと思わないの？

　リチャードは死んでしまったのだと考えても、その悲しみが薄い影のようにしか感じられないほど、ジルを失った痛みに打ちのめされていた。私はリチャードを愛していなかったのだろうか？　彼に感謝し、彼に頼ることが愛だと勘違いしていたのだろうか？　ああ、わからない。リチャードの母親がネルの名を彼の墓碑に書かなかったことに怒りを感じなかったのは、おそらく、自分がそれにふさわしい存在だと思えなかったからだ。リチャードに捧げるべき愛を捧げようと努力したが、彼を本当に愛していたのはエドナだけだった。

　フィルが振り返り、家をちらりと見てから、またバラの茂みにかがみこむ。私がちゃんと家にいるか確かめているのね。ニコラスが自分の領分だと考えている世界に、私が割りこんでいくことがないように見張っているんだわ。そんな心配は無用なのに。ニコラスも言っていたとおり、ネルにはまだガルドーやマリッツに立ち向かう力はない。思いどおりの結果が出ると確信できるまで、彼らのところへつけを取り立てに行くわけにはいかない。だが、善意の監視に護られてこの家に足止めを食うことは、ネルの計画には入っていなかった。考えなくてはいけない。一つのアイディアが芽吹きかけてはいたが、確固たる計画ができあがるまでは、事態の改善に着手するわけにはいかなかった。

尾行されている。シンプソンはパニックに襲われた。歩道を歩く足が速まった。背後からは何の音も聞こえない。後ろをちらりと振り返る。誰もいない。勘違いだったのだろう。

いや、勘違いなんかじゃない。今夜はあの教会を出て以来、確かに背後に気配を感じる。クリスティーンのフラットはもうすぐそこだった。階段を駆けあがり、呼び鈴を鳴らす。通りの向かいの戸口に見えたのは人影だろうか？

「はい？」クリスティーンの声がインターコム越しに聞こえる。

「入れてくれ。早く！」

表のドアの鍵がかちりと音をたてた。シンプソンは急いで中に入り、音をたててドアを閉める。

「何があったの、ハニー」クリスティーンが階段の手摺から身を乗り出していた。ふくよかな唇にからかうような笑み。「そんなに欲しいってことかしら?」

「ああ」尾行されているのではと思いはじめる前から欲しくてたまらなかった。クリスティーンこそ最高の相手だとは言えないが、その分野にこれほど才能のある女はそうはいない。ロンドンを離れる前に、もうひと晩だけ、彼女と過ごしたかった。だが、こうして彼女のところへ来てみると、明日の朝、聖アントニウス教会に行く時間まで、穴でも見つけてそこに隠れていたほうがよかったのかもしれないとも思う。

「そう、上がってらっしゃいな。今夜はとっておきのものを用意してるのよ。私のいたずらっ子のお仕置きをする、新しいおもちゃ」

ペニスが痛いほど固くなった。新しいおもちゃ。前回はクリスティーンがバイブレータを使い、シンプソンは体が二つに裂けるほどの快感を覚え、まるで間欠泉のように絶頂に達した。背後のドアにちらりと目をやる。人の影が見えたと思ったのは勘違いかもしれないし、たとえ本当に誰かいるのだとしても、外へ出ていくよりはこのアパートにいるほうが安全だろう。このアパートには二部屋しかなかったし、クリスティーンによればもう一軒の住人は海外へ出かけている。

「来なさい!」クリスティーンが命令する。「ぐずぐずしてると、お仕置きよ」

抑えようのないほどの高ぶり。はじまりだ——クリスティーンの前にひざまずき、淫靡《いんび》な興奮に酔いしれるひとときの。シンプソンは夢中で階段を駆けあがった。

階段の一番上に、裸のクリスティーンが四インチのハイヒールを履いて立っていた。自信に満ち、なまめかしく、女王然として。早足で部屋のドアに向かいながらシンプソンに言う。「命令にはすぐに従うようにと何度も言ったでしょ?」

「申し訳ありません。喜んで罰をお受けいたします」シンプソンはクリスティーンのあとについて部屋に入った。「見せていただけますか?」

「ひざまずきなさい」

シンプソンは即座にクリスティーンの前にひざまずいた。

「よろしい」クリスティーンは脚を大きく開いて立ち、シンプソンを見下ろす。「で、何が見たいの」

「おもちゃ。新しいおもちゃです」

クリスティーンが両手で髪をつかみ、シンプソンの頭がぐっと後ろへ引っ張られた。激痛が走る。「きちんとお願いしなさい」

「お願いです。女王様。おもちゃを見せてください」シンプソンはかすれた声で言う。

「望みはそれだけ? 見るだけでいいの? 新しいおもちゃでいじめてもらいたいんじゃないの?」

「痛いものなのですか?」

「とても痛いわよ」

シンプソンは体をわななかせ、必死に自分を抑える。初めてのときはいつもこうだ。だが、クリスティーンが許可を与えてくれるまで達してはいけないのだ。「もし女王様がそうなさりたいのなら、私をそれでいじめてください」

「本当にいいのね？」

シンプソンはうなずいた。

「よろしい、望みどおりにしてあげましょう」クリスティーンが冷酷な笑みを浮かべる。「だが、おまえのせいで私の手が汚れるのは気に入らない。私の友人に命じておもちゃを見せることにしよう」

「友人？　ふたりきりのはずじゃ――」

背中に裂けるような痛みが走った！　何なんだ？　焼きごてか？　あまりの苦痛にシンプソンは耐えられなくなった。

「やりすぎだ……」泣き声で訴える。「やめさせて――ください」

クリスティーンは、シンプソンの背後の誰かを見つめていた。「短時間できれいにすませるって約束だったでしょう、マリッツ。カーペットが血だらけじゃないの」

「ガルドーが弁償してくれる」

「すぐにどこかへ運んでいって。さっさとすませてよ」

「助けてくれ」シンプソンは懇願した。誰も尾行などしていなかった。マリッツはここで待ち伏せていたのだ。

「すぐ終わるさ」

「さっさとすませてったら。じゃないと、あんたが楽しもうとして殺しを長引かせたってガルドーに言うわよ」

「売女め」マリッツは殺しをすませた。

献金箱に鍵はあった。

一瞬、見つめたあと、ニコラスはその鍵をポケットに突っこんだ。ありふれた鍵だった。ひょっとしたらシンプソンは自分の家の鍵をよこしたのかもしれない。

現金の包みと書類を献金箱に入れ、教会をあとにした。

道の反対側に駐車したロールスロイスのタクシーのジェイミーに手を振り、レンタカーに乗りこむ。

車の向きを変え、バースに向かった。

「帳簿を手に入れた」ニコラスが自動車電話で言った。「と思う。本物らしいな。中をチェックする暇がない。アメリカに戻る飛行機でゆっくり調べるよ」

「驚いたな」ジェイミーが言った。「シンプソンは裏切ろうとして、そのあとびびったんだと思ってた」

「どうしてだ?」

「あの可愛い坊やは、まだご褒美を受け取りに現われない」

「何だって?」

「やつは聖アントニウス教会に来てないんだよ。金はどうする？　献金箱の中身は、毎晩八時に回収される」

ニコラスは考えこんだ。もう五時近い。金を取りに来るならとっくに来ているはずだ。ガルドーの邪魔が入ったのでない限り。

だが、もしシンプソンが殺されたのだとしたら、なぜこの帳簿はこうしてニコラスの手にあるのだろう？　ガルドーなら、帳簿のありかを吐かせてから殺すはずだ。

とはいっても、シンプソンが帳簿を流そうとしていたことをガルドーが知らないとすれば、話は違ってくる。つまり、シンプソンがカブラーに情報を提供していたことを知ったばかりだとしたらということだ。

「おい、聞いてるか？」ジェイミーが確かめる。「金はどうするかと——」

「聞いてるよ。あと一時間、そこで待ってみてくれ。それでも現われなかったら、金と書類を取り返して、やつの部屋を調べてほしい」

「それから？」

「二十四時間だけ様子を見よう。やつのアパートを見張って、もし姿を見かけたら接触してくれ」

「なあ、時間がもったいないだけだぞ。あの可哀そうな坊やに何が起きたか、わかりきってるじゃないか」

「二十四時間だ。おれはあいつと取引をしたんだからな」

「コーヒーはいかがですか、ミスター・タネク」

ニコラスはスチュワーデスに微笑み、首を振った。「いまは結構」

スチュワーデスが通路を遠ざかると、ニコラスは一冊目の帳簿を開いた。ざっと目を通す。記載された企業名にはどれも覚えがなかった。たぶん暗号になっているのだろう。どの顧客の記録にも矢印が書かれ、空欄を指している。

パルドーの帳簿から挿入しろということか？

たとえパルドーの帳簿を手に入れたとしても、会計学の権威にでも頼まなければ解読できそうもない。いますぐ危険を冒してパルドーに近づく理由はなかった。第一に、この帳簿の内容がニコラスの役に立つかどうか、まだわからない。第二に、ガルドーは帳簿がニコラスの手に渡っているとは思っていないかもしれないが、紛失したことはすぐに発覚するだろう。パルドーも見張られることになるだろうから、ほとぼりが冷めるまで待つのが妥当だ。

二冊目の帳簿に目を通したが、最初のものとほとんど同じように暗号化されていたので、またブリーフケースにしまいこんだ。最後に残った表に〝メダス島〟と走り書きのある、横九インチ縦十二インチのマニラ封筒を手に取る。

紙の束を取り出した。最初の一枚はアテネに着いた日にジェイミーから渡された名前のリストと同じものだ。それを脇によけ、二枚目に目を向ける。

とたんに背筋が伸びた。「何てことだ」

「ネルに用があるんだ、タニア」ニコラスはずかずかと玄関を入っていった。「どこにいる?」

「挨拶が先でしょ」タニアはそう言ってドアを閉めた。

「悪い。なあ、ネルはどこだ?」

「もうここにはいないよ。出ていった」

ニコラスが振り返る。「出ていった?　どこへ行ったんだ?」

タニアが首を振った。「三日間いたんだけど、昨日の朝、起きたらいなくなってた。置き手紙があったよ」テーブルに近づき、引き出しを開けた。「礼儀正しい手紙って感じ。あたしたちの親切に対するお礼、それにまた連絡するって」そう言って手紙を渡す。「あたしの見た限りではね、ジーンズを何本かとテニスシューズしか着替えを持っていってない。だからすぐに戻ってくるつもりなんだと思う」

「それはあてにならない」ネルが何をしようとしているのか、ニコラスにはわからなかった。手紙に目を通す――温かく、どこをとっても礼儀正しく、だが、何の手がかりも見いだせない。「ネル宛に小包は?」

「二日前に来たよ」

身分証明書だ。とするとネルはもう自由に動くことができる。「フィルはどこだ?」

「庭にいる」タニアは顔をしかめた。「でも、フィルを責めちゃだめだよ。ただでさえひどい落ちこみようなんだから」

「いや、あいつを責めるよ」ニコラスはドアに向かった。「だが、撃ち殺しはしないさ。それなら安心だろ。すぐに戻る」

タニアが言ったとおり、フィルはがっくりと肩を落としており、ニコラスが近づくと身構えた。「わかってる。僕のミスだ。でも、ちゃんと見張ってた」ニコラスが口を開く前に言う。「車をドライブウェイに停めて、そこで眠ってたくらいなんだよ」

「眠ってたというのは、決定的な失言だな」

フィルがむっつりとうなずいた。「予想もしてなかったよ。ミズ・ヴラドスと仲良くやってるようだったから」

ニコラスも予想していなかった。こんなに早く動くとは……。墓地を訪れたときに受けた心の傷から立ち直るのに、時間がかかるだろうと考えていた。「わかった。もうそのことはいい。で、探したのか？」

フィルがうなずいた。「イヴ・ビリングズ名義でファーストボストン銀行に送金したことはミズ・ヴラドスから聞いた。確認してみたら、ネルが銀行に行って金を引き出し、そのあと駅に向かったとわかった。簡単にわかったよ。みんなが顔を覚えていたから」

「行き先はどこだ？」

「ミネソタ州プレストン。そこでレンタカーを借りてる。シカゴのオヘア空港で車を乗り捨てた。航空会社に問い合わせて目的地を聞き出そうとしたが、まだわかってない。予約センターは搭乗記録を外部の人間には見せようとしないから、オヘア空港に乗り入れてる航空会社全部の搭乗口をしらみつぶしにして、ネルを見かけた人間がいないかどうか調べるには時間がかかる。もちろんコンピュータが使えれば、航空会社のコンピュータバンクに侵入して――」

「ネルは偽の足跡を残そうとしているんだ。偽名を使って、支払いも現金ですませるだろうな。有効なクレジットカードを持ってないんだから」

フィルが顔をしかめた。「ついてない」

「だが、パスポートは持ってる」タネクは考えこんだ。「まだ方法はあるかもしれない。もしはっきり目的地を決めてたとすれば、ここから電話をして手はずを整えた可能性もある。公衆電話が使えるような場所へ出かけたことは？」

「ミズ・ヴラドスと一緒にスーパーマーケットへ行ったけれど、行きも帰りも僕が運転したし、買い物袋も僕が家に運んだ。電話はしなかった」

「来い」ニコラスはそう言うと大股で家のほうに戻りはじめた。

ドライブウェイでタニアが待っていた。「それで？」

「フィルにコンピュータを使わせてくれ。ジョエルのが書斎にあったよな」

「あるけど」タニアが疑うような目をフィルに向けた。「あるけど、ジョエルはあれをペットの子犬みたいに可愛がってる。自分のプログラムをだめにされたら、きっと怒るよ」

「十分に注意する」フィルはまじめな顔でそう約束した。「それに三十分もかからないよ」

「ジョエルのコンピュータを触るのは超一流のエキスパートなんだぞ。フィルはマイクロソフト教会に通ってるくらいだ」

「え？」

「いや、大したことじゃない。とにかくおれを信用しろ。ジョエルのプログラムは大丈夫だよ」

タニアは肩をすくめ、先に立って家に入った。廊下の一番奥のドアを見てうなずく。「あれがジョエルの書斎」

「この家に電話は二本以上ある？」フィルが訊ねた。

タニアがうなずく。「書斎のジョエル専用の電話と、家の電話」

「番号は？」

タニアがすらすらと暗誦した。「書いたほうがいい？」

「いや。覚えたよ。数字を覚えるのは得意なんだ」フィルは書斎のほうへ廊下を急いだ。

「何をするつもり？」タニアがニコラスに訊いた。

「電話会社の記録に侵入して、ネルがここを出る前にかけた電話番号を割り出して、その番号の持ち主を調べる」

「それって違法じゃないの？」

「まあな」

「捕まったらどうするの？」

「捕まりっこないさ。フィルには朝飯前のことだからな。CIAの最高機密ファイルに侵入したって、あいつなら見つかりはしない」ニコラスは話題を変えた。「ネルはどこで寝てた？　部屋を見たい」

「何もないよ。もう掃除したし」

「見たいんだよ」

タニアはニコラスを二階に案内し、ドアを勢いよく開けた。それから、ニコラスが部屋を歩き回るのを見守った。ニコラスが電話の横のメモパッドを調べる。

「そこには何も書いてなかったよ」

ニコラスはメモパッドを照明にかざした。何の形跡も残されていない。次にクローゼットの扉を開ける。「荷物は持っていかなかったと言ったな」

「小さなダッフル・バッグだけ。ねえ、何を探してるの？」

ニコラスは服を丹念に調べた。「ヒントをだ」クローゼットの扉を閉め、部屋を見まわす。ナイトスタンドの棚に、雑誌が整然と積んである。「これは全部ネルが来たときからあったのか？」

「雑誌のこと？　ほとんどは最初からあった。何冊かはネルがスーパーマーケットで買ってたかな」

ニコラスはベッドに腰を下ろし、雑誌の山を持ちあげた。「どれがそうだ？」

「わからない。見てなかったから」タニアはベッドの近くに行き、ニコラスがめくる雑誌を見つめた。「その『コスモポリタン』は新しいね。『ニューズウィーク』も覚えがないかな。他は――どうしたの？」

「これも新しいだろ？」ニコラスは山の下のほうから薄い雑誌を引っ張り出した。「女主人が来客のために用意するような雑誌じゃない」

「『成功する兵士』？」タニアが顔をしかめた。「こんな雑誌見たことないな。どんな雑誌？」

「傭兵になるためのハウツー雑誌だ。サバイバリストや傭兵志願者のバイブルってところかな」

「どうしてネルがそんな雑誌を買うわけ？」タニアが目を見開いた。「ネルは傭兵を雇おうとしてたってこと？」

「何をしようとしてたかはわからない」ニコラスは一ページずつ丹念に調べ、角を折った跡や書きこみがないか確認していった。最後のほうに掲載された求人広告の欄に初めて変わったものを見つけた。ページの真ん中に一度折ってまた伸ばしたような、かすかな皺が残っている。

「何かあった？」タニアが訊く。

「広告が百件は載っていそうなページさ」ニコラスがいらいらと答える。ありとあらゆる個人広告がごちゃごちゃに並んでいた。戦友に連絡を求める陸軍兵。〈武器売りたし〉の広告。何だってあのいまいましい女は、せめて丸の一つくらいつけておいてくれなかった？

「どうやらわかったよ」フィルが紙切れを手に現われた。「書斎の電話からかけたのはみんな普通の番号だが、家の電話からかけたこの三件は怪しい」紙をニコラスに手渡す。「三つともサバイバリスト・キャンプだ。一つはコロラド州デンバー近郊、一つはワシントン州シアトルの近く、最後のはフロリダ州パナマシティのすぐそばだ」

「サバイバリスト・キャンプって？」タニアが尋ねた。

「いつかアメリカが外国から戦争をしかけられるとか、警察国家になるとかと信じ、武器の扱いやゲリラ戦法に熟達しなければ生き残れないと考える連中を訓練するためのキャンプだな」ニコラスは広告の電話番号の欄を指で追った。「たいていは元傭兵や特殊部隊の隊員、あるいは日曜戦士を訓練して金を稼ごうとする軍隊オタクが運営してる」三件の電話番号はすべてそのページに載っていたが、ネルがどれを選んだかの手がかりはない。「ネルが最後に電話をかけたのはどのキャンプだ、フィル？」

「シアトルのだ」

「ネルがこのうちのどれかにいるかもしれないって本気で思ってる？」タニアが訊いた。

「ああ」

「どうして？」

「なぜなら、ネルは頑固で愚かで、殺されるためならどんなことでもやりかねない女だからだ」そして、ニコラスがよけいなことを吹きこみ、ネルが自身に課した任務をこなす力がないと思いこませてしまったからだ。

「ネルが死にたがってるとは思わないな」タニアが静かに言う。「前はそうだったとしてもね。生き生きとしはじめてた。それにネルは愚かじゃない。これには何かちゃんとした理由があるはずだよ。ねえ、そのキャンプって、ネルが行ったら危険な場所なの？」

「キャンプを運営してるのが誰なのかにもよる。ままごとみたいなことをやってるキャンプもあるし、腹の出た株の仲買人を〝鍛《きた》え〟ようとして心臓発作を起こさせてもこれっぽっちも良心の呵責を感じない狂人が運営していることもある」

「そんなマッチョ揃いなら、ネルを受け入れたりしないでしょ」

「運がよければな。だが、ジョエルのおかげでネルは極上の美人になっちまったから、まったく別の動機から受け入れるかもしれない」

「レイプ？」

「可能性はある」

「その三つのキャンプに電話をかけて、ネルが来なかったか訊いてみたら？」

「参加者は極秘にされてる」すべてのキャンプを調べるしかない。どれが一番可能性が高い？　ネルは監視の目から逃れようとしていた。シアトルが最も遠く、しかもシアトルには最後に電話をかけている。「おれはシアトルに行く。フィル、おまえはデンバーに行け」

フィルがうなずいた。「ジェイミーに電話をかけて、パナマシティに行ってもらおうか？」

「ジェイミーはまだロンドンだ。それに、運に恵まれるかもしれない」ニコラスは立ちあがり、タニアの額に軽くキスをした。「また連絡する。ネルがシアトルにいなかったら電話を入れて、ここに連絡がなかったかどうか確認するよ」

「そうして」タニアは部屋を出て、階段のところまでついていった。「ネルのことが本当に心配だもの、ニコラス」

「ああ、きみが心配するのはもっともだ」

8

フロリダ州オバナコ

「女はここのトレーニング・プログラムには参加できないよ、お嬢ちゃん」カーター・ランドル大佐の強烈な南部訛りは、ネルの耳に不快に響いた。「フェミニストはさっさとお引き取り願おうか」

ネルは、このオフィスに入ってきてからずっと顔のまわりをうるさく飛びまわっていたハエを手で追い払った。汗がだらだらと流れ、ひどい湿気でビンタを食らったように頭がくらくらする。エアコンをつけると自分のマッチョなイメージが損なわれるとでも思ってるのかしら？

「私はフェミニストじゃないわ。いえ、ひょっとしたらそうなのかもしれないけど。何のことをフェミニストって呼ぶのか、さっぱりわからなくなってるから」ネルは大佐の視線をとらえた。「あなたは知ってる？」

「ああ、知ってるさ。レズの女どもが、本物の男になるにはどうしたらいいか教えてくれとのこのこやってきたことが何度かあるからな」

「で、教えたの？」

大佐はいやらしい笑いを浮かべた。「いいや。だが、若い者の中には本物の女になるにはどうしたらいいか実習をしてやったやつもいたな」

このひとは私を脅かそうとしている。いまのところそれは成功してるけど、それを悟られちゃいけないわ。他人を支配してうれしがるタイプの男だ。ネルは穏やかに訊いた。「レイプしたってことね？」

「そうは言ってないだろう、え？」大佐は椅子の背にもたれた。「だが、ここオバナコに女性用宿舎はない。兵舎の寝棚を使ってもらうしかないぞ」

「望むところだわ」

「あのレズの女どももそう言った。ひと晩で気が変わったようだがな」

「私は気が変わったりしない」ネルは湿った手をジーンズで拭った。汗がにじみ出るのが緊張のためか、暑さのためか、もう自分でもわからない。「どうして女性は入れてくれないの？　女が払うお金だって価値は同じでしょ」

「根性が違う」大佐がネルの胸のあたりに視線を泳がせる。「われわれが女を受け入れるのは……女にふさわしい任務についてだけだ。女は、女の得意なことだけをしてればいい」

ネルは怒りを抑えた。この男性優越主義者を怒らせてしまっては先に進めない。

そうだわ、怒らせることができたらかえって道が開けるかもしれない。そんな考えがふと浮かんだ。

「外の訓練場を見たら、体格もよくて強そうな男のひとたちが、木の壁をよじのぼろうとしてたわ。あまり上手には見えなかった。女があのひとたちよりも上手だったらと思って心配なんでしょ」

大佐がぎくりとした。「まだ訓練の第一週目だ。一カ月間の訓練が終わるころには、連中だって一瞬のうちにあの壁を乗り越えられるようになる」

「どうだか」

大佐の顔が怒りに燃えた。「この私が嘘をついてるとでも言いたいのか？」

「兵舎内の規律さえ守れないような男が、甘っちょろい初級訓練を数週間受けただけで、ちゃんとした兵士になれるとは思えないと言いたいだけ」

「ここでは規律が徹底されてる」

「だからレイプを許したわけ？　それは軍隊の規律ではなく野蛮行為だわ。あなたは大した将校だわね」大佐が返す言葉を見つける前に、ネルは続けた。「いえ、ひょっとしたらそもそも将校なんかじゃないのかも。その軍服はミリタリーショップでも買ったのかしら？」

「私は特殊部隊の大佐だったんだぞ、このあばずれ」

「それはいったいいつの話？」ネルは鼻で笑った。「だいたい、どうして陸軍に残らずにこんな湿地に隠れてるわけ？　年寄りの役立たずになったから？」

「私は四十二歳だし、このキャンプの連中にはまだまだ負けない」

「それはそうでしょうね。あの情けないひとたちは、あの壁さえ乗り越えられないんですもの。あのひとたちよりも強いとわかれば、強烈な優越感に浸れることでしょうね」

「訓練生のことを言ってるんじゃない。私が言ったのは——」大佐は口をつぐんだ。必死に怒りを抑えようとしている。「あんた、あの壁を越えるのなんか簡単だと思ってるのか？　高さ三十フィートだぞ。あんたのほうが速くのぼれるのかな？　え？　お嬢ちゃん」

「かもしれないわ。やってみなければわからないわよ。ねえ、もし乗り越えられたら、プログラムに参加させてもらえる？」

大佐の顔に浮かんだ笑みに悪意がにじんだ。「乗り越えられたら、喜んで仲間に入っていただこうじゃないか」そう言って立ちあがると、ドアを指した。「お先にどうぞ」

ネルは安堵を隠し、オフィスを出ると、大佐のあとに続いて廊下を進んでいった。ここまでは予定どおりに進んでいる。たぶん。

近づいてみると、木の壁は思っていたよりもはるかに高く、それを乗り越えようとした男たちのブーツからこびりついた泥で滑りやすそうに見えた。

「きみたち、ちょっとどいてくれ」大佐は壁のてっぺんにくくりつけたロープの一本をつかみ、ネルに投げてよこした。「このお嬢ちゃんにやらせてみろ」

ネルは男たちの野次も薄笑いも無視した。ロープをつかみ、登りはじめる。その瞬間、ジムの天井から下がったロープをよじ登るのとはまったく別物だということを悟った。膝を使おうとすると、ロープが揺れて壁にぶつかってしまう。壁に足をつけ、それを支点にてこのように体を引きあげるしかない。

四フィート。

靴の裏が泥まみれの面を滑り、壁に叩きつけられる。

苦痛。男たちの笑い声。

気にしてはいけない。しっかりつかまって。手を離しちゃだめ。

ロープを揺らして壁から離れ、また木の壁に足を踏ん張った。

七フィート。

また足が滑った。三フィート落ちたところでようやく止まったが、粗いロープに手がこすれ、火傷のように痛んだ。

「心配するなよ」ランドルが、からかうように声をかけた。「ちゃんと下で受けとめてやるからな、お嬢ちゃん」

ふたたび笑い声。

あのひとたちのことは頭からしめだすのよ。私ならできる。痛みは無視するの。一度に一歩ずつ。ロープと壁のことだけを考えて。

ネルはまた登りはじめた。

三歩登る。

滑って、壁に激突する。

四歩。

あと何歩？

気にしてもしかたがない。あと一分、あと一分と思って続ければ何だってできるはず。

さらに十分間の苦悶のあと、ネルはようやく壁のてっぺんに到達し、そこにまたがった。ランドルやほかの男たちを見下ろす。呼吸が整うまでしばらく待ってから言った。「やったわよ、そこのろくでなしさん。約束は守ってもらうわ」

大佐はおもしろくなさそうだったが、もう笑ってはいなかった。笑っている者は誰ひとりいなかった。「降りてこい」

「登れたら参加させてくれるって約束よ。軍人は、絶対に約束を破らないんでしょう？」

大佐の冷淡な目がネルを見上げた。「ああ、わかったよ、お嬢ちゃん。喜んで仲間に入れてやろう。明日は機動演習だ。きっと楽しいぞ」

つまり、みじめな思いを味わわせてやると言いたいのだ。ネルは壁の反対側を下りはじめた。地面に下りると、大佐が待っていた。「こっちはジョージ・ウィルキンズ軍曹だ。装備を軍曹から受け取れ。ところで、軍隊に女を入れるのを軍曹が嫌っていることは教えたっけな？」

ネルは、背の低い、がっしりとした体つきの軍曹にうなずいた。

ウィルキンズが口を開いた。「赤ん坊だってはいはいすりゃあんな壁は越えられる。沼地にくらべたら、何てことはない」それだけ言うと、大股で去っていった。

「ついていったほうがいいぞ」ランドルがにこやかに言った。「おれだったら、その手に包帯をしておくね。沼地にはな、ありとあらゆる雑菌や病原菌がいるんだ。そんなものに侵されちゃ、われわれが困るからな。お嬢ちゃん」

　手のひらが裂け、血がにじんでいることに、ネルはそのときはじめて気づいた。だが、大佐のばかにしたような呼び方と同様に、傷のことは少しも気にならなかった。「確かにレディーでいようと努力はしてるけど、私はお嬢ちゃん《リトル・レディー》じゃないわ」そう言うとネルはウィルキンズのあとを追った。

　一時間後、ネルがウィルキンズのあとについて細長い兵舎に入っていくと、男たちが静まり返った。

「ここを使え」軍曹が、ブラインドを下ろした窓のすぐ下に置かれた簡易ベッドを指さした。

「このキャンプにいられる間はな」軍曹は背を向けて出ていった。

　衣類と装備をベッドの上に置いた。周囲の男たちを無視しようと努める。〝努めた〟としか言いようがなかった。焼きごてでも押し当てられたように、男たちの視線がびりびりと背中を焼く。私はいったいここで何をしているの？　やけ気味にそう考える。ばかげてる。目標を達成するには、別の方法だってあったはずなのに。

　あの連中は無視しよう。別のやり方もあるかもしれないが、ここで訓練を受けるのが一番手っ取り早い。せっかく計画を立てたのだから、そのとおりに実行しなくてはならない。

　衣類を整理し、ウィルキンズから渡されたM16とピストルに目を移す。銃の手入れをしたほうがいいのだろうか。いままでに見た戦争映画には、ライフルの手入れを怠ったために罰を受ける情けない一兵卒が必ず登場していた。

「手伝ってあげようか？」

ネルは体をこわばらせ、振り向いた。

何だ、ただの子供じゃないの。ひょろりとした少年だった。せいぜい十七歳といったところだろう。わし鼻にそばかす。恥ずかしそうと言ってもいいほど、控えめな微笑みを浮かべていた。

「僕、ピーター・ドレイクです」ネルのベッドに腰を下ろす。「あなたがあの壁を登るのを見てたよ。てっぺんまで登ったとき、大佐は不機嫌そうにしてた。僕、うれしくなっちゃった。誰かが勝つとうれしくなるんです」そう言って子供のように楽しげに笑う。

子供のように。子供のようにという言葉がぴったりだ。ピーターを見つめながら、ネルはそう思った。こんな子供を受け入れるとは、あのランドル大佐は鬼のような人間に違いない。

「ほんと？」ネルは優しく尋ねた。「勝つのは本当にいい気分よ」

ピーターが顔をしかめた。「僕はあの壁を登れないの。軍曹にも怒られちゃった。僕のこと、好きじゃないから」

「だったら、なぜここを出ていかないの？」

「パパがここにいろって言うから。パパは昔、ランドル大佐みたいな兵士だったんだ。僕は本物の軍隊には入れない。でも、ここにいれば男らしくなれるって、パパは言うんだ」

ネルは胸が悪くなった。「お母様はなんておっしゃってるの？」

「いまはうちにはいない」あいまいな答だった。「僕はミシシッピ州シリーナから来たんです。あなたは？」

「ノースカロライナ州よ。あなた、南部の訛りがないのね」

「シリーナではあまり暮らしたことがないんだ。寄宿学校にいるから」そう言うと、ネルのバックパックの紐をいじりはじめた。「大佐はあなたのことも嫌ってるみたいだった。どうしてかな？」

「私が女だからでしょう」ネルは顔をしかめた。「そして、あの壁を登れたから」

ピーターが兵舎を見渡した。「ここにいるひとたちの中にも、あなたを好きじゃないひとがいる。ランドル大佐が数分前にやってきて、あなたを好きなようにしてもかまわないって言ってた」

まさに予想どおりだ。

ピーターが微笑んだ。「でも、僕が助けてあげる。僕、頭はあまりよくないけど、強いんだから」

「ありがとう。でも、自分で何とかするから」

ピーターの顔が曇った。「僕が壁を登れなかったから、あなたを助けられるほど強くないって思ってるんでしょ」

「そうじゃないのよ。やりたいと思えば何でもできるくらい強いのはわかってる」ピーターは傷ついた表情でネルをじっと見つめていた。この少年を自分の闘いに巻きこむわけにはいかない。だが、子犬を蹴飛ばしてしまったような気分だった。「そうね、じゃあ、ここのひとたちのことを話してくれないかしら。とても助かると思うんだけど」

「よく知らない。みんな、僕とあまり話をしてくれないから」

「私にひどいことをしそうなのはどのひと?」

ピーターは即座に、四つ先のベッドに横になっている、頭の禿げかけた大柄な男を顎で指した。「スコットだな。すごい意地悪。僕のことをうすのろって呼ぶような意地悪」

「他にもいる?」

「サンチェス」今度は背は低いが筋肉質の体をしたラテン系の男に不安げな目を向ける。その男は薄気味の悪い笑いを浮かべてこちらを見ていた。ピーターは次に砂色の髪の二十代の男を顎で指す。「あれがブルンバーグ。あのひとたち、シャワールームで僕に触ったんだ。でも、スコットが来たらやめた」

「スコットがやめろと言ったの?」

「違う。スコットに知られたくなかっただけだよ」ごくりと唾を呑みこむ。「あとでまたな……だって」

サンチェスとブルンバーグが同性愛者だとすれば、そのふたりは心配しなくてもいいだろう。いや、レイプは愛の行為などではなく、暴力犯罪だ。無力な少年を大喜びで食い物にするような連中ということだ。「ピーター、こんなとこにいちゃだめよ」

ピーターは首を振った。「パパが許してくれないよ。僕はたるんでるって言うんだ。耐えることも学ばなくちゃいけないって」

レイプや虐待に耐えることを？　ピーターの父親は、ピーターがこのマッチョだらけの地獄でどんな目に遭うかわかっていただろうに。ネルは怒りの炎を鎮めようとした。いますぐにはピーターを救うようなことは何一つできない。自分自身さえ救うことができないかもしれないのだから。「あなたのパパは間違ってる。ここはあなたのいるところじゃないわ。家に帰りなさい」

「また追い返されるだけだ」淡々とつけ加える。「僕をうちに置いておきたくないんだからね、パパは」

何てひどい親なの。そんな話は聞きたくなかった。思わず涙があふれるような同情など、持ちたくはなかった。やり場のない怒りを感じながらピーターを見つめ、やがて顔をそむけた。「あなた、銃のことは詳しい？」

ピーターの顔がぱっと輝いた。「最初の日にライフルのことを教わったよ。毎朝、射撃訓練があるし」

「ピストルのことは？」

「ちょっとだけ。組み立て方と装塡《そうてん》のしかたは知ってる」

ネルはピーターの隣に腰を下ろした。「教えて」

「ネルから連絡はあったか？」タニアが電話をとったとたん、ニコラスの声が聞こえた。

「何にも。シアトルにはいなかったんだ」

「いなかった。フィルによるとデンバーにもいないそうだ。予測がはずれたよ」

「フロリダにいるかな」

「わからない」ニコラスは首の後ろをこすった。「これもネルが残した偽の手がかりなのかもしれない。もうどこに行ったか見当もつかないよ」

「これからどうするの？」

「他に探すあてはないだろ？　三十分後にフロリダ行きの便に乗る。午前中のうちにオバナコに着く。ネルがそっちに戻った場合に備えて、フィルを帰らせるよ」

「そんな必要はないよ。私がいるから」

「いや、必要なんだ」ニコラスは苦々しげに言った。「ネルが見つかったら、今度はおれと話をするまでどこにも行かせないからな」


やってくる。

暗闇の奥でかすかな気配がし、毛布にくるまった体じゅうの筋肉に力が入る。何時間も前から、このときが来ると予期していた。

物音をたてないようにしようなどとは考えないだろう。そんな必要があるだろうか？　どうせ誰もネルを助けようとはしないのだから。いや、ピーターだけは別だ。目を覚まさないでね、ピーター。あなたまでいやな目に遭ってしまうから。

近づいてくる。暗闇に四つの人影。四人目は誰なんだろう？　関係ない。全員が敵なのだ。

「明かりをつけろや。女の顔を見ながらやりたいからな」

明かり。スコット。サンチェス。ブルンバーグ。四人目は年配の男だ。のっぺりした顔に、薄くなりかけた髪。

「おい、起きてやがるぜ。見ろや。おれたちを待ってたんだ」スコットが近寄ってきた。「女に恥をかかされたとあっちゃあ、おもしろくねえ。そうだろ、おまえら？」

「あっちへ行って」

「そりゃ、無理ってもんだ。登ることに関しちゃ、おれたちだってうまいんだってことをあんたに見せてやりてえんだから。何度も何度もあんたに登ったり下りたりすることになるから、明日の朝にはあんた、がに股になってるな」スコットは唇を湿らせた。「さあ、騒がねえで、言うとおりにするんだ。女が兵士みたいな格好をしてるのはきれえだからな。萎《な》えちまう。ほら、脱げよ」

「そのひとに手を出すな」ピーターの声だった。ベッドの端に身を起こしている。カーキ色のアンダーシャツにブリーフ。ますます弱々しく不器用そうに見えた。

「黙ってな、うすのろ」スコットがピーターには目もくれずに言った。

「そのひとにひどいことをしたら承知しない。そのひとは何も悪いことをしてないじゃないか」

「ひどいことをするかどうかは、この女次第だな。言うとおりにすれば、いい思いをすることになる」サンチェスが言った。

「あっちへ行って」ネルが繰り返す。

ピーターがネルのベッドに近づいた。「このひとに手を出すな」

ピーターは怯えている。ネルはそう思った。頰の筋肉がぴくぴくと動き、手がかすかに震えている。「ベッドに戻ってて、ピーター」

「このうすのろも一発やりてえんだろうよ」スコットが言った。「だめだね。おまえはまだ子供だ」

「女をレイプすると男があがるとでも思ってるわけ?」ネルが言った。

「やってみりゃわかる」スコットの手が伸び、ネルの毛布をはがした。

ネルは握りしめていたピストルを構え、スコットの股間に突きつけた。「私にわかるのはね、私から離れなければあなたのペニスが吹き飛ぶってことだけ」

スコットは思わずあとずさりした。「くっそう」

「全員で一斉に飛びかかろうぜ」サンチェスが言った。「銃をふんだくって、割れ目に突っこんでやるんだ」

「そうね、全員で襲いかかってくればいいわ」ネルは、声が震えないように必死だった。

「試してみたら、スコット? あんたたち全員を撃つことはできないかもしれない。でも、一発目はあなたを去勢して、二発目はサンチェスかしら。そのあとは大急ぎでもっと大きな的を狙うわ。腹とか胸とか」

「できっこねえよ」ブルンバーグが言った。「そりゃ人殺しだぜ」

「殺人はレイプよりも悪いことだと言いたいのね」銃を握る手に力をこめる。「でも、私はそうは思わない」

「ムショにぶちこまれて、何年も出られないぞ」

「かもね」ネルはブルンバーグの目を見つめ、それから順番にひとりひとりを睨みつけた。「でも、私はやってみせる。私に手を出すことも、私をとめることも許さない。あなたたちは私の邪魔をしてる。私はそれも許さない。指一本触れたら、吹っ飛ばしてやるわ」ああ、いやになっちゃう。まるでB級映画の台詞みたいじゃないの。

スコットが目を見開いた。小声でつぶやく。「あんた、頭がいかれてるぜ」

「だから何？」

スコットがさらにあとずさりする。

「おい、言いたいこと言わせといていいのかよ？」サンチェスが言った。

「狙われてるのはおまえのキンタマじゃねえ」スコットが低い声で言う。

「ほら、いまは狙ってるわ」ネルは銃身を持ちあげた。

サンチェスは驚いて瞬きをした。

「簡単にやれると言ったじゃないか」四番目の男がつぶやく。

「黙れ、グレイザー」スコットが言った。

「こんな女だとは聞いてないぜ」グレイザーと呼ばれた男は、じりじりと離れていった。

「またにするか。この女だってひと晩じゅうは起きてられねえさ」スコットは、ネルににたりと笑ってみせた。「目をつぶってみろ、上に乗ってやる」そう言うと手を伸ばし、明かりを消した。

　ネルは大きく息を吸った。自分はひとりぼっちで無防備なのだと、ふと思った。

　暗闇にスコットの声が響いた。「さっきのは不意打ちだっただろ？　いつまでも寝ずの番をしてるわけにはいかねえぞ。沼地に行ったらどうするつもりだ？　ウィルキンズが護ってくれるとでも思うのか？」

「あなたたちこそ、必死になって沼地を渡ってるときにレイプしてやろうなんて気になるとは思えないわね」

　ネルを罵《ののし》る小さな声が聞こえた。

　離れていく。ネルはほっとした。警戒を解くのはまだ早いが、当座の危険は去った。とても怖かった。いまでも怖かった。ネルは暗闇の中で恐怖に震えていた。

「僕が見張っててあげる」ピーターが言った。

　その声を聞くまで、ピーターのことを忘れていた。「いいのよ、眠っててちょうだい。明日はきついわ。体力を蓄えておかなくちゃ」

「僕が見張っててあげる」ピーターは頑《かたく》なに言い張った。ネルのベッドのすぐそばの床に座り、脚を組む。

「ピーター、お願いだから——」ネルは言いかけてやめた。ネル自身も眠ろうとは思っていなかったが、ピーターを説得することもできそうもない。まあ、いいわ。どうせ夜が明けるまであと二、三時間だ。

「僕、怖かった」ピーターが唐突に言った。

「私もよ」

「そうは見えなかったけどな」

「あなただって」ネルは嘘をついた。

「ほんと?」ピーターの声は嬉しそうだった。「スコットにはばれちゃったかと思ってた。あいつはパパにそっくりだよ。パパもああいうことを知ってる」

「知ってるってことをあなたに言うの?」

「もちろん。男は自分の欠点を直視しなくちゃいけないって言う。もしパパが自分の欠点を直視して直そうとしなかったら、シリーナの市長になんかなれなかったよって」

顔も知らないピーターの父親に対する嫌悪がわきあがった。「たとえパパでも、さっきのあなたみたいにには勇敢にはなれなかったでしょうね。さっきのあなたを見てたら、きっと立派だと褒めてくれたはずよ」

沈黙があった。「ううん。パパは絶対に僕のことを立派だと思ってくれないよ。僕は頭がよくないから」

そっけないほど淡々とした口調に、ネルは同情を覚え、胸が苦しくなった。「そう。でもね、私は立派だと思った」

「ほんとにそう思った？」ピーターが真剣な顔で聞き返す。「僕もあなたは立派だったと思う」ピーターはためらった。「それって、僕たち友だちだってことだよね？」

ネルはピーターを追い払ってしまいたくなった。ピーターに護ってもらいたくなかったし、ピーターに対する責任も負いたくはなかった。彼がネルの味方だということがあの連中にもわかってしまった。あとで辛い思いをするのはピーターだ。そんな罪の意識を背負いこむのはごめんだった。

だが、もう遅すぎた。いまさらピーターを追い払うことはできない。「そうね、そういうことだわ」

「あの連中にも、そのことを見せつけてやったんだよね」

ネルはため息をついた。「そのとおりよ」


「イヴ・ビリングズ？　そんな名前の女は知らんな」ランドル大佐は面倒くさそうに答えた。「第一、ここオバナコじゃ、女は受け入れないことにしてるんでね、ミスター・タネク」

ニコラスはタニアから預かった写真の一枚を机に置いた。「偽名を使っているかもしれない」

「いい女だな」大佐がニコラスのほうへ写真を押し戻す。「だが、見たことはないね」

「それは妙だな。この女はパナマシティの空港で車を借りてる」ニコラスは手帳をぱらぱらとめくった。「このオフィスの裏の駐車場に停まってるフォードと、ナンバーが同じなんだがな」

大佐の笑みが消えた。「よそ者がわれわれのキャンプを嗅ぎまわるのは気に入らん」

「おれは他人に嘘を言われるのは嫌いでね」ニコラスは穏やかに言い返した。「彼女はどこだ、ランドル」

「ここにはいないと言っただろう」大佐は大きく手を広げた。「そこらを探してみたらいい。見つかりっこないさ」

「見つからないとなると、まずいことになるぞ……あんたにとってね」

ランドルが立ちあがる。「脅そうというのか？」

「おれが言いたいのは、この女を連れ戻したいということと、もしあんたが彼女を隠すと言うなら、厄介な騒ぎを起こしてやるということさ」

「騒ぎなど、ここじゃあ日常茶飯事でね。ここに来る人間に教えてるのはな、そういう騒ぎへの対処法なのさ」

「ふざけたことをぬかすな。いいか、パナマシティ当局は管轄内にあんたが居座っているのを快く思っていない。連中は不法行為を理由にこのキャンプを閉鎖するチャンスをてぐすね引いて待ってるんだぞ」

「何が不法行為だというんだ？」大佐は怒りのこもった口調で言った。「あの女には指一本触れちゃいない」

「誘拐だ」

「あの女のほうからここへ来たんだ。無理やりキャンプに入りこんだ。あの女に訊いてみろ」

「おれは世間にこう説明するさ。おまえが彼女を誘拐し、洗脳した、とな。ゴシップ紙向けの格好の話題になるだろう」ニコラスはにやりと笑った。「それでどうだ？」

「このろくでなし」ランドルはむっつりと続けた。「あの女はあんたの何なんだ？　女房か？」

「そうだ」ニコラスは嘘をついた。

「だったら、ちゃんと家に閉じこめて、おれに二度と近づかせるな」

「居場所を教えてくれたら、喜んで引き取ってやる」

ランドルはしばらく黙っていたが、やがて意地の悪い笑みを浮かべた。「そうだな」机の引き出しを開け、地図を取り出して広げる。「彼女は機動演習中だ。どんなにタフか証明してみせると言ってな。現在の居場所はわからないが、日暮れ時にはこの地点にいるはずだ」指を地図の一点に突き立てた。「毎回、同じ場所に野営する。サイプレス島だ。おれに感謝するんだな。あんたの奥さんは、きつい一日を過ごしたあとであんたの顔を見たら、大喜びするだろうよ」笑みがさらに広がった。「だが、あんたのほうは、あの沼地を渡って島にたどり着くころにはあまり上機嫌ではないかもしれないな」

「他に行き方はないのか？」

「何せ島は沼地のど真ん中にあるもんでね。一番近い道路は二マイル離れてる」大佐は地図上の線を指で叩いた。「ほら、な？」

「あんたが心から楽しんでるらしいっていうのはよくわかったよ」

「そこいらをぶらぶらしながら連中が戻ってくるのを待っててもかまわないんだぞ。あと、たったの四日だ」

ニコラスは地図を取り、大佐に背を向けてオフィスを出ようとした。

「いい旅をな。おたくのお嬢ちゃんによろしく伝えてくれ」

ニコラスは大佐にうんざりしはじめていた。行きかけて足を止める。いや、そんな時間はない。残念だったな、大佐。

ニコラスはオフィスを出た。


「しっかりついてこい、ビリングズ」腰まである水の中を進みながら、ウィルキンズが言った。「遅いぞ。おまえを待つわけにはいかないんだ」

ネルはいやがらせを無視した。彼女は遅れてなどいない。彼女より後ろにまだ四人もいる。

「遅いやつはワニの餌に置いていくぞ」

また脅し作戦だ。効果があったことをウィルキンズに悟られないように努めた。何時間か前に、あの身の毛もよだつような姿がちらりと目に入っていた。

「そばにいるからね」ピーターが後ろから囁いた。「怖がらなくて大丈夫」

怖かった。怖くて、くたくたで、この不気味な場所から逃れることだけをひたすら望んでいた。泥で濁った水に、もう七時間近く浸かっている。バックパックの紐が肩に食い込み、そして――。


すぐそばの水面が音もなく波立った。

蛇だ。ネルは蛇が苦手だった。

「止まるんじゃない、ビリングズ」

水面近くを泳ぐ恐ろしい生き物から目をそらし、水の中を進む。一度に一歩。一度に一分ずつ。やり遂げられる。悪夢も永遠には続かない。

あの悪夢以外は。


ニコラスはレンタカーを道の端に寄せ、助手席の旅行鞄をかきまわした。ナイフと白いハンカチを取り出し、ハンカチを額に結んで髪が顔にかからないようにすると、ジーンズのウエストにナイフを差しこんだ。必ずしも沼地を歩くのにふさわしい装備とは言えなかったが、これで行くしかない。

車を降り、苦虫をかみつぶしたような顔で道路の反対側に広がる黄土色の水を眺める。ランドル大佐の地図によると、ここから出発するのが、できるだけ沼を通らずにサイプレス島に行く近道だった。しゃがんでテニスシューズの紐を固く結び直す。あの泥や悪臭を放つ池を抜けたとき、両足ともまだ靴を履いていたら、運がよかったと言うべきだろう。

沼は大嫌いだった。せめてワシントン州で見たような、景色がよくて清潔な山あいのサバイバルキャンプを選んでくれてもよかったじゃないか。いや、蚊やワニや二本足のプレデター・ランドルがうようよしている、暑くてじめじめした沼地に突進できる場所でなくてはならなかったんだろう。ネルを絞め殺してやりたくなる。

ニコラスは歯を食いしばって水の中に飛びこむと、沼地を進みはじめた。


「ちょっとした問題が生じたらしい」ウィルキンズは訓練兵のほうへ戻ってきて笑みを浮かべた。「志願者はいないか」

ネルは何を言われているのかもわからないまま、ぼんやりとウィルキンズを見つめた。

「誰か志願者は？」

ネルは、ウィルキンズが自分のほうを向くだろうと思っていた。

だが、ウィルキンズの視線はピーターの顔で止まった。「おまえ、志願するだろう、ドレイク？　よし。おまえはこの任務にぴったりだ。若くてすばしこいからな。隊列の先頭に出ろ」

「何をするんですか？」

「ちょっとした廃棄物処理だな。前方に障害物がある」

「わかりました」ピーターは列の前のほうへ進んだ。

ネルの体がこわばった。若くてすばしこい——なぜすばしこくなければいけないのだろう。

ネルはあわててピーターのあとを追った。

まあ。ネルは足を止めた。

目の前のイトスギの低い枝に、蛇が色鮮やかな花輪のように巻きついていた。隊列がその下をくぐり抜けようとすれば、どうしても蛇の体をかすめることになる。

「よく見てみたいのかね？」ネルの横に立ったウィルキンズが尋ねた。「さあドレイク、その蛇をどけろ」

「ちょっと待って」ネルは唇を湿らせた。「この蛇は何という種類？」

「ただのミルクヘビだ」

「迂回《うかい》すればいいじゃないの」

「立派な兵士というのはな、困難な状況から逃げ出したりはしない。解決するんだよ」

ミルクヘビ。記憶は混乱していた。ミルクヘビにそっくりの蛇がもう一種類いたはず。縞模様の順番が違うだけの蛇が。おじいさまが二種類の蛇を見分ける遊び唄を教えてくれたっけ。

だが、もう一種類の蛇の名前も、その唄も思い出せなかった。

「ほら、やれよ、ドレイク」ウィルキンズが言った。

ピーターが前に進み出る。

サンゴヘビ。ミルクヘビによく似た蛇――猛毒のサンゴヘビだ。

「やめて！」

ピーターが振り向き、微笑んだ。「心配ないよ。子供のころ、蛇を飼ってたんだ。首の後ろをつかめば咬まれない」

「やめて、ピーター。毒があるかもしれないわ。ミルクヘビとサンゴヘビはそっくりなのよ」

「ただのミルクヘビだ。見ろ。赤の次に黄色の縞がある。毒がないしるしだよ」ウィルキンズがピーターを睨みつけた。「行け、坊主」

ピーターが蛇に近づく。

黒の次に赤……

どうして歌詞を思い出せないの？

「おとなしくして」ピーターが蛇に小声で言い聞かせる。「いじめるわけじゃないんだよ。どいてほしいだけなんだ」

愛情さえ感じられる声。ネルの背筋が凍った。ピーターはいまにも蛇の背中をなでようとしている。

ウィルキンズが、ピーターを見ながらにやにやと笑っていた。

――軍曹は僕が好きじゃないんだ
だが、いくらウィルキンズでも、ピーターのような子供を意図的に危険にさらすことはしないだろう。普段からピーターをばかにしているという理由だけでは。きっとこの蛇には毒はないのだろう。

いや、ウィルキンズが勘違いしているとしたら。

　黒の次に赤……

「だめ！」ネルはピーターを押しのけ、その前に飛び出した。蛇の頭の後ろをつかみ、あらんかぎりの力で放り投げる。蛇は十フィート先の水面に音をたてて落ちた。

「そんなこと、してくれなくてもよかったのに」ピーターが咎《とが》めるように言った。「軍曹は僕の任務だって言ったんだよ」

「黙りなさい」ネルがつぶやいた。ミルクヘビだったのかもしれない。それでも、危険を承知でピーターにやらせるわけにはいかなかった。そしていまは吐きそうになっていた。ぬらりとした蛇のうろこの感触が、まだ指先に残っている。蛇がすいと水面を泳いでいくのをぼんやりと見つめた。

「坊主の言うとおりだ」ウィルキンズが無表情に言った。「おまえの任務じゃないんだぞ、ビリングズ」

「志願者はいないかって言ったのはあなただわ」体の震えを必死に止めようとしながら、ネルはふたたび水の中を歩きはじめた。「私はそれに応じただけ」

「あんなに乱暴に投げなくたって」ピーターがネルの横に並んで歩きながら、責めるように言った。「蛇に怪我させてたかもしれないよ」

　目の前の木の枝に見えるあれは、こびりついた苔？　それともまた蛇なの？　ただの苔だ。

「ごめんなさいね」

「僕の蛇は緑色だった。さっきのみたいにきれいじゃなかったな。黄色に赤に黒——あれ、どうしたの？」

「何でもないわ」何でもなくはなかった。その瞬間、唄の一部が頭に浮かんでいた。

赤に黒、毒はなし
赤に黄色、人殺し

9

サイプレス島に着いたのは日没の一時間前だった。島というよりは苔に覆《おお》われた砂州とでも呼ぶべき代物だったが、ネルはどちらだってかまわなかった。とにかく乾いた地面だ。ふらふらと水から上がったネルの目には素晴らしい場所に映った。

「やあ」タネクが言った。

ネルは仰天して立ち止まった。

タネクがイトスギの根元を覆った苔の上に座っていた。「座ったままで申し訳ないな。いまは礼儀正しくするような気分じゃないもんでね。いや、きみにちょっぴり腹が立ってると言ってもいいな」

ちょっぴり腹を立てているなんてものじゃなさそうね。ネルは警戒しながらそう考えた。全身泥まみれのびしょ濡れ。とんでもなく機嫌が悪そうだ。「いったいどうしてこんなところに？」

「それはこっちの台詞だ」

ウィルキンズがネルを押しのけた。「部外者は立入禁止だぞ。あんた、どこのどいつだ？」

「礼儀正しくする気になれないのは、おれひとりじゃないらしいな」タネクが立ちあがる。

「あんたこそ誰だ?」

「ジョージ・ウィルキンズ軍曹だ」

「ニコラス・タネク」ネルを顎で指す。「こちらのご婦人を迎えにきた」

ウィルキンズが渋い顔をした。「ランドルが迎えによこしたのか?」

「いや、きみたちがここにいると教えてもらっただけだ」

「彼女は私の指揮下にある。隊を離れることは許さない」ウィルキンズはそう言った。ネルは驚いた。「きみに彼女を渡せという命令書は受け取っていない」

「くそ」

「私も行くつもりはないわよ」ネルが口を挟む。

タネクは長々と息を吸いこんだ。気を落ち着けようと心の中で数でも数えているのだろうとネルは思った。やがてタネクは背を向け、隊列から離れた。「話がある」

「彼女には話をする時間などない」ウィルキンズが挑むように顎をぐっと引いた。「キャンプ設営の仕事があるからな」

タネクはウィルキンズにちらりと目をやり、低い声で言った。「こちらのご婦人に話しているんだ。横から口を出すな」

ウィルキンズは躊躇したが、すぐに肩をすくめた。「好きなだけ話すがいい。だが、出ていくことは許さんぞ」背中を向け、大声で叫ぶ。「スコット、一緒に来てくれ」

「大丈夫？」ピーターが不安げに眉をひそめる。

「大丈夫よ」ネルは肩越しにそう答え、タネクのあとを追った。「すぐ戻るわ」

声が聞こえないところまで行くと、タネクが勢いこんで話しはじめた。「どうかしてるぞ。いったいこんなところで何をしてる？」

「必要なことなの」

「危険だ」

「マリッツやガルドーと闘っても勝ち目はないと言ったのはあなたよ」

「確かにそう言った。だからといって、沼地を歩きまわればやつらと対等に闘えるようになるのか」

「ひょっとしたら役に立つかもしれないでしょう。他にもいろいろ教わったわ。昨日までは銃に触ったこともなかったんだから」

タネクが腹立たしげにネルを睨んだ。「見てみろ」ネルの頬から泥汚れをこすり落とす。「びしょ濡れで、泥だらけで、そのうえ疲れていまにも倒れそうじゃないか」

「いいえ、倒れたりしないわ」

タネクが唇を結んだ。「そうだな。死ぬまであきらめないんだろうよ」

「そうよ」ネルはタネクの目を見つめた。「あなたはガルドーやマリッツを倒すのに協力してくれないんでしょ。だったら私ひとりでやるしかない。だからここにいるのよ」

タネクはしばらく黙っていた。彼の怒りと苛立ちが、ふたりの間で命のあるもののように震えていた。「いい加減にしろ」タネクが穏やかな声で言った。ネルに背を向ける。「ライフルとバックパックを下ろせ。もうそんなものは必要ない。おれと一緒に帰るんだ」

「ここに残るとさっきも言ったでしょう」

タネクはそっけなく言った。「やつらを殺すのに協力してやる。それがきみの望みなんだろう?」

興奮がわきあがった。「そう、そのとおりよ。約束してくれるのね?」

「ああ、するよ。徹底的に協力してやる。きみをおとりに使うほど徹底的に。それで満足だろ」

「ええ」ネルは肩からライフルを下ろして地面に投げ出し、次にバックパックも下ろした。

「どんな犠牲を強いられたとしても、それで満足よ」深々と深呼吸をし、肩を上下させて凝りをほぐす。バックパックだけでなく、肩にのしかかっていた重荷からも解放されたような気がした。「さあ、帰りましょう」

「何をしてる?」ウィルキンズがすぐそばに来ていた。「おい、武器の扱いがなっとらんな、ビリングズ」

「私は帰ります」

「いや、帰さない」

「かまわないはずでしょう。そもそも私が隊にいるのだって気にくわなかったくせに」

「悪い先例を作ることになる。大佐から正式に除隊されたわけではないんだ」

この男、相当いかれてるわね。「私は帰ります」ネルは彼に背を向けようとした。

ウィルキンズが腕をつかんだ。「女はすぐこれだ。面倒になると、とたんに投げ出して――」

「離してやれ」タネクが低い声で言った。

ウィルキンズがタネクを睨みつけ、ネルの腕をつかむ手に力をこめた。「くそったれが」

タネクがせせら笑うように言った。「ふん、その言葉を聞けておれは嬉しくてしかたがないね」一歩前に踏み出すと、ウィルキンズの短い首に手刀をたたきこむ。「それに、こうやってあんたをたたきのめすのも楽しくてしかたがない」

ウィルキンズの瞳がうつろになり、そのまま地面に崩れ落ちた。

ネルはタネクの顔をじっと見つめて言った。「ほんとに楽しそうね」

「まあな」タネクは残忍な笑みを浮かべた。「ただ、きみの首だったら、なおさら楽しかったはずだがね」そう言って背を向けると、岸から水へ飛びこんだ。「来い。このゴミためみたいなものを抜けて車に戻るには二時間はかかるし、すぐに暗くなる」

「いま行くわ」ネルは足を踏み出しかけて、ふと立ち止まり、振り向いた。ピーターが困惑しきった目でネルを見つめていた。

ネルの人生にピーターの居場所はなかった。邪魔になるだけだ。タネクが協力してくれたいま、邪魔者はごめんだった。

「ねえ、どこに行くの?」ピーターが訊く。痛々しいほど孤独なピーター。

ピーターの背後には、スコットをはじめとする人間のくずども。

「待ってて」ネルはタネクにそう言うと、ピーターに近づいた。「一緒にいらっしゃい」

ピーターがネルを見つめた。ためらっている。

ネルはピーターの手をとった。「大丈夫だから。ね、一緒に来なくちゃだめ、ピーター」

「パパに怒られちゃうよ」

「パパのことは心配しないでいいの。私たちが何とかするから。もうこんなところはいやでしょう?」

ピーターは即座にうなずいた。「ここはいやなところだ。あなたが行ってしまうんなら、もうここにはいたくない」

「それなら、バックパックと銃を置いて一緒にいらっしゃい」

「軍曹が銃は絶対に放しちゃだめだって言ってた」

「ネル」タネクの声。

ネルはピーターの手を強く引っ張った。「さあ、来るのよ」

ピーターは、怯えた目をネルに向けていた。「ねえ、あのひと、どうしてネルって呼んだの? イヴって名前でしょ」

「二つも三つも名前を持っているひとがね、世の中にはたくさんいるのよ」ネルは苛立ちを抑え、静かに言い聞かせた。「ピーター、私たちは友だちよね。友だちを信じなくちゃ。私と一緒に来たほうがあなたのためなの」

ピーターの顔が輝いた。「友だち。そうだったね。忘れてた」ライフルを地面に置き、バックパックを放り出す。「友だちは一緒にいなくちゃ」

ネルは安堵のため息をつき、タネクのほうに向かう。「この子も連れていくわ」

「らしいな。他にもお友だちはいるのか？」

ネルはタネクの皮肉を無視し、水に飛びこんだ。「いらっしゃい、ピーター」

先頭に立って水の中を進むタネクを見て、ピーターは眉をひそめた。「あのひと、僕のこと怒ってるの」

「いいえ。あれで普通なのよ、あのひとは」

最初の一時間半は順調に沼地を進んだが、日が落ちてしまうとペースも落ちた。

暗闇で見る沼はますます不気味で、いまにも何かが襲ってきそうな雰囲気だった。水が跳ねる音にびくりとし、ばさばさという羽音が響くたびに飛び上がりそうになる。ネルは前を行くタネクの白いシャツだけを見つめ、苔が垂れ下がる木々には目をやらないようにした。

「道路はもうすぐそこだ」タネクが肩越しにそう言い、身軽に木々の間を抜けて岸に上がった。「車はすぐそこに停めてある」

ネルは安堵の息を漏らした。この試練もまもなく終わる。

ところが、そうはいかなかった。ネルとピーターが水から這い上がり、よろよろと近づいていくと、タネクが道路の真ん中で悪態をついていた。

「どうしたの?」

「車がない」

「盗まれたってこと?」

タネクはあたりを見まわした。「いや、あのアメリカネムの木には見覚えがない。どうやら方角を間違ったらしい」眉を寄せる。「車は、このへんのどこかにあるはずだ」

ネルは驚いてタネクを見つめた。「車を停めた場所がわからなくなったわけ?」

タネクがネルを睨みつけた。「迷ったわけじゃない。この真っ暗闇で、沼地に直線を引けるもんなら引いてみろ」

ネルは吹き出した。

「何がそんなにおかしい?」

わからない。めまいがするほど疲れきっているというのに、タネクが体を震わせて怒っているのがおかしくてたまらなかった。「あなたでもミスをするのね。アーノルド・シュワルツエネッガーじゃなかったってことかしら。彼だったら湿地で迷ったりしないもの」

「シュワルツエネッガーだと?」タネクが眉をひそめた。「いったい何の話だ?」返事を待たずに先を続ける。「いいか、迷ったわけじゃない。方向を間違えただけだ」そう言うと、さっさと道を歩き出した。

「ね、あのひと、あなたのことも怒ってるんだね」ピーターが言った。「たぶん、車を探すのを手伝ったほうがいいんじゃないのかな?」

「そうね」

タネクのあとをついて歩くうち、さっきまでのおかしさが次第に消えていった。一歩踏み出すごとにブーツが水を吐き、濡れて重くなった服が体にまとわりつく。この荒涼とした道をまだ歩かなければならないと思うと、気分も暗くなる。

車は、沼を抜けた場所から一マイル以上も北に行ったところにあった。

「何も言うなよ」タネクはぶっきらぼうに言うと、助手席のロックを先に開けてから運転席に座った。「おれはびしょ濡れで、疲れて、そのうえ死ぬほど腹が立ってる」

ピーターは後部座席に這うように乗りこんだ。「ほら、怒ってる。僕が言ったとおりだ」

ネルは助手席に座った。もう一つだけ皮肉を言わずにはいられなかった。「キーはあるんでしょうね？」

タネクが身をこわばらせた。「おれがキーをなくすほどまぬけだと思ったのか？」

「だって、車の場所は――」タネクと目が合い、ネルは言葉をのみこんだ。「いえ、そうは思ってないわ」

タネクが車をスタートさせた。

「どこへ行くの？」

「パナマシティだよ。下水タンクに浸かってたみたいな匂いをぷんぷんさせてる三人組でも泊めてくれるモーテルを探す」

ピーターが笑った。

「そいつはいったい誰なんだ？」タネクが訊く。

「ピーター・ドレイクです」

「こちらはニコラス・タネクよ、ピーター」ネルはシートに深く体を沈め、脚を伸ばした。

「少し眠ったら？」

「お腹が空いたな」

「街に着いたら、食事にしましょう」

「チキンは？」

「チキンが食べたいなら」

「ケンタッキー・フライド・チキンがいいな。あそこが最高だよ」

ネルがうなずいた。「ケンタッキー・フライド・チキンね」

ピーターは満足げに微笑み、後部座席に横になった。

「パナマシティにケンタッキー・フライド・チキンがあるかどうかさえおれは知らんぞ」タネクがつぶやく。

「なかったら他のものにしましょう。ピーターは面倒な子じゃないわ」

「置かれてる状況そのものが面倒なんだよ」

「その話はあとにしない？」ネルが低い声で言った。「この子を車から振り落とそうっていうんなら別だけど」

タネクはバックミラーをのぞいた。ピーターが後部座席で体を丸めて眠っているのが見える。「そんなことはしない」

「ウィルキンズをやっつけたときのあなた、すごかったわね。まるでアクション映画。あれは空手？」

「テコンドーだ」

「私にも教えてくれる？」

「そのこともあとで話そう」

ネルはもうひと押しごねてみるべきか迷ったが、その日はもう十分に学んだと思い直してやめた。窓ガラスに頭をもたせかけ、目を閉じる。エンジンの唸る音と、車の滑らかな動きが心地よい。この何日かで初めて安心できるひとときだった。

うとうととしかけたとき、タネクがまた口を開いた。「なあ、どうしてこんなところを選んだ？ オバナコはどうやらアメリカじゅうで最低のキャンプだぞ。フロリダでヴァケーション気分でも楽しみたかったのか？」

「違うわ」

「だったら、どうしてデンバーかシアトルにしなかった？」

ネルはためらった。答えてはいけないと自分に言い聞かせる。本当の理由を知ったらタネクは怒るだろう。だが、結局は答えた。「あれほどひどいとは思わなかったからよ」

タネクが怪訝そうにネルを見つめた。

「あなたが必要だったの」ネルは率直に打ち明けた。「だから、ガルドーとマリッツを倒すためなら私は何でもするとあなたにわからせたかったのよ」

タネクはしばらく黙っていた。「まいったな。罠だったのか。おれがきみを追っていくとわかっていたんだな」

「そんなことはないわ。でも、来てくれるだろうと期待していた。あなたは罪の意識を感じて、私を護るためにあらゆる手を尽くしてくれたわ。だから私がひとりで計画を進めようとすればいやがるんじゃないかと思った」

「電話の件は」

「フィルはどんなシステムにもアクセスできるってカブラーから聞いてた。手がかりを残しておく必要があったから」

「そして、重圧に耐えなければならない環境に自分の身を置いたわけか」タネクの声は冷たかった。「おれはな、他人に利用されるのは好きじゃないんだよ、ネル」

「あなたが必要だった」ネルは繰り返した。「こうするしかなかったのよ。あなたが怒るかどうかなんて、気にしていられなかった」

「だが、もしおれが計画から手を引くと言ったら気にしないわけにはいかないだろう」

「あなたが手を引くわけはないもの。約束は絶対に破らないって、タニアが言ってたわよ」

「タニアはおれを利用しようとしたことなど一度もない」タネクは言った。「だいたい、おれが追いかけてこなかったらどうするつもりだった？」

「あのキャンプに残ったでしょうね。最後まで訓練を受けて。できるだけ多くのことを学ぼうとしてたはず」

「そしてレイプされるか、風雨にさらされて死ぬか、疲労のために死ぬか……」

「死ぬことはなかったと思うけど」

「そうだな。きみは水の上でも歩けると信じてるんだから」

「こんな話、時間の無駄ね」ネルがうんざりしたように言った。「何も起きなかったわけだし、もうあのキャンプからは抜け出してきたんだから。前に進むしかないのよ。あなたに打ち明けた理由はたった一つ。あなたとの間に不協和音を生じたくなかったというだけ。嘘は大嫌いだから」ネルは目を閉じた。「すこし休むわ。モーテルに着いたら起こして」


「降りろ」

ネルはかすむ目でタネクを見上げた。「え？」

タネクが窓から手を差し伸べ、ネルを駐車場に引っ張り出した。「きみの部屋は三ヤード先だ。部屋に入ってからゆっくり寝ろ」

ネルは頭を振り、すっきりさせようとした。「ここはどこ？」

「ベスト・ウェスタンだ」タネクは部屋の鍵を開け、ネルの背中を押して中に入らせると、明かりをつけた。「鍵をかけろ」

「ピーターは……」

「二部屋しか空いてなかった。あの子はおれの部屋で寝かせる。二つめの部屋だ」

「だめよ。あの子、怖がるわ。私が――」

「坊やの面倒はちゃんと見てやる」タネクはぞんざいに言った。「泥をきれいに落としてから眠るんだぞ」

「食事。あの子と約束したのよ、ケンタッキー――」

「ちゃんと面倒を見ると言っただろう」タネクはそう言って出ていき、ドアがばたんと閉まった。

ネルはしばらくドアをぼんやり見つめていたが、やがて部屋を見まわした。ありふれた、温かみのない部屋だった。ベッド、テーブル、駐車場に面したはめ殺しの窓の前に椅子が二脚。家具は古びている。灰色のペイズリー柄のベッドカバーは色あせて見えたが、清潔だった。

私よりははるかに清潔だわね。ダブルベッドに焦がれるような目を注いでから、おぼつかない足取りでバスルームに入る。

熱いシャワーを浴び、髪を洗うと少しすっきりした。床に脱ぎ捨てた泥だらけの迷彩服にちらりと目をやる。ここでは洗濯はできないし、いずれにしろもう見たくもなかった。下着だけを水ですすぎ、タオル掛けにかけてから、バスルームを出てベッドに向かった。枕に頭をのせたときには、髪はまだぐっしょり湿っていた。

おばあさまならきっといけませんよと言うわね――。ネルはうとうとしながら考えていた。いつもおばあさまに言われていたっけ。髪を乾かさずに眠ると、たちの悪い風邪をひくよ……。

――落ちて　落ちて　落ちて　落ちて……

「ジル！」

ジルはいない。またあの悪夢だ。ベッドで体を起こすと、涙で頬が濡れていた。ああ。あれほど疲れていれば、眠っても夢は見ないだろうと思ったのに。

バスルームに行き、水を一杯飲み干した。手が震えている。

ベッドに戻って、少し眠らなければ。タネクが協力してくれる――体を休め、準備を整えておかなければならない。

だが、また眠れば、同じ夢を見るだろう。

長い夜になりそうだ。

翌朝、八時にタネクがドアをノックした。

ネルはシーツをつかんで体に巻きつけ、ドアを開けた。

「そそられる格好だな」タネクが〈ペリカン・スーベニア・ショップ〉という派手な文字が入った紙袋を手渡す。「だが、こっちのほうがもっと楽だろう。ショーツにTシャツだよ。この時間に営業してたのは、すぐそこのみやげもの屋だけでね」

「ありがとう」ネルは脇へよけ、タネクを招じ入れた。「ピーターは？」

「試着中だ」

「あの子、大丈夫？」

タネクがうなずいた。

「丸太みたいにぐっすり眠ってたよ。たったいま、砂糖つきのドーナツを一ダース食い、オレンジジュースを一ガロンがぶ飲みしたところさ。あの様子じゃ、問題があるとしたら腹痛《はらいた》くらいのものだろうな」そう言うと、もう一方の手に持っていた袋を持ち上げて見せた。「コーヒーだ。クリームと砂糖は？」

「クリームだけ入れて。かけててちょうだい。すぐに着替えてくるわ」ネルはバスルームに急いだ。

前の晩に洗っておいた下着を手早く身に着け、紙袋を開く。緑のビーチサンダル。紫のバーミューダ・ショーツ。けばけばしいピンク色のフラミンゴのイラストがついたラベンダー色のTシャツ。見た目はどうあれ、柔らかく、清潔なのはありがたい。

バスルームを出ると、タネクは窓際の小さなテーブルに座っていた。大きなプラスチックのカップに入ったコーヒーを、向かいの空いた椅子のほうに押してよこす。「飲むといい。話がある」

ネルは警戒するような目をタネクに向けながら腰を下ろし、コーヒーを取った。「あらかじめカフェインを投与しておかないと耐えられないような話なの？」

「いや、何でもいいから口に入れたほうがいいだろうと思っただけだ。ひどい顔をしてるからな。眠れなかったのか？」

ネルはカップに目を落とした。「少しは眠れたわ」コーヒーをすする。「話して」

「すべておれのやり方でやる。最初から最後まで。約束は守るさ。だがな、きみが軽率なことをしたばかりに、おれまで殺されるはめになるのはごめんだ。計画を立てるのはおれで、きみはおれが言うとおりに動く」

「いいわ」

タネクが驚いたようにネルの顔を見た。

「私はばかじゃない。簡単なことだろうなんて思ってないわ。あなたがすることにちゃんとした理由があると私にもわかれば、いちいち反論しないわよ」

「驚いたな」

「でも、私を蚊帳《かや》の外に置こうとしたら許さないし、騙すのも許せない」

「蚊帳の外に置いたりはしないと言ってるだろう」タネクは言葉を切った。「おれのほうの準備が整ったとき、きみがまだ計画に加わりたいと思っていれば、の話だが」

「思うに決まってるじゃない」コーヒーをもうひと口する。「私が望んでるのはそれだけなんだから」

「時間がたてば悲しみも――」

「時間がたてば、ですって?」ネルの目がさっとタネクに戻る。「どういうこと?」

「十二月下旬にならなければ、準備が完了しない」

「十二月?　まだ九月よ」

「おれはな、四月からこの計画を立ててきてるんだ」

「長すぎるわ」

「これが一番、安全なやり方なんだよ」

「十二月」ネルは記憶に刻みつけたガルドーの記事の一つ一つをたどった。「ルネッサンス・フェストね」

「そのとおり。侵入するにはもってこいの隠れ蓑だろ」

「会場じゅうに見張りがいるはずよ」

「マリッツもな」タネクがにやりと笑った。「マリッツ、ガルドー。その周囲に数百人の招待客という防護壁も張られてるわけだ」

「メダス島のときには、招待客は防護壁にはならなかった」

タネクの笑みが消えた。「ああ。だが、おれたちは徹底的に下調べをしてから侵入するんだぞ」

ネルはカップを握る手に力をこめた。「十二月までなんて待てない」

「おれのやり方でやるんだ」

「三カ月以上も先なのよ」

「その間にきみも準備を整えればいい」

「どうやって？」

「そのことはあとで話そう。沼地を這いまわるんじゃないことだけは確かだ」タネクはほんのわずかに躊躇した。「サンゴヘビを放り投げるんでもない」

ネルがはっとする。「ピーターに聞いたのね」

「キャンプでの短い滞在の間に〝何一つ起きなかった〟とさんざん教えてくれたさ」タネクは立ちあがった。「十一時発のボイシ行きの便を予約してある。タニアには昨夜のうちに電話しておいたが、他にもいくつか電話をかけなければならないから、そろそろ部屋に戻るよ」

「ボイシへ？」

「ボイシまで飛んで、そこから小型機でレイシターに行く。おれのアイダホの牧場まで、北へ五十マイルってとこだな。目の届くところにきみを置いておきたいんだよ。きみがじれったくなったとしても、おれはもう二度と今回のようなまねをするつもりはないからな」

「ピーターはどうするの？」

タネクはドアに手をかけて振り返った。「あの坊主か？　自分の家があるだろう。法律上の保護者は父親だと言ってたぞ」

「ピーターをあのキャンプに入れたのはその父親なのよ。また送り返されてしまうかも」

「送り返さないかもしれないだろう。なぜきみが心配する？　きみの大復讐劇の邪魔になるだけだろう。その他のことはどうでもいいんじゃなかったのか」

「もうピーターが普通じゃないことがわかってるはずよ」

「軽い知的障害があるということがか？」

「私が言っているのは、ピーターは子供のような心を持ってるってこと。あの子は……無力なの」

タネクはネルの視線をとらえ、ゆっくりと繰り返した。「なぜきみが心配する？」

ネルはかっとなって言った。「心配だからに決まってるでしょう。あの子に対する責任を背負いこみたがってるとでも思ったの？　たまたまあの子に出会ってしまった。そして、あの子に助けてもらった。キャンプに残してくることなんかできなかった。父親はあの子を厄介払いしたがってる。ミシシッピ州の小さな市の市長で、ピーターのことを恥だと思ってるようなひとよ。そんなひとのところへピーターを帰すわけにはいかないでしょう」

「そう言うだろうと思ったよ。ピーターの席も予約しておいた」

ネルは目を丸くした。「ほんと？」

「だが、誘拐犯扱いされるのはごめんだ。ピーターはまだ十七歳だからな。さっき言ったかけなくちゃいけない電話の一つは、あの子の父親あてさ」

「父親を説得できると――」

「説得するさ。この件で警察を巻きこんだりすれば、尊敬すべき市長が知的障害を持った息子をオバナコへ厄介払いしたという格好のネタを新聞に提供すると言ってやるよ。あのキャンプの写真を撮って流してもいいな」嘲るように笑いながらドアを開けた。「きみだっておれたちでなんとかしてやるとあの坊主に言っただろう。おれはきみを喜ばせるためだけに生きてるのさ」

「タネク」

「なんだ？」

「私のためにありがとう。あの子はあなたのお荷物になるかもしれないのに」

「お荷物になんかならないさ」タネクはネルの目を見つめた。「それに、きみのためにやるわけじゃない。大人なら自分の始末は自分でつけられる。だがな、大人が子供を苦しめてるのを見ると、腹が立ってしかたがない」

「タニアみたいに？」

「タニアはもっと子供だったころでも、無力ではなかった」タネクはゆっくりと言葉をついだ。「ジルとは違った。きみの代わりにやってもいいのなら、おれはマリッツを必ずつかまえる。そして長い長い時間をかけて死なせてやる」

このひとは本気で言ってる——タネクが抱いているのが罪の意識だけではないとわかり、ネルは狂喜していた。タネクは怒り、憤り、ジルの復讐を果たそうとしている。それが正義だから。私は孤立無援ではなかった。だが、ネルは首を横に振った。「それは私がやらなくちゃいけないことだわ」

タネクはそっけなくうなずいて、部屋を出ていった。

三カ月は長い。長すぎる。だが、確実な道を行かなくてはならない。マリッツが死ぬ前に自分が殺されるような危険は冒せない。タネクはガルドーと同じ世界にいた経験があり、何が危険かを知り抜いている。もし、機会があったなら、もっと早く動いていただろう。

三カ月。

――その間に準備を整えればいい
もっと早く行動を起こすよう彼を説得できないのなら、彼の言うとおり準備を整えながら三カ月を過ごせばいい。アイダホの広野に隔離しておけば、私の決意も鈍るだろうと彼は考えているのかもしれない。でも私の決意が鈍るなど、ありえない。

五分ほどすると、ピーターがやってきた。カーキ色の短パンに、ブレーブスの野球帽をかぶって笑っているワニの絵が入ったTシャツ。頭にはワニとお揃いの帽子をひょいとのせている。青い目が興奮に輝いていた。「ニコラスの牧場に行くんだって。聞いた？」

「ええ。聞いたわ」

ピーターはベッドにどさりと腰を下ろした。「馬と羊と、それからサムって名前の犬がいるんだって」

「楽しそうね」

「僕は犬を飼ったことないんだ。犬は吠えるから、パパがいやだって」

「蛇なら飼ったことがあるんでしょう」

ピーターがうなずいた。「でも、牧場にはサム以外の犬もいるってニコラスが言ってた。シープドッグっていってね、羊の群れを追うんだって。ジャンが見せてくれるってニコラスが言ってたよ」

「ジャンって誰かしら？」

「ニコラスの牧童頭。ジャン・エチ——」ピーターは口ごもった。「ジャン・何とか。覚えてないや」

ネルは優しく微笑んだ。「でも、犬の名前がサムだというのは覚えてたのね」

「違うよ。サムはニコラスの犬。ジャーマンシェパードだよ。羊は追わない。ボーダー・コリーが羊を追うんだ」

タネクの私生活について、もう私よりよほど詳しいのね。ネルはそう気づき、おかしくなった。「コリーたちの名前はどうして訊かなかったの」

「だって、これは昨日の夜の話だよ。ニコラスが黙って寝ろって」

夕べのタネクの機嫌の悪さを思うと、タネクがピーターの質問に一つでも答えたことのほうが不思議だった。あるいは、あんな相手に質問するピーターの神経が。「意地悪したわけじゃないと思うわ」

「意地悪？」ピーターは驚いたようにネルを見た。「怒ってたってこと？　そのときはもう怒ってなかったよ。眠かっただけだ」

どうやらそうとう忍耐強くピーターに接したらしい。それはまだネルには見せたことのないタネクの一面だった。「家に帰りたくはない？」「ううん。あなたやニコラスといるほうがいいんだ」

ピーターの顔がわずかに翳《かげ》り、目をそらす。

「ピーター……約束はできないのよ——もしかしたら——」ネルはピーターの表情の変化に

気づいて言葉をのみこんだ。

「わかってる」静かな声でピーターが言った。「僕にずっとそばにいられたら困るかもしれないんでしょ。それでいいよ」

「そうは言ってないわ――いろいろ難しいことがあるのよ。私はいなくなってしまうかもしれないの」

「いいんだ。みんないつかいなくなる。それか、僕をどこかへ追い払う」

ネルはピーターを見つめた。何も言えなかった。

「でも、しばらくは大丈夫だよね。僕が犬たちに会う前にいなくなったりはしないよね」

ああ。ネルは息を呑み、目をそらした。「ええ。でも、そんなに長くはないけれど」三カ月。時の速さは人によって違うのだ。ネルにとっては永遠に思われる時間が、ピーターにとっては飛ぶように過ぎ去るだろう。

ネルは無理に笑顔をつくった。「私がいなくなってからのことも、何とかしてあげられると思うわ、たぶん」

「たぶん」ピーターに笑顔が戻った。「ねえ、この帽子とTシャツ、どう？ ニコラスにね、ブレーブスのファンだって言ったんだ」

「かっこいい帽子ね。シャツもすごく素敵よ」ネルはドアに向かった。「さて、ニコラスのところに行きましょうか」

「シンプソンはどうした？」ジェイミーが電話に出ると、ニコラスはそう尋ねた。

「行方不明のままだ。部屋が荒らされてる。やつの情婦のことを調べてみた。二日前にパリに発ってるよ」

「おれが送ったコピーは着いたか？」

「ああ、昨日届いた」

「確認を頼みたい」

「帳簿の照合ってことか？　おれたちの役には立たないって言ってたじゃないか――」

「帳簿じゃない。メダス島のファイルのほうだよ。もし正確なものだとしたら、さらに詳しく調べてほしい」

「いまわかってるところまで、ネルに話すのか？」

「まさか」

「おまえさんが隠してると知ったら、怒るだろうな」

怒るくらいではすまないだろう。シンプソンのファイルに書かれていたことを教えて、ネルを激怒させるわけにはいかない。「とにかくよく調べてみてくれ」ドアをノックする音。「切るぞ。何かわかったら、牧場のほうに電話をくれ」電話を切る。「どうぞ」

ピーターとネルが入ってきた。どちらもディズニーワールドから逃げ出してきたように見えた。幼く、あまりにも無防備――ふたりをすくい上げ、柵の中にでも入れて護ってやりたい。

いったいなぜそんな気持ちにさせられるんだろう？

「準備オーケーよ」ネルがおどけた顔をする。「この格好で飛行機に乗せてもらえればの話だけど」

ニコラスの視線が、すらりと引き締まった脚から、柔らかなTシャツの布地を盛りあげている乳房へとさまよう。体が熱くなる。なつかしい熱さ。

だめだ。いまはだめだ。この女はだめだ。

ニコラスはさっと顔を背け、ベッドの上のダッフルバッグに手を伸ばした。「ああ、飛行機には問題なく乗せてもらえるはずさ」ドアのほうへ歩く。「乗務員がミッキーマウスの耳と塗り絵帳をくれそうだがな」

10

「まだフェンスがあるの?」ジープを降り、ゲートに歩み寄るタネクに、ネルが尋ねた。

「これで三つ。よほどセキュリティが気になるのね」

「いや、生き残れるかどうかが気になるのさ。これが最後だ」ゲートのパネルに暗証番号を打ちこむ。ゲートが音もなく開いた。「このフェンスには電流が流れていて、家と家畜小屋のある一帯をぐるっと囲んでいる」タネクは、後部座席のピーターにちらりと目をやった。「フェンスに近づくなよ、ピーター。感電するぞ」

ピーターが顔をしかめた。「犬は大丈夫なの?」

「サムは賢いからフェンスには触らない。家畜小屋や納屋はフェンスの反対側の少し離れたところにあるし。このフェンスの中には家しかない。いま羊やなんかがいる牧場は、ここから数マイル北のバーXというところにある」

「よかった」ピーターはそう言うと、また窓の外の景色を食い入るように見つめた。「このあたりって、なんだか……変わってるよね」

ネルにはピーターの言う意味がよくわかった。堂々としたソートゥース山脈が遥か彼方に見えるのをのぞけば、見渡す限りの荒野だ。だが、荒涼とした雰囲気はない。何かがある……この荒野のどこかで何かが待っている。「広いのね」

「ああ。子供のころ香港にいたときから、広い場所に憧れてた。香港は人間だらけで窒息しそうだったからな」

――生き残れるかどうかが気になるのさ
車に戻ったタネクの顔を、ネルはそっとうかがった。タネクはさらりと、何気ないといってもいい口調でそう言ったが、空港に迎えにきたジェイミーが、タネクはタクシーが嫌いなのだと言っていたことを思い出した。生きるか死ぬか――それが彼の日常なのだ。要塞のように守り固めたタネクの家を目の当たりにして、あらためてそのことを痛感した。「これなら安心できそうね」ネルが静かに言った。「難攻不落だもの」

「難攻不落なんて不可能だよ。できる限りの手を尽くすだけさ」車が通り抜けると、ゲートが自動的に閉まった。「このフェンスやゲートを乗り越えられるやつはさすがにいないだろうが、ミサイルを積んだヘリコプターがやってくれば、おれは簡単に消されてしまう」

「ミサイル？」ネルが笑った。「考えすぎよ」

「かもしれない。だが、本気でおれを消そうと思うやつがいたら、ありえない話じゃないさ。南米の麻薬王たちは、ありあまるほどの武器を持ってるからな」

「そうなったら、どうやって防衛するの？」

タネクは肩をすくめた。「永遠に生きられる人間などいない。ミサイルじゃなく、竜巻でやられるかもしれない。できる限りの手を尽くし、生命保険に入る」ちらりとネルのほうに目をやる。「そして、次の瞬間に自分は死ぬのかもしれない、そう思いながら生きるだけさ」

タネクは家の前にジープを止め、車から飛び降りた。「ミカエラ」

「ここですよ。そんな大声を出しなさんな」四十代半ばの背の高いやせた女が玄関に現われた。ジーンズにゆったりした格子柄のシャツという服装だが、彼女の身のこなしがラフな服に気品を添えていた。「ゲートのロックを解除したときにベルが鳴りましたからね」ミカエラの視線がネルへ、それからピーターへと向けられた。「お客さんだね。ようこそおいでくださいました」まるで外国人のように形式ばった挨拶だった。

ネルはミカエラを見つめた。くっきりとして力強い、エジプトの王族のような顔立ち。

「ミカエラ・エチバラスだ。おれの家政婦と呼びたいところだが、それだけにおさまってはくれなくてね。牧場の何から何まで面倒を見てもらってる」タネクは、ジープを降りようとしたネルに手を貸した。「こちらはネル・コールダー。それにピーター・ドレイク。しばらく泊まっていってもらうよ」

「あんたもしばらくいるんですかね?」ミカエラが訊いた。

タネクがうなずく。

「よかった。サムが寂しがってるから。そばにいてやれないんなら、動物なんか飼わなきゃいいんだ。キッチンから出してやろうかね」ミカエラは家の中に戻った。

「エチバラス」ピーターが唐突に叫んだ。「それだ。シープドッグを飼ってるひとの名前だよ」

「ミカエラはジャンの女房なんだ」タネクが顔をしかめた。「ジャンが羊を連れて高地に行ってる間だけ、家政婦として働いて〝くださる〟んだよ。それ以外はバーX牧場の家に戻って、娘の誰かを週二回、掃除によこす」

「娘さんは何人いらっしゃるの?」ネルが訊ねた。

「四人だ」

「ホテルのルームサービス係をあんなに警戒してたあなたが、そんなに大勢を住まわせてるなんて意外だわ」

「あの一家は、おれがこの牧場を買う以前からここに住んでるんだ。危険はない。エチバラス一家は、今世紀はじめからこの土地で羊の世話をして暮らしてる。スペインのバスク地方からの移民だ。このあたりの住民は、ほとんどみなバスク人さ。団結心が強い。おれはよそ者ってわけさ」

「でも、土地はあなたのものでしょう」

「それはどうかな。おれは金でここを買った。彼らは金以外の犠牲を払ってこの土地を手に入れた」タネクは唇をきつく結んだ。「だが、きみの言うとおりだな。ここはおれの土地だ。だからこの土地になじみ、おれの土地を護ってゆく」

ネルはその口調に驚いた。強烈な所有欲がにじんでいた。タネクにとり、ここは単なる要塞ではないのだ。家政婦が消えたドアを見つめ、ネルはぼんやりと言った。「いまのひとの顔、素敵だわ。彼女をモデルにしたら、素晴らしい肖像画が描けそう」

タネクがおどけて眉をつりあげた。「芸術家の胸に静かな情熱が燃え上がったってところかな？　絵だって？　ふん、まったくの時間の無駄だね」

ネル自身も驚いていた。メダス島の事件以来、絵を描こうなどと思ったことはなかった。「あのひとを見た感想を言っただけよ。本当に描くなんて言ってない。あなたの言うとおり。私にはそんな暇はないわ」

「それはどうかな」タネクの目が山を見つめた。「ここでは時間がゆったりと流れる。もしかしたら――」

その瞬間、茶褐色の竜巻が玄関から飛び出してきた。ジャーマンシェパードの前脚にどすんと突きとばされ、タネクがよろめきながら不満の声を漏らす。犬は狂ったように鼻を鳴らし、タネクの顔をなめようとしていた。

「サム、お座り！」

犬は相変わらず飛びつこうとする。タネクはあきらめたようにため息をつき、地面に膝をついた。「わかったよ、気のすむまでやれよ」

犬がうれしそうに跳ねまわりながらタネクの顔をなめようとする姿を見て、ネルは驚いていた。

顔をしかめ、舌の攻撃から逃れようとタネクは口を腕で隠している。ポーチ越しにネルと目が合い、にらみつけるようにして言う。「どんな犬を期待していた？　リンチンチンか？

おれは犬の訓練士じゃあない。こいつがおれの言うことを聞くのは〝メシだぞ〟と呼ぶときだけさ」

タネクは常に力と自信を周囲に発散している。だから、動物でさえ、彼の前ではきちんとしつけを守り、行儀よくしていなければ許されないだろうとネルは思っていた。「いい犬ね」

「ああ」タネクは愛おしげに犬の耳をかいてやっている。「かわいくてたまらない」

それはよくわかるわ。これほど無防備になっているあなたを見るのは、はじめてだもの。

「撫でてもいい?」ピーターが尋ねた。

「そのうちな。こいつは人見知りがひどい」

そんなはずないわ。ネルは思った。犬は完全に服従しているというように腹を見せ、タネクが胸をなでてやるとうれしそうに鼻を鳴らした。

その瞬間、犬はぱっと立ちあがり、歯をむき出して唸った。ネルは一歩近寄った。

「落ち着け」タネクが犬をなだめるように言った。「このひとたちは大丈夫だよ、サム」

「まるで戦闘犬みたい」

「本能的な反応だよ」タネクが立ちあがった。「子犬のころ、道端で餓死しかけてたところを拾ってやったんだ。だからこいつは人間をあまり信用してない」タネクがピーターに向かって笑いかけた。「こいつがきみに慣れるまで待ってやってくれよ」

ピーターはうなずいたが、がっかりしたような顔をしている。「僕のことを好きになってほしかったのにな」

「きっと好きになってくれるさ」タネクは玄関に向かった。「明日の朝、ミカエラの車で羊の牧場に連れていってもらえるようにしてやろう。シープドッグのほうがひとなつこいからな」

ピーターが顔を輝かせた。「僕、そこに何日かいられる?」

タネクが首を横に振った。「二、三日したら、牧童たちはみんな、冬に備えて羊を高地に連れていってしまうんだ」

「じゃ、高地から帰ってきてからならいい?」

「ジャンがいいと言ってくれたらな」

ピーターがネルのほうを向き、おずおずと言った。「あなたと一緒にいたくないわけじゃないんだ。僕にすごくよくしてくれたし。ただ——」

「犬、でしょ」ネルは微笑んだ。「気にしなくていいのよ、ピーター」

「中にお入りなさいな」ミカエラが玄関に立っていた。「あたしだってそこまで暇じゃないんですからね。お部屋へ案内してしまわないと。一時間もしたら暗くなりますから。今夜はジャンが牧場から戻ってきますから、家に帰って食事の支度もしなくちゃなりませんし」

タネクがおどけて眉をつりあげた。「すぐ行くよ。まず、ピーターを部屋に連れていってくれ。ネルはおれがその辺を案内してまわる。きみに迷惑はかけたくないからね」

「迷惑なんかじゃありませんけどね。もうキャセロールをオーブンで焼きはじめてますから、あとは自分たちで召し上がってくださいよ。さ、いらっしゃい、ピーター」ミカエラは家の中に戻った。ピーターがわくわくした様子であとをついていく。

ネルとタネクはまっすぐ居間に入った。「外から見た感じよりも広いのね。だだっ広いって感じ」

「家は牧場を買ってから建てたんだ。おれは広い場所が好きなんだと言っただろ」

ネルは天井の高い居間を見まわした。大きな石の暖炉を囲むように、キャメル色の革を張ったアンティークのソファが置かれている。ぽつんぽつんと配置されたテーブルの上には、白い花があふれんばかりに活けられた赤銅色の花瓶。居間の片隅に置かれた大きな陶器の壺には金色の菊の花が咲き乱れている。それならインディアンの織物やカウボーイの工芸品が壁を埋めているのではと思ったが、そうではなく、ありとあらゆる種類の絵画が飾られていた。

ネルは暖炉の上に飾られた絵の前に近づいた。「ドラクロアかしら？」

「ドラクロアを、おれひとりしか鑑賞する人間のいない荒野に隠しておくなんて無粋かな？」

ネルはタネクの顔をちらりと見た。今日はじめて知ったタネクの所有欲の強さ――。「そうね」

タネクはくすくすと笑った。「そうだな。だが、名作とは、それを手に入れ、保管することができる人間のための楽しみだ」

「手に入れる？　まさか――」

「もちろん盗んだわけじゃない。オークションで買ったんだよ。おれだって、最近はきちんと法律を守って暮らしてる」タネクは居間から廊下へとネルを案内した。「こっちの棟にはバスルームつきの寝室が五つ、それから反対側の棟には書斎と、そこそこ設備の整ったジムがある」一つのドアで立ち止まり、勢いよく開ける。「ここがきみの部屋だよ。テレビは家じゅうで書斎に一台あるだけだ。だが、本はたくさんある。この部屋なら快適に過ごせると思うが」

快適そのものの部屋だった。最低限の家具が置いてあるだけだが、見るからに心地よさそうだ。ダブルベッドの上に広げられた白い羽根布団。片隅の出窓のそばには、つづれ織りのクッションのついたロッキングチェアー。その反対側の壁には、本がぎっしりならび、ところどころに植物の鉢が置かれたサクラ材の本棚があった。「素敵。ここに泊まったら、帰りたくなくなりそうだわ」

「客はめったに来ない。ここはおれの家だ。独り占めしたいのさ」

ネルは振り向き、タネクを見つめた。「だったら、なおさら私がここにいるのはいやでしょうね。できるだけあなたの邪魔をしないと約束するわ」

「おれが自分で決めたことだ。おれがきみをここに連れてきたんだよ」部屋の奥のドアを顎で指す。「あれがバスルームだ。夕食の前にシャワーを浴びるといい」

「いったいあの子は何をしてるの?」ネルは部屋の隅に座りこんだピーターをじっと見た。

ピーターはあぐらをかいて身動きもせず、そのうえまばたきもせずにサムを見つめていた。サムはピーターから数ヤード離れた暖炉の前に寝そべっている。「蛇使いみたい」

「ピーターに言わせれば、蛇使いはきみだろう」

ネルが首を振った。「ピーターは不満だったみたいよ。あんなに乱暴に扱わなくてもって」

ネルは話を元に戻した。「念じればサムが自分を好きになってくれるとでも思ってるのかしら」

「かもな」夕ネクはそう言って、そばのガラスポットからネルにコーヒーのおかわりを注いだ。「できるかもしれないぞ。ピーターの願いが本物なら。犬は人間の感情に敏感だからな」

「でも、夕食の間、サムはずっとピーターのことを無視してたわ」

夕ネクが椅子の背にもたれかかった。「やきもきするなよ。やきもきしたところでサムがピーターを好きになるわけじゃないんだから」

「やきもきしてるわけじゃないわ。ただ――ピーターはいままで辛い人生を送ってきたかもしれないわけでしょう。だから、いくらサムだって、せめてしっぽくらい振ってあげてもいいじゃないと思っただけ」

「サムにはそんなことわからないさ。他人には用心するにこしたことはないしな」

「あなたと同じじね」ネルが目を上げた。「電流の通ったフェンスに囲まれてるあなたと同じ」

夕ネクがうなずいた。「きみはいまはそういう見方しかできないだろうが、しかし、人生は楽しいものにもなりうるのさ。おれは一分たりとも無駄にしようとは思わない。最後の最後まで精一杯生きる」

タネクならそうするだろう。クールな仮面の下に、熱い心を隠している。力、頭脳、生への情熱。ぞくぞくするような組み合わせ。ネルは目をそらした。「それでもガルドーを倒すためならどんな危険も冒すつもりなんでしょう」

「必要のない危険は冒さない」タネクがカップを口もとに運んだ。「必ずやり遂げてみせる」

「もしやり遂げられなかったら」

「いや、やり遂げてみせる」タネクは間をおいた。「きみが早く動きたがったがためにおれまで殺されるようなことは許さない」

「あなたにはわからないのね。私はどうしても復讐を果たしたい。待つのが苦しいのよ」ネルはコーヒーカップを強く握った。「あなたが私を連れてきた理由を私が察してないとでも思ってるの？　あのひとたちを追うのはやめろと説得できると思ったからでしょう」

「それも目的の一つだな。もう一つの目的は、きみのあとを追っておれが罠にかけられるような事態を避けるためさ」

「私のあとを追いかける必要はないわ」

「いや、ある」

「どうして？　メダス島の件はあなたの責任じゃないと言ったでしょう」

「どこからが自分の責任か、その境界線は自分自身で引くものだ」

「私はあなたのその境界線内にいるわけ？」

タネクが笑った。「当面はな。境界線は変更される場合もある」

ネルは、誰かの保護下になど置かれたくはなかった。ましてやタネクのような男の保護下には。責任はある種の絆を意味する。すでにタニアやピーターに対して愛情を抱かずにはいられなくなっている。タネクを心の内へ入れるわけにはいかなかった。

「気に入らないんだな？　前はどうしてもおれに協力してほしかったはずだろう」タネクは眉をつり上げ、おどけた顔をした。「言うことをころころ変えるなよ、ネル」

まったく憎らしい。この分なら楽にタネクと距離を保っておけそうだ。「私が望みもしない責任を感じてくれる必要はないわ」ネルは話題を変えた。「なぜガルドーを殺したいの？」

タネクの顔から、おどけた表情が消えた。「生かしておくに値しない人間だからだ」

「答になってないわね」

タネクはしばらく答えなかった。「きみが殺したいと思っているのと同じ理由だ。やつはおれが愛した人間を殺した」

「誰？」私はタネクのことをほとんど何も知らない――ふたたびそう思い知る。「奥さん？　子供？」

タネクは首を振った。「友人だ」

「親友だったのね」

「ああ、一番の親友だった。コーヒーは？」タネクはその話題からネルを遠ざけようとしている。

ネルはいらないと首を振った。タネクにはもうそれ以上自分のことを話すつもりがないのは明らかだった。ネルは他の方角から攻めることにした。「ガルドーのことを話して」

「何が知りたい？」

「あなたが知ってることなら何でも」

タネクが奇妙な笑みを浮かべた。「おれの知ってることの全部は知りたいと思わないだろうな」

「ガルドーと知り合ったきっかけは？」

「数年前に香港で偶然に出くわした。その当時は同じビジネスに関わってた。もっとも、向こうはおれよりもはるかに手を広げてたが」

「つまり、どちらも犯罪者だったというわけね」ネルがぶしつけな言い方をした。

タネクがうなずく。「だが、おれの組織はそれほど大きくなかった。大きくするつもりもなかった」

「なぜ？」

「ライフワークにするつもりはなかったからだよ」タネクは真剣な顔でつけ加えた。「脳外科医になるのが夢だったからな」

ネルは驚いて彼を見つめた。

タネクがくっくと笑った。「冗談だよ。稼ぐだけ稼いだら足を洗うつもりでいたんだ。組織犯罪の大物になると、麻薬取引に手を染めて警察にしつこく追われるか、権力の虜《とりこ》になって抜けられなくなるかのどちらかだ。おれはどっちもいやだったから、適当なところでやめておこうと決めていた」

「目立たないようにしてるあなたなんか想像もできないわね」

「そうか。でも本当さ。おれにしては目立たないように、という意味だが」

「ところがガルドーは違ったのね」

「ああ。ガルドーは神になろうとしてた」タネクは考えこんだ。「それとも、チェザレ・ボルジアかな。よくわからない。たぶん神だろう。ボルジアを包む神秘的な空気にはあいつも惹かれたろうが、ボルジアの最期は悲惨だったからな」

怒りが頭をもたげたが、ネルはそれを押さえつけた。「で、何がきっかけで知り合ったの？」

「おれたちがふたりとも〝欲しい〟と思った唐の壺があった。あいつはおれに手を引けと言った」

「で？」

「おれが手を引いた」

ネルは驚いた。

「それが得策だった。勢力は向こうが上だったし、抗争になれば、おれは唐の壺十個分ほど損をする」

「なるほど」

タネクが首を横に振った。「いや、きみにはわからないさ。対決するべきだったと思っているんだろう。ダーティ・ハリーのように、真っ向から闘うべきだったと」

「そんなこと言っていないわ」

「戦闘に飛びこむ前に結果をよく考えるべきだということは、とっくに学んでた。おれはひと財産つくるつもりだったし、おれを頼りにしている人間もいた」

「フィルのこと？」

「おれの部下だった」

「いまもそのままあなたのために働いてるわけね？」

「ときどきな。おれは稼ぐだけ稼ぐと、組織を解散した。他の組織には移りたくないと考えた仲間もいた。あれだけの才能があれば、どこへ行っても歓迎されただろうに」

「そしてあなたは彼らが新しい人生をはじめるのに手を貸した」

「知らん顔などできなかった」タネクがさらりとつけ加えた。「彼らはおれの責任の境界線内にいたんだよ」

誠実さ——ネルが高く評価している素質など、タネクに備えていてほしくなかった。ガルドーのことが知りたくて質問しはじめたのに、タネクについて知りすぎてしまっていた。ネルは話を元に戻そうとした。「手を引いても何の得もなかったわけ？　いずれにしろお友だちを殺されたのね？」

「いや、それはもっとあとのことだ」タネクは立ちあがり、伸びをした。「寝る時間だ」

タネクはふたたび扉を閉ざしてしまった。ネルはあわてて言った。「ガルドーについて私が知りたいことをほとんど話してくれてないわ」

「時間はたっぷりある。しばらくここにいることになるんだから」

ネルも立ちあがった。「時間を無駄にしたくないのよ」間をおいて続ける。「あなたには情報提供者がいるでしょう。具体的なことを何もできないのなら、その間にガルドーがマリッツに命じて私を殺そうとした理由を調べてくれる？」

「なぜ知りたい？」

「なぜ知りたいかですって？　私はどうしてこんなことになったかどうしても理解したいし、それには理由を知る必要があるからだわ。悪夢の中をうろうろするのはもううんざり」

「理由がわかったら、きみの気が変わったり、目的が変わったりするのか？」

「いいえ」

「とすると、きみが襲われた理由が何であれ、さして重要ではないということになる」

「私にとっては重要なことだわ」

タネクは黙ってネルを見つめた。

調べてくれる気はないのね。「わかったわ。じゃあ、明日からあなたがウィルキンズ相手に使ったあの武術を教えてくれない？」

「あきらめる気はないのかい？」

「私が闘うすべを知っていたら、マリッツにバルコニーから突き落とされることはなかったわ。自衛できたはずだわ」

そして、ジルを護ることも——

その言葉が発せられたわけではない。だが、それはふたりの間をいつまでも漂っていた。

タネクが乾いた笑いを浮かべた。「明後日からだな。明日はジャンに会いにバーX牧場に行かなくてはいけない」

ネルは疑いのまなざしを向けた。「そうやって一日延ばしにするつもりじゃないでしょうね?」

「そんなことは考えてもいないさ。死と暴力について、知りたいことをすべて教えてやる。ガルドーやマリッツから身をもって学ぶ量には及ばないだろうが」

「それで十分だわ」

「十分とは言えない。それに、十分だったとしても、終わったあとどうするつもりだ? 特殊な人間でなければ、人を殺したあと何事もなかったように生きていけるとは思えない」

ネルはたじろいだ。「人殺しとは言えないわ」

「ほらな。もう怖じ気づいてるじゃないか」タネクはわざと繰り返した。「殺人だよ。命を奪うのは殺人なんだ。理由がどうあれ、殺人という行為であることには変わりない。きみのようなお上品な人間は、そういうものに嫌悪を感じ、近づかないようにしつけられてるのさ」

「私のようにお上品な人間はね、こういうきっかけを与えられることがめったにないのよ」

「それは事実だし、いまのきみはメダス島にいたときのきみではない。だが、本質は同じだ。木が曲がれば――」

「くだらない」

「そうか？　きみは、冷酷な人間になり、他人と距離をおこうとしている。しかしそうはれないよ。そりゃあ、おれと距離をおくのは簡単だろう。だが、タニアは？　ピーターはどうなんだ？」

「それは別の話でしょう。あのふたりは、マリッツやガルドーと関係ないわ」

「だが、きみがどういう人間かということに大いに関係してる」

「私にはできないと思ってるの？　それは間違いだわ」

「おれが正しいに決まってる」疲れたように言い直した。「おれが正しいと願ってる」

ネルが首を横に振った。

「明後日だ。八時。エクササイズ用の服装で、朝食は食べるな」タネクは背を向け、居間を出ていった。

向こうが間違ってるのよ。ネルは自分に言い聞かせた。他人との間に壁を築いておいたほうがいいのは確かだが、それができないからといって決意が揺らいだということにはならない。

「ピーター」ネルは居間の奥に目を向けた。「もう寝る時間――」

サムは頭をピーターの膝にのせていた。ピーターはそのサムの喉をなでている。ピーターの顔は至上の喜びに輝いていた。
――できるかもしれないぞ　ピーターの願いが本物なら
喜びが波のようにネルを包みこむ。ピーターの気持ちが本物だったということだろう。
――おれが正しいと願ってる
タネクの言葉がよみがえり、ネルの顔から笑みが消えた。タネクの願いはピーターの願いよりも強く、しかもネルに向けて念じようとしている。
でも、私はサムとは違う。そんなことをしても無駄よ。
「行きましょう、ピーター」ネルは無愛想に声をかけた。「寝る時間よ。サムとは明日また遊べばいいわ」

死んだ。あの女は死んだ。

マリッツは受話器を置いた。満足感がどっとわきあがる。しくじったわけではなかった。少し時間はかかったが、コールダーの女房は死んだのだ。ガルドーに、仕事は無事に完了したと報告できる。

本当にそうだろうか。

一抹の不安が充足感をくじく。ガルドーはおれが失敗したと、女は生きのびるだろうと言った。あの古狸が間違っていたことはほとんどない。

もし病院の死亡記録が偽物で、女はどこかに消えたのだとあとで判明するようなことになれば、おれはただのばかだ。そして、ガルドーは愚かな人間を好まない。

念には念を入れても損はないだろう。

メモに目を落とす。病院——?

人間が多すぎる。

ジョン・バーンバーム葬儀場——。

マリッツはにやりと笑い、メモをポケットに突っこんだ。


「ほら」タネクがソファに座ったネルの横に大きな包みを投げた。「プレゼントだ」

ネルは困惑してタネクを見上げた。「向こうの牧場の牧童頭に会いにいってると思ってたのに」

「行ったよ。帰り道に街へ寄ったんだ。さあ、開けてみろよ」

包装紙をとめたテープを剝がそうと不器用な手つきでいじる。「ピーターはまだ戻ってこないわ」

「あいつは戻らないよ。ジャンがピーターを気に入ったらしくて、何日か向こうで預かってもいいと言ってくれた。もし仕事をこなせるようなら、ジャンが羊を高地に連れていくときにも一緒に行けるかもしれない」

「危険はない?」

「大丈夫だよ。ピーターは行きたくてたまらないらしい。犬がいて、そのうえ羊がいるんだぞ」

ピーターにしてみれば、それはもう行きたくてたまらないだろう。ネルは茶色の包装紙を破きはじめた。キャンバス、イーゼル、スケッチブック、鉛筆、絵の具の箱。「これ、何?」

「ミカエラを描きたいと言ってたじゃないか」

「そうは言ってないわ」

「いや、描きたいはずだ」

「そんな時間はないわ」

タネクが指をぱちんと鳴らした。「おっと、そうだった。暴力教習のことを忘れてたよ。そうなんだ、レッスン料をもらうことにしたんだよ。壁にもう何枚か絵が欲しい」

ネルは嫌みを言った。「ドラクロアの横に飾る絵を?」

「この土地の絵をな。おれの人々、おれの山々」

ここに着いたときに見せたのと同じ所有欲。ネルはキャンバスを床に置いた。「誰か他のひとを雇って描いてもらったら」

「きみに描いてほしい。暴力教習一時間につき二時間、おれのために絵を描く。どうだい?」

ネルは振り向いてタネクを見つめた。「どういうつもりなの? そんなとてもまともとは思えないセラピーで、私が奇跡的に変身を遂げるとでも思うの?」

「どうかな。害にはならないと思っただけだ」

「私の時間が無駄になるだけだわ」

「きみだって過去の一時期には、時間の無駄とは思っていなかったはずだ」タネクはネルを見つめた。「おれは約束を守る。きみが絵を描いても描かなくても、毎日一時間、教えてやる。だが、それ以上教えてほしければ、おれが望むものをくれるしかない」

「あなたにはなんの得にもならない」

「害にもならない」タネクは微笑んだ。「きみにとっても害にはならない。害になると思うのかい？」

ネルはゆっくりと首を横に振った。

「取引成立だな？」

いいではないか。タネクに恩を売らずにトレーニングを速く進めることができるということだ。キャンバスにちらりと目をやり、かすかな興奮を感じた。キッチンを見る。ミカエラが夕食の支度をしている音。あの創作意欲をそそる顔……。

「モデルになってくれるよう、あなたがミカエラを説得してくれたら」

「ミカエラを説得して何かをしてもらおうなんて考えたこともない。もしミカエラにモデルになってほしいなら、自分で頼んでみろ」

「それもセラピーのうち？」

タネクが笑った。「恐怖体験だな。おれはミカエラが死ぬほど怖いんだ」

バーンバーム葬儀場は、暗闇の中で小さな農園屋敷のように光を放っていた。正面の芝生に生えた低木に隠されたスポットライトが、三本の柱を照らし出している。

もったいない。死人のための屋敷か。マリッツは考えた。

いや、死人のためだけのものではなかった。葬儀屋だって死体の処理で巨大な利益を得ている。どうしようもない強欲な連中だ。親父の葬儀のとき、おれも連中にさんざんしぼりとられた。

だが、マックスウェル・アンド・サンはこんな立派な建物ではなかった。葬儀場はデトロイトの騒がしいスラム街に面していて、マリッツは金もない取るに足りない人間だった。まともに扱われるはずもなかった。息子のダニエル・マックスウェルのところへ何度も呼びつけられた。最後の一ドルまでかすめ取ろうとしたあばた面の小僧。やり場のない怒りで爆発しそうだった。

あのちびの首を絞めてやりたいと思った。目玉が飛び出すほど。

あのころはまだナイフと出会っていなかった。

葬儀場のドアが開き、ぞろぞろと人間が現われた。目を泣きはらし、低い声で囁きあい、死者の世界を離れ、生きた人間の世界に戻れることに安堵しながら。

時計を確認した。九時。閉場時間だ。遅れて出てくるやつもいるだろう。あと十五分、待つか。

マリッツは駐車場の車に乗りこみ、帰っていく弔問客を眺めた。マリッツも嘆き悲しんだ。

父親を愛していた。あの牝ギツネ、母親のほうが死ねばよかったのだ。あんなことをするつもりではなかった。ちょっと背中を押しただけだ。それだけなのに父親は階段から落ちてしまった。母親のほうが死ねばよかったのに。

ダーク・スーツを着た青年が葬儀場から現れ、芝生を横切り、従業員用の駐車場へ向かった。葬儀屋の見習い社員だろうか？　ひょっとしたら、バーンバームにも息子がいるのかもしれない。若者は口笛を吹きながら、ぴかぴかに磨かれたキャデラックの霊柩車の隣に停めた青いオールズモビルに飛び乗った。

新しい霊柩車。コールダーの女房が火葬されたことになっている次の週に、現金で購入している。マリッツは、この購買記録に大いに興味を抱いた。

建物の入口のライトが消えた。オールズモビルが角を曲がって見えなくなるまで待ってから、車を降りて通りを横切る。呼び鈴を鳴らす。

応答はない。

もう一度、鳴らす。

一分待ち、また鳴らす。

入口の明かりが灯り、扉が開いた。ひんやりした空気と花の濃厚な香りがマリッツを包む。ジョン・バーンバームが現われた――つやのある灰色の髪、小太りの体。地味な灰色のスーツを着ている。「遺体をご覧になりたいのでしょうか？　申し訳ありません、もう終わりなので」

マリッツは首を横に振った。「いくつかうかがいたいことがありましてね。夜も遅いのはわかってますが、入ってもよろしいでしょうか？」

バーンバームはためらっていた。バーンバームの頭の中でスロットマシンが回転をはじめ、ドルの文字が三つ並んだのが、マリッツにも見えるような気がした。バーンバームが一歩脇へどき、マリッツを招じ入れる。

マリッツは玄関ホールに入り、ドアを閉じた。「身内の方を亡くされたのですか」

「ええ、なくしたものがありましてね。その件でぜひお話がしたい」

ネルはキッチンの入口からミカエラを観察していた。ミカエラは手を粉まみれにして、パン生地を麺棒《めんぼう》で丸く伸ばしている。すべての動作が機敏で、優雅で、無駄がない。

「何か用？」目を上げもせず、ミカエラが訊いた。

ネルはぎくりとした。頭に浮かんだ最初の言葉を口にする。「何を作ってるの？」

「ビスケット」

「朝食にいただいたのはとてもおいしかったわ」

「そのはずです」

これはかなり手ごわそうだ。「忙しそうね」

ミカエラがうなずいた。

「あなたとご主人が、ピーターをしばらく牧場に預かってくださることになって、本当にありがたいわ」

「あの子は邪魔にはなりませんから」ミカエラは麺棒を脇に置き、生地を型で抜きはじめた。

「もし面倒な子供なら、はじめから引き受けませんよ。ジャンは、ばかの相手をしているほど暇ではありませんからね。あの子は子供みたいな心を持ってるだけで、ばかじゃあない。子供は教えればちゃんとわかります」ミカエラの言葉は、生地を抜く型の動きと同じようにきびきびしていた。「で、何が入り用です？」

「あなたの顔」

ミカエラが目を上げた。「そのお顔で十分すてきでしょう」

「そうじゃなくて……あなたを描きたいの」

ミカエラが生地をオーブンのバットに並べはじめる。「ポーズをとってる暇なんかありませんよ」

「あなたが働いているところを描くことにしてもいいの。最初のうちは、それほどモデルになってもらう必要はないかもしれないし」

ミカエラはしばらく何も言わなかった。「あんた、画家なんですか？」

「画家というほどでもないわ。私もあまり時間がないの。手があいたときだけ——」無意識のうちにメダス島のあの事件以前と同じ答を口にしていた。ネルは言葉をのみこんだ。ネルから時間を奪うジルもリチャードも、もういない。襲いかかる悲嘆をこらえる。「いえ、そうなの。画家よ」自分の言葉が、不安げに、心細げに響く。

ミカエラはネルの顔をしばらく見つめ、それから無愛想にうなずいた。「描いても結構。ただ、仕事の邪魔をしないでくださいよ」

もたもたしていたらミカエラの気が変わってしまう。「スケッチブックを取ってくるわ」

「じっとしている気はありませんからね」

「ええ、私があなたのあとをついてまわるから……」

そう言うのは簡単だったが、実際には難しかった。ミカエラの特徴をとらえようと一時間ねばったあと、ネルはそう思い知った。ミカエラがじっとしている瞬間などなかった。古代エジプト王妃ネフェルティティのように高貴な顔だちをしていながらも、ミカエラはエネルギッシュそのものだった。ネルは顔全体のスケッチを何枚か描いたものの気に入らずに破り捨てたあと、一度に一カ所だけに絞りこもうと決めた。まずは深くくぼんだ目からはじめる。ほら、少しはましになった。だんだんにコツをつかみはじめていた。あとで個々のパーツを寄せ集めればいい……。

「なぜここにいらしたんです?」

ネルは目を上げた。一時間以上、ミカエラは一言も口にしていなかった。「ちょっと訪ねてきただけよ」

ミカエラが首を横に振った。「ニコラスはあんたは春までここにいると言ってた。だったらちょっと訪ねてきたとは言えないでしょ」

「あなたの邪魔はしないようにするわ」

「ニコラスがあんたにここにいてほしいと思っているのなら、あたしだって多少邪魔されるくらい我慢できますけどね」

「ニコラスは、自分はあなた方ほどこの土地になじめていないと言っていたわ」

「そうです。でもニコラスもかなりなじんできてますよ。もう少し鍛錬《たんれん》が必要だけどね」

「鍛錬？」

ミカエラは肩をすくめた。「あのひとはどこかに根を下ろせるようなひとじゃないけど、本人はここに根を下ろしたがってる。まあ、もう少し様子を見ないとわかりませんがね」

「彼にここにいてほしいと思ってる？」

ミカエラはうなずいた。「ニコラスはあたしらを理解して、あたしらのやりたいようにやらせてくれてる。オーナーが変わってみたら、その人がばかで教育不可能という可能性もあるわけだし」

ネルが笑った。「じゃあ、あなたたちは彼を訓練してるってことかしら？」

「もちろん。あのひとは石頭じゃありません。精神や意志がとても強い。時間さえたてばこの土地にも溶けこめるんじゃないですかね」

「意志の強さは土地に溶けこむ邪魔をするように思うけど」

「ここは強い土地です。弱虫を嫌う土地」ミカエラがネルを見た。「弱虫は嚙み潰され、吐き出される土地」

ネルの鉛筆の動きが止まった。「私は弱虫だと思う？」

「さあね。そうなんですか？」

「違うわ」

「それなら、何も心配することはないでしょう」

「私にここにいてほしくない。違うかしら？」

「あんたがいてもいなくても、あたしには関係ありませんね」ミカエラはオーブンからビスケットを取り出した。「あんたがニコラスをここから連れ去ろうとしなければ。彼と話してもいい。彼に微笑んでもいい。彼と寝たってかまわない」バットを置く。「でも、ここを出ていくときがきたら、ニコラスは置いていってください」

ネルはショックに襲われた。「彼と寝るつもりはないわ。そのためにここに来たわけじゃないし」

ミカエラが肩をすくめた。「いずれは寝ることになるでしょうよ。ニコラスは男だし、あんたは町にいる女よりも彼のそばにいるんですからね」へらを取り、バットからそっとビスケットをはがす。「それにあんたは男心をそそるタイプの女性だ」

「あのひとは私のことをそんなふうには見てないわ」

「男は誰でも、女をそんな目で見るものです。それが女を前にしたときの最初の反応なんですよ。あたしら女を、体だけでなく心も持った人間として見るのは、もっと時間がたってからのことだ」

「だとすると、彼はそういったことについて何か意見を持っているただひとりの男性ということ?」

「あんたはニコラスを見てるのが好きでしょう。いつも彼を目で追っている」

そうだろうか? ああ、そうだ、確かにネルはタネクを見ている。タネクはひとの目を引く男だった。混みあったあの大広間でも灯台のように目立っていた。「そんなこと、何の意味もないわ。私たちの間には何もないのよ」

「そうおっしゃるなら、それでもいいですけど」ミカエラが背を向けた。「さて、もうおしゃべりをする暇はありませんよ。お昼になるから。料理をテーブルに並べないと」

安堵のため息が出た。ミカエラの言っていることは的外れだったが、ネルは大いに動揺していた。「手伝いましょうか? 食卓の準備をするわ」

「結構です」ミカエラは食器棚を開け、皿を取り出した。「それより、厩舎に行ってニコラスを呼んできてくださいよ」

ネルはスケッチブックを置き、スツールから飛び降りた。「すぐに呼んでくるわ」

ネルが厩舎に入ると、タネクは鹿毛の馬の手入れをしていた。ネルは入口を入ってすぐのところから声をかけた。「昼食の支度ができたわ」

「ああ、すぐに行く」

タネクが長い、手際のよいストロークで馬にブラシをかけるのを見つめた。何をするのも無駄なく上手ね。ジーンズにスウェットシャツを着て、退屈な雑用をこなしながらもすっかりその風景になじんでいる。もし彼をよく知らなかったら、生まれたときからここにいるのだと勘違いしていたことだろう。目の前のタネクと、メダス島にいたタネクとが同一人物とは思えない。

タネクが顔を上げずに言った。「おとなしいな。何を考えてる?」

「手慣れてるなと思ってたの。馬のことは詳しいの?」

タネクが微笑んだ。「学んでいるところだ。ここに来るまでは、ポロ・クラブでイギリスの権力者が乗っていた馬くらいしか見たことがない」

「ポロ・クラブに入っていたの?」

「いや、メンバーだったわけじゃない。子供のころ、ポロ・クラブのレストランで皿洗いをしてたのさ」

「あなたが皿洗いなんて想像できない」

「そうか? おれにしてみればそれでもランクが上がったと思ってたんだがな。その前は、母親が働いていた売春宿の床磨きをしてたから」

「あら」

タネクは肩越しにネルを見た。「お上品な驚き方だな。答に困ったのか?」

「いいえ、ただ——」ネルは自分が口ごもったことに気づいて腹が立った。「私には関係ないことね。立ち入ったことを訊くつもりじゃなかったの」

「立ち入ってなんかいないさ。おれは母親のことはほとんど知らない。母親よりも、他の売春婦にかわいがられたんだ。母親は真実の光を求めて中国に渡った、アメリカ人ヒッピーだった。残念ながら、母親が真実を目にできたのは、ドラッグをやってるときだけだった。だから、いつもドラッグ漬けになってた。そしておれが六歳のとき、ドラッグの過剰摂取で死んだ」

「何歳まで売春宿にいたの？」

タネクは少し考えた。「ポロ・クラブで働きはじめたのが、八歳のときだったと思う。そこも十二歳のとき、首になった」

「どうして？」

「おれがキャビアを三ケース盗んで闇市で売ったと、コックが告げ口したからだ」

「本当に盗んだの？」

「いや。真犯人は当のコックだった。だが、おれは罪を押しつけるのにちょうどいい相手だった。正直言って、おれを選ぶとはあいつも賢いと思ったよ」その声の調子は、他人事のように淡々としていた。「一番、弱い立場にいたのはおれだったからな。かばってくれるひとはいないし、自分で自分を護ることもできなかった」

「あまり恨んでないみたいね」

「もうすんだことさ。それに貴重な教訓になった。二度とそんな弱い存在になるものかと思ったし、自分の身を自分で護るすべを身につけた」

「そこを出てからはどうしたの？　行くあてはあった？」

「街だ」タネクはブラシを置き、馬の鼻を軽く叩いた。「街で学んだ教訓はさらに貴重だった。だが、それについては聞きたくもないだろう」タネクは馬房を出て、扉を閉めた。「それとも聞きたいか。相当な数の人間が犯罪や暴力に関わってたからな」

路上で生きていくということがどんなことかさえ想像がつかなかった。しかもタネクは、そのころはまだほんの子供だったのだ。

タネクがネルをちらりと見て、首を横に振った。「ピーターを見るような目でおれを見てるな。いやに甘ったるい目だ」

ネルはあわてて目をそらした。「幼児虐待を憎むのは、甘ったるいってこととは違うわ。あなただって憎んでるでしょ」

「おれは幼児虐待を憎んでるからといって、きみみたいにとろけそうになったりしない」

「とろけてなんかいないわよ」

「似たようなものさ。いいか。子供っていうのは、全員がジルみたいだとは限らない。おれは乱暴で自己中心的で、油断のならない悪ガキだった」タネクはネルの目を見つめた。「きみは自分が変わったと思ってる。だが、きみはまだまだ情にもろすぎる。情にもろいということは柔順さを意味し、柔順さは死につながる」

「だったら、克服してみせる」ネルはドアに向かって歩き出した。「昼食が冷めたらミカエラが気を悪くするわよ」

「それは困る」タネクはネルと並んで歩きはじめた。「ミカエラとは仲良くなったかな?」

「まずまずよ。スケッチしてもいいと言ってくれた」ネルは顔をしかめた。「ただし、仕事の邪魔をしなければばっていう条件つき」

「どんな気分だ?」

「いい気分」ネルはちらりとタネクを見た。「だからといって、ここにこぢんまりとおさまってすべてを忘れることにはなりそうもないわね」

「役には立つかもしれない。どんな小さなことも大きな絵の一部なのさ」

「ねえ、今日は三時間スケッチしたわ。ということは、あなたは私に借りがあるってこと」

ネルのために玄関の扉を押さえながら、タネクは唇の端にちゃかすような笑みを浮かべた。

「迎えにきたのはそういうことか」

ネルは首を横に振った。タネクは不思議議な存在だった――クールで粗野でありながらも、自分の中で完結した掟を持ち、そこには責任感や正義感といったものが含まれている。彼のような少年時代を過ごした男には珍しいことだった。

だが、タネクという男は、非凡な人間なのだ。

――いつも彼を目で追っている
ミカエラの言葉がふとよみがえった。タネクと男女の関係を持つ――そう考えたとたん、電流が抜けたようなショックがふたたび走る。愚かな反応だ。タネクが非凡な男だと認めたからといって、彼と一緒にベッドに飛びこみたくなるわけではない。ネルにはセックスをする余裕などなく、タネクとは友だちになりたいとも思わないのだから、ベッドをともにしたいとも思うわけがなかった。ネルにとって、タネクとはマリッツに近づくための手段であり、この先もそれは変わらないはずだ。自分がタネクの過去を聞き出そうとした理由すらもわからなかった。彼のことを知らなければ知らないほど楽なはずなのに。

いや、それは真実ではない。過去について訊いたのは、どんな要素の積み重ねでタネクのような人間が作られたのか、それが知りたかったからだ。好奇心は誰もが抱く、害のない欲求だ。ふとある考えが心に浮かび、ネルは自分がまだ好奇心を抑えきれていないことに気づいた。「あなたを首にしたコックのことだけど。そのあと、彼には会った?」

「ああ、もちろん会ったさ」

タネクはにやりと笑った。

11

誰もつけてきてはいない。

気のせいだよ。タニアは自分に言い聞かせた。ばかだね。

それでも車をドライブウェイに乗り入れたとたん、安堵感がどっとわきあがった。

わが家だ。もう大丈夫。

そのまましばらくシートに座ったまま、ルームミラーに目を注ぐ。通り過ぎていったのは、子供たちを乗せた託児所のワゴン車だけだった。

ほら、思い過ごしじゃないの。ここはサラエボではなく、ミネアポリスなんだから。タニアは車を降りてトランクを開け、食料品の袋を一つ取り出した。

「手伝うよ」

タニアはぎくりとして振り向いた。

フィルがドライブウェイを近づいてくる。「ごめんよ。びっくりさせたかな」

「誰もいないと思ってたから」

フィルはタニアの手から袋を受け取り、トランクにあった残りの二袋をつかむと、肘で蓋を閉めた。「呼んでくれればよかったのに」

「ひとりで運べると思ったの」タニアはフィルに笑顔を見せ、ドライブウェイを玄関に向かって歩きだした。「それに、こんなことあなたの仕事じゃないでしょ」

「どんどん頼んでくれよ。夏も終わりだし、庭仕事はもうあまりないんだ」フィルは顔をしかめた。「だいたい、ネルはニコラスとアイダホにいるっていうのに、なんでおれがいつまでもここにいるのかわからないよ」

「あなたがいてくれてすごく助かってるよ」タニアはフィルの顔には目をやらずに玄関の鍵を開けた。「ニコラスは……あたしから目を離すなと言ったの?」

フィルは眉間に皺を寄せた。「どういうことだい。僕はここにいてニコラスからの連絡を待ち、その間、きみたちに頼まれる仕事をこなしていろと言われているだけさ」

「あたしのあとをつけて、見張るようにとは言われてない?」

「まさか」フィルはタニアの顔をじっと見つめた。「誰かにつけられたのかい?」

「そうじゃないけど」タニアは玄関に入り、先に立ってキッチンへ向かう。「気のせいだね、きっと。相手を見たわけじゃないんだもの。ちょっとそんな気がしただけ。あたしのあとをつけたいひとなんているわけないよね」

フィルはにやりとして、低く口笛を鳴らした。「誰だってきみのあとをついてまわりたいと思うだろうなあ」それから真顔になった。「でも、近頃はおかしなやつがたくさんうろついてるからね。用心するにこしたことはない。次からはおれが一緒に行くことにしようか？」

タニアは首を振った。「きっと何も起きないよ。あたしの気のせいだもの」

「かまわないさ」フィルは袋をカウンターに置いた。「そうすれば僕にもやることができるわけだし」

「考えておく」タニアは袋から中身を取り出しはじめた。「でも、そう言ってくれてうれしいよ」

フィルはキッチンを出ていきかけたが、ふと立ちどまってタニアを見つめた。「きみにもリーバー先生にも、とてもよくしてもらってるだろう？　だからきみが不安そうにしてるといやなんだ。呼んでくれればいつでもお供をするよ」

フィルがドアを閉めて出てゆくと、タニアの顔に優しい笑みが浮かんだ。フィルはこの数週間で、あたしたちの生活になくてはならない存在になっている。いつも楽しそうに薪を割り、車を洗い、庭仕事をしてくれる。庭で立ち働くフィルが顔を上げてこちらに手を振るだけで、心が温かくなる。

だが、空になった袋をリサイクルごみの容器に放りこんだとたん、タニアの笑みは消えた。ニコラスがフィルに命じてタニアを見張らせているとは思えない。どこにそんな必要があるだろう。狙われているのはネルなのだし、そのネルはこの家にはいない。ここはアメリカだ。廃墟の中に潜み、無防備な市民を見さかいなく殺す狙撃兵など、どこにもいはしない。

だが、たえず警戒しながら過ごしたあの日々の中で、タニアの本能は鋭く研ぎすまされていた。ここアメリカも、思い描いていたような安息の地ではなかった。爆弾テロや殺人は、この国にもあった。

そして彼女は確かに感じたのだ——自分に注がれる視線を。

やはり、外出するときはフィルについてきてもらったほうがいいかもしれない。

そうだ、そうしたほうがいい。だが、そう思いながらも、タニアは自己嫌悪を感じた。来週からは大学の講義がはじまる。本能が危険だと叫んでいる、それだけの理由でフィルを教室の外でぼんやり待たせておくつもり？　ひょっとすると、サラエボの記憶がよみがえってしまっただけのことかもしれない。記憶や体験は、心の奥底にいつまでもこびりついているというではないか。ひょっとすると——

タニアは首を振り、一切を心から締め出した。その時々の状況を見て判断することにしよう。ずっとそうしてきたように。ついてきてとフィルに頼むかどうかは、外出するときになってから決めればいい。いまここで思い悩むことはないのだ。安らぎの場となったこの家の中にいれば、安全なのだから。

安全だと思っているだろうな。マリッツは考えた。あのヴラドスという女は、リーバーの家に逃げこみ、これでもう安心だと思いこんでいる。

マリッツはシートを後ろにずらし、ここへ来る途中で買ったビッグ・マックに手を伸ばした。落ち着いて、自分のペースで進められるというのはいいものだ。ヴラドスを四六時中、見張っている必要はない。ネル・コールダーはもうこの家にはいないのだから。

だが、ここにいたことは確かだった。リーバーの隣人たちは、姿を見たと言っている。少なくともマリッツは、あの女に違いないと思う。ネル・コールダーは隣人たちが語るような美女ではなかったはずだが、リーバーは素晴らしく腕のいい外科医だし、病院の記録にも、あの医者がネルの担当医と記されている。顔を変えないのなら、整形医が担当する必要などないではないか。

マリッツはハンバーガーにかぶりつき、味わいながら嚙んだ。

コールダーの件には早いところ決着をつけなければならない。だが、それほど心配はしていなかった。あの女がここにいたのなら、あの医者か家政婦が行方を知っている可能性は十分ある。知っているのなら、教えてもくれるさ。もっと早くに行動を起こしてもよかったのだが、リーバーはあの葬儀屋とは違う。騒ぎを起こさずにリーバーとヴラドスを消すのは容易ではないだろう。もう一週間ばかり待って、コールダーがこの家に立ちよるかどうか様子をうかがってみても、不都合はあるまい。

それに、タニア・ヴラドスを見張るのは楽しかった。驚いたことに、あの女はたった二日でマリッツの存在を察してくれた。彼がミスを犯したわけでもないのに、存在に気づいたのだ。それはあの女の背中の線からも、肩越しに振り返ったときの素早い動作からも、足の速め方からも見てとれた。

獲物のあとをつけまわすのは久しぶりだった。ガルドーはいつも、迅速で効率的な殺しをしろという。素早く殺《や》って、さっさと立ち去れ。ガルドーには狩りの楽しさがわかっていないのだ。獲物に恐怖を味わわせる――殺しそのものにも負けないあの興奮が、ガルドーにはわからない。

マリッツはビッグ・マックを食べ終えると、包み紙を袋に放りこんだ。あと三十分だけ待ち、家の前を通って様子をうかがうことにしよう。あの女は、もうしばらくは外出しないはずだ。

家の中で安心しきっているあの女。

ネルの体は激しく床にたたきつけられた。

「立て」タネクが言った。「早く。すぐに起きあがれ。倒れたままではやられる一方だぞ」

早くですって？　ネルは身動きどころか、息さえできなかった。ジムがぐるぐるとまわっている。

「立つんだ」

ネルは立ちあがった……のろのろと。

「そんなんじゃあ、マットに倒れた次の瞬間には殺されてるぞ」タネクが言った。そしてもう一度かかってこいと合図した。「さあこい」

ネルは怒りをこめたまなざしをタネクに向けた。「ねえ、まず防御のしかたを教えたほうがいいとは思わないわけ？」

「思わん。いまは倒されたときにどうすればいいかを教えてるんだ。格闘そのものがどんなにうまくなっても、必ず倒されるときがくる。まずは、地面に倒れても怪我をしないように、力の抜き方を覚えるんだ。そして倒れたら、今度は転がって攻撃をかわし、すぐに跳ね起きる」

「私は応戦のしかたを習いたいのに。これが普通の教え方なの？」

「違うだろうな。だが、これがおれのやり方なんだ。さあ、かかってこい」

ネルはタネクに飛びかかった。

タネクはネルをマットに投げとばし、その上に馬乗りになった。「もしおれがマリッツだったら、いまごろきみの鼻の下におれの手首のつけ根を叩きこんでるところだ。そして砕けた骨のかけらがきみの脳味噌に突き刺さる」

ネルはタネクを睨みつけた。タネクはネルに徹底的に無力感を味わわせようとしている。

「そんなはずないわ」

「やつが情けをかけてくれるとでも言うのか？　冗談じゃない」

「そんなことは言ってないわ。マリッツはナイフを使うのが好きだって、あなたが言ったんでしょう。私を倒しておいて、そのチャンスを逃すはずがない」

ほんの一瞬、タネクの顔に驚きが浮かんだが、すぐに厳しい表情に戻った。「いずれにしろ、きみはもう死んだ」

「今日はね。でも、明日はもっと上達するわ。明後日はもっともっと上達する」

タネクは長いことネルを見下ろしていたが、その顔にはネルには理解できないいくつもの感情がいちどきに表われていた。「ああ、そうだろうな」ネルの頬をなぞったタネクの拳には、奇妙な優しさが感じられた。「くそっ」

そのとき、ネルは自分がタネクに組み敷かれていることを、彼のたくましい太腿に締めつけられ、その力強い手で手首をマットに押さえつけられていることを、ふいに意識した。タネクの発する汗と石けんの匂いが、ネルを包みこむ。それは……心をかき乱す匂いだった。

ネルは目をそらした。「起こしてちょうだい。もう一度はじめからやりましょう」

一瞬、彼の太腿の筋肉がネルの腰をぎゅっと締めつけた。だが次の瞬間、タネクはネルから体を離して立ちあがっていた。手を差し出し、ネルを助け起こす。「今日はここまでだ」

ネルは驚いて目を見開いた。「どういうこと？　まだ始めたばかりじゃない」

「おれが予定してたよりはずいぶん先まで進んだ」タネクはドアに向かって歩きだした。

「今日はもう十分だろう」

「約束したじゃない。私に借りがあるはずよ」

タネクがちらりと振り返る。「じゃあ、貸方につけておけ。どうせ帳簿をつけてるんだろう。熱い風呂につかって、体をほぐしておけよ。じゃ、明日も同じ時刻に」

タネクが乱暴にドアを閉めて出ていくと、ネルは悔しさのあまり両拳を握りしめた。無力感を味わわせたくせに、気力を回復する前にさっさといなくなる。たぶんそれが、タネクの作戦なのだ。何度も繰り返し自信を喪失させ、少しずつ気力を萎えさせてゆけば、そのうちあきらめると思っているのだろう。

だが、タネクの去り方はいかにも唐突だった。稽古を途中で打ち切るつもりなど、もともとはなかったのではないか。いや、打ち切ろうと思っていたかどうかは問題ではなかった。現にタネクはいなくなってしまい、今朝の稽古時間が無駄になった。こんなことを許すわけにはいかない。追いかけていって――

追いかけていって何？　あのひとを引きずってくるの？　言い争っても勝ち目はない。言われたとおり、今日の稽古時間を損失として帳簿につけ、明日は約束を守ってくれるだろうと期待するしかないのだ。

一時間後、ネルは、この体で明日タネクに飛びかかっていけるのだろうかと思いはじめていた。湯にそろそろと体を沈め、丸みをおびた浴槽の縁に背中を預ける。肩と背中の筋肉が、一分ごとに痛みを増し、こわばっていく。青黒いあざが腰に一つ、左の太腿にも一つ。タネクにつかまれた右の腕には、紫色の指のあとが五つ。

あのひとが私を傷ものにした、それだけは確かね。ネルはしょんぼりと考えた。今朝はタネクが彼女に手を触れるたび、彼女の体に跡が残された。

だが、彼が拳で頬をなぞったあの瞬間だけは別だった。あのときだけは違った。優しく触れられたあの瞬間――それは同時に彼女の心をかき乱した瞬間だった。

忘れよう。ネルは目を閉じ、湯が体の芯まで温めてくれるのを待つ。何もかも忘れて、明日に備えよう。

「さあ始めるぞ」タネクはかかってくるようネルに合図した。「来い」

ネルはじっとタネクを見つめていた。タネクは無表情だった。「今日は途中でやめたりしないでしょうね？」

「ああ、しないよ。だが、そっちからもうやめてくれと言い出すだろうな」

ネルはタネクに突進した。だが、あっと言う間にひっくり返され、マットに転がる。「体を突っぱるな。力を抜けよ。倒されたら転がって立ちあがるんだ」

力を抜くのよ、ネルは立ちあがりながら自分に言い聞かせた。力を抜くのよ。口で言うのは簡単だ。しかし、宙を舞ったときに筋肉に力が入るのは、呼吸をするのと同じように本能的なものだ。

一時間もするとネルはくたくたになり、体じゅうのどこにも力が入らなくなっていた。

タネクがネルを見下ろした。「ここまでにするか？」

「いいえ」ネルはよろけながらも必死に立ちあがる。「もう一度」

さらに三十分、稽古を続けると、タネクはネルを抱えあげて部屋へ運び、ベッドに下ろした。それからそっけなく言う。「次からはおれに途中でやめるなどとは言わないことだな。きみを殺すまで続けてしまうぞ」

タネクは部屋を出ていった。

ネルはしばらくこのまま横になり、浴槽に這っていけるようになるまで待とうと考えた。

体じゅうが痛くてたまらない。ネルは目を閉じた。明日こそ、倒される瞬間に力を抜くことを忘れないようにしよう。明日こそ、転がって立ちあがってみせる……

そのとき、ベッドから垂れたネルの手に、冷たく湿ったものが押しつけられた。

ネルは目を開けた。

サムだった。タネクのあとについて部屋に入ってきて、閉じこめられたのだろう。

「出たいのね？」ネルは言った。「動けるようになるまで少し待って。いまは動けるような状態じゃないのよ」

サムはしばらくネルを見上げていたが、やがてベッド脇の床に寝そべった。

私を受け入れてくれた。私の苦しみを知り、励ましてくれようとしているのだ。

ネルはおずおずと手を伸ばし、サムの頭をなでた。


翌日、ネルは投げられたとき力を抜くことはできるようになったが、まだ跳ね起きるところまではいかなかった。

その翌日、次の攻撃を転がって避けられるようにはなったが、できたのは初めの数回だけで、そのあとは疲れてひたすら倒されるばかりだった。

三日目、ついに力を抜き、回転し、跳ね起きることができた。まるで傑作を描きあげたように爽快な気分だった。ようやくコツがわかった！

「いいぞ」タネクが言った。「もう一度」

だが、それから二日間、そのもう一度ができなかった。タネクが投げ方を強くし、さらに投げる間隔を短くしたからだ。

ネルがジムで過ごすのは一日に二時間だったが、二十四時間そこで過ごしているようなものだった。ジムにいないときにも常に稽古のことを考え、翌日タネクと闘うときに備えて心と体の準備を整える。スケッチを続け、ミカエラと話し、食べ、眠ってはいたが、そういったことの何一つ、現実のこととは思えなかった。タネクという支配者と、ジムと、投げ飛ばされる自分――それだけが存在する繭《まゆ》の中にいるようだった。

だが、ネルは日に日に強靭に、敏捷になっていった。タネクでさえ、絶対的優位に立てなくなる日がまもなくやってくるだろう。

ドアの前を過ぎてゆくかすかな足音。

ネルが部屋を出たのだ。また夢か。

ニコラスは寝返りをうち、闇を見つめた。

悪夢を見るということは以前タニアが教えてくれていたが、ネルが悪夢に耐えようとしているのを知っているということと、その姿を見守ることとは別のことだった。ニコラスは何度かネルのあとを追ったが、自分の存在を気取られるようなことはしなかった。一度、涙に濡れた彼女の顔を見てしまってからは。ネルは、そんな弱い自分を彼に見られたくはないはずだ。

ネルは必ず居間へ向かい、カウチに丸くなってドラクロアを見つめるか、窓辺に歩みよって山並みを眺める。そうやって一時間か、ときには二時間ほど過ごし、自室に戻ってゆく。ベッドに戻って——眠るのだろうか？

ほとんど眠れないのだろうとニコラスは思う。ネルの存分に眠れたという顔を見たことはない。いつも細い糸の上で危なっかしくバランスをとっている。

だが、そのことがネルの決意や忍耐を鈍らせることは決してなかった。何度倒され、あざをつくろうと、懲りずに向かってきた。あのもろく美しい肉体には、強靭な精神と不屈の勇気が宿っている。失敗を犯せば、その失敗から何かを学ぶ。どんなに疲れ、いくつあざをつくろうと、彼女はへこたれない。

彼の無慈悲さにも、手荒な扱いにも、相手の苦痛に対する無関心にも、決してくじけないネル。

なあ、頼むからベッドに戻ってくれ。

火曜日、ついに完全にコツをのみこんだ。投げられてもどこも痛まず、転がって攻撃をかわし、跳ね起きて身構えることができた。

「信じられない、本当にできたぞ。よし、もう一度」タネクがネルを思いきり投げ飛ばす。

ネルはマットに叩きつけられた次の瞬間には立ちあがっていた。

「よし。これでやっとスタートラインだ。明日から攻撃と防御の稽古だ」

ネルの顔にぱっと笑みが広がった。「本当？」

「明日もジムじゅうを投げ飛ばされたいというのなら別だが」

「どうせまだまだ投げ飛ばされるわよ」ネルはそっけなく言った。

「だが、これで怪我を心配せずに、おれが教える内容に集中できるだろう」タネクはそう言うとタオルを投げてよこした。ネルが額の汗を拭うのを見守っている。「よくやった」

タネクの口から出たはじめての褒め言葉だった。温かいものがこみあげてくる。「でも、ずいぶん時間がかかってしまって。私にはいつまでたってもできないんじゃないかと思った」

「おれよりは早かった」タネクは顔と首を拭きながら言った。「おれはまだ十四歳だったし、自衛しなくてはという意識が強かったというのに、だ。稽古のやり方にいちいち反発していたし、テレンスが稽古をしてくれた倉庫にはマットもなかったからな。習得するまでには、何度も首の骨を折りそうになった」

「テレンスって？」

「テレンス・オマリー」

タネクはまた口を閉ざそうとしている。ネルにはそれがわかった。「誰なの、テレンス・オマリーって？」

「友人だ」

にべもない拒絶。だが、今回はその拒絶を無視した。タネクはネルのことを何もかも知っている。そろそろこちらがタネクのことを知ってもいいころだ。「ガルドーに殺されたというひとね？」

「そうだ」タネクは話題を変えた。「きみに褒美をやるとするか。何が欲しい？」

「褒美？」ネルは驚いて聞き返した。「いらないわ」

「何でもいいぞ。これからは飴と鞭の稽古論の信奉者になることにしよう」それから、ぶっきらぼうにつけ加える。「鞭はもう十分だろ」

「欲しいものなんて何もないけれど」ネルはあることを思いついた。「ただ、一つだけ……」

「何だ？」

「あなたマリッツのことを言ってたでしょう——」ネルは言いよどんだ。「この間、私に馬乗りになったとき。鼻の下を殴れば私を殺せるんだというようなことを。そのやり方を教えてくれる？　いますぐ、ここで？」

タネクはしばらくネルを見つめていたが、やがて笑いだした。「キャンディーでも花でも宝石でもない。稽古が褒美とはな。いかにもきみらしい」笑みが消えた。「だが、残念だな。もう暴力うんぬんにはうんざりしてるだろうと期待したんだが。これだけ暴力にさらされて、いやにならないのか」

暴力？　痛い思いや悔しい思いはしたけれど、タネクに暴力をふるわれたことはない。彼の力はいつも抑制されていたし、悪意がこもっていたことはなかった。「あなたに暴力をふるわれたとは思ってないわ」

「思ってない？　おれはそのつもりだったんだがな」タネクは肩をすくめた。「まあ、おれの半分も体重がないような女を、投げ飛ばすのにはこっちも慣れてないからな」

さぞいやな気分だったのだろう。ネルはそう気づいた。あのクールな表情の陰には、後味の悪さが渦巻いていたのだ。「でも、それは私が望んだことよ」

「そのとおり」タネクはネルに近づき、手を取った。「このささやかなプレゼントを望むのと同じように。きみが望んだから、このプレゼントをしよう」ネルの手に唇を触れた。「一撃でマリッツを殺す方法をプレゼントするのと同じように」そう言ってネルの手を上に向け、手のひらに唇を押し当てた。「この手であいつを殺す方法を」

すきをつかれた。ネルはタネクの顔から目を離すことができないまま、じっと立っていた。手のひらが熱くなり、マットで倒れ方の練習をしたときと同じように息苦しくなった。

「ひとを殺すことより、絵を描くほうが楽しくはないのか、ネル？」タネクは静かに訊いた。

それからネルの手を離すと、ジムを出ていった。

翌日、ミカエラがバーX牧場から大きな段ボール箱を二つ運んできた。

いつものスツールに座ってスケッチをしていたネルは、部屋の片隅に置かれたその箱に目を留めた。蓋が開いている。衣類が詰まっているらしい。「あれは何？」

ミカエラは箱にちらりと目をやった。「午後にレイシターに持っていこうと思って運んできた、ただの古着ですよ。土曜にバスク慈善協会がバザーを開くもんですから。これからトラックに積むんだけど、繕《つくろ》うものがあるかどうか午前中に調べようと思いましてね」ミカエラは肩をすくめた。「子供が着るとすぐにいたむから」

「子供？」

「あたしには孫が二人いるんですよ。話しませんでしたかね？」

ミカエラがおばあちゃん？ 不思議な気がした。ミカエラが膝に孫を抱き、あやしている姿など、想像もできない。

「娘のサラの息子と娘でね」ミカエラが言った。「六歳と八歳。さあ、そのスケッチブックをちょっと置いて、箱をトラックに積むのを手伝ってもらえませんかね」

ネルは素直にスケッチブックを肉切り台の上に置くと、ミカエラについてキッチンの奥へ行った。

「じゃあ、こっちを頼みますよ」ミカエラは箱を一つネルに押しつけた。「トラックは厩舎の前」そう言うと、自分も箱を持ち上げてさっさとキッチンから出ていく。

ネルはミカエラのあとを追いながら顔をしかめた。おばあちゃんというより、指揮官向きだ。兵隊たちに集合をかけている姿が目に――

何かが箱から落ちた。ネルは立ち止まり、それを拾おうと手を伸ばした。

テニスシューズ。とても小さな、赤いテニスシューズ。

子供用の靴。ジルを寝かしつけたあと、いったい何度こんな靴を拾い上げ、クローゼットにしまったことだろう。

ネルには拾えなかった。ただその靴を見つめることしかできなかった。

ジル。

「急いで。さっさと戻ってパンを焼かなくちゃいけないんですから」ミカエラがじれったそうに呼ぶ。

ネルはやっとの思いでひざまずき、靴を拾った。だが、靴を手にしたままそこにうずくまった。とても気持ちのいい、とても……懐かしい手触りだった。

「ああ、ジル」ネルは囁《ささや》いた。いつの間にか小さな靴を抱きしめ、体を前後にゆすっていた。

「ジル……ジル……ジル……」

「何をぐずぐず――」ミカエラは戸口で足を止めた。「ああ、靴が落ちたんだね」ほんのわずかためらったあと、すぐにキッチンの中へ戻ってきた。ネルから靴を取り、箱の中に放りこんだ。「あとはあたしがやりましょ。顔を洗っていらっしゃい。泥で汚れてる」そう言うと箱を持ち上げ、大股で出ていった。

ネルはのろのろと立ちあがり、バスルームへ行った。泥などついていない。頬を汚していたのは涙だった。ばかね。靴くらいでこんなに取り乱すなんて。悪夢を見ないようにすることはできなくても、目覚めている間は自制がきくようになり、自分は少しずつたくましくなってきた、もしかしたら立ち直りはじめているのかもしれないと思っていたのに。私はこの先もずっとこうなの？

「いつまで入ってるんです」ドアの向こうからミカエラの声がした。「じゃがいもの皮むきを手伝ってくださいよ」

食事の支度を手伝ってくれと頼まれたことはなかった。ミカエラはキッチンは自分ひとりの縄張りだと考えている。そうだ、意気地のない姿は見て見ぬふりをして、ネルに考える時間を与えないように気をまわしてくれているのだ。気遣いが心にしみた。

「いま行くわ」ネルはドアを開けた。「ごめんなさい、私ったら――」

「ごめんなさいって何が？　へまをして靴を落としただけでしょ」ミカエラはキッチンへ向かった。「おしゃべりなんかいいから。さあ、手伝ってくださいよ」


「いいじゃないか」タネクは明かりの下でスケッチを傾けた。「特徴をよくつかんでる」

ネルは首を振った。「完璧につかんではいないわ。ミカエラのように忙しく飛びまわる人物をスケッチしてると、欲求不満がたまっちゃう」

「飛びまわる？　まるでミカエラが軽やかに動き回ってるみたいな言い方だな」

「好きなように言いなさいな」ネルはスケッチをタネクから取り返し、紙ばさみにしまった。「明日はいよいよイーゼルと絵具の出番になりそうよ」ネルは上目づかいにタネクを見つめた。「それについては特別のご褒美をもらえるの？」

「だめだね」タネクは暖炉のそばにひざまずき、薪《まき》をついた。「きみにはもう十分、稽古をしてやってるじゃないか。これ以上はやりすぎだよ」

予想していたとおりの答だったが、最初からだめでもともとだと思って訊いたのだ。それに、たぶんタネクの言うとおりだ。攻撃と防御の基本を習いはじめて一週間、自分の上達ぶりには満足している。体が自然に動くようになるには、まだまだ時間が要るだろうが。

「オバナコでは、銃の扱いを覚えてる暇がなかったんだけど」ネルはおずおずと言った。

「銃はおれの専門分野じゃないな。ジェイミーが得意だ。あいつが来ることがあったら、教えてくれと頼むといい」

「それにナイフの扱いも」

タネクは顔を上げ、ネルの目をまっすぐに見た。「ナイフから身を護るすべは教えるが、使い方を教えるつもりはない。ナイフでマリッツと渡りあえるはずがないからな。やつが何年もかけて身につけたものを、三カ月やそこらで覚えられるわけがない」タネクは立ちあがり、ネルのカップにコーヒーを注いだ。「別の武器の使い方を覚え、完璧な作戦を練っておくほうがいい。運を天にまかせたくなければな」

「だって、ガルドーは？　ガルドーには何を使えばいいの？」

「ガルドーはおれにまかせておけ」

「いやよ。命令を下したのはその男でしょ」ネルはコーヒーカップを口もとに運んだ。「ガルドーのことを教えて」

タネクは暖炉の前に腰を下ろし、両腕で膝を抱えた。「自分で調べたんじゃなかったのか？」

「『タイム』に書いてあったことだけよ。あなたが知ってることを教えてほしいの」

「ずる賢く、用心深い。麻薬カルテルのトップにのしあがろうとしてる」

「いまでも大物なのかと思ってたけど」

「まだ底辺をうろついていて、やつはもっと上を狙ってる。あいつはサンデケスやファアレス、パロマといった連中と同じ権力を求めてるんだ。真の権力を握っているのはそういった連中だし、やつは権力の味が大好きだ。金も、美しい女も大好きだし、アンティークの珍しい剣に執着している」

ネルは記事の中に、剣のコレクションに触れた箇所があったのを思い出した。「執着？」

タネクは肩をすくめた。「まさに執着だよ。権力欲の延長なんだろう」

「男根崇拝みたいなものかしらね」

タネクが小さく笑った。「そうとも言えるかな。あまり想像したくはないがね」

「結婚は？」

「結婚してもう二十年になるが、妻と二人の子供をとても大切にしてるようだ。もっとも――」と、タネクはつけ加えた。「だからといって、パリに愛人を囲うのをやめようとは思わないようだが」

「ね、その愛人を知ってるの？」

「シモーヌ・ルドー、モデルだ。だが、愛人を通じてガルドーに近づこうと考えてるんだったら、まず無理だぞ。ガルドーは自分を裏切ったらどんな目に遭うか、女たちにちゃんと教えこんでるからな」

「どうやって？」

「おそらく、シャトーのホールで密かに催すフェンシングの試合でも観戦させてるんだろう。処刑劇を上演する必要に迫られると、邪魔者を片づけるときに必ず使う若い剣士を登場させる。いかにもやつ好みの演出さ」

「殺してしまうわけ？」

「そうさ、殺すんだ。相手にも自衛のための剣は与えてやるようだが」

「その邪魔者のほうが勝ったら？」

「自由にしてやるという約束はしてやるが、ガルドーはもう二年以上もそのお気に入りのピエトロという剣士のあとがまを捜すはめには陥っていないんだ。フェンシングというのは、そこらのスポーツクラブで教えてくれるものじゃないからな」

「でも、それ以前には違う剣士だったわけでしょう？　ということは、相手が勝つこともあるわけね」ある考えがふいにひらめいた。「あなたじゃないの？」

「いや、おれじゃない」タネクは組んだ両手に目を落とした。「第一、勝ったところで助かりはしないんだ」

「絶対に解放してもらえないの？」

「解放はされる」タネクが急に立ちあがる。「さて、街へ行くか」

「いまから？　なぜ？」ネルは驚いて訊いた。

「質問責めにも、ガルドーやマリッツのことばかり考えて過ごすのにも、うんざりだからさ」タネクはドアに向かった。「息が詰まる」

でも、フェンシングの試合の話になる前は、質問をしてもいやな顔はしなかったじゃないの。ネルは静かに言った。「気を悪くしたなら、ごめんなさい」

タネクは乱暴にドアを閉めて出ていき、ネルはたじろいだ。

すぐに厩舎のほうから、ジープが発進する騒々しい音が響いた。ネルは立ちあがって窓に近づいた。テールライトが遠ざかり、消えてしまうと、急にひとりぼっちになったような気がした。この数週間、タネクが午後からバーX牧場へ行くことはよくあったが、夜に街へ出かけたのはこれが初めてだ。ネルは置き去りにされたような奇妙な気持ちがした。

ばかね。タネクがいつもと違う行動をしたっていうだけのことじゃない。私は暖かな暖炉のそばでタネクと夜のひとときを過ごすことに、慣れすぎてしまったんだわ。

——ニコラスは男だし　あんたは町にいる女たちよりも彼のそばにいるんですからね
ミカエラの言葉を思い出したとたん、ショックが襲う。

町の女たち。そうよ、当たり前じゃない。性欲のはけ口もなしに、こんな荒野も同然の土地に住むことなどできるわけがない。これまで一度も女を求めなかったことのほうが、むしろ不思議なのだ。

決まったひとがいるのだろうか？

私には関係のないことだ。彼は彼、私は私。置き去りにするとかしないとか、彼と私の間にはそういう意識自体が存在しないのだ。

何か柔らかいものが腿に触れた。下を向くと、サムが見上げていた。「あら、こんばんは」ネルはやさしくサムの頭をなでた。「ご主人様は行ってしまったわよ。今夜は私の部屋で寝る？」

寄り添い合うのもいいかもしれない。サムもまた置き去りにされたのだから。

「もっと」メリッサがあえいだ。彼をもっと深く受け入れようと、腰を突きあげる。「そう。素敵」

彼は深く入った。さらに深く。

絶頂はすぐにやってきてしまった。ニコラスは彼女に体を預け、体を震わせた。のぼりつめたメリッサの痙攣。

メリッサから体を離してごろりと仰向けになると、ニコラスは腕に頭をのせた。彼女に腕をまわしてやるべきなのだろう。女はたいてい、行為のあとに寄り添うことに大きな意味を見出す。

だが、抱いてやる気にはなれなかった。ここにいたくはなかった。

「素晴らしかったわ」そう言いながらメリッサが体を寄せる。「来てくれてありがとう、ニコラス」

ニコラスは彼女の髪をなでた。メリッサは、セックスさえしていれば満足する。ありがたいことに、メリッサ・ローリンズは面倒のない女だった。多くを求めず、尽くしてくれる。年齢は三十四、夫と別れてレイシターで不動産業を営んでおり、束縛を嫌う。彼にとってはこれ以上の女はいない。

だが、ここにいたくはなかった。

メリッサが肩にキスをした。「もう会えないのかと思った。牧場に女のひとが来てるって聞いてたから。まだいるの、そのひと?」

今はネルのことも思い出したくはない。「ああ」

メリッサがくすくす笑った。「じゃあ、彼女あんまりよくないらしいわね」手を伸ばして彼をつかむ。「さっきのはほとんど強姦よ。あたし、服も脱ぎ終わってなかったのに」

「強姦とは同意のない場合を言うんだ」ニコラスは相手のこめかみにキスをした。「さっきのは違っただろ?」

「そうね、いつまでも意地を張る気はないわ。会いたかった」メリッサは焦らすように彼を愛撫した。「あなたもでしょ?」

「ああ、もちろん」まだ帰るわけにはいかない。メリッサは売春婦ではないのだ。ことがすんだとたんに出ていくことはできない。それはルール違反だ。今度はおまえが何かを与えてやる番なんだ。ニコラスは自分にそう言い聞かせ、メリッサの体に腕をまわした。「きみに乱暴なことをしたのだったらあやまるよ」

「いやじゃなかったわ」メリッサはあくびをした。「あなたがしてくれることなら何でも好き。ただ、いつものあなたとは違った」そう言うと彼から手を離し、ぴったりと体を寄せた。「ひと眠りしてもいい？　今日はすごく忙しかったから」

「帰ったほうがいいかな？」

「いいの、ただちょっと眠りたいだけ」メリッサは猫のように彼の肩に頬をこすりつけた。「あなた、じきにもう一度、欲しくなるでしょ？」

「大切なのは、きみがどうしたいかだよ」

「なら泊まっていって。せっかく訪ねてくれる気になったんだもの、まだ離さないわよ」

ニコラスは苛立ちを顔に出さないように努めた。泊まっていくと期待されても当然なのだ。いつもそうしているのだから。「じゃあ、おやすみ。おれはここにいる」

「わかった」メリッサは眠たげに言った。そのまましばらく黙っていたので、ニコラスは彼女が眠ったのだと思った。「ねえ、そのひと、あなたの何？」

「友だちさ」

「詮索するつもりはないのよ」メリッサは囁いた。「ただちょっと……訊いてみたかっただけ。あなた、いつもと違ったから」

「おれにとっては久しぶりだったからな」タネクは人差し指でメリッサの唇に触れた。「さあ、もうおやすみ」

「話したくないのね、そのひとのこと」

「話すことがないのさ」ネルのことなど話したくもなければ、考えたくもなかった。セックスに夢中になれば、ネルのことなど頭から締め出せると思っていた。いつもはセックスが緊張をほぐすための手段なのに、いまはセックスのせいでかえって苛立ちを感じている。

これではだめだ。ここにいたくはない。ネルのいる牧場に帰り、スケッチに夢中になっているあの表情を、手を伸ばしてサムをなでるあの姿を見つめていたい。

認めろよ。

ベッドでネルを思う存分むさぼりたい。

だが、彼女のほうにそんな気持ちはない。ネルはまだまだ彼を受け入れる気持ちにはならないだろう。ひょっとしたらこの先もずっと受け入れてはくれないだろう。おそらく、彼女がその気になってくれないのなら、そのほうがいいのだ。気ままな生活を送るために長い間苦労してきたというのに、それをぶち壊されてしまうだろうから。いや、もうぶち壊されている。こちらの都合のいいときにだけ訪ねていき、それ以外のときは放っておく、そんな扱いができる女ではないのだ。彼女が黙っているときですら、気がつくと彼は彼女を見つめている——なぜ黙っているのだろうと不安にかられながら。

唯一の解決法は彼女と離れて暮らすことだ。だが、それはできない。これからも、ふたりで折り合いをつけながら、そして親密な関係を保ちながら暮らしていくのだから。

ああ、どうしたらいいんだ。

「ニコラスはまだ街から帰ってこないのかね?」ミカエラが言った。

ネルはスケッチブックから顔を上げずに答えた。「ええ」

「もうすぐ真暗になるじゃないか。こんなに長くあの女のところにいたことはないのに」

あの女というのが誰なのか訊きたいという衝動を、ネルは必死に押さえつけた。

「どうして行かせたんです？」ミカエラが言った。

「口出しはできないわ」

「引き止められたはずですよ。ニコラスはあの女を利用してるだけなんだから。この次はニコラスの望むものをあげることですね。そうしたらニコラスも行きはしない」

ネルはぱっと顔を上げた。「何ですって？」

「聞こえたでしょう」

「さあ、どうかしら。あなたは、できるだけ早く私に出ていってほしいんじゃなかった？」

「気が変わったんですよ。こっちがあんたに慣れることもできるんじゃないかと思ってね」

「それはどうも」ネルは皮肉を言った。

「あんたもこの土地に慣れるといい。ニコラスがここに落ち着いてくれるように、手を貸してくださいよ」

「光栄ですわ、私があなたのお役に立てるなんて」

「怒ったんですか。あたしはみんなの幸せを願ってるだけですよ」

「あなたにとってのね」

ミカエラは微笑んだ。「ああ、そうですよ。だけど、あんたが楽しく暮らせるようにするためなら、あたしだって喜んで妥協する。絵を描けるように、一日十五分間ずつじっとしてあげてもいい」

「寛大なお言葉に言葉もありませんわ」

「そりゃそうでしょう」ミカエラがドアに向かいながら言った。「あたしはもともとじっとしてるのが嫌いなんですからね」

「ずいぶん控えめな言い方ですこと」ミカエラがドアを閉めて出ていくと、ネルはスケッチブックを脇に置いた。

大した女性だった。自分の目的以外のことにはまるで関心がない。でも、私も同じではないかしら？　どっちもどっちだわね。

ネルは立ちあがり、落ち着かない気分で窓ぎわへ行った。空の色が濃くなり、夜が訪れようとしていた。ジムで過ごす充実した時間も、今日はなかった。この日課に、日々のリズムに、なじんできたところだったのに。

タネクにも。

それはごく自然なことで、特別なことではなかった。ミカエラやサムとうちとけたのと同じことだ。

タネクはどこにいるのだろう？

ネルはふと寒気を感じた。もし女のところへ行っているのではなかったら。こんなに長く女のところから帰ってこないのは初めてだと、ミカエラも言っていたではないか。塀に身を潜めて暮らしている男がその外に出る――それは危険にさらされるということだ。

サムがきゃんきゃんと吠えながらポーチの階段を跳ねるように下りていく。

ジープだ！

ネルは思わずポーチに飛び出し、彼を待った。

ジープが轟音とともに厩舎の前に入ってくると、サムが危なっかしいほどすれすれまでタイヤを追いかける。タネクが急ブレーキを踏みながら悪態をつくのが聞こえ、ネルは微笑んだ。

「遅かったじゃない。夕食の支度はほとんどできてるんだから。食事に遅れたらミカエラが気を――」ジープからジェイミー・リアドンが降りてくるのを目にして、ネルは驚いて口をつぐんだ。「あら、こんにちは」

タネクがひざまずいてサムを黙らせた。「空港まで迎えに行ってきた。一時間前の飛行機で着いたばかりでね」

ジェイミーはネルに歩みよりながら微笑んだ。「ニックが朝っぱらからミネアポリスに電話をよこしてね、あんたのお役に立つようにと言うんだよ。美しい女性が人殺しの道具を手にする姿など想像するのもいやだったが、もちろんすっ飛んできたさ」ジェイミーは遠くの山並みに目をやり、おおげさに身を震わせてみせた。「はあ、どれだけの犠牲があったことかねえ。文明人がこんな荒野にまで来ちゃいけないよ」

銃だ。ジェイミーは銃のことを言っているのだ。銃の扱いを覚えたいとタネクに話したのは、昨夜のことだ。ジェイミーに頼めと言ったときのあのそっけない口ぶりからは、タネクが何かをしてくれるとはまったく思えなかったのだが。「わざわざ来てくださってありがとう」

タネクは立ちあがってポーチに向かった。「家を案内するよ、ジェイミー。きみが思ってるほどのあばら家じゃないぞ」

「われらがネルが何週間もここで生き延びてきたという事実こそ、おれにも耐えられそうだという立派な証拠だな」ジェイミーは言った。

家の中に入っていくふたりのあとを、ネルはゆっくりと追った。

ジェイミーが振り返り、ネルに微笑んだ。「邪魔をするつもりはなかったんだよ。帰ったほうがいいかな？」

ネルは早口に言った。「とんでもない。びっくりしただけよ。来てもらえるなんて思ってもみなかったから」

「それはおれも同じだ」ジェイミーは眉をひそめた。「だが、ニックってやつは強引でね。ま、決してお邪魔はしないよ」

でも、すべてが変わってしまうだろう。ジェイミーが来たことでいままでとは違った雰囲気が生まれ、ネルとタネクの親密さも消えるだろう。

それこそが、タネクの望んでいることなのだ。そうでなければ、ジェイミーを呼びよせたりはしなかっただろう。ふたりきりで過ごすことにうんざりし、苛立ちを感じているのだ。

そう考えると心が疼いたが、ネルは気づかぬふりをした。そうだ、変化に順応し、大いに利用してやればいい。この機会に、ジェイミーの知識を吸収してしまうのだ。「邪魔だなんてとんでもない。来ていただけてうれしいわ」

時間の無駄だ。マリッツは苦々しく思っていた。コールダーの女はここには来ない。これもう終わりにしなければならないのか。残念だな。タニア・ヴラドスにはとても親近感を感じていたのに。

愛情にも似た親近感を。

タニアを見張り、タニアの恐怖を感じるのは、実に楽しかった。最初の数日が過ぎると、タニアはマリッツの存在を無視しようとしはじめたが、存在を感じていたことは間違いない。見張られていることを気にしまいと努める彼女を見ているうち、マリッツはタニアの抵抗にかすかな敬意を覚えるようになっていた。おかげで、狩りの喜びが百倍も強烈なものになった。

いつもなら獲物に性欲をそそられることはないのだが、殺す前にタニアと交わる空想を楽しんでいた。それは、ほかの獲物とは違うのだということを示す賛辞のようなものだった。しかしその賛辞を贈りたいのなら、邪魔者のリーバーが外出する午後を狙うしかない。昼間は使用人がひとりいるが、あの男は庭で片づければいい。タニアに抵抗されれば面倒が起きるかもしれないが、殺す前にコールダーの行方を聞き出さなければ。タニアが知っているのなら、他の人間の口からではなく、ぜひともタニアから聞き出したかった。

だが、タニア・ヴラドスから情報を引き出すには時間がかかるだろうな。マリッツは得意になった。まれに見る勇敢さで、このおれに立ち向かってきた女なのだから。

そうさ、あの女には、ほかの獲物とは別格の扱いをするだけの価値がある。

12

ジェイミーは道場を出てゆくネルを見送った。「すごいじゃないか、彼女」

「ああ、コツをつかみかけてる」ニコラスはタオルで顔をぬぐった。

ジェイミーはにやりとした。「とんでもない気迫だった。あんたも一度やられそうになってたな」

「言ったろう、コツをつかみかけてるんだよ」

「なかなか楽しかったよ。普段おまえさんが女の上に乗っかるときは、もっと不純――」

「何かわかったか？」

ジェイミーは首を振った。「手がかりはいくつかあるんだが、たどっていくとほとんどはどこかでやつに封じられてる。時間がかかりそうだよ」ジェイミーは言葉を切った。「だが一つだけ、あんたの興味を引きそうな情報があった。様子を確かめようと思ってフィルに電話したら、やっこさん、二、三週間前に新聞の隅っこで見たっていう記事の話をしてくれた。ジョン・バーンバームが行方不明らしい」

バーンバーム。思い出すまでに少し時間がかかった。ネルの死をでっちあげるために金をつかませた、あの葬儀屋か。「何か関係があるのか？」

「表面上は何も。犯罪に巻きこまれた形跡もない。金庫から相当な金がなくなってるが、開けたのは数字の組み合わせを知っている人間だ。車も本人と一緒に消えてる。バーンバームは離婚するしないでもめてたらしいから、慰謝料を払いたくないばっかりにとんずらした可能性もある」ジェイミーはしばらく考えこんでから続けた。「だが、息子によると、火葬用の松材の棺が一つなくなってるらしい」

「火葬か。ガルドーはこれまでずっときれいな仕事を要求している」

「しかもミネソタには、車の一台ぐらい沈められる湖はごまんとある」ジェイミーは肩をすくめた。「もちろん、どれも推測だし、とんずら説が正しいのかもしれない」

「が、それも違うのかもしれない。念のために、ガルドーかマリッツの仕業だと考えて、連中がバーンバームから知りたいことを訊きだしたと思っておいたほうがいいな。タニアとジョエルから絶対に目を離すなと、フィルに言ってくれたか？」

「その必要はなかった。あいつが自分で言ってたよ。あいつもばかじゃないからな。フィルによると、何か動きがあったわけじゃないが、二、三週間前に一度、タニアが誰かにつけられているような気がすると言ったらしい。それからは何ごともないとさ」

「いやな予感がするな」

「おれはそうは思わないよ。この場合は、便りのないのはよい便りに決まってる」

「ジョエルの家はまだ荒らされてないんだな？」

ジェイミーはうなずいた。「最高の警報装置もついてるし」

「それでも気になるな」

「何か起きるかもしれないというだけで、あのふたりを武装した護衛で囲っておくわけにはいかない」

「力を貸してくれたら安全は保障すると、ジョエルに約束したんだ。おれはメダス島でしくじった。同じ過ちを繰り返すわけにはいかない」ニコラスは考えこんだ。「フィルに電話して、何かあったらすぐに連絡をよこせと――」

「もう電話したよ」

「ああ、そうだよな」ニコラスは顔をしかめた。「すまない」

「それにな、この荒野から解放されたらすぐにあそこへ戻って、この素晴らしい頭脳を使ってことの真相を突きとめてやるさ」

遠くに離れ、塀に囲まれているんだ、しかたがない。おれは手を尽くした。これが運命というものだ。ばか言え、ニコラスは自分がいやになった。言い訳を探し、それを見つけたにすぎないではないか。「三日だ。三日でネルにできるだけのことを教えてやってくれ。向こうで何か動きがあるらしいことは気取られないように頼む。さもないと、ミネアポリス行きの飛行機に飛び乗りかねない」

ジェイミーはうなずいた。「三日あれば基本は教えられる。あとは、いずれにしても練習あるのみだしな」安堵のため息を漏らした。「ここから解放されるとは、正直いってうれしい話だ。何でもかんでもでかすぎるし、この静けさがかえって不安にさせる」

「何を寝ぼけたことを。ここに着いてから、一度だってじっとしてたためしがないくせに」

「この恩知らずめ、あんたにはがっかりだな」ジェイミーはドアに向かった。「ネルを探しに行くか。ネルなら感謝のしかたを知ってるだろ」


ネルが顔をしかめた。「また外れた」

「でも、的には毎回当たってる」ジェイミーが言った。「そのうちできるようになるさ」

「いつ？」

「慌《あわ》てなさんなって。一日練習したくらいでど真ん中に当たるわけがない」ジェイミーが畜舎の柵に取りつけた的をまっすぐに直す。「あんたは目がいいし、腕もぐらつかない。それを生かすんだ。集中してな」

ネルは不満げな顔をした。「いまも集中してるわ」

ジェイミーがにやりと笑った。「じゃあ、あんまり集中しないことだ。当てよう当てようと思いすぎてるのかもな」

そうかもしれない。当てよう当てようと思ってるのは確かだ。ネルはジェイミーがくれたレディー・コルトを握りしめた。「できるようになるわよね？」

「生まれながらの射撃の名手などそうはいないし、人間は的の中心よりもでかい。どんな姿勢からでも素早く撃って、的のどこかに命中させることができるようになれば、それで十分さ」

「十分じゃ不十分よ。上手になりたいの」

「いや、完璧になりたいんだろ」

ネルはにっこりとうなずいた。「そうよ、完璧になりたいの」

「どうせ完璧になるまで練習を続けるつもりなんだろ」ジェイミーはため息をついた。「神よ、この悪魔からわれを救いたまえ」そうつぶやいてネルの手から銃を取りあげた。「さ、少し休んでコーヒーでも飲もう」

「疲れてないったら」

「おれが疲れたのさ」ジェイミーはネルの腕を取り、厩舎の前から母屋へ向かって強引に連れていった。「それに、この新鮮な空気はどうも落ち着かない。神がパブを発明されたのも当然だ」

「パブを発明したのは人間だと思っていたわ」

「それはよくある誤解さ。パブは間違いなく神の国だよ」ジェイミーは平原や山並みを指さした。「この荒野を神が見捨てたときから、ね」

「そんなにパブが恋しいのなら、どうしていつまでもここに？」

「ニックに呼ばれたからさ」ジェイミーは肩をすくめた。「それにちょっと気が滅入っててね。テレンスとおれはずいぶん古いつきあいだから」

「テレンス・オマリーのこと？」

「ニックから聞いたのか？」

「ガルドーに殺されたと言ってた。親友だったんでしょう？」

「ニックは父親みたいに慕ってた。ニックをスラム街から救い出したのはテレンスだからな。ニックはまだ生きていくのがやっとの、世間知らずの悪ガキだったが、テレンスはあいつが気に入ったらしくてね。連れて帰って飯を食わせ、いろんなことを教えた。覚えはよかったよ。ニックはハングリーだったからね。世の中のことすべてを知りたがった。すぐにテレンスを凌《しの》ぐようになり、世間に出てさらに多くを学んだ。そして次第にのしあがり、テレンスを仲間に入れた」ジェイミーは首を傾げた。「それからこのおれも」

「のしあがったってどういうこと？」

「スラム街からのしあがるには、手段は一つしかない」

「犯罪ね」

「それしか知らなかった。テレンスとおれはペテンをやったり、けちなドラッグの運び屋をやったり、ときには盗みにも手を出したが、ニックは……そうだな、ニックは芸術家だった。自分が欲しいのは何なのか、どうやったらそれを手に入れられるのか、いつもちゃんとわかってた」

「何だったの、彼が欲しかったのは」

「足を洗うことだ。元の木阿弥《もくあみ》に戻らずにすむだけの十分な金を貯めてね」

「どうやらその望みはかなったようね」

ジェイミーはうなずいた。「あいつはおれたちにも存分に金を分けようとした。おれはそれをもらって足を洗ったが、テレンスには引退する気などなかった。あの世界に長くいすぎたんだ。あの生活を、あの稼業のスリルを愛してたんだな。ニックがこの土地を買ったとき、おれたちに別れを告げて去っていった」

「そして?」

「ガルドーの機嫌を損ねた」ジェイミーは唇を結んだ。「ニックのところに戻ってきて、そこで死んだ」

「どういうことなの?」

「見せしめだよ」ジェイミーは玄関のドアを開け、ネルを先に通した。「剣先にはコローニョという細菌がほんのわずかつけてあった。致死率九七パーセント、想像もできないような悲惨な死に方をする。ニックはテレンスが死んでゆくのを黙って見てるしかなかった」

「コローニョ? 聞いたことがないわ」

「アマゾン起源の病原菌だよ。熱帯雨林を乱伐するようになってから、いろんな伝染病が出現した。コローニョは血液を通じてしか感染しないから、そう簡単にはうつらないが、エボラと同系統の菌なんだ。エボラのことなら、あんたも耳にしたことがあるだろう」

ネルはぞっとした。感染者の体組織を文字どおり食べてしまうその病気については、新聞で読んだことがある。「ええ、あるわ」

「麻薬カルテルはこの菌を、自分たちの気に食わない連中に使おうと、培養してるんだよ。

これはなかなか効果のある脅しだ。ガルドーもこの菌をかなりの量、持ってる」

「まるで悪魔ね」

「ああ。だから気をつけろよ」ジェイミーはネルの目を見つめた。「ガルドーがたやすく倒せる相手だとしたら、ニックがここまで慎重に行動してると思うか？」

思わない。親友が苦しみながらじわじわと死んでいくのを見守る――どれだけ辛かったことだろう。「だからここにいるのよ、私は。じっと我慢しながら」

「的の中心に命中しないときは別だがね」

ネルは微笑んだ。「そう、それは別」


「もっと長くいてくれるのかと思ってた」ミカエラの運転するジープが助手席にジェイミーを乗せて去っていくのを、ネルはがっかりしながら見送った。「まだ教えてもらうことがあったのに」

「あいつには他にもやることがあるんだ。あとはもう、きみひとりで練習できると言ってた。それに、この未開の地はあいつの性分に合わないらしい」タネクが言った。

「未開なんかじゃないわ」ネルは山並みに目を向けた。「あるがままなだけ」

「そのとおりだな」振り返ってジープが一つめのゲートに着いたのを確認してから、タネクは尋ねた。「ここが気に入ったかい？」

考えたこともなかった。この牧場は、ネルがやろうとしていることの背景にすぎない。だが、そう言われてみると、自分はこの土地の平穏な環境に、いつのまにか親しみを覚えはじめているようだった。ここにいるとくつろぎを感じる。「ええ、気に入ったわ。なんだか……根を張ったって感じ」

「そのためにおれはここを買ったんだ」タネクはしばらく黙りこんでいたが、唐突に踵《きびす》を返した。「ジーンズに着替えて、暖かい上着を持ってこい。厩舎で待ってる」

ネルはきょとんとしてタネクを見つめた。「なぜ？」

「馬には乗れるか？」

「乗ったことはあるけど、カウガールとはいかないわ」

「安心しろ。投げ縄で小牛をつかまえるわけじゃない。山裾の丘まで、ジャンとピーターに会いに行くだけだから。今ごろは羊の群れを連れて低いところに降りてきてるはずだ」

「でも、なぜ行くの？」

「行きたいからだ」タネクの笑みがふとこわばった。「きみのお守りをするのはいい加減にやめにして、おれのやりたいようにやることにしたのさ。きみも、ピーターが羊飼いの生活に溶けこんでるか、確かめに行きたいだろ？」

「ええ、でも――そこまでどのくらいかかるの？」

「日が暮れるまでには、彼らがいつもキャンプを張る台地に着ける。羊たちと一緒に一泊して、明日の朝、戻ってくる」タネクはからかうような笑みを浮かべた。「新しいおもちゃで遊ぶ時間はたっぷりあるさ」

「銃を持っていきたいわ」

「それはだめだ。きみはまだそこまでうまくはなっていない。羊か犬を撃ってしまうのがおちだ」

「それなら、ここにいて――」

「行きたくないのか？」タネクがいらいらと言った。

行きたい。ネルは自分がそう思っていることをふいに悟った。ジャン・エチバラスにも会ってみたいし、ピーターにももう一度会いたかった。ちょっとくらいの気分転換ならどうということはない。戻ってきたらこれまでの倍も頑張ろう。ネルは足早にポーチに歩いていった。「厩舎で会いましょう」

ジャン・エチバラスはせいぜい五フィート六インチ、ずんぐりとしたたくましい人物で、笑うと皺だらけの丸顔が楽しげに輝いた。彼の伴侶にクレオパトラが似合わないのと同じように、ミカエラが彼の伴侶とは思えない。

「はじめまして」ジャンがにっこりと笑った。「ミカエラのやつが、あんたのことをさかんに誉めてた」

ネルはびっくりした。「本当に？」

ジャンはうなずき、タネクのほうを向いた。「羊を一頭、狼にやられた。それでもまあ順調なほうだな」

タネクが微笑んだ。「ああ、順調なようだな。ネルはピーターに会いにきたんだ。どこにいる？」

ジャンは群れの向こう側を指さした。「あそこだ。なかなかよくやってくれる」

ピーターはネルを見てちぎれんばかりに手を振ったが、こちらに来ようとはしない。

「な？　ああやって羊の番をしつづける。ときどきは何かを忘れちまうこともあるが、羊の番だけは忘れん」ジャンが誇らしげな笑みを浮かべ、日に焼けた顔の黒い目の周りの皺《しわ》がますます深くなる。「覚えも早い」

「ピーターのところに行ってもいいかしら？」ネルが尋ねた。

ジャンがうなずく。「いずれにしろ、キャンプの支度をする時間だ。犬を見張りにつかせて、こっちへ夕食を食べにくるよう言ってくれんかね」

ネルはタネクに手綱を預け、大きな群れの周りをぐるりと回って歩きだした。群れに近づいて鼻に皺を寄せる。羊の群れの発する匂いは決してうっとりするような香りではなかったし、毛も純白ではなく、汚れたベージュだった。メリーさんの羊だって所詮はこんなものだ。

「ね、可愛いでしょ？」声の届く距離まで近づくと、ピーターが訊いた。「羊が嫌い？」

「あなたはどう見ても大好きのようね」ネルはピーターを素早く抱きしめると、よく見ようと後ろに下がった。

ピーターはジャンほどではなかったが、前に見たときよりも日に焼けていた。ぼろぼろのウールのポンチョに、ブーツ、革の手袋。目はきらきらと輝き、明るい顔つきになっていた。

「元気だったなんて、訊くまでもないわね」

ピーターは、はぐれた子羊の周りをまわっている白黒ぶちのボーダー・コリーを指さした。「あれがジョンティ。羊飼いさ、僕と同じ。夜、見張りの番じゃないときは、一緒に寝てるんだよ」

「そう、楽しそうね」どうりで羊と犬の両方の臭いがするわけね。でも、そんなことはどうでもよかった。ピーターが幸せに暮らし、自分自身に誇りを感じている――いま大切なのはそれだけだ。

「ジョンティの奥さんが子犬を生んだらね、一匹もらえるんだよ。ジャンがしつけ方を教えてくれるって」

どうやら永遠にここにいるつもりらしい。ネルは不安を感じた。「しつけには長いことかかるのかしらね？」

ピーターの笑みが消えた。「僕が帰らなくちゃいけなくなったらって心配なんだね」首を振る。「僕はどこにも行かないよ。ジャンだって僕がいなくなれば困るんだ。立派な羊飼いだって言ってくれたんだから」それから、簡潔につけ加えた。「僕はここに向いてるんだもの」

涙で目がじんとする。「よかったわね、ピーター」ネルは咳ばらいをした。「ジャンがね、犬を見張りにつけて夕食に来なさいって」

ピーターはうなずくと、厳《いか》めしい顔で犬に命令した。「見張りだ、ベス。見張りだ、ジョンティ」それから振り向き、ネルと一緒に歩きはじめた。「きれいなところでしょ？　高地のほうにも行ってみてよ。緑がいっぱいで静かでね、上を見るとさ、山がすぐ目の前にあって、何となく怖くなるけど、本当はそれほどでもなくてね……」

「幸せなのね」ネルはコーヒーをひと口すすり、焚き火の向こうのピーターとジャンを見やった。ジャンはピーターに木の削り方を教えており、ピーターは眉根に皺をよせて一心に取り組んでいる。「夢中になってる」

「ああ」タネクの視線がネルの視線を追った。「よかったよ」

「ここに残りたがってるわ」

「なら、残ればいい」

「ありがとう」

「礼などいらない。ピーターは自分の居場所を見つけたんだ。羊飼いはたいへんな仕事だぞ。孤独、重労働。日に照らされ、雪に降られ。最初にここに来たとき、おれも一シーズンだけやってみたがね」

「どうして？」

「そうすれば、この土地が自分のものだと感じられると思った」

「感じられた？」

「多少はな」

「あなたには、所有するということが大切なのね」

タネクはうなずいた。「ガキのころは、着ている服の他には何も持ってなかったから、世の中のものすべてを手でつかみ、そのまま離さずにいられたらと思ってた。いまでもその本能がどこかに残ってるんだろう」

ネルは微笑んだ。「それは間違いなさそうね」

「まあ、少なくとも欲しいものは変わってきたしな」タネクは棒きれで火をつついた。「しかも近ごろは、欲しいものは金で買うようになった」

ネルは顔を上げて山並みを眺めた。「この土地を愛してるのね」

「ひと目見たときからな。たまにはひと目惚れすることもあるのさ」

「ピーターもひと目惚れしたのね。自分はここに向いてるって言ってた」ネルは少年の顔に視線を戻した。「きっとそうだわ。あの子、ほら……完成したって顔してる」

「完成した?」

「仕上がったのよ」タネクがまだ怪訝《けげん》そうにネルの顔を見ているので、他の言葉を探す。「もう、醜いアヒルの子じゃなくなったってこと」

「少しばかり日に焼けたようだが、外見には驚くほどの変化はないじゃないか」

「そんなことを言ってるんじゃないの。子供のころよく祖母に聞かされたわ。世界じゅうの醜いアヒルの子たちが、どうやってみな白鳥に変わっていくのか」ネルは肩をすくめた。

「でもそのうちに、そんな話は必ずしも本当じゃないことに私も気づいた」

「本当だったじゃないか。きみの場合には」

「奇跡が起きたからよ。ジョエルが起こした奇跡。でもね、もしかしたら誰にでも白鳥になるチャンスが訪れるのかもしれないと、このごろは思うようになった。だって、その変化の一部分は、心の変化なんだもの。本当の自分を見つけ、心の安らぎを得られるようになれば、それもまた一つの奇跡と呼んでいいのかもしれない。未熟さや自信のなさからくる臆病さを克服することができれば、すべてがうまくまわりはじめるのかもしれない。ひょっとしたら人間は——」ネルは途中で言葉を切り、顔をしかめた。「私、ずいぶん偉そうね。笑ってくれなくちゃ」

「きみがメダス島の事件以外のことを考えるのは大歓迎だよ。じゃあ、ピーターは白鳥になったと？」

「やっぱり笑ってるのね」タネクが返事をしないので、ネルは続けた。「まだなってはいないかもしれないけれど、大きな一歩を踏み出したわ」

「アヒルが尻をふりふり第一歩を踏み出した、と？」タネクは片手を上げた。「すまない。つい言ってしまった。ついアヒルをからかうような言い方があれこれ浮かんできて。いや、きみの言うことはよくわかる。すると、ジョエルはきみ以外にも白鳥をつくったわけだな」

ネルは首を振った。「私は違う。私はまだ完成していない。まだ……ばらばらだわ。でも、あなたは本当のあなたを知ってる。タニアもそうね」タネクの顔に視線を移すと、タネクはもはや笑ってはおらず、思わず目を伏せたくなるような熱のこもったまなざしをネルに向けていた。ネルはすぐに目をそむけ、軽い口調で言った。「タニアは白鳥と呼んでもいいけれど、あなたは鷹の雛《ひな》ね」

「かもな」タネクは心ここにあらずといった口調で言った。ネルはタネクの視線が依然として自分の顔に注がれているのを感じた。

焚き火の周囲にできた暖かな繭《まゆ》の中に冷たい風が吹きこみ、ネルの体を震わせた。

「上着のボタンをかけたほうがいい」タネクが言った。

ネルは動かない。

「ボタンをかけろよ」タネクがまた言った。「山は冷える」

逆らってみようかとも思ったが、そんなことをしても自分が損をするだけだ。ネルは上着のボタンを留めた。「言われなくても自分の面倒ぐらい見られるわ。長いことそうしてきたんだから」

「きちんととは言えないがな」ふいにタネクの口調が変わった。乱暴な言い方だった。「きみはこれまでずっと身内の人間の言いなりになってきた。やりたいことがあったのにそれをあきらめ、両親はよってたかってきみになんの関心も持たない男と結婚させ、そして――」

「それは違うわ」ネルは、タネクの態度が荒々しくなったことに驚いていた。「リチャードは私を大切にしてくれたわ。私のほうこそ彼をいいように利用したの」

「そうは思えないな。やつはいまもまだきみの気持ちを操って――」

「リチャードは死んだのよ。彼の話はやめて」

「いいや、やめないね」タネクはネルのほうを向き、ネルの視線をとらえた。「あの最低の男がきみを利用したとなぜ認めない？　自分の言いなりになる、世間知らずのお嬢さんを妻にしたんだ。彼がプライドを捨ててまで結婚してくれたと思いこんだ妻は感謝し、決していやとは言わなか――」

「やめて」ネルは深呼吸をした。「そんなことを言って何になるというの」

「きみと寝たいからだよ、ばかめ」

ネルはぽかんと口を開けた。「何ですって？」

「聞こえただろ」言葉がハンマーのようにたたきつけられる。「それとも、もっとあけすけな英語で言ってほしいのか？　中国語がいいか？　ギリシア語か？」

「聞きたくないわよ、そんなこと」ネルは声を震わせた。

「ああ、わかってる。ベッドに引きずりこんでやるとは言ってない。きみにはまだそんな気がないことはわかってる」

「じゃあ、なんだってそんなことを言い出したの？」

「おれがそう望んでるからだよ」タネクは簡潔に答えた。「我慢するのにうんざりしてきたからだ。それに、おれがそれを望んでるときみに吹きこんでおくのも悪くないと思ったからだ。そうしたら運が向いてくるかもしれないからな」

ネルを唇を湿した。「何も言わないでおいてくれたらよかったのに。意識してしまうじゃないの」

「じゃあ、おたがいさまさ。おれはしばらく前から意識してばかりだった。いまだってそうさ」

ネルはタネクの下腹部に視線を落とし、すぐにそらした。「ごめんなさい。私……お願いだから――」

「枕の下に頭を突っこんで、何も見なかったふりをさせてくれ、かい？」タネクが言った。

「この何週間かずっとそうしてたように？」

「見なかったふりなんかしてないわ。気づかなかっただけ」

「気づいてたんだろ。気づかないはずがない」

「あなた、うまく隠してたわ」

タネクが唇の片端だけを上げて笑った。「そんなにうまくは隠せなかったさ。簡単に隠せるようなことじゃない」

気づいていながら、知らないふりをしていたのだろうか？　ありうることだ。信じたくないばかりに、ミカエラの言葉に耳を貸そうとしなかったのかもしれない。「こんなことになるなんて」

「ああ、セックスは邪魔になるから、だろ？　だが、やってみれば、殺人と暴力沙汰の合間にちょっとセックスをするくらい、できるものなのかもしれないぞ」

「そんな皮肉な言い方をする必要はないでしょう」

「いいや、あるね。皮肉を言えば気が晴れる。きみから得られる唯一の楽しみだ」

「あなたの言葉を叩きつけるサンドバッグには、誰か他のひとを探してよ」ふとあることに思いいたり、口をつぐむ。「もう稽古をつけてくれないということ?」

タネクはネルを見つめた。「何を言い出すかと思えば」

「どうなの?」

「稽古はするさ。おれがこの肉体を支配している。肉体がおれを支配しているんじゃない」

それからつぶやいた。「たいがいはな」

「よかった」ネルは忘れていたコーヒーカップを地面に置き、横になって毛布にくるまった。

「じゃあ、邪魔にはならないってことね」

「おれと寝ることにしたって、邪魔にはならないさ。おれが望んでるのはセックスであって、一生の誓いじゃないんだ」

「わからないのよ、あなたには。私はあなたとは違う」ネルは唇をかんだ。「私にはただ――これまでにセックスをした相手はふたりだけなの」

「よかったか?」

「もちろん」

「なら、三人めも試してみればいいじゃないか。ネル・コールダーは死んだんだろう? なぜそうやっていつまでもネルの貞操観念に縛られてるんだ?」タネクは投げやりに笑った。

「イヴ・ビリングズとしておれと寝たらいい。イヴは性欲もある生きた女だ。おれはどちらでもえり好みはしないぞ」

ネルは眉をひそめた。「ふざけないでよ。私はただ、唐突にそんなことを言い出さないでくれればよかったのにと思っただけ。どうせ気まぐれでしょうから」

「気まぐれとは限らない。これでテコンドーの技が使えること以外にも、おれのことも少しは知ってもらうことができただろ」タネクは自分の毛布を広げた。「きみはそのことを考え、おれと一つになるのはどんな感じだろうと思うようになる」タネクは横になり、目を閉じた。

「絶対に後悔はさせないよ、ネル。だてに売春宿で育ったわけじゃないからな」

ネルはにわかに体が火照《ほて》るのを感じ、思わずそれにあらがおうとして辛辣に言い放った。

「売春宿は八歳のときに飛び出したんじゃなかったの」

タネクが片目を開けた。「おれは早熟でね」

ネルも目を閉じて、毛布を引っ張りあげた。「よく言うわ」

「おれと試してみなけりゃわからんさ」寝心地のいい姿勢を探してタネクが毛布の中でごそごそと動く音が聞こえる。

眠ってしまうのよ。ネルは自分に言い聞かせた。タネクが誘い、私は拒んだ。それで終わり。不安を感じる理由はない。タネクだって、ノーという答を受け入れることのできる文明人のひとりなのだ。

しかし彼は、子供のころから欲しいものがあれば闘い、必ず勝ちとってきた男でもあった。そう簡単にはあきらめないだろう。無理強いはしなくとも、口説くことをやめることもないだろう。

だが、口説かれてもノーと言えばいいのだし、いやなことは何であれ拒否すればいい。セックスに関することで煩わされたり、のぼせあがったりするのはお断りだ。距離をおいた関係を保ち、冷静に目的だけに意識を集中していたい。

ネルは目を開いた。タネクは目を閉じて横になっており、手をだらりと焚き火のほうに投げ出していた。きちんと爪を切った、形のいい、何をやっても上手な、たくましい手。ネルはその手をよく知っていた。その能力と、殺人的な力。危険な手だ。でも、いまはそうは見えない。力強く……男性的に見えるだけ。ネルは昔から手を描くのが好きだった。ひとの手にはどこか魔法のようなところがある。都市を建設し、偉大な芸術を生み、残忍にもなれば優しくもなり、苦痛をもたらすこともできれば、喜びを与えることもできる。

そう、タネクのように。

いまいましい男だが、その手を見ているだけで、体の奥が熱くなる。いったいどうしてなの？　性欲には、このまま静かに眠っていてほしいのに。

もう手遅れだ。だが、まだコントロールできないほどではない。そのうちに消えてくれるだろう。

ネルはふたたび目を閉じた。常緑樹の匂い、カシの枝の燃える匂い。ひんやりとした空気。感覚がとぎすまされていた。物音や匂い、そしてむき出しの腕に触れるウールの毛布のごわごわした肌触りを、にわかに意識しはじめていた。それでも何も変わってはいない。ジルは死んだのだ。ネルの体には生を謳歌《おうか》する権利はない。

いまいましいタネク。

「もっと速く」タネクが言った。「鈍いな。今朝はもう二度もきみを殺したぞ」

ネルは体を回転させてタネクの腹に蹴りを入れる。

タネクはよろめいたがすぐに立ち直り、とどめを刺しにきたネルの腕を取る。そして、ネルを床に倒し、上にまたがった。「鋭さがないぞ」

「起こして」ネルがあえぎながら言った。

「気が散ったのよ。マリッツは起こしてくれないぞ」

「マリッツには気を散らされたりはしないわ」

タネクはネルから離れ、手を引いて立ちあがらせた。「なぜ気が散った?」

「よく眠れなかったから」

「どうせよく眠れたことなんかないんだろ。きみは幽霊のように家の中をさまよってる」

気づかれていたとは。「ごめんなさい。起こしてしまったかしら」

「ああ、起こされたよ」タネクはネルに背を向けた。「風呂にでも入って少し寝てこい。明日は切れ味のいいところを見せてくれよ」

あなたのようにね。あのキャンプから戻って二日になるが、タネクはずっと、触れれば切れそうなほどぴりぴりしている。この先どうなるだろうと思っていたが、まさかこんな愛想のない無関心な扱われ方をするとは予想していなかった。

いや、無関心ではない。タネクはネルを意識している。それが問題の一つだった。あのクールで辛辣な態度の奥から、ネルへの意識がにじみ出している。

そして、ネルもタネクを意識していた。

ネルも相手を意識しているのだ。いまいましいことに。


「寝たらどうだ」タネクが本を閉じて立ちあがった。「もう遅い」

「すぐ寝るわ。このスケッチが完成したら」ネルは顔を上げない。「おやすみなさい」

「ミカエラのスケッチはもう終わったと思っていたが」

「色をのせる前に、あと何枚かスケッチをしたっていいじゃないの」

ネルはタネクの視線を感じたが、顔を上げなかった。

「夜更かしはだめだぞ。今朝、きみはふらふらで、おれの時間を無駄にしたんだ」

ネルはたじろいだ。「期待にそむかないように努力するわ」

「そむいたら稽古は一週間おあずけだ。飴と鞭でいくと言ったことを忘れるな」

ネルが静かに言った。「まさか口実を探してるわけじゃないわよね?」

「かもしれないぞ。だから、おれに口実を与えるようなまねはするな」

タネクが部屋から出ていくと、ネルはほっとため息をついた。一緒にいると、タネクのほうを見たいという衝動と闘わなければならない。椅子にもたれたタネクのひきしまった体や、本のページをめくる手を目にしたくなかった。タネクが漂わせる、石けんやアフターシェイブ・ローションの香りを嗅ぎたくはなかった。

はえぎわに線を何本か足して仕上げにかかる。手が震えていた。自分の弱さが情けなかった。部屋を横切るタネクの姿を見ただけで、さかりのついた獣のように反応してしまうなんて。リチャードと一緒にいても、いや、ビルと一緒にいてさえ、こんなことはなかったのに。いったい、どうしてしまったのだろう?

ネルは鉛筆を置き、タネクを描いたスケッチを眺めた。特徴をとてもよくつかんだスケッチができあがっていた。見えかくれする知性、力強さ、内に秘めた激しさ、下唇の曲線に宿るかすかな官能の気配……

官能。タネクの唇は本当に官能的なのだろうか。それともネルの妄想が、彼の唇に官能を添えたのだろうか。わからない。ただ、それが目の前のスケッチにはっきりと、露骨にあらわれていることだけは確かだった。

ネルは弾かれたように立ちあがると、スケッチブックを紙ばさみにしまった。体がうずき、頬に血がのぼり火照っていた。ばかよ。くだらない。タネクなど描かなければよかった。描いても何もいいことがなかった。鍛えようと思っていた理性はどこへ行ってしまったの?初体験を待ち望むホルモン過多の少女でもあるまいに。

だが、ネルはそんな少女のように、無防備で不安だった。こんな不安の谷間など、とっくに越えたと思っていたのに。ここでこんなに気持ちが揺れてしまっては、いくら人生の他の領域で自信を持ったところで――

もういい。もう寝よう。明日もう一度、やり直せばいい。

もしも眠れるのなら。昨晩はベッドに入ったあと、何時間も眠れなかった。満たされず、悶々として――

今夜こそ、眠ろう。

また夢を見ている。

ネルの部屋のドアの向こうからかすかなすすり泣きが聞こえ、タネクは廊下で足をとめた。

夢を見ている。苦しんでいる。

気にせずに部屋に戻ることだ。ほぼ毎晩のことではないか。どうせ救ってはやれない。救ってやりたくもない。

あの悪夢を破ってやれば、さらにネルに近づくことになってしまう。いまでももう近づきすぎているというのに。

おれはあの力強く美しい体が欲しいのだ。傷ついた心を慰めてやりたいわけではない。

さあ、とっととベッドに戻って、彼女のことは忘れてしまえ。

――落ちて　落ちて　落ちて　落ちて

あの赤いバラに届くまで

ネルは深い眠りの底からやっと抜け出し、夢から逃れた。

そのまま横になって身を震わせながら、すすり泣きを押さえようとしていた。

――ごめんなさい　ジル　ママを許して
ベッドから起き上がると、足もとも見ずにスリッパに足を突っこんだ。

逃げよう。ベッドから、この部屋から、夢から……

居間へ。広い空間、暖炉の火、窓……

ネルは暗い廊下を足早に歩いた。暖炉の火に赤く照らされたリビングルームの壁が見えてくる。もう大丈夫だ。しばらくあそこにいて、落ち着いたらベッドに戻り――

居間の入口で、ネルはふと足を止めた。

「入れよ」暖炉の前の革張りのカウチに、白いパイル地のローブをまとったタネクが座っていた。「きみを待ってたんだ」

ネルはつぶやいた。「違う、そうじゃないの……」あとずさる。「そんなつもりじゃ――戻るわ」

「そうやってここに置きざりにしていくんだな。おれにきみのことを心配させたままで。なぜだ？　ひとりでくよくよするほうがいいのか？」

「くよくよなんかしてないわ」

「いいや、してたに――」タネクはふいに言葉を切り、疲れた口調で言った。「すまない。本気でそう思ってたわけじゃないよ。悶々としてたのはおれのほうだ。きみはただ、苦しみを乗り越えようとしてるだけだ。ほら、こっちに来て、一緒に乗り越えよう」

ネルはためらった。自分がタネクに対してどんな気持ちを抱いているのかわからなかった。こんな無防備な状態で彼のそばには行けない。

タネクは顔を上げ、かすかに微笑んだ。「さあ。嚙みつきはしないよ」

棘《とげ》はない。辛辣さもない。ネルはゆっくりとタネクに近づいた。

「それでいい」タネクはネルから目をそらし、ふたたび火を見つめた。

ネルは暖炉の脇のスツールの端に腰を下ろした。

「そんなに緊張しなくてもいい。襲いかかったりはしないさ。物理的にも、言葉のうえでも。おれは、痛手を負った者に卑劣なまねはしない」

「あなたは卑劣なまねなんかしないわ、いつだって」

「そんなことはない。きみがまだおれの本来の姿を見てないだけさ」タネクはローブのポケットに手を突っこむと、ハンカチを引っ張りだしてネルに放った。「顔をふけよ」

ネルは頰を軽くぬぐった。「ありがとう」

沈黙が訪れ、薪のはぜる音と、ふたりの息づかいだけが響いていた。緊張が和らいでいく。タネクが黙ってそこにいてくれることに、なぜか慰められた。ひとりきりで夢魔に立ち向かうよりはましだ。タネクと悪夢を分かちあうことはできないが、彼は悪夢を忘れさせてくれる。

「いつまでもそうやって耐えられるものではないだろう」タネクが静かに言った。

　ネルは答えなかった。答えられなかった。

「タニアはどんな悪夢を見るのか話してくれた。話すことで楽になる場合もある。どんな夢なのか話してみる気はないか」

「いや」そう答えたが、彼と視線が合い、やがて肩をすくめて言った。「メダス島の夢」

「メダス島の夢だということはわかっている。他には？」

「ジルの夢」ネルは叫ぶように言った。「他に何があるというの？」

「悲しみは理解できる。だが、そうやって自分を責める理由はわからない」

「ジルは死んだのに、マリッツは大手を振って歩いているのよ」

「それは怒りだ。自分を責める理由じゃない」

　ネルは追いつめられたような気がした。いまは詮索されたくなかった。「言ったでしょう、話したくないの」

「いや、話したいはずだ。おれがここにいるのを見ても逃げ出さなかったのは、話したかったからだろう？　どんな夢なんだ？」

　ネルは不安げに両手を開き、また閉じた。「どんな夢だと思う？」

「マリッツと闘っているのか？」

「ええ」

「ジルはどこにいる？」

　ネルは答えなかった。

「寝室か？」

「話したくない」

「きみはバルコニーに？」

「いいえ」

「階下の銃声が聞こえるか？」

「いいえ、もう聞こえない。聞こえるのはオルゴールの音だけ」

――落ちて　落ちて　落ちて　落ちて
　あの赤いバラに届くまで
どうしてやめてくれないの？　あの暗い、もやのかかった世界にまた引きずりこまれてしまうじゃないの。

「ジルはどこにいるんだ？」

お願い、もうやめてったら。

「ジルはどこにいる？」

「ドアのところ」堰《せき》が切れた。「ドアのところに立って、泣きながらこっちを見てる。あなたはそれが知りたかったの？」

「ああ、そうだ。なぜ話したくなかったんだ？」

爪が手のひらに食いこむほど拳を握りしめた。「あなたには関係ないことだからよ」

「なぜだ？」

——落ちて　落ちて　落ちて　落ちて

「なぜなんだ、ネル？」

「私が叫び声をあげてしまったからよ」涙が頬を伝い落ちた。「まさかあんなことに……よく言うでしょ、襲われたら叫び声をあげれば相手は逃げるって。でも、叫んだら、ジルが寝室から出てきてしまった。私のせいなのよ。私が大声を出さなければ、あの子はベッドでじっとしていたかもしれない。あの子が寝室にいたことを、あの男に気づかれずにすんだかもしれない。あの子は助かったかもしれないのよ」

「そうだったのか」

ネルはスツールの上で体を前後に揺らしていた。「私のせいよ。あの子は寝室から出てきて、あの男に見られてしまった」

「きみのせいじゃない」

「よしてよ」ネルは声を荒げた。「言ったでしょ。私は大声をあげてしまったのよ」

「しかたがないだろう。きみは刺し殺されそうになってたんだ」

「でも、あやまちだったということには変わりないわ。あの子は私の娘よ。そこまで考えてあげるべきだった。護ってあげなくちゃいけなかったのよ」

タネクはネルの肩をつかんで揺すった。「きみは正しいと思うことをしたんだ。ジルはいずれにしろ見つかってしまってたはずだ。マリッツは完璧にやらなければ気のすまない男だ」

「あの子がいることには気づかなかったかもしれないでしょう」

「気づいたさ」

「いいえ、私が叫んだから――」

「やめろ。オルゴールが鳴ってたんだろう」タネクは乱暴にネルを抱きよせ、頭を自分の胸に押しあてた。「オルゴールがまだ鳴ってたと言っただろう。あの男は誰かが寝室にいると気づいたはずなんだよ。きっと確認しただろう」

ネルは驚いて顔を上げ、タネクを見つめた。

「考えたことがなかったのか?」

ネルはうなずいた。

「無理もない」タネクはネルの髪をかきあげた。「なぜおれを責めないのか不思議に思っていた。きみは自分を責めるのに忙しかったんだな」

「いまもまだ自分を責めてるわ。オルゴールのことを思い出したからといって、あれでよかったんだと納得できると思う?」

「いや。ジルは死んだのに自分が生きているということを、きみ自身が許さない限りは無理だ」

「マリッツが死ねば自分を許すわ」

「本当か?」

「わからない」ネルは囁いた。「許せるといいわ」

う思うよ」

「ああ、おれもそう思う」タネクはもう一度ネルを抱きよせ、そっと揺すった。「おれもそう思うよ」

タネクの匂い。頰に触れるパイル地のローブのごわごわとした感触。情欲もない、あの火照るような意識もない、素晴らしい安らぎだけがあった。ネルは長いことタネクの腕に抱かれていた。安らぎが体を包み、心を癒《いや》していく。

やがて、ネルは頭をもたげた。「もう部屋に戻って眠らなくちゃ。明日、またよろよろしてるってあなたに言われちゃいそうだから」

「そうだな」タネクはネルをソファに座らせると、ふたたびネルの頭を胸に抱きよせた。「明日の心配をするほうがずっといい」

タネクに身をあずけると、安らぎが体に流れこみ、ネルを包みこんだ。奇妙なものだ。安らぎとは無縁のタネクが、これほどの安堵をもたらしてくれる。部屋に戻る前に、もう少しだけこうして抱かれていよう……。

まるでおれが母親でもあるかのように、安心しきって体をあずけている。タネクは悔しいほど自分がいやになった。

こんなはずではなかった。感情のしがらみのない、気楽なセックスを望んでいたはずだったのに。

手に入れたのはセックスではなく、これまでにどんな女とも分かち合ったことのないような深い心の絆だった。

自分のせいだ。これまで誰にも代理母の役割を押しつけられたことなどなかった。こうしてネルに求められるまでは。

ネルを抱いている腕がしびれ、痛かったが、彼女を離さなかった。タネクは自分の太腿に力なく置かれたネルの手に目を落とした。手のひらには半月形の爪のあとがいくつもあった。その赤い半円にそっと触れてみる。傷あと。この爪のあとはすぐに消えるだろうが、目に見えない傷あとはいつまでも残るだろう。タネクの負った傷と同じようにたちが悪い傷あと。その傷がふたりを結びつけている。

腕の中でネルが体を動かし、何ごとかつぶやいた。

「しいっ」さらにきつくネルを抱きしめた。

母親ならこうするだろう？　慰めを与え、悪夢を追い払ってやるのが役割だろう？

タネクはあきらめのため息をついた。決してこんなはずではなかったのに。

13

タネクがネルをベッドに下ろした。ネルは眠たそうに目を開けた。

「大丈夫だよ。毛布をかけるだけだから」タネクは毛布でネルをくるんだ。「また眠るといい」

タネクと目が合った。淡い色の美しい瞳が、部屋の薄闇の中でほのかに光を放っていた。

「おやすみなさい」

「何かあったら呼んでくれ」

「何もないと思うわ。ありがとう――」

行ってしまった。いや、完全に行ってしまったわけではない。まだタネクがそばにいるような気がする……安らぎを与え、そして官能的な彼が。その二つの要素が共存している――何て不思議なことだろう。いまのふたりの関係では、セックスよりも慰めのほうが大きな位置を占めていたが、いずれ変わっていくことだろう。だが、そう思っても、前のようには動揺していないことにネルは気づいた。今夜、何かが変化していた。

タネクを拒むなど愚かだったと、うとうとしながら考える。眠っている私をじっと抱いていてくれた彼を、恐れることがあろうか。セックスを恐れることはないのだ。セックスは他のすべてと同じくコントロールできるものだし、束縛からの解放は歓迎すべきことなのだ。ふたりはこれから何カ月も一緒にやっていかなくてはならないのだから、ことを面倒にするのはどちらにとっても意味がない。明日の晩は、タネクのところへ行こう。

期待がさざ波のように全身に広がってゆく。ネルは急いでそれを押さえつけた。いつまでもこんなことを考えて、必要以上に重要な意味を持たせてはいけない。

たかがセックスじゃないか。

「あの女はまだ見つからないのか?」ガルドーが低い声で訊いた。「いったいいままで何をしていたんだ?」

マリッツは受話器を握りしめた。「手がかりはつかんでます。あの女と医者の家政婦は仲がいい。家政婦ならあの女の行方も、あの家に戻ってくるかどうかも知ってるかもしれない。だから、医者の家を見張ってたんです」

「ただ見張っていただけか?」

「つかまえてみせますよ」

「生かしたままつかまえるんだ。今は生かしておかねばならん。事情が変わったんだ。あの女が鍵になるかもしれん」

「わかってますよ。前にも聞きましたって」

「ちゃんとわかって聞いてるのか？」

くそったれが。マリッツは歯を食いしばった。「つかまえてみせますって」

「こんなささいな仕事にずいぶん手間どっているようだな。別の人間を差し向けるとするかな」

「いえ」マリッツはあわてて言った。「もう切らなくては。また連絡します」

マリッツは電話を切った。別の人間を差し向けるだと？　はらわたが煮えくり返る。これだけの時間と労力を注ぎこんできたというのに、狩りの獲物をかっさらわれてたまるか。冗談じゃない。

ネルがドアを開けると、タネクは本から目を上げた。「どうした？」

ネルはそこで立ち止まった。タネクの肩と、三角に広がる黒い胸毛をランプの明かりが照らしている。シーツの下は裸だろう。ネルは大きく息をした。「入ってもいい？」

タネクは本を閉じた。「話したいことがあるのか？」

「いいえ」ネルは唇を湿した。「こんな時間にごめんなさい」

「歓迎だよ」

「あなたまだ……その、この間の……」一気に口にした。「よかったら、一緒に眠れないかと思って」

タネクが言葉を失った。「ああ。かまわないよ。わけを訊いてもいいかな？」

「つまり——私たちの関係はちょっとぎくしゃくしすぎだと思うの。だからもし——」

「ああ、精神療法の一環ということか」

「ええ。いいえ」ネルは大きく息をし、はっきりと口にした。「抱いてほしいの」

タネクはにやりとして、自分のとなりを手で示した。「どうぞ」

ネルはパジャマをかなぐり捨てると、部屋を横切り、シーツの下のタネクの腕の中に飛びこんだ。「どうしていいかわからない」早口に言う。「こんなのいや。もうこんな不安は感じないと思ったのに。何もかもわかってるつもりだったのに」

「わかってるだろ」タネクはネルの髪を指でといた。「何が心配なんだ?」

「何が心配だですって? 一つ。自分が正しいことをしているのかどうかわからない。二つ。欲しいものを手に入れるのは強さの証明だと自分に言い聞かせようとしたけれど、もしかしたら弱さの証明なのかもしれない。三つ。私はふたりの男性しか知らないけれど、あなたはきっと二百万の女を知っている」

タネクは笑いをもらした。「そこまではいかない」

「とにかくわかったでしょ?」

「ああ、わかった」タネクはネルのこめかみにキスをした。「不安なら、一つになる前にしばらくこうして横になっていてもいい」

ネルはタネクに体をあずけた。耳の下で、タネクの心臓が規則正しく打っているのがわかる。昨晩と同じだ。ネルはふいに安心感に包まれた。「じゃあ、ほんの少しだけ」

「それに、もっと自信を持ってもらうために言えば、おれはトロイのヘレンと寝たことはないよ」

「何のこと？」

「ジョエルが言ってなかったか？　きみにトロイのヘレンよりも忘れがたい顔をつくってやろうとしたって」

「いいえ」ネルは一瞬、黙りこんだ。「だから私なんかと喜んで――」

「喜んでじゃない。熱望して、だ。狂喜して、だ」

「ごまかすのはやめて。私を欲しいのは、ジョエルがくれたこの顔のためなのね？」

「おれがきみを欲しいのは、きみがネル・コールダーだからだ。それだけだ」

「でも、私が昔のネル・コールダーだったら、あなたは決して抱かないはずだわ。私がいることにも気づかなかったでしょう」

「気づいたさ。きみの笑顔、きみの瞳、きみの――」

「でも、寝たいとは思わなかったでしょう」

タネクはネルの顎を持ちあげ、目をのぞきこんだ。「どう言ったら気がすむんだい？　外見の美しさに惹かれたと言えばいいのか？　確かにそうだ。だが、おれが女に求めるのはそれだけじゃない。きみがいまここでメダス島のあの女に戻ったとしても、おれはやはりきみを抱きたいと思うだろうか？　ああ、思うだろう。いまはもうきみという人間を知ってるからだ。きみの内に秘められた力も、きみの強情さも、きみの強さも……」

ネルが顔をゆがめた。「ずいぶんセクシーな女みたいだこと」

「強い女はセクシーだよ。知的な女だってセクシーだ。きみはあのおとなしそうな見かけの下に、ずっとそういう資質を秘めていた」気まずそうな笑みがタネクの口の端に浮かんだ。

「さあ、もう比較するのはやめよう。ふたりのきみを誘惑しようとしてる一夫多妻主義者みたいな気がしてきた」

「ごめんなさい。ちょっと不思議に思っただけ。ふと気になったの」ネルはふたたびタネクの胸に顔を埋めた。「ときどきね、本当に自分がふたりいるような気がする。そうたびたびじゃないけど。もうひとりの自分はだんだん消えていってるし」

「いや、消えていくのではなく、いまのきみの中に溶けこんでいくだけさ」指でネルの下唇に触れた。「ちょうどおれがしたくてたまらないように。落ち着いたか？　ゆっくりすると約束するよ」

突然、ネルの耳もとでタネクの心臓が激しく打ちはじめた。彼の筋肉がさっと緊張するのがわかる。待つのは辛かったはずなのに、彼はネルに必要な時間を、ネルに必要な言葉を与えてくれたのだ。

ネルは顔を上げ、キスをした。そして囁いた。「ゆっくりとする必要はないわ」

「さあ、手を洗ってきて」ジョエルが帰宅したとたん、タニアが命令した。ジョエルの頭に鮮やかなピンク色のパーティハットをのせ、ゴム紐を顎にかける。ジョエルは疲れた顔をしていた。いい兆候ではない。「今日はお祝いなんだから」

「僕がかぶるとばかみたいに見える」

ジョエルがハットを脱ごうとするのを、タニアは押しとどめた。「何を言ってるの。素敵だよ。色もぴったり。髪の色によく合ってる」

「僕の髪はピンク色じゃないよ」ジョエルはタニアの桃色のジョーゼットのドレスに目をやった。「きれいだ。その花柄、いいね。まるで花壇だな。ところで何のお祝いなんだ?」

「英語のテストでAをもらったんだ。すごいことなんだよ、英語みたいなおぞましい言語のテストでなんだから」タニアは頰にキスをすると、ジョエルの背を押して階段のほうへ行かせた。それから自分の頭に、緑色のパーティハットをのせる。「あたしって頭がいい、でしょ?」

ジョエルはにっこりした。「ああ、とても頭がいいな」

「ポットローストとポテトと、レモンソースをかけた新しいデザートを作ってみた。低脂肪だから、心臓の負担にもならない。健康的だよ。自分を年寄りだと思っているあなたみたいなひとは、そういうものを喜ぶんじゃないかと思って」

「僕は自分を年寄りだと言ったことはないぞ」ジョエルがむっとしたように言った。「きみが……若いだけさ」

タニアは肩をすくめ、ダイニング・ルームへ急いだ。「急いでね」テーブルに飾った花を整え、キャンドルに火をつけ、キッチンへ向かった。タニアがダイニングテーブルにポットローストの大皿を置いたとき、ジョエルが入ってきた。よし、ちゃんとパーティハットをかぶってる。「座って。食べて」

食事の間も、食後に居間へ移ってコーヒーを飲む間も、タニアは明るい会話を続けていた。

「よくやったと思わない？　おいしかったでしょ？」

ジョエルは微笑んだ。「ああ、おいしかった」

タニアはジョエルの笑顔がずっと前から好きだった。もう何年になるだろう、ジョエルが初めて病室に入ってきた、あの瞬間からずっと好きだった。「しかもコーヒーはカフェイン入り。もちろん、あなたのご機嫌とりのため」

「そんなことじゃないかと思ったよ。試験でAを取ったというのは嘘だろ？」

「本当だよ。でも取れるのはわかってた。取れたからって、大したことじゃない」

「じゃ、なぜ僕はこうしてばかみたいなパーティハットをかぶってるんだい？」

タニアは微笑んだ。「あなたのためになると思ったから」だがその微笑みも、窓に近寄り、外を見つめたときには消えていた。「あなただってよく考えればお祝いの理由くらいわかるでしょ」

ジョエルは立ちあがった。「疲れてるんだ。きみと議論をする気分じゃない」

「どうせ議論になんかならないよ。議論になれば、あたしが勝っちゃうんだから。あなたはノーと言うだけ」

「ああ、今回もノーと言わせてもらうよ。どうして今夜は違うと思った？」

の？」

タニアはジョエルのほうを振り向いた。「あなたがばかだからよ」声が震えた。「ギャラハッドみたいに高潔ぶっちゃって。どうしてほかの男たちみたいに幸せになろうと思わないの？」

「自己防衛さ。みじめな思いをするだろうからね。きみはそのうちきっと僕みたいな――どうした？」ジョエルはタニアの顔を見つめた。「本気で怒ってるんだな」

「当たり前だよ。これが笑っていられることだとでも思うの？　人生の一分一秒が貴重だというのに、あなたはあたしたちの貴重な時間を無駄にしてる」タニアは腕の震えを押さえようと、腕を組んだ。「わからないんだよ、いつ――」タニアは背を向けた。「出ていって。あなたには何もわかってない。あなたは大ばか、大ばか者だよ」

「僕は一番いいと思うようにしているだけだ」ジョエルが優しく言った。「人生は確かに貴重だ。きみの人生を台なしにしたくはない」

「出ていってよ」タニアはぼんやりと窓の外を見つめ、涙をこらえた。

「タニア……」

黙っていると、やがてジョエルが部屋を出ていく音が聞こえた。説得できるとは初めから思っていなかった。今夜は完全な失敗だった。ジョエルが疲れていて、つくづく年齢を感じていたかもしれないような夜をわざわざ選んでしまったのだから。家に入ってきたジョエルの顔を見たあの瞬間に、思いとどまればよかったのだ。

でも、思いとどまることができなかった。試してみないではいられなかった。このごろ、残された時間がどんどん少なくなっていくような気がする……。

暗闇に目を凝らした。どうかしている。そいつがいるはずがない。本当にいるのなら、この何週間かの間にいるという証拠を目にしているはずだ。

さっさとどこかへ行ってよ、このくそったれ。

タニアは過去の妄想に話しかけているにすぎなかった。外には誰もいなかった。


そのおかしなパーティハットをかぶると可愛いじゃないか。だが、表情はおなじみの緊張した、用心深いものだった。マリッツが与えたあの表情だった。

パーティに招待してくれてありがとう、タニア。

もちろん、おれはまだおまえのそばにいるよ。

タニアが窓辺から離れると、マリッツはロシア製の双眼鏡を下ろした。

そう、断じてあの家の中でなくては。

家の中ではすっかり安心しているのだから。


攻撃をかわし、両脚を払いあげ、飛びかかる。一瞬のうちに、ニコラスの上に馬乗りになっていた。

「やったわ」ネルはあえぎながら言い、喜びで顔を輝かせる。「倒したわよ！」

「そうはしゃぐなよ」ニコラスの顔には、言葉とは裏腹に笑みが浮かんでいた。「ずいぶん長くかかったくせに」

「でも、やったわ」それから、わざと残忍そうな声で言った。「あなたは私の意のままよ」

「そのとおり」

「見下すような言い方はやめて」

「満足することを知らないな。おれは、きみが受けるべき賞賛を与えてるだけだ」

「白状しなさいよ、私を誇りに思ってるって」

「ああ、この上なく誇りに思ってる」

ネルはすっかり舞い上がり、うきうきと言った。「飴と鞭でしょ。ご褒美は何？」

ニコラスの笑みが、さらに優しく甘くなった。「何が欲しい？」

「牧場。サム。世界」

「一本取っただけでか？」

「素晴らしい一本だったわ。最高の一本よ」

「確かに。だが、牧場やサムはだめだ。他のものにしてくれ」

「いいわ」ニコラスのスウェットシャツをまくりあげて胸をはだけ、黒々とした胸毛に指を這わせた。「あなたよ。いま、ここで」

「おいおい、ずいぶん積極的だな」

ネルが乳首をそっとなめると、ニコラスの喉もとがぴくりと脈打つ。「さあ、早く」

ニコラスは動かない。「稽古を中断するのは、教育上、好ましくない」

「私はご褒美がほしいの。約束は約束よ」

「そうか、そう言われてはしかたない」ニコラスは体を起こすと、スウェットシャツを脱いで脇に放った。「おとなしく従うしかないな」

ネルは笑った。ニコラスがネルにしてくれることで、おとなしいと言えることなど何一つないのだ。ときに優しく、ときに荒々しかったが、常に自信に満ち、大胆で……喜びにあふれている。ニコラスが快楽主義者と呼んでもいいほどみだらになれるとは、思いもよらなかった。

それはネル自身にも言えることだった。まるで水門が開き、快楽の世界へと解放されたかのようだった。リチャードとのときは彼を喜ばせなくてはとそればかりにとらわれ、彼女から要求することに後ろめたさを覚えた。だが、エロティックな実験の連続であるニコラスとのセックスでは、ふたりは対等だった。

「うれしいわ、あなたには選択の余地がないということに気づいてくれて」ネルもトレーナーを頭から脱ぎ、ブラジャーをはずした。それから、体を前に倒してニコラスの体に触れた。やわらかい胸毛が乳首をくすぐり、快感が全身を震わせた。

「選択の余地などないさ。きみはおれを意のままにできるんだろ」ふいにニコラスがネルの乳首を口に含み、強く吸った。

ネルは深く息を吸いこみ、ニコラスの髪をかき乱そうとしゃにむに両手を伸ばす。だが、ニコラスはもう唇を離し、はぎ取るように服を脱ぎ捨てていた。

「さあ」ニコラスが言った。

言われるまでもなかった。ネルはすでに服をかなぐりすて、あたりに投げ散らしていた。

ニコラスはマットに横になり、ネルの足を開かせた。奥へ、さらに奥へと沈みこむ。速く、強く、動きはじめると、ネルの爪が彼の肩に食いこんだ。

突然、ニコラスはネルを上にして、あおむけになった。

ネルがニコラスを見おろす。「どうして――」

ニコラスの目が輝いていた。「今日は、支配的な体位のほうがお気に召すかと思ってね」下から突きあげ、ネルが息もできなくなるのを見てにやりとする。「これできみはおれを意のままにできる」わずかな腰の動きさえ残さず伝えようと、ニコラスはネルの体をぴったり引きよせた。

「こんなのはじめて」ネルがあえぐ。

「どんな感じだ？」

「棍棒が入っているみたい――」ニコラスが突き上げ、ネルはふたたびあえいだ。

「さあ」ニコラスが囁いた。「おれを乗りまわせ。きみを感じさせてくれ」

ネルが腰を動かす。激しく、狂おしく、喜びにあふれて。

やがて絶頂が訪れ、疲れ果てた体をニコラスにあずけた。

ネルはそのままニコラスにぐったりと体をあずけ、汗にまみれた体を震わせていた。ニコラスが声をあげて笑っている――ぼんやりした頭でようやく気づく。「何がおかしいの？」

「このマットをこれまでと同じような目では見られなくなったなと思ってさ。きみを倒すたびに、服をむしり取ってやりたくなるだろう」ニコラスはネルにキスをした。「だから教育上、好ましくないと言ったんだ」そう言うと、ネルを立ちあがらせた。「さあ、シャワーでも浴びよう」

「動けないわ」ネルはニコラスにもたれかかり、相手の腰に両腕をまわした。心地よい手ざわりだ。引きしまって、たくましく、素敵だった。「ご褒美をもらうのって疲れるのね。とけてしまいそう」

「それは困る。ミカエラはここを片づけようとは言ってくれないだろうからな」

ニコラスはネルを抱えあげ、ジムから自分の部屋のバスルームに運んでいき、彼女を下ろすと、シャワーの温度を調節した。それから、ネルを温かいシャワーの下に引きよせると後ろから抱きしめ、両手で優しくネルの腹をなでた。この素敵な手……。ネルは自分の体を這いまわるその手をいつまで見ていても、いつまで感じていても飽きなかった。ニコラスは誰かの体に触れていることが好きなのだ。セックスとは関係のないときでさえ、ネルに触れ、愛撫してくれる。

ここに立っていると本当に気持ちが和らぐ――ネルは夢心地で思った。甘やかされ、いたわられ、護られている気がする。

「ゆうべはうなされていたようだが」ニコラスが耳もとで囁いた。「またあの夢を見たのか?」

かすかな不安のさざ波が、ネルの感じていた安らぎをかき乱す。「ええ」

「ここしばらくは、うなされてなかったのに」ニコラスはネルの耳たぶをそっと噛んだ。

「もう悪夢は去ってくれるだろうと思ったんだが」

ネルは首を振った。

「今夜はおれの部屋に移ってきてほしい」

「え？」

ニコラスは石けんを取り、それをネルの背中にこすりつけはじめた。「おれのベッドで眠ってほしいんだ。夜中に目が覚めたら、手を伸ばしてきみに触れられるように」

ネルはすぐに理解した。「私がうなされたらすぐに起こせるようにね？」

「それもある」石けんをネルの胸の下にすべらせた。「そのくらいかまわないだろう？　どちらにしたって、きみは夜の大部分をおれの部屋で過ごしてるんだから」

なぜ不安を覚えるのだろう。ニコラスがそばにいてあの恐怖から救い出してくれるのだと思えば、心から安心できるはずだ。

安心しすぎるのだ――ネルはそう気づいた。ニコラスはこのようなひとときを与えてくれ、喜びと安らぎの織物《ウエブ》でネルを包みこんでくれる。それが心地よすぎるのだ。悪夢は苦しみをもたらすが、やり遂げなければならないことを思い出させてもくれる。「だめ」

その答にニコラスの手が止まったが、やがてまたネルの体を優しくなではじめた。「好きなようにしていいさ。ただ、気が変わったらいつでも来てくれ」

言い争いもない。強制もない。すべてに寛大ですべてをたやすく受け入れる。そうやって黙って受け入れることで、私をさらに深くあの蜘蛛の巣《ウェブ》に引きずりこんでいることに気づいているのだろうか？　かもしれない。ニコラスはとても頭がいい。「いまでもマリッツを追うのはあきらめろと説得しようとしているのね？」

「もちろんだよ」ニコラスはくすりと笑った。「きみの欲望を満たすために、この体まで捧げてるんだ。楽しんでやってるとでも思うのか？」

ネルは背後のニコラスにもたれかかった。率直さ。ユーモアとセックスと率直さをいちどきにもらえるなんて素晴らしいことじゃないの。このひとを警戒する必要はない。「あら、楽しんでるくせに」

ニコラスの手が上に伸び、ネルの首筋を揉んだ。凝っていた筋肉がほぐれてくると、思わずごろごろと喉を鳴らしたくなった。「よくわかったな」ニコラスが陽気に言った。「このごろ覚えさせた悪習で、頭が完全にいかれたんじゃないかと心配してたよ」

「マリッツの気配はない」ジェイミーが言った。「おれ自身、こっそりタニアを尾《つ》けてもみたが、やつの姿は見つけられなかった」

「だからといって、やつがタニアにつきまとってないとは言えないぞ」ニコラスが言った。

「ああ、そりゃそうだ。あの男は有能だし、この種のことが大好きだからな。目は離しちゃいない。リーバーの警報装置が鳴ったらおれのポケベルも鳴るように、フィルにコンピュータをいじってもらったよ。いまのところできるのは、これくらいだな」ジェイミーは言葉を切った。「だが、アテネのコナーから電話があった。大当たりだった」

　ニコラスが身を固くした。「わかったんだな？」

「細かな点まで確認ずみだ。ファックスで詳細な報告書を送る」

「よし」

「まだネルには話さないつもりか？　あんた、ことをどんどん厄介にしてるんだぞ」

「心配するな。ファックスを待ってる」ニコラスは電話を切った。


「男のひとが来てる。第三ゲートで待ってますよ。入れてもいいんですかね？」ミカエラがジムの入口に立ち、ニコラスに組み敷かれてマットに腹ばいになったネルに非難のまなざしを向けていた。「感心しないね、そんな乱暴なまねは。床の上を転がりまわるよりましなことがあるでしょうが」

「どんな男だ？」ニコラスがネルから離れて立ちあがった。

「カブラーってひとですよ。ほら、前にも来たことのある」

　ネルが体をこわばらせ、ぱっとニコラスを見た。

「ひとりだけか？」ニコラスが訊いた。

「そう言ってるけどね」ミカエラが答えた。「どうするんです？　あたしには仕事があるんですよ」

「通してやってくれ」ニコラスはドアに向かった。「稽古は終わりだ、ネル。おれがやつの用件を聞いてる間に、シャワーでも浴びていてくれ」

「いやよ」

ニコラスがちらりとネルを振り返る。

「私を締め出さないで。ここへ来るときに言ったでしょ、隠しごとはしないでちょうだいって」

「やつがなぜここに来たのかもわからないのに、隠しごとなどできないさ」ニコラスはそっけなく言った。

ネルは自分の部屋へ行き、顔を洗うと、汗で湿ったトレーナーを脱ぎ、洗濯したばかりのブラウスを着た。

ポーチのニコラスのところへ行くと、ちょうどカブラーが厩舎の前に車を乗り入れたところだった。

空気はぴりぴりするほど冷たく、ぼたん雪が舞いはじめていた

「上着を着てこなかったのか」ネルのほうを見もせずに、ニコラスが言った。「中で待っていたらどうかと言ったら、何か企んでいると思われるのかな?」

「寒くないわ」

カブラーが車から降りてくる。「おまえさんの家を訪問するのは、連邦金塊貯蔵所《フォート・ノックス》に入ろうとするみたいなもんだな」と不平を言った。それからネルに目を向けた。「どうも、ミセ

ス・コールダー。この男が独り占めしようとしている金塊というのは、あなたのことですかな?」

ネルは会釈した。「どうも、ミスター・カブラー」

「入れよ、カブラー。さっさと話をすませよう」ニコラスは家に入った。

「お元気ですかな?」ネルの前を通りすぎながら、カブラーが小さな声で訊ねた。

「ええ。そうは見えません?」

「お美しくなりましたよ」

ネルはわずかに動揺した。自分の容貌が変わったことを、アイダホに来てからほとんど忘れていたのだ。「あら、たくましく、健康にもなったんですよ。ニコラスが私を地下牢に監禁してはいないことがおわかりになったでしょ? それを調べにいらしたのでは?」

「それもあります」

「カブラー」ニコラスが呼んだ。

「気の短いやつですな」カブラーは小声で言うと、家に入った。

ネルも続いて中に入り、ドアを閉めて冷たい空気を締め出した。

「なかなかいい家だ」室内を歩きまわりながら、カブラーが言った。「贅沢だが落ち着く。気に入ったよ」ドラクロアの前で足を止めた。「新しい絵か?」

「いや。この前に来たときにも見ただろう」間があった。「感想も聞かせてもらったぞ」

「そうだったかな」カブラーはにやりとした。「実を言うとな、あれから、おまえさんがこれを合法的に手に入れたのかどうか、確認したんだ」

「なぜ？　美術品の窃盗など、あんたの専門ではないはずだ」

「おまえさんの弱みを握れるんじゃないかと期待してね。いつ役に立つかわからないだろう」カブラーはあきらめたように首を振った。「だが、残念ながら、すべて公正に取引されていた。なかなかやるじゃないか、タネク」

「で、何の用だ？」

「退院して以来、ミセス・コールダーの行方がたどれなくなった。まさか大地に呑みこまれたわけもなかろうから、おまえさんの仕業かと思ってな」カブラーはニコラスの目を見つめた。「なぜ彼女がここにいる？　おとりにしようって魂胆か？」

「私が襲われたのはまったくの偶然だと、あなた、おっしゃらなかった？」ネルが早口に言った。「それが本当だとしたら、私をおとりに使えると考える理由など、タネクにはないんじゃないかしら」

「このひとはずいぶん素早くおまえの弁護にまわってくれたな」カブラーは言った。「昔からおまえはひとの信頼を得るのがうまかったからな。お忘れなんですか、ミセス・コールダー。あなたが襲われたのには理由があると、この男が確信していることを。この男はあなたにナイジェル・シンプソンのことを話しましたか？　どうです？」カブラーは笑みを浮かべた。「話しちゃいないでしょうな」

「自分で話したらどうだ」無表情なままニコラスが言った。「話したくてうずうずしているんだろうに」

「察しがいいな。ナイジェル・シンプソンというのはガルドーの会計士のひとりで、私にある情報を提供してくれていた男です。ところが、この男が行方不明になりましてね」カブラーは首を振った。「こちらのミスター・タネクがロンドンを訪問したのと時を同じくして。何という偶然でしょう」

ロンドン。ネルはロンドンから電話があった翌日にニコラスが旅に出たことを思い出したが、動揺を顔に表わすまいと努めた。

「あんた、おれがシンプソンもここに隠してるとでも思ってるのか？」ニコラスが訊ねた。

「いや。あの気の毒な男はおそらく海の底に沈んでる」

「それがおれの仕業だと？」

「かもしれん」カブラーは肩をすくめた。「さもなきゃ、おまえがおれの情報源に接近してあれこれ詮索しすぎたせいで、ガルドーがあの男を厄介払いしようとしたのかもしれないな。シンプソンは何をしゃべった？」

「何も。会ったこともない」

「おまえを引っ張っていって尋問することもできるんだぞ」

「根拠がないだろ。あんたがつかんでるのは、おれがそいつと同じ時期に同じ街にいたという事実だけだ」

「おまえさんを引っ張るにはそれで十分だ」カブラーはちょっと考えた。「わかった。脅しは通じないと認めよう。で、入手した情報はミセス・コールダーにも教えたのか？」

「まだ、何かを手に入れたことは立証されてない」

「では、なぜリアドンがあちこち嗅ぎまわってる？」

ニコラスはカブラーを無表情に見つめた。「どこを嗅ぎまわってる？」

「アテネだ」

ネルが身を固くした。

ニコラスがにやりと笑った。「ギリシアは美しいところだ。休暇でも過ごしたくなったんだろう。そんなことを確かめにきたのか？」

「いや。答はわかっているつもりだ」カブラーの表情が険しくなった。「今度、おれの邪魔をしたら、しょっぴいてやるぞと言いにきたんだよ。シンプソンは大切な情報源だった」

「おれにとってもさ」ニコラスは足早にドアに歩み寄り、開けた。「じゃあな、カブラー」

カブラーは眉を吊りあげた。「この寒さの中に放り出すのか？　何と愛想のない。それが西部の掟なのか？」ニコラスのほうにゆっくりと歩いていく。「相変わらず根はごろつきだな、おまえさんは」

「否定はしないさ。人間は自分以上のものにはなれないんだ……しょせんは」

カブラーはもう一度室内を見まわし、片隅に飾られた中国風の花瓶にしばらく目を向けた。

「なかなか稼いだようだな。あの花瓶一つで、うちの子供全員を大学にやれそうだ」カブラーの口調が唐突に変わり、苦々しげに言った。「贅沢に暮らしてるな、ええ？　おまえも、あのガルドーの野郎も。気がとがめたことはないのか――」

「じゃあな、カブラー」

カブラーは口を開いて何か言いかけたが、ニコラスと目が合うと口をつぐんだ。ネルのほうを向く。「車まで送っていただけませんかな？　あなたとふたりきりで話がしたい。もっとも、タネクがあなたから目を離したくないというのなら別ですが」

「もちろん、かまわんさ」ニコラスが無表情のまま言った。「上着を忘れるな、ネル」

ネルはドアの脇のコート掛けから上着をつかみ、カブラーのあとを追った。

雪はさきほどより激しくなっていた。カブラーの車のフロントガラスも雪に覆われている。

「吹雪になる前に街に戻れるといいんですがね」車のドアを開けながらカブラーがつぶやいた。

「泊まっていらしたら」

「タネクに放り出されたんですよ。吹雪の中を帰るほうがましだ」

「あのひとは人喰い鬼じゃないわ。本当に危険だと思えば泊めてくれるはずです」

「人喰い鬼ではなくとも、あいつの親切をあてにしようとは思いません」それから疲れたように言い足した。「それに、どちらにしても泊まっていくわけにはいかんのです。ワシントンに帰らねばならない。息子が病気でね。看病を手伝ってくれと女房に頼まれているんです」

ネルはこのときはじめて、カブラーが前に会ったときよりも老け、やつれて見えることに気づいた。「それはお気の毒に」ネルは衝動的にカブラーの腕に手を置いた。「自分が病気になるより辛いことですもの。どこがお悪いんです?」

カブラーは肩をすくめた。「おそらくは流感でしょう。しかし、なかなか良くならんようでしてね」

「早く元気になられるよう、お祈りしています」

「なりますとも」カブラーは笑顔を作ってみせた。「前に他のふたりもかかりましたがね。子供というのはすぐ元気になるもんです」

ネルはうなずいた。「ジルは肺炎で一週間寝こみましたけれど、二週間後には公園で跳ねまわっていました。まるで――」そこでやめた。「息子さんも元気になりますわ」

「もちろん。わかっていただけて嬉しいですよ。どうやら私には、わかりきったことをあらためて言ってくださるひとが必要だったようですね」カブラーは母屋にちらりと目をやった。「あの男を信用せんことです。いちど盗っ人になった者は、死ぬまで盗っ人です」

「そんなことはありません。人間は変わるものだわ」

「やつはわれわれとは違うんです。あの手合いはみなそうだ。病気の子供がいたとしても、あの男が腹を割って話すなど、想像できますか? 連中が泥の中を歩くと、その泥が固くなって、どんな言葉もやつらには届かなくなる」

「そんなことはないわ」

カブラーがかぶりを振る。「私は二十四年間それを見てきているんです。連中はわれわれとは違うんですよ」拳を握りしめた。「だが、やつらはこの世に君臨しているんだ。金が向こうから転がりこんでくる。するとその連中にとって道理などというものは存在しなくなる。やつらはただひたすら肥え太るだけです」

「話したいことというのはそのことだったのかしら?」

「あの男はあなたを騙しています。私にはわかる。あなたが傷つくのを見たくはない」

「私は傷つくつもりなどないし、彼も私を騙そうとはしていない。いまはもう」

「では、なぜあなたにナイジェル・シンプソンのことを話さなかったんです?」

「わからないわ。でも、聞けば話してくれるはずよ」

カブラーは唇を結んだ。「やつは本当にあなたを味方に引き入れてしまったようですな。あの男と情を通じたんですか?」

「あなたには関係のないことです」ネルは冷ややかに言った。

「失礼。そのとおりです。ただお力になりたくてね。私の名刺はまだお持ちですか?」

「ええ」

「いつでもかまいません」カブラーは車を出した。「手遅れにならないうちに連絡を」

ネルはカブラーの車が厩舎の前から去っていくのを見守った。

——本当にあなたを味方に引き入れてしまったようですな
カブラーは間違っている。ニコラスは私を意のままになどしていない。カブラーの言ったことは何もかも間違っている。でも、ナイジェル・シンプソンのことだけは別なのかもしれない。ネルはゆっくりと母屋に戻った。

ニコラスは手を火にかざしながら、暖炉の前に立っていた。「こっちで暖まったほうがいい。ずいぶん長いこと外にいたし」

ネルは上着を脱いで火に近づいた。「外は吹雪みたいになってるわ。泊まっていくように言ったんだけど」

「やつはそんな危険を冒そうとはしなかったろ」

「私、あなたは反対しないはずだと言っておいた」

「だが、狼の餌食にでもなれと思ってあいつを雪の中に放り出したのではないという確信もなかった」

「ふざけないで」

「ああ、反対はしなかったさ」ニコラスは笑顔を見せた。「きみが泊まっていくように勧めたのならな」

だが、きみが勧めなかったら、おれから勧めることもしなかった、とは言わないことにネルは気づいた。「いい方ね」

「ああ。まったくだ。家庭を大事にして、一本気で、保護者みたいで……」

「でも、嫌いなのね？」

「おれには高潔すぎる相手だ。石もて追われる身としては、先頭に立って石を投げてくるような相手を抱きしめたりはできない」

「ナイジェル・シンプソンというひとはどうなったの？」

「おそらくカブラーが想像してるようなことだろう」ニコラスの目つきが鋭くなった。「だが、おれの仕業かと尋ねるつもりなら——」

「そんなことを尋ねるつもりはないわ」ネルがさえぎった。

「おれが清く正しい人間で、とてもそんな野蛮なことができるようには見えないからか？」からかうようにニコラスが言った。

「わからない。できるんでしょうけど——あなたはそんなことをしないと思うの、よほどの——」ネルは言葉をとぎらせたが、やがて言った。「とにかくシンプソンを殺したとは思わない」

「じゃあ、問題は解決だな」

「でも、シンプソンから何を手に入れたのかは知りたいわ」

ニコラスは一瞬、黙りこんだ。「ガルドーの会計帳簿のうちシンプソンの手もとにある分と、残りの帳簿を持っているパリのもうひとりの会計士の名前だ」

「それが役に立つの？」

「おそらく」

「どういうふうに？」

「情報というのはどんな場合でも役に立つ。香港にいたころは、情報を手広く扱っていたほどだ。よそにまわすもの、自分のためにとっておくもの、いろいろだ。あの世界から足を洗ったあとは、情報を保険がわりにしてる」

「保険?」どういうことか理解できず、ネルは聞き返した。

「おれは長年の間に多くの敵を作ってしまった。だから組織を離れたあと、そいつらに狙われるかもしれないと思った。そこで、ラモン・サンデケスに関する最高機密級の情報を世界のあちこちの貸金庫に隠した。もしおれが行方不明になったり、死体で発見されたりした場合には、その内容をしかるべき連中に渡すようにという指示を添えてな」

その名前には聞きおぼえがあった。「ラモン・サンデケスって?」

「メデジン麻薬カルテルの三人のボスのうちのひとりだ」

そうだった。パロマ、ファレス、サンデケス。ガルドーのボス、組織の大物。

「サンデケスというのは逆らえるような男じゃない。そのサンデケスが、おれには手を出すなという命令を出した」

ネルの胸に安堵がどっとわきあがった。「じゃあ、あなたは安全だということね」

「サンデケスがおれの貸金庫を一つ残らず暴いたと確信するまではな。すでに二つは探り出されてるが。あるいはやつ自身が殺されるか、あるいは、マリッツのようないかれた野郎がサンデケスなど知ったことかと考えるまではだ」

「でも、ここにこもって目立たないようにしていれば、もっと安全なんじゃない?」

「首を縮めてそう祈ってろというのか?」ニコラスはかぶりを振った。「自分の身の安全には手を尽くすよ。だが、死人のように暮らすなどまっぴらだ。おれはそんなことをするためにここにやってきたんじゃない」

根を下ろすためにやってきたのね。でも、その新しい根はまだあまりにも細い。「ばかなこと言わないで」ネルは食ってかかった。「ここに隠れていればいいわ。ここの暮らしを愛しているんでしょう。ここから出る理由なんてないじゃない」

「理由はある」

「危険を冒すほどの理由なんか――」

ガルドー。マリッツ。もちろん、理由はある。何を考えていたのだろう、私は？

ニコラスの身の安全だけを考えていたのだ。

ネルは罪悪感に襲われた。いつのまにかニコラスに親密な気持ちを抱くようになり、やらねばならないことさえおろそかになろうとしている。ネルは唐突にニコラスに背を向けた。

「シャワーを浴びてくる」

「逃げ出すのか？」ニコラスが静かに言った。

「違うわ、ただ――そうよ」嘘をつきたくはなかった。「ひとりになりたいの。いろんなことがこんがらがってきちゃって」

「くそ、こうなると思ったんだ」ニコラスは言った。「カブラーのやつめ」

「あのひとのせいじゃないわ。ただ――」

「こんがらがってきてる、か？」皮肉な口調でネルの言いかけたことを引き継いだ。「カブラーのおかげでな」ニコラスは手を伸ばしてネルの肩をつかんだ。「いいか。なにも変わっちゃいないんだ。逃げることはない」

いや、何かが変わってしまった。ニコラスの身を心配するあまり、何が重要なのか、ほんの一瞬のことにしろ、わからなくなったのだから。

ニコラスもそれに気づいている。ニコラスの表情を見ればわかる。

「いいだろう。きみにはもう手を触れない」ニコラスは言った。「以前のような関係に戻ろう」

そんなことができるだろうか？　心も体もすっかりニコラスになじんでしまったというのに。

「きみにはまだ無理だ」ニコラスはネルの頬を両手で包み、囁いた。「ここにいろ」

軽く優しいキス。それから顔を上げた。「ほら。兄妹のようにセックスとは無縁の関係だ。何をそんなに難しく考えることがある？」

ネルはニコラスにもたれかかった。私だってここにいたい。ここにいなくては私は何もできない。ニコラスの言うとおりだ。彼から離れる心構えなどできていない。何が起きているかわかったのだから、いまはもうそれでいいのかもしれない。「いいわ。もうしばらくいることにする」

ニコラスの緊張が解けるのがわかった。「いい子だ」

ネルにはそれが賢い選択なのかどうか、わからなかった。いまはっきりしているのは、自分がニコラスの優しくたくましい腕に抱かれているのだということと、ここにいたいということだけだった。「放して」

「もう少しだけ。いまはこうしてることが、きみに必要なんだ」

確かに必要だった。ニコラスはネルのことをとてもよくわかっている。ネルを知り抜き、ネルに何が必要なのか、ネルが何を求めているのかを察している。セックスを望めば、ネルがもういいというほど十分に与えてくれる。頭がいいのはニコラスのほうだった。心からの安心感など抱いている場合ではない。そのことに危機感を覚えるべきだった。ネルはようやくニコラスをそっと押しのけ、ドアに向かった。「昼食のときにまた」

「ああ」

出ていきかけて、ふとあることを思い出して足を止めた。「ジェイミーがギリシアにいた理由を教えてくれなかったわね」

「メダス島の襲撃について、手がかりをいくつか追っていた」

「何かわかったの?」

「まだ何とも言えないな」何気ない答え方だった。表情も同じようにさりげない。

さりげなさすぎるかもしれない。さっきネルはジェイミーのことをすぐにでも訊こうと思っていたのだが、ニコラスがシンプソンからラモン・サンデケスの話にさっさと移ってしまったために、きっかけを失ってしまっていた。ニコラスは、ネルがこの話題を追及するのをためらうように、わざと仕向けたのだろうか?「本当のことを話してくれてる?」

「当たり前だろ」

ネルはためらいがちに言った。「私にはとても大切なことなの。あなたをどうしても信用したいのよ」

「その問題はさっき解決したはずだろ？　おれがきみの不信を招くようなことをしたことがあるか？」

ネルは首を振った。

ニコラスの顔に明るい笑みが浮かんだ。「じゃあ、もう勘弁してくれよ」

温かみにあふれた、素晴らしい笑顔だった。ネルはいつの間にか、このところいつもするように、微笑み返していた。「ごめんなさい」身をひるがえして出ていこうとしたが、ふと窓の外を見て立ち止まった。「ひどい降りになったわね」

ニコラスはため息をついた。「おまけにカブラーのことも心配なんだな。あとを追いかけていって、ちゃんと町に着いたかどうか見届けてこようか？」

「本当？」ネルは彼がそう言ったことに驚いた。

「お望みとあらば」

ネルの胸に温かいものがこみあげてくる。「いいの。今度はあなたを心配しなくちゃいけなくなるわ」

「嬉しいね、あの高潔なミスター・カブラーより大切にしていただけるとは」

「そのうちに降りやむかもしれないし」

「どうかな。天気予報では、カナダとの国境地帯全域では雪が今週いっぱい続くと言っていた」ニコラスは窓をたたく雪に目をやった。「二、三日中には、ジョエルとタニアのいるミネアポリスも雪になるはずだ」

14

「ついでに買ってくるものはあるかい？」フィルがキッチンの入口から尋ねた。鼻をくんくんいわせる。「いい匂いだ。何だろう？」

「グーラーシュだよ」タニアは肩越しに笑顔を見せた。「あなたの夕食の分もとっておいてあげるからね」

「うれしいね」フィルがガスレンジに近づいた。「ちょっと味見をしていいかな」

まったく、いつまでも子供なんだから。タニアは甘い親のようにそんなことを思いながら、鍋の中身をさじですくって差し出した。フィルはグーラーシュを口に含み、目を閉じて、ため息まじりに言った。「うまい」

「うちの『おふくろの味』ってとこかな。祖母に教わったの」タニアはこんろの火を弱めた。

「二、三時間煮こむと、もっとおいしくなる」

「もう十分おいしいよ」フィルは窓の外に目をやった。「雪がかなり激しくなってきた。あと二、三時間もすると、外には出られなくなるかもしれない。牛乳とかパンとか、なにか入り用なものがあるんじゃないかと思ってね」

「ミルクがないな。朝食で使っちゃったんだ」フィルにつられて、タニアも窓の外を見た。

「でも、食料品のためにわざわざ出かけないで。道もきっとつるつるになってるだろうから」

「どっちにしても出かけるつもりなんだ。車の調子が悪くてね。修理に持っていかないと」

「どこがおかしいの？」

「さっぱりわからない。おとといまでは何ともなかったのに、昨夜になったらしゃっくりみたいな音をたてはじめてさ」フィルは肩をすくめた。「おかしな燃料でも入れられたのかもしれないな」そう言うと、廊下のほうへ歩き出した。「二、三時間で戻ってくる。玄関まで一緒に来て、僕が外に出たら警報装置をセットしてくれないか。オンにしてなけりゃ、警報装置なんかあってもしかたないよ。いま僕が入ってきたときは警報が鳴らなかった」

「あたしはいつもオンにしてるよ。きっとジョエルが朝出かけたときに忘れたんだ」タニアはフィルについて玄関へ行き、フィルがドアを開けたあと、作動ボタンを押した。外を見ると、雪が吹きすさび、二フィート先もろくに見えない。「すごい吹雪だよ。どうしても行くの？」

「車なしじゃ、どうしようもないからね」フィルはにやりとした。「こういう天候の中を運転するのは慣れてるんだよ」そう言うと、タニアに手を振り、薄氷の張った階段を慎重に下りていく。「忘れずにミルクを買ってくるよ」

フィルの姿は雪のベールの中に消えていった。

タニアはドアを閉めてキッチンに戻りかけた。が、すぐに足を止め、眉をしかめた。玄関のオーク材の床に小さな水たまりができている。フィルはいつもきちんと靴を拭う。警報が鳴らなかったことがよほど気になったのだろう。そのままで入ってきてしまったのかもしれない。キッチンから雑巾を持ってきて、あの美しい床が傷まないうちに拭きとらなくては。

あの女は、おれがいることに気づいていない。マリッツはがっかりした。あの使用人に便乗して家に入りこんだときに靴からしたたらせた水を、かがみこんで丁寧に拭くタニアを見守る。自分で拭いておくべきだったが、あの男がまた出ていくまでにどのくらい時間があるのかわからなかった。だから慎重にしておくにこしたことはないと思い、濡れた靴を脱いで二階まで階段を駆け上がったのだ。

ここにいるよ、可愛いタニア。顔を上げれば、見えるんだよ。

タニアは顔を上げなかった。床を拭き終えると、キッチンへ戻ってしまった。

そんなにがっかりすることはないだろうと思った。こんなふうに危険が目に入らなくなる相手には、以前にもお目にかかったことがあるではないか。人間というのは、安全な場所にいると信じているときには感覚が鈍るものだ。

だが、タニアだけは別だと思っていた。

いや、むしろこのほうがいいのかもしれない。驚きが大きければ、それだけ恐怖も強烈になる。

どこでつかまえよう？

キッチンからタニアの鼻歌が聞こえる。今朝は機嫌がよさそうだ。キッチン——家庭の中心、家族の生活のよりどころだ。決まりだな。

マリッツは階段を下りはじめた。

フィルは横滑りしはじめた方向にハンドルを切り、すっと車体をまっすぐに立て直す。車を運転していると、何かを支配していることを実感できる。それは、さまざまなホームページにアクセスしながら、おもしろいものに出会うまであちこち覗いてまわる、インターネット・サーフィンにも似ていた。

コンピュータを理解するのと同じように、ボンネットの下で何が起きているのか理解できれば、もっと気分がいいのだろうが。フィルは残念に思った。目の玉が飛び出るほどの修理代をふんだくられそうだ。

いや、そんなことはないだろう。エンジン・オイルを〈アクメ・ガレージ〉で交換してもらったが、従業員たちはまったく普通だった。あのときは店内をぶらぶらしながら、オーナーのアーヴィング・ジェサップとだべって——

〈アクメ・ガレージ〉

高い円柱にのせられた看板が目に飛びこんできた。フィルは慎重にそのガソリン・スタンドに車を乗り入れた。

こんな雪の日にも先客がいる。きっと待たされるだろう。だが、気にならなかった。いい仕事をする店には、ひとが集まるものだ。結構、結構。

急いではいないのだから。

もっと胡椒を入れよう。タニアはスプーンを置き、カウンターの上にあるクリスタルガラスのペッパーミルに手を伸ばした。フィルは完璧だと言ってくれたけれど、彼はおばあちゃんのグーラーシュを味わったことがないのだ。タニアは家伝の料理を作ると、いつも楽しくなった。あの最後の悲惨な数年に汚されていない思い出がよみがえってくる。おばあちゃんはテーブルに座って、じゃがいもの皮をむきながら、田舎を旅してまわった昔の話を聞かせてくれ、父と一緒に勤めから帰った母が、笑いながらタニアに言ったものだ――

「さあタニア、お楽しみの時間だよ」

タニアは勢いよく振り返った。

男がナイフを手に立っていた。笑みを浮かべている。

タニアの心臓が跳ねあがり、次に凍りついた。この男だ。この男だったに違いない。

男は、まるでタニアがその言葉を口に出して言ったかのようにうなずいた。「おれが来ることを知っていたんだろ。なあ、待っていてくれたんだろ」

「まさか」タニアはかすれた声で言った。ごく普通の、どこにでもいるような男だった。茶色の髪に、茶色の目、平均よりやや高い身長。スーパーマーケットの食品売場の店員か、先週やってきた保険のセールスマンだと言ってもおかしくない。あたしにつきまとってた顔の見えない不気味な相手がこんな男のはずがない。

　だが、ナイフを持っている。

「そんなことはしたくないでしょう」タニアは唇を湿した。「あたしを知りもしないのに。まだ何も起きていない。いまならまだ出ていくこともできるんだよ」

「いや、おれはおまえを知ってる。誰よりもよく知ってる」男が一歩近づいた。「それに、そんなことをしたいんだよ。そうするのを長いこと待ち望んでたんだから」

「なぜ？」

「おまえが特別だからさ。あとを尾《つ》けはじめたときからわかってた」

　ドアから逃げられる？　だめだ。男がこちらに近づきながら行く手を塞いでいる。

　いい手を考えつくまで、しゃべらせておかなければ。

「なぜあたしを尾けたの？」

「あのコールダーという女のためさ。この家に戻ってくるか、おまえと連絡をとるかするんじゃないかと期待していた」男はさらに一歩近づいた。「だが、すぐにおまえが特別な人間だと気づいてね、見てるだけで楽しくなってしまったよ」

「ネルの居所なんて知らないわ」

「そう言うと思ってたよ。まあ、おまえが知っていようがいまいが、おれは探し出す」男はにやりとした。「実を言うと、そう簡単に教えてくれないほうが嬉しいんだよ。終わってしまうと残念だからな」

引き出しに入っている肉切り包丁は？　手を伸ばして引き出しを開けるまでに、あの男に襲われるだろう。

「あなた誰？」

「おっとそうだ、自己紹介がすんでいなかったな。おまえとはとても親しい気がしてたからなあ。ポール・マリッツだよ」

そんな。ネルを襲った殺し屋があたしの前に現われて、じりじりとあたしに近づいているってこと？　どうしたらいいの？「さっきのは嘘。ネルの居所なら知ってる。でも、あたしを殺したら永遠にわからないよ」

「言っただろ、すぐに教えてくれるより時間をかけてくれたほうが嬉しいんだと」もうあと二ヤードのところまで来ている。「でも、そのことはあとでゆっくり――」

タニアはガラスのペッパーミルをカウンターの縁でたたき割ると、胡椒を相手の目に浴びせ、さらにぎざぎざになったガラスの破片を投げつけた。

マリッツが悪態をつき、やみくもにナイフを振りまわす。

タニアはグーラーシュの鍋を持ちあげ、中身をマリッツの顔に浴びせた。

マリッツが悲鳴をあげ、火傷をした頰を押さえた。

タニアはその脇をすりぬけ、ドアから玄関へ飛び出した。

彼が悪態をつきながら追ってくる。

玄関のドアにたどりつき、あわててドアの鍵をがちゃがちゃといわせる。マリッツの手が肩にかかり、ドアから引きはがされた。タニアは後ろによろめいて壁にぶつかり、転びそうになったが、そばのテーブルにしがみついてかろうじて体を支えた。

「このばかめ」マリッツの赤く腫れあがった頬に涙が流れていた。「おれから逃げられるとでも――」

タニアはテーブルにあった真鍮の花瓶を投げつけ、ドアに駆け寄った。

ドアを開け、制御盤の非常警報装置のスイッチを押して、外に飛びだす。ところが足を滑らせて階段を転げ落ちてしまった。玄関の階段に氷が張っていることを忘れていた。

マリッツは、同じ失敗を犯さないよう、ゆっくり慎重に階段を下りてくる。

サイレンが鳴り響き、タニアは必死に立ちあがろうともがいた。誰かの耳に入るはずよ。誰かが来てくれるはず。足を引きずりながら芝生を横切るとき、左足首に激痛が走った。

「どこへ行くんだ、タニア？」マリッツが背後から声をかけた。「近所の家か？ その足ではとても無理だな。それに、この吹雪ではおまえの姿は誰にも見えない。警備会社をあてにしているのか？ 連中がやってくるころにはもう手遅れだろうな」

タニアは歩きつづけた。

「ほら、すぐ後ろにいるんだよ」

黙れ、ろくでなし。

「あきらめるんだな。何も変わらないぞ」

ふたたび氷で滑り、よろめいた。マリッツの激しい息づかいがすぐ耳もとで聞こえるような気がする。

「こうなるとわかってたんだろ。何週間も前からわかってたんだろ」

ついに足首がいうことをきかなくなり、タニアは地面に倒れた。雪の上であおむけになり、マリッツを見あげる。

「麗しのタニア」マリッツはタニアのすぐそばにひざまずき、髪をなでた。「おまえをこんな目に遭わせるつもりはなかったんだよ。雪の中を這いまわるよりも、ずっと楽しいことをしたかった。だが、おまえが警報を鳴らしてしまったから、もうそんな時間はない」

「でも、ネルの居所をまだ教えてないでしょう」タニアは死にものぐるいだった。

「じゃあ、教えてもらおうか」

「フロリダにいる。あたしを殺さないでくれるなら、もっと――」

マリッツは首を振った。「嘘をついてるんだろう。嘘はすぐにわかる。おまえが教えてくれるとは思えない。腕のいいお医者さんにでも訊くとするか」

「だめよ！」

「でも、こうするしかないじゃないか」マリッツはタニアの髪をぐっとつかみ、ナイフをかざした。「おまえがおれにしたようなひどいことはしない。さっとひとかきで終わりさ」

殺される。考えて。必ず逃げ道があるはず。こんなふうに殺されるために、あのサラエボの地獄を生き延びたのではないのだから。

逃げ道はない。タニアは恐怖の中で悟った。

ナイフが弧を描いて喉にせまってくる。

絶体絶命——


ポケットベルがリーバー邸の非常警報を受けて鳴り出したとき、ジェイミー・リアドンはホテルの部屋にいた。

リーバー邸までは二十分かかった。〈レーダー・セキュリティ〉のパトロールカーが一台、歩道に寄せて停めてあったが、車内には誰もいない。開いたままの玄関のドアから、警報のサイレンがまだ鳴り響いていた。どうして誰も止めないんだ？

ジェイミーは車から降りて私道を歩きだした。

血染めの足跡が目に入ったのは、ドライブウェイを登りきったところでだった。氷の結晶にふちどられた赤黒い液体が、純白の雪に映えていた。

ジェイミーの胃がひっくり返った。

雪の上に点々と続く血痕。ジェイミーは吹きすさぶ雪の中、その血痕を追った。

制服を着たガードマンがふたり、こちらに背を向けて地面を見下ろしていた。

彼らが何を見ているのか、ジェイミーにはわかっていた。

彼は間に合わなかったのだ。

「ニックに代わってくれ。大急ぎで」

「午後からバーX牧場に行っているのよ、ジェイミー」ネルは腕時計に目をやった。「だけど、むこうに電話してもつかまりそうもないわ。いまごろはもうこっちに向かっているはずだから。この雪じゃ、帰ってくるのはいつになるのかわからないわね。電話するように言っておくわ」

「ああ。帰ってきたらすぐにだ」

「ホテルにいらっしゃるの?」

「いや。電話番号を言うよ」

ネルは電話の脇のメモ用紙に番号を書き留めた。「何かあったの? 伝言を預かりましょうか」

しばしの沈黙。「いや、伝言はない」

ネルは身を固くした。ジェイミーがナイジェル・シンプソンに関する謎めいた伝言をタネクに伝えたときと同じように、またのけ者にされた気がした。でもあれは、今後はふたりの間では隠しごとをしないと、ニコラスが約束する前のことだ。「何があったのか教えて、ジェイミー」

「ニックから聞いてくれ」ジェイミーは疲れたように言った。「勝手にしゃべったら、あいつに殺されちまう」ジェイミーは電話を切った。

ネルは電話の脇の椅子にゆっくりと腰をおろした。めまいがした。どういうことかは明らかだった。騙されていた――ニコラスはジェイミーに口止めしたのだ。あとどれだけ隠しているのだろう?

ネルはメモした電話番号に目を落とした。どことなく覚えのある番号だった。この市外局番はどこのもの?

ミネアポリス。

ネルは以前にその番号に電話をかけたことがあったし、誰の番号なのかも知っていた。

震える手で電話のボタンを押す。

「はい、もしもし」

「ジェイミー、あなたジョエル・リーバーの家でいったい何してるの?」

「しまった。ポケットベルの番号を教えればよかった」

「そこで何してるの?」ジェイミーが答えないので、ネルは言った。「タニアに代わって」

「それは無理だ」

恐怖がネルの体を駆け抜けた。「どういうこと? まさか――」

「頼むよ、これ以上は話せない。ニックに電話をくれるよう伝えてくれ」

電話が切れる音が聞こえ、ネルは受話器をたたきつけた。それから勢いよく立ちあがり、寝室へ走った。「ミカエラ」

ネルがリーバー邸に着いたのは、それからほぼ八時間もたってからだった。黄色いテープ。家の周りにぐるっと黄色いテープが張られている。警察は常に犯罪現場をこうして封鎖する。料金を払ってタクシーを降りながらそう思い、ネルは気が狂いそうになった。いったい何度、夜のニュースでこの黄色いテープを目にしたことだろう。だが、そこに映っていたのはいつも他人の家であり、決してタニアがわが家としてきた家ではなかった。

体格のいい巡査がひとり、テープの前に立っていた。冷淡そうな顔つきだ。この寒さと同じくらい冷淡そうだった。

「ネル」歩道に寄せて停められていた車からジェイミーが降りてきた。「こんなところに来ちゃいけない」優しい声だった。「ニックはこんなことにならないように手を尽くしてたのに」

「何があったの、ここで？」

「マリッツだよ。あんたが戻ってくると踏んで、タニアをつけまわしていた」

腹にパンチを喰らったような衝撃だった。私のせいね。私のせいでタニアの身に恐ろしいことが起きたんだわ。タニアとジョエルは力を貸してくれただけなのに、私はあのモンスターをふたりの生活に引きずりこんでしまった。「死んだの、タニアは？」

ジョエルは首を振った。「足首を骨折して病院にいる」

安堵のあまり、へなへなとその場に座りこみそうになった。「よかった」しかし、振り返って黄色いテープを目にした瞬間、また恐怖の波にのみこまれる。「ジョエルは？」

「彼は留守だった」ジェイミーは大きく息を吐いた。「だが、フィルがいあわせた。フィルはマリッツの罠とも知らず、車の調子が悪くなったから修理に持っていった。修理工は、キャブレターの下の吸入パイプが一本、何者かに細工されていると言った。フィルはガソリンスタンドのトラックを借りて、大慌てでここへ戻り、かろうじてタニアを救った」ジェイミーは唇をきつく結んだ。「だが、自分は救えなかった。マリッツに殺されたよ。しかし、長いこと揉みあっていたから、その間に警備会社の連中が駆けつけた。マリッツはタニアをそのままにして逃げるしかなかったんだな」

フィル。陽気で、親切なフィル。入院していたころ、フィルに気遣ってもらったことを思い出すと、目に涙があふれてきた。ネルはかすれた声で言った。「大好きだったわ」

「ああ、おれもさ」ジェイミーは咳ばらいをしたが、涙ぐんでいるようだった。「いいやつだった」

「タニアに会いたいわ。連れて行ってくれる？」

「そのためにここで待ってたんだよ」ジェイミーはネルの肘を取り、車に案内した。「ニックがこっちに来るまで、あんたから目を離さないようにと言われてるんだ」

「ニコラスと話を？」

「あんたが空港に向かった三時間後にね。あいつに絞め殺されちまう……あんたもね」

「あなたはもともとミネアポリスにいたの？　タニアたちが危険にさらされていることを知ってたのね」

ジェイミーは肩をすくめた。「あの葬儀屋が行方不明になったんだ。ジョエルとタニアは絶対に護りたかった」

「でも、結局は護りきれなかった」ネルは助手席に乗りこんだ。「フィルのことも」

「おれが悔やんでいないとでも思ってるのかい?」ジェイミーは乱暴に言った。「フィルはおれの友だちだったんだ」

「あなたがいくら悔やもうと、知ったことじゃない。マリッツは私の行方を知りたいばかりにフィルを殺し、タニアを殺そうとしたのよ。なのにニコラスは、そのことを私に話そうともしなかった」

「あんたがここに戻ってきてしまうとわかってたからだよ。ニックはあんたを危険にさらしたくなかったんだ」

「いったいどんな権利があって――」ネルは口をつぐんだ。責任はニコラスにあるのに、ジェイミーと言い争ってもはじまらない。「もう何も話したくないわ。とにかくタニアのところに連れて行って」

「タニアの病室は五階だ」病院の前に車を止めると、ジェイミーが言った。「一緒に行ってやろうか?」

「いいえ」ネルは車から降りると手荒にドアを閉めた。

タニアの病室の外の廊下に、ジョエルがいた。

「疲れたでしょう」ネルが言った。「タニアはどうなの？」

「足首の骨折、裂傷、ショック。なにしろフィルが刺し殺されるのを見てしまったんだからね」そう言って苦笑いを浮かべた。「それ以外は、まったく元気だ」

「私のせいね」

「朝、出かけるときに警報装置のスイッチを入れ忘れたのは僕だ。殺し屋は何の苦労もなく家に入ってくることができた」ジョエルは首を振った。「何の苦労もなく」

「恐ろしいことだわ、ジョエル」

「タニアはあやうく殺されるところだった」ジョエルはネルに冷たい視線を向けた。「彼女に近づかないでくれ。もう関わらないでほしいんだ」

ネルはたじろいだ。ジョエルの憤りは当然のことだったが、やはり辛かった。「今日を最後に、すべてが片づくまでタニアには会わないと約束するわ。いまはただ事情を――タニアに会ってもいい？」

ジョエルは肩をすくめた。「カブラーが話し終わったらね」

ネルはぱっとドアに目をやった。「カブラーが来てるの？」

「少し前に来たよ。マリッツのことで事情を訊きたいと言って」

「捕まえられるのかしら？」

「いまごろはもう外国へ向かう飛行機に乗ってるだろうと言ってる」

「でも、タニアに目撃されているもの。国外逃亡犯の引き渡し条約があるでしょ？」

「マリッツが見つからなければ意味はない」

「ガルドーのところへ逃げこむはずだわ」

ジョエルは首を振った。「どうかな。僕は、あの男が二度とタニアに近づかないでくれればそれでいい」

「そうね」ネルはジョエルの腕に手を触れた。「でも、もう顔を知られてるんだから、ここへ戻ってきたりはしないはずよ」

「そうかな？　あいつは頭がいかれてる。どんなことでもするだろう。タニアを見張り、つけまわし、何の苦もなく家に入ってきて――」言葉が途切れた。「とにかく話がすんだらもう彼女に近づかないでくれ。タニアはもう十分――」

「おいでになると思ってましたよ、ミセス・コールダー」病室のドアを後ろ手に閉めながら、カブラーが言った。「タネクはどこです？」

「ひとりで来ました」ネルはジョエルに尋ねた。「入ってもいい？」

「カブラーさんと話して疲れていないか確認してくるから待ってくれ」ジョエルはタニアの病室に入っていった。

「フィル君のことはお気の毒でした」カブラーが言った。「彼のことはよくご存じで？」

「ええ。いいえ、知らないと思うわ。あなたはここで何をしてらっしゃるの？」

「バーンバーム氏が行方不明になってから、部下にこのミネアポリスの状況を監視させていたんです。葬儀屋がこの件に関わっていたのかどうか、私が興味を持っていたことはご記憶でしょう」

ネルは壁にもたれた。「どうやらあなたの部下はあまりきちんと監視していなかったようね」

「あなたは、マリッツがミス・ヴラドスをつけまわしてたことをご存じなかったんですか？」

「知ってたわけがないでしょう」ネルはかっとして言った。「タニアをそんな危険な――」

「まあまあ」カブラーは手を上げてネルを制した。「ただ確認してるだけです。しかし、リアドンが現場にいたわけですから、タネクは知ってたようですな」カブラーは首を振った。

「やつは信用できんと申し上げたでしょう。ミス・ヴラドスをおとりに利用したのに、あなたを利用しないと思いますか？」

「ニコラスはタニアをおとりになんかしていません」

「では、なぜあなたに話さなかったんです？」ネルが黙っていると、カブラーはあきれたように首を振った。「こうなってもまだやつを信じてるんですね」

「ニコラスがタニアを危険にさらしたりするはずがないわ」

「ナイジェル・シンプソンから何を手に入れたか、やつはあなたに話しましたか？」

「ええ」

「いや、話しちゃいないようですな。聞いていたら、そんなに落ち着いてはいられないはずです」ネルが体をそむけると、カブラーは唇をぎゅっと結んだ。「二度とこんな事件はごめんだ。ミス・ヴラドスとの話がすんだら、下のロビーに来てください」

「なぜ？」

「証拠をお目にかけます。タネクなどまったく信用できないという証拠を。時間はとらせません」

ネルは歩み去るカブラーを見送った。ニコラスに腹が立ってしかたがないのに、ついかばってしまう。なんてばかなのかしら。命綱でもあるまいに、あんな男に対する信頼にしがみついているなんて。

「入っていいよ」ジョエルがドアを開けた。「だが、二、三分だ。休ませなきゃならない」

白い枕を重ねて体を支えているタニアは、青い顔をして、ひどくか弱そうに見えた。

だが、言葉はいつものように無愛想だった。「そんな顔で見ないでよ。大したことじゃないんだから。足首はすぐ治る」

「本当にごめんなさいね」ネルは近づいた。「こんなことになるなんて夢にも思わなかった。私が襲われればよかった。あいつが狙ってるのは私なんだもの」

「うぬぼれないでよね。それは最初だけ。あいつ、あたしがとても魅力的な獲物だと途中で気づいたみたい」タニアはうつろな笑みを浮かべた。「あたしは特別なんだって。すごいでしょ？」

「よく冗談なんか言えるわ」

タニアの笑みが消えた。「そうでもしないと耐えられない」小さな声で言った。「あんなに怖かったのは初めて。しつこく襲いかかってくるの。止められなかった。あなたのときもそうだったんでしょ？」

ネルはうなずいた。

タニアの目に涙があふれる。「フィルが殺された」

「聞いたわ」

「フィルはあたしを助けてくれた。それでマリッツに殺された。自分の中に棲む悪の化身に生かされてる化け物のホラー映画を観たことがある。何があろうと死なない化け物」タニアはあとが残るほど強くネルの手を握った。「あいつはひたすら殺そうとした。サラエボとは違ってた。狙撃兵は顔が見えないもの。マリッツには顔がある。でも、あいつはごく普通の、どこにでもいるような男だった」

「いやなことを思い出させてしまったみたいね。もう行くわ。ジョエルったら、ジョエルに殺されてしまう」タニアは微笑もうとしたが、無理だった。「そう、ずいぶん過保護だよね？　帰ったほうがいいかもしれない。あたしもいまはまともに話ができそうにないし。また連絡して」

「ええ。必ず」ネルはタニアの頬にさっとキスをした。「お大事に」

タニアはうなずいた。

「ネル」

ネルはドアのところで振り返った。

「気をつけて」タニアが小声で言った。

「あいつは本物の悪魔だよ」

ニコラスが廊下で待っていた。「タニアの具合は？」

「あまり良くないわ」ネルは冷ややかに言った。「いいわけないでしょう。殺されかけたうえに、目の前でフィルが刺し殺されるのを見てしまったのよ」廊下を歩き出す。

「どこへ行く？」

「これから？　コーヒーが欲しいだけ。楽しいことじゃないもの、タニアのあんな姿を見るのは」ネルはコーヒーよりもっと強いものが飲みたかった。体が震えているのをニコラスに気取られてはいけない。ニコラスは弱みを責めるのに実に長《た》けている。ネルは待合室に入り、財布をかきまわして自動販売機に入れる小銭を探した。「あなたには関係ないことだけれど」

「ああ、関係ないさ」ニコラスは小銭を販売機に押しこみ、紙コップに満ちる黒い液体を見守った。「なぜおれが戻るまで待っていなかった？　待っていれば連れてきてやったのに」

ネルはニコラスから紙コップを受けとった。「その確信が持てなかったからよ。だって、そうでしょ？　マリッツがタニアをつけまわしていることさえ話してくれなかったんだから」

「知らなかったんだ。確信がなかった」

「確信があったからジェイミーをここに送りこんだんでしょう」

「念のためにだ。メダス島のようなことを繰り返したくなかった」

ネルはコーヒーをすすった。「ということは、繰り返してしまったわけね。フィルは死んだんだから」

ニコラスはうなずいた。「おれがどんな気持ちでいると思ってるんだ。フィルをここに連れてきたのはおれだぞ」

「はっきり言うと、あなたの気持ちなんかどうでもいいのよ」

ニコラスが唇を結んだ。「わかったよ、きみに何もかも話さなかったのは確かだ。ただ、慌ててここに戻ってきたりしてほしくなかった」

「そんなこと、あなたが決めることじゃないでしょ」

「おれは決めてたんだ。きみに死なれたくなかったんだよ、このわからずや」

「私がここにいたら、マリッツはタニアではなく私を狙ったはずよ」

「確かに」

「ねえ、いったい誰があなたを神にしたの、ニコラス？　そんなことを決めるなんて、何様だと思ってるの？」

「おれはやるべきことをやったまでだ」

ネルは二口でコーヒーを飲み干すと、紙コップをくずかごに投げ入れた。「じゃあ、私もやるべきことをやるわ」そう言うと、待合室を出てエレベータに向かった。

ニコラスがあとを追った。「どこへ行く？」

ネルは答えなかった。

「いいか、きみが怒るのもわかるが、今回の事件で状況が根本的に変わるわけじゃない。マリッツはいまごろガルドーの翼の下に匿《かくま》われてるのかもしれない。計画どおりに進めるべきだよ」

ネルはエレベータのボタンを押した。「あの計画がうまくいくとはもう思えない。ある程度の信頼関係が必要だもの」

ニコラスはネルの目を見つめた。「いまは信じなくてもいいが、いつかまたおれを信頼するようになる」

「そこまで自分がばかじゃないことを祈るわ」ネルはエレベータに乗りこみ、あとに続こうとするニコラスを押しとどめた。「よして。あなたには来てほしくないの」

ニコラスはうなずき、あとずさりした。「ああ、わかったよ。しばらく放っておいてほしいんだろ」

驚きだった。こんなに簡単にあきらめるとは。ふたりを隔ててドアが閉まると、ネルは横の壁によりかかった。まるで闘いのあとのようにぼろぼろに疲れきっているというのに、まだカブラーとの対決が待っている。

エレベータから降りると、カブラーが売店から出てきた。「レッド・レンジャーのマイティ・モーフィンの人形ですよ」手にした紙袋にネルが目をとめると、カブラーは言った。「子供にね。うちの近所の店ではなかなか見つからないもので」

「見せたいものというのは、それではないんでしょうね」ネルが言った。

「タネクが上がっていきましたな。やつは何と――」

「何か見せていただけるというお話でしたけど」

カブラーはネルの腕を取った。「ここには持っていません」そう言うと、建物を出て駐車場へ案内した。「お疲れのようだ。リラックスして、私を信じてください」

結構よ。信じてるもの。誰かを信じなければね。ネルは車に乗りこむと、シートにもたれて目を閉じた。「私はリラックスさせていただくけど、そちらは気を抜かないほうがいいと思うわ。ニコラスがやけに簡単に解放してくれたから。きっとジェイミー・リアドンがそのあたりにいるはずよ。灰色のトーラスのレンタカーに乗ってるわ」

「五台後ろにいますよ。どうってことはありません。どこまでもついてこられるわけじゃない」

「カブラーと一緒だと？」ニコラスは小声で悪態をついた。「そのままあとを尾けてくれ。いったいネルをどうするつもりだ？」

「このさきは尾行できないよ。いま、空港から電話してる。あのふたりは自家用機に乗りこんで滑走路を移動中さ」

「行く先を調べられるか？」

「麻薬取締局のチャーター機のか？　時間をもらえれば、まあな。いますぐ？　無茶言うな」

答はわかりきっているのに、藁《わら》にすがりつこうとしている。自分でもそれがわかっていた。それに、ふたりがどこへ向かっているのかは、ちゃんとわかっていた。カブラーもさすがにそこまではやらないだろうと思っていただけだ。「すぐにそっちへ行く。おれが着くまでに、飛行機をチャーターして給油し、離陸の準備を整えてくれ」

「どんなフライト・プランを提出するのか、もうわかったような気がするな」

「カリフォルニア州ベイカーズフィールドだ」


ビクトリア朝風のその大きな家は、道からかなりひっこんで建てられていた。広々とした芝生と高くそびえるカシの木が囲んでいる。濃い夕闇の中で見ると、時代を超えた、優雅で堂々とした雰囲気が感じられた。

「さあ、ほら」カブラーが促した。

「そんな話、信じられない」ネルはかすれた声で言った。「嘘よ」

カブラーは助手席の側にまわり、ネルに手を貸して車から降ろした。「自分の目で確かめるといい」

ネルは、のろのろと階段をのぼり、家をぐるりと囲むように作られた広いポーチに立ってベルを鳴らした。

花のすかし模様の入ったドアのガラス越しに、階段を下りてくる女の影がぼんやりと見えた。ドアの脇にとりつけられた馬車の角灯を模したランプがぱっとポーチを照らし、半透明のガラス越しに女が外をのぞく。

ドアが開く。「何のご用でしょう？」

ネルは立ちすくんだ。言葉が出ない。

女の非の打ちどころのない美しい額に、かすかな皺が寄った。「何かのセールスかしら？」

「どうした、マーラ」男が階段を下りてくる。

ネルはその場に倒れそうになった。いや、吐き気をもよおした。

嘘よ。嘘でしょう。

男が女の肩に優しく腕をまわす。笑みを浮かべて尋ねる。「何かご用ですか？」

「リチャード」ネルはかろうじてその名を口から絞りだした。

男の笑みが消えた。「人違いでしょう。家を間違えられてますよ。私はノエル・ティリンジャー、こっちは妻のマーラです」

男の言葉を否定するとともに自分の頭をはっきりさせようとして、ネルは首を振った。

「嘘よ」呆然としたまま、女の顔を見る。「どうして？　ナディーン」

ナディーンがいぶかしげに目を細めた。「誰――」

「口を出さないでくれ、マーラ。僕が話す」

「話はもう十分じゃないかな」カブラーがネルの背後から言った。「あまり親切にお話ししてはもらえなかったが」

リチャードが目を丸くした。「カブラーか？　こんなところでいったい何をしてる？」

カブラーはリチャードを無視し、ネルを見つめた。「大丈夫ですか？　ミセス・コールダー」

大丈夫ではない。もう二度と何も信じられない。「本当だったのね」

リチャードがさっとネルに視線を戻した。「ネル？」

「中で話したほうがいいんじゃないのか」カブラーが言った。

リチャードはネルを見つめたまま脇へよけた。「整形手術を受けたことはカブラーに聞いていたが――信じられない……はっとするほどきれいだ」

ネルはヒステリックな笑い声をあげそうになった。私の外見が変わったことしか言うことはないの？

カブラーがネルの背中を押し、玄関の中へ入れた。「いつまでもポーチにいないほうがいい。証人保護プログラムの鉄則は人目につかないことです」

ナディーンが無理に笑顔を作った。「客間にいらして」そう言うと、アーチ形のドアを抜け、イーディス・ウォートンの小説に出てくる十九世紀末の上流階級の邸宅そのままといった趣《おもむき》の、巨大なシダと椰子《やし》と褐色の木彫りとに囲まれた一室にふたりを案内した。そして、つづれ織りのクッションの並んだカウチを指さして言った。「かけて、ネル」

ナディーンは完璧にくつろいだ様子だった。ネルの記憶にあるとおりの、美しく自信にあふれたナディーン。「どうしてなの？　ナディーン」

「愛してるからよ。彼に頼まれてここにいるの」ナディーンは簡潔に言った。「こんなことは願ってなかった。あなたが好きだったから。誰ひとりあなたを傷つけようなどとは思っていなかった」

ネルは乾ききった唇を湿らせた。「いつから？」

「愛し合うようになってもう二年以上になるわ」

二年。そんなに長い間ナディーンと寝ていながら、少しも私に疑いを抱かせなかったなんて。リチャードもうまく隠していたものだ。それとも、私がばかだっただけ？

「なぜネルを連れてきた、カブラー」リチャードが言った。「絶対に知らせないと言ったじゃないか。誰にも漏らさないと言っただろう」

「あることを証明する必要があってな。このひとがひどい災難に巻きこまれるところだったものだから。災難はもう十分じゃないかね、彼女には」

「僕はどうなる？」リチャードが言った。「ネルが誰かにしゃべったらどうする？」

「娘を殺した連中に秘密を漏らすとはとても思えんがね。違うか？」

リチャードは顔を赤らめた。そして「ああ、そうかもしれない」とつぶやいた。「だが、ここへは連れてくるべきじゃなかった」

「これはいったいどういうことなの」かすれ声でネルが訊く。「説明して、ミスター・カブラー」

「メダス島の襲撃事件はご主人を狙ったものだったんですよ」カブラーが言った。「ご主人はしばらく前から、勤め先の銀行を通してガルドーのためにマネー・ロンダリングをしていました。だが、カヴィンスキーとの取引の話が持ち上がったとき、手を引きたいとガルドーに申し入れた。あまり利口なことじゃありませんがね。ガルドーがお払い箱にしようと思わない限り、自分から手を引くことなどできっこありません。ガルドーにはまだご主人が必要でしたから、警告を送ることにしたわけです」

「どんな警告を?」

「妻の死です。殺しの最大のターゲットはあなただった」

「リチャードを罰するために、私を殺そうとしたのね」

「連中の社会では、そう珍しいことじゃありません」

「ジルも?」ネルはうわずった声で訊いた。「最初からジルも殺すつもりだったの?」

「わかりません。だが、われわれはそうは見ていません。マリッツが勝手にやった可能性もあります。あの男は正気とは言えませんからね」

正気とは言えない。ひたすら襲いかかってくる。悪魔。

「私が標的なら、なぜリチャードが撃たれたの?」だが、そう言ったとたんに答が浮かんだ。「撃たれていなかった。そうなのね? あなた方のでっちあげだったのね?」

カブラーがうなずいた。「パーティの始まる数時間前に、ターゲットはあなただという情報が本物だと確認がとれました」そこで間があった。「しかし、ご主人もまたターゲットになっているという追加情報も入りました。マネー・ロンダリングで手にする結構な歩合を、ご主人がどうしてそんなにあっさりとあきらめる気になったのか。ガルドーはその理由をつかんだのでしょうな。ご主人はやつの資金をちょろまかして、スイスの銀行口座に貯めこんでいたんです。私には、部下を何人か島に送りこむだけの時間しかありませんでした」

「でも、そのひとたちは、どうしてジルを助けてくれなかったの？」険しい口調でネルが言った。「どうしてそばにいてくれなかったの？」

リチャードが嘲るような笑みを浮かべた。「さあ、教えてやれよ、カブラー。あんたらが最優先したのが何だったか」そう言うと、ネルのほうを向く。「そのおかげできみはここにいるんだ。そのおかげで、カブラーはきみのことをそんなに心配してるのさ。このひとたちはな、まず僕に接触して取引を持ちかけろと命じられていた。命を救い、新しい人生を用意してやるかわり、時が来たら法廷でガルドーを有罪にする証言をさせろとね」

「もっと時間があると読んでいたんです」カブラーがネルに言った。「あなたも他の客と同じように広間に下りてくると思っていた。あなたの警護役も任命してありました」

「だが、ガルドーを捕まえるのがあんたらの最優先事項だった」リチャードが指摘した。「完璧な計画も立ててたんだろう？　部下と一緒に、客を装った医者をひとり送りこんで。僕は心臓発作を起こして島から担ぎ出される手筈だったじゃないか」リチャードは唇をゆがめた。「だが、誤算があった。そうだろ？」

「あんたは助け出してやっただろう」カブラーが答えた。

「そして、こんな冴えない田舎町に連れてきた。僕はニューヨークに行きたかったのに」

「ニューヨークは安全じゃない」

「顔を変えてくれる約束だっただろう。外見が変われば安全なはずだ」

「もう少し待て」

「ふざけるな、もう半年近くになるんだぞ」

「黙れ、コールダー」カブラーはネルのほうを振り向いた。「もう十分でしょう?」

もうたくさん。嘘。我欲。裏切り。ネルは背を向け、出ていこうとした。

「ネル」リチャードが腕をつかんで引きとめた。「きみが腹を立ててるのはわかるが、僕がここにいることは誰にもしゃべらないでくれるね」

いつも彼の人生を楽なものに変えてきた、あの少年のように魅力的な笑顔。

「放して」

「僕だってジルを愛してた」リチャードが優しい声で言う。「ジルやきみを傷つけるとわかっていたら、あんなことはしなかった。きみもわかってるだろう」

「放して」

「誰にもしゃべらないと約束してくれたら放す。わかってくれるだろ。とにかく――」

「リチャード。お願い、ネルを放してあげて」ナディーンが口をはさんだ。

「うるさいな、ナディーン」リチャードはネルから目をそらさずに言った。「これは僕たちふたりの問題なんだ。ジルが死んだのは僕のせいじゃない。僕は階下にいたんだ。きみのようにジルを護ってやれる場所にはいなかった」

ネルは身をこわばらせ、信じられない思いで彼を見つめた。リチャードは罪の意識を利用して私を思いどおりにしようとしている。そうよね——ネルは苦々しくそう思っていた。リチャードは結婚してからずっとそうだったのだから。「このひとでなし」

リチャードは顔を赤らめたが、ネルの腕をさらにきつく握った。「出世したかっただけなんだ。だが、なかなか思いどおりにはいかなかった。きみとジルのことを思えばこそのことだ」

「放して」ネルが低い声で言った。

「いいかい、僕は——」

ネルはリチャードの腹に拳を叩きこみ、彼が苦痛で体を折ると、首筋に手刀をくらわせた。リチャードは床にくずおれ、ネルはその上に襲いかかった。この男のせいなのだ。この男が蒔《ま》いた種でジルは死んだのだ。狙いすました一撃、それでこの男を殺せる。ネルは腕を振り上げた。一撃で——

「やめなさい」カブラーがネルをリチャードから引きはがした。「後悔することになる」

ネルは激しくもがいた。「後悔なんかしないわ」

「いや、そうはさせられん。大切な証人なんだ」カブラーは顔をしかめた。「あんたを責めることはできんがな」

ネルはカブラーにがっちりと押さえこまれていたが、たいていの場合に抜け出せる技をニコラスから学んでいた。だが、ここでそれをやるとカブラーに怪我をさせることになる。カブラーにはそんな目に遭ういわれはない。ネルの力になってくれようとしているのだから。

ネルは大きく息を吸った。「もう放してくださって大丈夫よ。殺さないわ……いますぐには」

カブラーはすぐにネルを放した。

リチャードは呆然としながら上体を起こし、腹のあたりにそっと手をやった。「いったい何があったんだ、きみに？」

「あなたよ。あなたとマリッツと——」ネルは踵《きびす》を返した。「こいつを八つ裂きにされたくなかったら、さっさと私を連れ出したほうがいいわよ、ミスター・カブラー」

「いいですか、私だって職務だから連れ出すんですよ。私の好きにしてよければ、こんな男、バスで轢《ひ》き殺しているところだ」カブラーはネルの腕を取り、外に連れていこうとした。

ネルはその手を振り払うと、リチャードのほうを振り向いた。「もう一つだけ教えて。なぜ私と結婚したの」

リチャードは意地の悪い笑みを浮かべた。「なぜだと思う？　どこかの男に孕《はら》ませられるような愚かで取り柄のない小娘と、僕がすすんで結婚するとでも？　きみの父上が、巨額の小切手と、マーティン・ブレンデンへの輝かしい紹介状をくれたからさ」

リチャードはこれでネルを傷つけてやったと思っていた。だが、自分の言葉が、ふたりを最後まで結びつけていたもろい絆を断ち切り、ネルを解放したことには気づいていなかった。

「そこまでひどい言い方をすることはないでしょう」リチャードをそっと助け起こしながらも、ナディーンが言った。「あなたって、ときどき本物のひとでなしになるのね」

カブラーはそっとネルの腕をとって部屋から連れ出した。「いやな思いをさせてしまって申し訳ない」そう言って玄関を開け、ネルを先に通す。「タネクが何食わぬ顔をしてあなたに嘘をついていることを証明するには、これしか手立てがなかった」

「ニコラスはこのことを知っていたわけ？」

「ナイジェル・シンプソンが情報を渡しました」

「どうしてそう断言できるの？」

「リアドンがアテネに現われ、われわれがメダス島に送りこんでコールダーの死亡証明書を書かせた医者と話をしているんです。ずっとあれこれ嗅ぎまわり、われわれがコールダーをどこに匿《かくま》っているのか探り出そうとしていました」

「ニコラスはリチャードが生きてると知りながら、私に黙っていたわけ？」

「言ったでしょう。あの世界の連中はどいつもこいつも同じだと」車に向かいながら、カブラーは家を振り返った。「さっきのあれはなかなかお見事でしたな。タネクに教わったんですか？」

ネルはその質問がほとんど耳に入っていなかった。「ニコラスはなぜ黙っていたの？」

「やつは、夫が生きてたぐらいのささいなことであなたが動揺したら、計画が台なしになると思ったんでしょうな」

またしても、ニコラスがネルをおとりに使っていると言いたいのだ。だがネルは、このときはじめて、カブラーの説が正しいのかもしれないと思った。ニコラスはとても頭がいい。ネルを操り、主導権を握っているのはネルだと思いこませることくらいはできたのではないか？　ネルは自分がそこまで愚かだとは思わなかったが――

あとで考えよう。いまはショックと怒りで、とても考えがまとまらない。

「このことは秘密にしていただけると思っていいですかな？」カブラーは訊ねた。「こうしてあなたをここにお連れしたために、私は首になるかもしれない。ガルドーに匿名の手紙を送って、コールダーの居場所を明かしたりはせんでしょうな？」

「どうしてリチャードが生きてることをガルドーが知ってると思うの？」

「嗅ぎまわってるのはリアドンだけではないし、シンプソンもわれわれから情報を得たわけではない」

ネルは激しい怒りの炎がふたたび燃えあがるのを感じた。「ガルドーには洩らさないと約束するわ」それから、冷ややかにこう言い添えた。「あのひとでなしをこの手で殺さないとは、約束できないけれど」

「そうじゃないかと恐れていました」カブラーはため息をついた。「そうなると、コールダーをまた別の場所に――」

「もう帰れるか？」

ネルが振り向くと、ニコラスがこちらへ歩いてくるところだった。

「やつがコールダーのことを知ってるという証拠を欲しがっていましたね。これがその証拠ですよ」カブラーが小声で言った。「遅かったな、タネク。このひとはもうおまえとは一緒に行かんだろう」

「あなたは知ってたのね」ネルは囁くように言った。このときはじめて気がついた。ニコラスがまたしても嘘をついているはずはないと、自分がどれほど必死になって信じようとしていたか。「何もかも知っていながら、私に黙ってたのね」

「いつかは話そうと思ってた」

「いつ。来年？　五年後？」

「危険が去ってからだ」ニコラスはカブラーのほうを向いた。「ネルをここに連れてくるだけのちゃんとした理由があったんだろうな？　コールダーがまだ狙われてることを知っていながら、やつのところへ連れてきたんだから。ネルをやつに近づけてはいけない」

「コールダーはこのベイカーズフィールドに安全に匿《かくま》われてる。このひとが近づいてはいけないのは、おまえだよ。いまではこのひともそのことがよくわかってる。もうおまえにはこのひとを――」

ネルは巨人の拳で殴られたように地面に突きとばされた！

ニコラスも地面に倒されたが、すぐにネルの上に覆いかぶさり、飛散する破片からネルを護っていた。

破片――何の？　混乱した頭でネルは考えた。何が起きたの？

ニコラスの肩越しに家を見た。

いや、家の残骸を見た。窓は消えていた。ポーチも。南側の壁は吹き飛び、家全体が炎に包まれていた。囂々《ごうごう》たる炎に。

「どういうこと？」ネルは呆然として言った。

「爆弾だ」カブラーが膝をついて体を起こした。顔の切り傷から血が垂れている。抑えようのない怒りをこめて家を見つめ、拳を握りしめた。「くそ、殺《や》られちまった」

カブラーはリチャードのことを言っているのだ。リチャードはあの家の中にいた。リチャードは死んだのだ。ナディーンも死んだのだ。ついさっきまでネルと話をしていたのに、いまはもう生きてはいない。

ニコラスが立ちあがり、自分を助け起こしていることに、ネルはぼんやりと気づいた。

「さあ、ここから離れよう」

カブラーは家の残骸を見つめ、痛みをこらえながらゆっくりと立ちあがろうとしている。

「くそっ。くそったれが」

ニコラスはネルの腕をつかみ、道の先に停めてあった自分の車に引っ張っていこうとした。

「どこへ行くつもりだ？」カブラーが振り向いた。

「ここから離れるんだ。ネルまで殺されてもいいのか？」

「ガルドーの仕業ではないかもしれん。おまえはやけに都合のいいときに現われた。おまえじゃないのか」

「ああ、そう思いたいだろう。そうすれば、連中にコールダーの居所がばれた責任をおまえが取らされずにすむからな」視線がぶつかりあった。「だが、おれの仕業じゃないことは、あんたも承知してる。ネルをここに連れてきたことが、そもそも間違いだったとわかってるはずだ。ネルはリーバーの家に姿を見せたときから監視されてたんだろう。連中はあんたたちをつけてここまで来て、あんたたちが家の中でコールダーと話している間に、ガスの主管のそばに爆弾をしかけたんだよ」

「連中がわれわれのあとをつけられるはずがない。麻薬取締局のフライト・プランはすべて機密にするよう命じてある」

「連中はコールダーを片づけたかった。金さえ積めば、機密などたやすく破ることができたはずだ。あんただってそんなことはわかってるんだろう」

カブラーは反論しようといったん口を開いたが、また閉じた。「ああ、わかってる」彼はにわかに老けこんだように見えた。

「じゃあ、ネルが殺《や》られる前にこの危険地帯から連れ出しても異議はないだろうな？」

カブラーはしばらく無言だったが、やがてがくがくとうなずいた。「とっとと失せろ」そしてネルを見た。「私は残って被害を最小限に食い止める努力をしなくてはならないが、いずれまたあんたのところに行く。あんたが利口なら、今夜ここで見たことを忘れず、タネクに利用されないよう気をつけることですな」カブラーは燃えさかる家のほうにちらりと視線をやった。「さもないと、あんたもコールダーのような目に遭うことになる」

「おれはすでに五カ月も、ネルを護っているんだぞ」ニコラスはなかば引っ張り、なかば小突きながら、ネルを車に連れていった。

近隣の人々が様子を見に通りに出てきていることに、ネルはぼんやりと気づいた。遠くでサイレンが鳴り響いている。

ニコラスは助手席のドアを開けた。「さあ」

ネルは躊躇し、カブラーのほうを振り返った。

カブラーはもう家を見つめてはいなかった。開け放った車のドアに覆いかぶさるようにして、自動車電話で早口にしゃべっている。

被害を食い止めるとカブラーは言っていた。

こんな業火の中で、いまさら何の被害を食い止めようというのだろう？　リチャードもナディーンも死んでしまったというのに。

ネルは車に乗りこみ、ニコラスが手荒にドアを閉めた。

15

「大丈夫か？」住宅街を走りながら、ニコラスが静かに訊いた。

ネルはその質問には答えなかった。「これでカブラーは処罰されるのかしら」

「たぶんな。大きな過ちを犯したんだ。だが、あいつは麻薬取締局内で大きな権力を持っている。首になることはないだろう」

「カブラーのせいじゃないわ。尾行されてるなんて、わかるはずがなかった」

「おれはカブラーのことを話したいんじゃない。やつのことなどどうでもいい。きみのことを訊いてるんだ」

「大丈夫よ」ネルはショルダーバッグの革紐を握りしめていた。何でもいい、何かをつかんでいたかった。何もかもが手のひらからこぼれ落ちていってしまうような気がしていた。

「ジェイミーはどこ？　一緒じゃなかったの？」

「空港で待ってる。おれたちもいま空港に向かってる」

「あなたと同じ飛行機には乗らないわよ」

「何を言ってるんだ。きみを誘拐するとでも思ってるのか？」

「わからないわよ、あなたのやることだもの」

「きみをこの街から連れ出そうとしてるだけだよ」


「そうかしら。もうあなたの言うことをみんな信じるわけにはいかないわ」

ニコラスは小さく悪態をつくと、いきなり街灯の下の縁石に車を寄せ、エンジンを切った。

「いいだろう。話し合おうじゃないか」

「話なんかしたくない」いまにも体がばらばらになりそうだった。

「こっちを見るんだ」

ネルは前を見つめたままだった。

ニコラスはネルの顎をつかみ、自分のほうに顔を向けさせた。「わかったよ。きみがしたくないことを無理強いしたりはしない」

「無理強いしようにも、できっこないわよ」

「ああ、確かに難しいかもしれん。きみにはいろいろ教えすぎたからな」ニコラスの指がネルの頬の線をなぞる。「だが、これを乗り越える方法までは教えられなかった。深呼吸をして、ショックが去るのを待つしかない」

「なぜ私がショックを受けるわけ？　人間がふたりも吹き飛ばされるのを目撃したから？　私が自分で信管をセットしたかったくらいよ。何もかもリチャードのせいなんだから」

「これはこれは気が強い」

「うるさいわね」ネルは震えはじめた。「車を出しなさいよ。話したくないと言ったでしょ」

ニコラスはネルを抱き寄せようとした。

ネルは身をこわばらせた。「ほっといて。触らないでよ」

「きみの震えが止まるまでだ」

ネルはシートの端に体を寄せた。

「いいだろう。おれは嘘つきで、きみはおれを信用しない。だが、それなら利用すればいい。役に立つところだけ使えばいい。それなら問題ないだろう」

「手を放してったら」

ニコラスは手を放した。「わかったよ。話をしよう。話せば楽になることもある」

「話したくなんかないわ」

「コールダーのことを教えてくれ」

ネルは首を振った。

「あのひとでなしが死んだくらいで、きみがこんなに取り乱すとはな」

「違うわ、リチャードが憎かっただけよ」ネルは反射的に言い返していた。「彼がガルドーなんかと関わり合っていなければ、ジルは死なずにすんだのよ。カブラーに止められなければあの場で殺してたわ。生かしておけなかった」

「彼女も生かしておけなかった？」

「ナディーン？　いいえ。わからない。私を傷つけるつもりはなかったと思うけど……わからない」

「だがきみはその衝動を抑えきれなかった」

「ええ」

「そして、きみはそのことを恐がってる。自分がどうしようもない存在に思えるからだ。でも、同じようなことはまた起きる。常に何もかもが思いどおりにいくわけではないんだから。起きてしまってから対処するしかない場合だってあるんだよ」

「車を出して」

「どこへ行く？」

「空港へ連れていってくれるんじゃないの」

「牧場まで連れて帰っていいんだな？」

「冗談でしょ」

「本気だ。これからどうするつもりだ」

「私の計画は変わってないわ」

「だが、そこにはもはやおれは含まれてないわけか」

「信用できないもの」

「だが、きみにはおれが必要だ。そのことに変わりはない。いまは感情が邪魔をして論理的に考えられなくなってるだけだ」ニコラスはちらりとネルを見た。「わかったよ。おれはきみに嘘をついた。たいていは言うべきことを言わずにいただけだが、それは言い訳だ。とにかく嘘をついた。だからって、おれがきみをおとりにしようとしているというカブラーの話を信じるのか？」

「あなたはやろうと思えば何でもできるひとよ」

「それでは答にならない」

「信じてないわ」ネルはぶっきらぼうに言った。

「おれがきみを危険にさらすようなまねをしたか？」

「いいえ」

「じゃあ、何がそんなに気に食わないんだ？」

「私から権利を奪ったじゃない。私をのけ者にしたじゃない」ネルが激しく言った。「これは私自身に関わることなのよ。私にはリチャードのことを知る権利があった。危険にさらされているタニアのもとに駆けつける権利があった」

「ああ、確かにおれはその権利を奪った。それにこの先も奪うことがあるだろう」

「なのにこれからも何もなかったふりをして、あなたとやっていけと言うの？」

「そうじゃない。きみの身を護るために嘘をついたり騙したりすることもあるということをわかってくれと言ってるんだ。そのことに順応して、いちいち傷つかないようになってくれと言ってるんだよ。そして、当初の計画どおりにおれを利用してくれと言ってるんだ。なぜわからない？　落ち着いて論理的に考えてみろよ。おれは間違ってるか？」

ネルは金切り声をあげてニコラスをひっぱたいてやりたかった。論理的になど考えたくはなかった。裏切られたという孤独感でいっぱいだった。ニコラスにその償いをさせてやりたかった。

「いいか、きみがいるのはおれのホーム・グラウンドだ。走塁のしかたならおれのほうがよく知ってる。きみはコールダーの死から何も学ばなかったのか？」

最後に目にしたあの炎の地獄を思い出すと背筋がぞっとした。爆発がどこで起きたのかネルにはまるでわからなかった。まさか爆弾が――だが、ニコラスは即座に事態を理解していた。いいわ。いまは痛みも怒りも忘れましょう。私には確かにニコラスが必要なのだから。他の一切が変わってしまっても、それだけは変わらない。

「牧場には戻らないわよ」

「それはもうわかった」

「それに、大晦日まで待つ気もない。すぐパリに発つわ」

「お望みとあらば」

ネルは不審そうにニコラスを見つめた。いやにものわかりがいい。

「空港に着いたらすぐに予約を取ろう。ジェイミーが一緒に行ってもかまわないだろうね？あいつはなかなか役に立つ」

「かまわないけど」ネルはゆっくりと答えた。

「よし。じゃあ、後ろにもたれて、あとはおれに任せてくれ」

「いいえ、それだけはお断り。同じ過ちを繰り返すつもりはないわ」ネルはニコラスの目をじっと見た。「犯せない過ちはたくさんあるのよ。前と変わらないものが一つでもあるなどとは思わないで、タネク」

「言われなくてもわかってるさ」ニコラスは車を出した。「おれだって、きみと同じように、順応することを学ぶんだ」

「どこに泊まるつもり？」シャルル・ド・ゴール空港でジェイミーが借りた、ダークブルーのフォルクスワーゲンに乗りこみながら、ネルが尋ねた。

「町はずれにアパートを確保してある。大した部屋じゃないが、人目につかないという利点はある。今夜はそこに泊まる」

「人目につかないったって」ジェイミーがバックシートに入りこむ。「おれたちがパリに入ったのと同じで、安心はできんぞ。あのアパートもガルドーに知られてるかもしれん」

「おれは安心などしちゃいない」ニコラスは慣れない車を操って駐車場から出た。「だから、明日、郊外をまわっていい物件を探してくれないか。ガルドーの手下にネルを見られるような危険は冒したくない。生きていることは知られてても、どんな容貌かは知られてないからな。それがこっちの強みになるかもしれん」

ネルが怪訝そうにニコラスを見た。

「虎の檻にきみを送りこむことにしたらの話だよ」それからこうつけ加えた。「カブラーが言ったように、きみをおとりにするかもしれんぞ」

ネルは首を振った。「いいえ、あなたはそんなことをしない」

「きみが自分からおとりになりたがってるんだ、おれは気にしないさ」ニコラスは肩をすくめた。「だがな、カブラーはあんなふうに心配しているが、おとりとしてのきみの価値はもう下がってしまってるだろう。きみはもはややつらの最大のターゲットではなくなったはずだ」

「なぜ?」

「最初はコールダーに対する制裁として命を狙われたわけだろ。そのあとマリッツがきみの行方を追ったのは、コールダーの居所を聞きだすためだ」

「でも、居所を知らなかったのは、あなたもよくご存じよね?」ネルが辛辣に言った。

「連中にはそんなことはわからない。妻なら夫の居所を知っていて当たり前だと考えるさ」

「じゃあ、あんた、ネルはもう安全だと思うのか?」ジェイミーが訊いた。

「ひょっとするとな。ガルドーのリストにはもう載っていないはずだよ」ニコラスはネルの顔をちらりと見た。「ただし、マリッツのリストからは消えてないかもしれない。執着心の強い男だ」

——あいつは本物の悪魔だよ
「わかってる」思い出すと寒気がしたが、ネルはすぐにそれを払いのけた。「でも、それがまた、こちらの強みになるかもしれない」

「しかしその反面、きみとこの件とは切り放して、襲ってこない可能性もある」

「どうやら、今日のうちに物件を捜したほうがよさそうだな」ジェイミーが言った。「アパートに着いてあんたたちを降ろしたら、ちょっとこの車で捜しに行ってみることにしよう」

ニコラスはアパートの鍵を開けると、脇によけてネルを先に通した。

「いい部屋じゃない」ネルは居間を見まわした。居心地がよさそうで、品があり、広々としている。といっても、広々としているのは当然のことだった。ニコラスは広々とした場所が好きなのだ。「私の部屋は？」

ニコラスは左手のドアを示した。「バスローブだけはクローゼットに用意してある。足りないものは明日買いに行くことにしよう」

「いいわ」ネルはニコラスの示したドアへ向かった。

「ひと息入れたら、キッチンに来るといい。家主が冷蔵庫に最低限のものを揃えてくれてる。オムレツでも作るよ。機内では何も食べなかっただろう？」

「いまは食べたく――」ネルは言いかけてやめた。空腹だったし、やせ我慢をしてまでニコラスを避ける必要はない。「ありがとう」

「そう。きみは体力を維持する必要があるんだろ」ニコラスがぶつぶつと言った。「何をしようとゲームはまだ続くんだから」

ネルはそのさりげない皮肉を無視し、バッグを寝室へ運びこんだ。本当は、体力などもうほとんど残ってはいなかった。自分を律する気力がどんどん萎えていく。

バスルームに入って顔を洗う。感じているほどには不安げな顔ではなかった。鏡の中から見つめ返している顔は、青白く、少しやつれてはいるが、ジョエルが何カ月も前に授けてくれた美しさに変わりはなかった。

ジョエル。病院でのジョエルの辛辣な態度が思い出され、悲しみがずきりと胸を刺した。それでも、ジョエルを責めることはできない。ジョエルはタニアを愛している。そしてタニアが危うく殺されそうになったのはネルのせいなのだから。でも、もしニコラスが考えているとおり、ネルがもはや命を狙われていないのなら、タニアもやはり危険から解放されたことになる。いまはそう願うしかできない。

ネルは顔を拭い、キッチンを探した。

「コーヒーをついで、カウンターに座っててくれ」食器棚から皿を取り出しながら、ニコラスが言った。「食事もすぐにできるから」

ネルは調理台のコーヒーメーカーから二つのカップにコーヒーを注ぎ、朝食用のカウンターへ運んだ。

ニコラスがオムレツをカウンターに並べ、ネルの向かいのスツールに腰を下ろした。「さあ、どうぞ」

ネルはフォークを取った。マッシュルームとチーズがたっぷり入ったオムレツは、びっくりするほどおいしかった。「おいしい。例の香港のレストランで料理を覚えたの？」

「覚えられるものだけだがね。オムレツくらいは簡単だ」ニコラスは食べはじめた。「で、これからどうするつもりだ？」

「マリッツを殺《や》るわ」

「作戦が必要だと言ってるだろ」

「わかってるわ。これから考えるのよ。いままでそんな余裕がなかっただけ」

「おれの作戦を聞いてみる気はないか？」

「待つことになる作戦ならお断りよ」

ニコラスがフォークを握りしめた。「あとひと月ちょっとのことじゃないか」

ネルは答えない。

「いいか、ガルドーは警戒心の強い男だが、剣が大好きだ。シャルルマーニュの剣を手に入れられるかもしれないとなったら、どういう行動に出ると思う？」

「シャルルマーニュの？」その剣なら博物館で見たことがあるような気がする。「盗み出すつもり？」

ニコラスは首を振った。「だが、ガルドーには盗んだと言うのさ。偽物とすり替えてきたとね」

「信じるわけないじゃない」

「信じるさ」ニコラスはにやりとした。「前にもおれが同じことをやったのを知ってるからな」

ネルはニコラスを見つめた。「ほんと？」

「まあ、剣ではなかったが」ニコラスはコーヒーをひと口飲んだ。「しかし、基本は同じだ。

四月のうちにトレドの刀剣職人に手配しておいた。シャルルマーニュの剣の複製を作らせ、古めかしく見えるように加工させてるんだ。ガルドーには写真を送り、自分で現物を見る前に専門家に鑑定させればいいと言う。薬品を使った試験をしない限りは、本物と区別がつかないはずさ。剣を見せたいからふたりだけで会いたいと申し入れれば、とても断れないだろうな」

「あなたが命を狙ってることは知らないの？」

「知ってるよ」

「それであなたに会うなんて、ただのばかじゃないの」

「やつの縄張りで会うのなら、そうとも言えん。シャトーいっぱいの客と手下に囲まれていれば」

「で、あなたは殺される」

「おれを殺さざるをえない状況になったらな。ただし、組織からたいへんな怒りを買うことになるが」

サンデケスのことを言っているのだと、ネルは気づいた。ニコラスの保険だ。

「でも、危険なことに変わりはないわ」

「だが、うまくいくかもしれない……きみが待つことに同意してくれれば」

「マリッツは？」

ニコラスは口ごもった。「やつはベルヴィーニュにはいない可能性がある。ガルドーは、タニアを襲った犯人をすぐそばに匿《かくま》うのは危険が大きすぎると考えてるかもしれない」

ネルはさっとニコラスに目を向けた。「だとしたら、マリッツをどこに隠すと思う？」

「それは、ジェイミーがいろんな人間に接触して、探ってくれるはずだ」

「マリッツはフランスにいると私が考えてるって、あなたちゃんとわかってたわけね」

「いるかもしれないだろう。確認が取れないだけだよ」ニコラスはコーヒーを飲みほした。

「それに、パリに行こうと言いだしたのはきみだ」

「マリッツがいないのにガルドーだけ殺《や》るのはいや」

「じゃあ、きみのためにマリッツを探すことにしよう」

「また時間稼ぎをされるのはお断りよ。すぐにあいつを見つけてちょうだい」

「すこしは頭を働かせて、おれを信用しろよ。時間稼ぎをするような幼稚な手は使わない」

ニコラスはスツールの小さな背もたれに寄りかかった。「どうしても待つのがいやなのか？」

「待つ理由を教えてくれてないじゃない」

「立派な理由を言ったはずだ。そのほうが安全なんだよ」

「さっきあなたが自分で言ったばかりじゃないの。ガルドーはあなたを殺したら組織の怒りを買うことになるって」

「自分が殺されるかもしれないとなれば話は別だ。それに、きみはサンデケスの傘の外にいる」

ネルはスツールを後ろに引き、立ちあがった。「待つのはもううんざりよ。マリッツを探して。さもなければ、自分で探しに行くわ」

ネルはキッチンを離れ、まっすぐ自分の部屋へ行った。彼との議論にもう耐えられなかった。ニコラスの言うことにも一理あるのだろうが、こんなことはもう終わりにしたかった。自分の周囲のすべてがくるくると変わり、砕けていく。黒が白に。白が黒に。変わらないものは何もない。もうたくさん。

もう終わりにしなければ。

ネルは時間をかけて熱いシャワーを浴び、病院のタニアに電話をかけた。だが、タニアは今朝、退院したとのことだった。ネルはリーバー邸に電話をかけ直した。

「気分はどう?」タニアが電話に出るとすぐ、ネルが訊ねた。「足首の具合は?」

「いやになっちゃう。杖がないと歩けないんだもの。ね、いまどこ?」

「パリよ」

沈黙ののち、タニアが訊いた。「マリッツだね?」

「居所を探り出せたらね。ニコラスの話では、あいつはベルヴィーニュにはいないかもしれないの。あなたを襲ったために、ガルドーにとっては歓迎されざる人物になったのではないかって言うのよ。おびき出す方法を考えなくてはならないかもしれない」ネルは顔をしかめた。「簡単にはいかないでしょうけど。マリッツにとって私は仕事の対象にすぎなかったかもしれないから、もうターゲットとしての優先順位は下がってるんじゃないかって、ニコラスは言ってる」

「よかった」ちょっと間があり、タニアが怪訝そうに訊ねた。「でも、どうして？」

あのビクトリア朝風の家が炎に包まれている光景がよみがえり、ネルは受話器を握りしめた。「またいつか話すわ。明日、滞在先を変えるけれど、落ち着いたらまたお見舞いの電話をする」

「明日はだめだよ」タニアの声が、ふいにかすれた。「明日はフィルのお葬式に行くから。フィルは、両親のいるインディアナ州の町に埋葬されることになってるから、帰ってくるのは明日の夜遅くなると思う」

「その体で行って大丈夫？　行かなくても、フィルはわかってくれると思うわよ」

「フィルはあたしを救ってくれたんだよ。命を捨ててまで。行かれるよ、もちろん」

ばかなことを訊いてしまった。タニアなら這ってでも行くだろう。「お大事に。ジョエルによろしくね」

「ネル」タニアが口ごもりながら言った。「ジョエルが腹を立てたこと、悪く思わないでね。そのうち元どおりになるよ。ジョエルは誰かれかまわず当たり散らしてるんだ。自分自身を責めてるから」

「悪く思ってなんかいないわ。ジョエルが正しいのよ。怪我をするのは私でなければいけなかったんだもの、あなたじゃなくて」それからこう言った。「あわてて発《た》ってしまったから、フィルにお花を贈るひまもなかったの。代わりに贈ってあげてくれる？」

「電話を切ったらすぐに」

「じゃあ、いますぐってことね。ゆっくり休んでちょうだい。またね、タニア」

タニアは受話器を戻すと、ジョエルのほうを向いた。「ネルはパリだって」

「結構。ティンブクトゥへのチケットでも送ってやろうかな？」

「そんなひどいこと言わないで。ネルのせいじゃないんだから」

「言わずにはいられない。僕は怒り狂ってるんだよ」

「自分が警報装置のスイッチを入れ忘れたことにでしょ。あたしはあなたを責めてないよ」

「責めろよ」ジョエルは吐きすてるように言った。「僕の不注意で取り返しのつかないことになったんだ」

「危険が迫っているなんて、あなたは知らなかったんでしょう。あたしだって知らなかった。ただそんな気がしてただけ」

「そんな気がしてたのに、僕には話してくれなかった」

「あなたは忙しいひとだから。ばかげた妄想かもしれないのに、あなたの時間を無駄にすればよかったって言うの？」

「ああ」

タニアは首を振った。

「なあ、きみは殺されかけたんだぞ」

「だからって、あれ以来あたしにつきっきりじゃない。診察は全部キャンセルしちゃうし、トイレに行くにもついてくる」タニアは困ったような笑みを浮かべた。「すごく恥ずかしいんだからね」

「気にすることはない。僕は医者なんだから」ジョエルは立ちあがり、タニアに近づいた。「それからこれも医者として言うんだが、もうその足首を痛めつけるのはやめて、ベッドに入れ」タニアを抱えあげて階段へ向かう。「口答えはなしだぞ」

「口答えなんかしないよ。くたくただもの」タニアは、階段を上りはじめたジョエルの肩に顔を埋めた。「心の重みで体が疲れるなんて不思議だね。フィルは――」

「そのことは考えるんじゃない」

「あれ以来、他のことは何も考えられない。あんな悪魔が……」

ジョエルはタニアをベッドに横たえ、かぎ針編みのベッドカバーを掛けると、険しい顔つきで言った。「二度ときみに手出しはさせない」

タニアの唇にほんのかすかな微笑みが浮かんだ。「悪魔をよせつけないために診察を全部キャンセルして、あたしをトイレに連れていってくれてるんだね」

ジョエルはベッドの端に腰を下ろし、タニアの手を握った。「僕は自分がタネクでないことは承知してる」ためらいがちな口調だった。「僕はね、ハンフリー・ボガートではなく、ポール・ヘンリードなんだ。だが、きみを護ってみせる。誓うよ」

「何の話？　ポール・ヘンリードって誰？」

「『カサブランカ』さ。映画の。気にしないでいい」ジョエルはタニアの髪をかきあげた。

「これからはずっと僕がきみを護るってことがわかってもらえれば、それでいいんだ」

タニアが静かに言った。「ね、いまとても大切なことを言おうとしてるんでしょ。不器用な言い方だけど。これからはもう、高潔そうな顔をしてあたしをあなたの生活から追い払うようなまねはしないって言ってくれてるの？」

「それはだめだ。僕みたいな男がきみのような——」

「シーッ」タニアの指がジョエルの唇を押さえた。「そこまで言ったんでしょ。あたしが待っている言葉を聞かせて」

「愛してる」

「やだ、それはわかってるよ。その先を言って」

「僕と一緒に暮らしてほしい。いつまでも僕のそばにいてほしい」

「そう。その調子」

「結婚してくれるかい？」

タニアの顔が喜びに輝いた。「喜んで」タニアはジョエルを抱き寄せた。「あなたもうれしいんでしょ？　あたしね、約束する。あなたをうんと幸せにしてあげるから」

「もう十分幸せだよ」ジョエルはタニアを抱きしめ、耳もとで言った。「なぜ僕のような男を好きなのか知らないが、僕はきみのものだ」

タニアは熱烈なキスをした。「いつまでもその謙虚さをなくさないでね。とても大切なことだと思う」笑顔が消えた。「でも、プロポーズにはあまりいいタイミングじゃなかったよね。あたし、あなたをベッドに誘おうとずっと頑張ってきたけど、いまは――」

「ああ、わかっている。治るまでは――」

「足のせいじゃなくて、そんなことをするときじゃないから。友だちの喪に服しているんだもの」

ジョエルはうなずいて、タニアの頬にキスをした。「もう行くよ。夕食を作ろう」

タニアはかぶりを振った。「そんなことしなくていい。記念すべき夜なんだから。ここにいて。こうして抱きあって、お互いの考えを語り合うの」タニアはベッドの端に寄り、ジョエルを引っ張ってとなりに寝かせた。それからジョエルに体をぴったりとつけた。「どう、こういうのもなかなかいいよね?」

ジョエルの声は落ち着かなげだった。「ああ、いいね」

「そして、話すことがなくなったら、テレビをつけよう」

「テレビ?」ジョエルは驚いて言った。「テレビが見たいのかい?」

「ビデオデッキもつける」タニアはジョエルの喉にキスをした。「『カサブランカ』のビデオを見せてよ。そのポール・ヘンリードっていうひとを研究しなくちゃ」

「出ていけ、マリッツ」ガルドーは言った。「おまえはメダス島の一件以来、へまばかりだ」

サイドボードに近づき、自分のグラスにワインを注ぐ。「そのうえここに逃げこむというへまを重ねるとはな。来るなとはっきり言っただろう」

マリッツは顔を赤らめた。「来るしかなかったんです。電話をかけてもあんたはおれと話してくれなかった」

「それがどういう意味かわからなかったのか」

「匿《かくま》ってください。警察に追われてる。タニア・ヴラドスに顔を見られちまったんです。あの女は、おれが誰なのか知ってるんですよ」

「おまえがへまをしたからだろう。役立たずに用はない」

「まだお役に立てますって。アメリカを出ろと言われなけりゃ、お望みどおり、リチャード・コールダーを始末できたんです。何もやつを始末するのによそからひとを呼ぶ必要はなかったでしょう」

「いや、必要はあったんだ。確実に始末したかったんだよ。おまえはもう信頼できんからな」

「いましなけりゃならないのは、戻ってタニア・ヴラドスを殺《や》ることです。あの女を片づければ、証人はいなくなる」

「あの女に近づくことは許さん。おまえがつかまるような危険は冒せないんだ。おまえは知りすぎてるからな。フランスにとどまって身を隠せ」

「ほとぼりがさめたら呼び戻してくれるんですね？」

「いずれはな。ときどき連絡を入れろ」

嘘だ。マリッツは思った。おれがそんな間抜けだと思うのか。身を隠していると、ある日、誰かが訪ねてくるってしくみだろう？　おれが逮捕されて、あんたの身を危うくすることが絶対にないように。「金が要る」

　ガルドーはマリッツの顔を見ただけで何も答えなかった。

「無心をしてるわけじゃない。報酬を払ってもらってない」

「成功には金を払うが、失敗には払えん」

「おれはあんたのために六年も働いてきた。今回の仕事がうまくいかなかったのは、運が悪かっただけだ」

「おまえにやらせる仕事はない」

「コールダーの女房は？」

「あの女はもうどうでもいい」

　マリッツは必死になって別のターゲットを探した。「タネクは？　リヴィルの話じゃ、今日パリに着いた飛行機の乗客名簿に、やつの名前があったそうです。タネクを探し出します」

「やつには手を出すなと言っただろう」

「やつを憎んでるんでしょう？　おかしいじゃないですか。やらせてください」

「少しもおかしくはないんだ……いまのところはな。やつには後ろ盾がある」ガルドーは薄笑いを浮かべた。「まあ、こうしている間にも、その後ろ盾はぐらついているかもしれんが」

「待ちます。だが、その仕事はおれにやらせてください」

「考えておこう」ガルドーはドアを開けた。「ブラソーに居所を知らせて、連絡を待て」

つまり、絞首用のロープを持った訪問者を待てということか。マリッツは苦々しく考えた。そして、ドアに向かった。「わかりました」

背後でドアがぴしゃりと閉ざされた。

ガルドーから引導を渡されたのだ。もはや死人と同然だった。そのことは疑いようがなかった。だが、マリッツには黙って殺されるのを待つつもりなどない。ガルドーの寵愛を取り返すことができさえすれば、この災難を乗り越えることはまだ可能なのだ。

身を隠すことは隠すが、ブラソーに居所を知らせてたまるか。

忙しくなりそうだった。何としてもわが身を救う手立てを探らなくてはならない。


「直通電話に電話ですよ、ムッシュー・ガルドー」アンリ・ブラソーがにやにやしながら電話を差し出した。「メデジンから」

ガルドーは電話を受け取った。「終わったか?」

「十分ほど前に」

「何か問題は?」

「いえ、何もかも順調にいきました」

ガルドーは受話器を置いた。

ブラソーがガルドーを見つめ、指示を待っている。

「リヴィルに電話だ。打ち合わせた例の件を実行に移せと伝えろ。すぐにだ」

ジョエルはドアの鍵を開け、ロビーの明かりをつけた。「フィルの両親もいいひとたちだったし」

「いい葬式だった」

「いいお葬式なんてあるわけない」タニアは雪におおわれた芝生に目を向けないようにしながら、足を引きずって精一杯の速さで家に入った。黄色いテープはなくなっても、雪の上にしたたった血の記憶は消えない。「どれも最低だよ」

「僕の言ってる意味くらいわかってるくせに」ジョエルが言った。

「ごめんなさい。あなたに当たるつもりはなかったんだけど」タニアは力なく窓に近づいた。

「今日は辛かった」

「僕もさ。さあ、座って休むといい。コーヒーをいれてくる。飲みたいだろう、きみも」

タニアは腰を下ろさなかった。立ったまま、マリッツのナイフを避けようとして自分が身を縮めていたあたりの雪を見つめていた。そう、フィルが殺されたあたりの……

「ほら」ジョエルが戻ってきて、カップを差し出した。思いのほか長いこと窓の外を見つめていたようだ。タニアはカップを受け取った。

「顔が真っ青じゃないか」ジョエルが言った。「やっぱり行かなければよかった。きみには負担が大きすぎたんだ」

「あの男はまだ捕まっていないんだね」タニアはかすれた声で言った。

「だが、もうきみに手出しはできない。アメリカ国内にもすでにいないだろうと警察は考えている」

「ネルはあの男の居所がわからないと言ってた。おびき寄せなければならないかもしれないって」

「ネルも警察に任せておけばいいのに」

「警察にはマリッツのような男を止めることはできないよ。きっとこれからも、ひたすら殺して、殺して、殺しつづける……」

「やつは超自然的な悪魔なんかじゃないんだよ、タニア。ただの人間だ」

タニアにはマリッツは悪魔のような存在に思えた。ジョエルにはわからない。だがネルならわかってくれる。ネルはその悪魔と闘ったのだし、悪魔の力を身をもって知っている。

タニアはふたたび窓のほうを向いた。「あいつが憎い」

ジョエルはタニアの肩に手を置いた。「フィルはいいやつだったからね」

「フィルを殺したからだけじゃない。あたし、怖かった。怖い目に遭ったことは前にもあるはずだけど、あんな怖さは初めて」タニアは身を震わせた。「いまも怖いよ」

「この家を離れたいのか？　じゃあ、家を売ってよそへ移ろう」

「で、一生、隠れて暮らすってこと？　それじゃあいつの思う壺だよ。あいつに勝利を味わわせてやるようなものだよ」

「じゃあ、きみはどうしたいんだい？」

戸外の冬の寒気がふっと室内に入りこんできたような気がした。タニアはその寒さを寄せつけまいと、腕を組んだ。「わからない」そう答えてから、しばらく黙りこんだ。「ネルにはマリッツをおびき出せないかもしれないと言ってた」

ジョエルの表情が固くなった。「こんな話は続けたくないな」

「でも、あたしならおびき出せるかも」

「だめだ」ジョエルが断固として言った。

「ネルのときはただの仕事だったんだろうけど、あいつ、あたしをつけまわしてるうちに〝夢中に〟なった。ガードマンがすぐにもやってきてしまう、あたしを殺すことができない、そう悟ったときのあいつの顔を、あなたにも見せたかったよ。あんな悔しそうな顔、見たことがない」タニアはゆがんだ笑みを浮かべた。「そうだよ、相手があたしなら襲おうとするはずだよ」

ジョエルは乱暴にタニアを自分のほうに向かせた。「だめだと言ってるだろう」

「怯《おび》えながら暮らすのなんかいや。あいつを怖がっている限り、あいつはいつもあたしと一緒にいるんだ」

「聞こえなかったのか？　行かせるもんか。僕の目の届かないところには、絶対に行かせない」

「あいつがこのまま姿を消したら？　一生、後ろを振り返りながらびくびく生きていくの？」タニアが険しい顔をした。「あいつを勝たせるわけにはいかないよ、ジョエル。絶対に勝たせない」

「いいか、これはゲームじゃないんだぞ」

「ゲームなんだよ、あいつにとっては」

ジョエルがタニアを抱き寄せた。「黙れ。絶対にきみを離さないぞ。聞いてるのか？　どこへも行かせない」

タニアはジョエルに体をあずけた。そうだよ、ジョエル。あたしを離さないで。寒さを追いはらって。あたしを護って。

あたしを行かせないで。


ジェイミーが見つけてきたのは、海辺の小さなコテージだった。大西洋と、岩だらけの海岸線を見下ろす絶壁の上に建っている。

「ここで大丈夫か？」ニコラスがネルに訊いた。「ジェイミーはそこまで気がまわらなかったんだろう」

ジェイミーがしまったとつぶやいた。

「平気よ」それは本当だった。この吹きさらしの崖の上に立っていても、不安はなかった。メダス島のあの手摺で囲まれたバルコニーとはまるで違う。時間の経過が悲しみを癒《いや》してくれたのかもしれない。ネルは崖に背を向け、コテージの中に入った。室内は小ぢんまりして清潔で、きどりのない装飾がほどこされていた。

ジェイミーが追いかけてきた。「おれも大ばかだな。許してくれるかい？」

「許すも許さないもないわ。とても気持ちのいいコテージだもの」

「ところで、あんたには二、三日ひとりで海辺の空気を楽しんでいてもらわなけりゃならん。ニックとおれはパリに行く用事があってね」

ネルはぱっとジェイミーのほうに向き直った。「どんな？」

「パルドーさ、ガルドーの会計士の。その方面から崩せないか、ニックが確認したいって言ってね」

保険はかけられるだけかけたほうがいい。ニコラスはそう言っていた。「マリッツのほうは？」

「パリにいる間に、いくつか情報源にあたってみるつもりだ」ニコラスが戸口から言った。

「きみはここにいれば安全だ。きみの顔を知っている者は誰もいないし、このあたりが安全だということは、ジェイミーが細心の注意をはらって確認している。カウンターの上のメモに、自動車電話の番号を書いておいた」

「どうして私は一緒に行けないの？」

「ここへ移ってきたのと同じ理由からだ。きみの顔を知られたくない。探りを入れはじめれば、おれがパリにいることはすぐにガルドーに知られるだろう。もしきみがおれと一緒のところを目撃されたら、ガルドーに正体を見破られて、せっかくの奥の手がおじゃんだ。わかるか？」

「ええ」ネルはゆっくりと答えた。「で、いつ戻ってくるの？」

「一日か二日だな。きみがここを離れないと信じてて大丈夫だな？」

「マリッツの居所がわからないのに、離れてもしかたがないでしょ」

「約束してくれ」

「必ずここで待っています。これで満足？」

ニコラスは奇妙な笑みを浮かべた。「とんでもない。満足するというのがどういう感覚だったかさえ思い出せないね」そう言うと、くるりと背を向けた。「さあ、ジェイミー、急ごう」

「気をつけてね」ネルは思わずそう声をかけた。

ニコラスが片方の眉を上げた。「心配してくれるのか？　ということは、許してもらえたのかな、おれは？」

「いいえ。でも、危険な目に遭えばいいのよ、なんて言ったことはないでしょ」

「じゃあ、そのささやかな好意に感謝しなくちゃいけないな」

ネルは戸口に立ち、ふたりが出かけていくのを見送った。フォルクスワーゲンは曲がりくねった二車線の道を猛スピードで走り去り、ほんの数分で見えなくなってしまった。

ネルはひとりきりになった。

ひとりになるのは自分にとってはいいことなのだと、ネルは自分に言い聞かせた。考え、作戦を練る時間ができる。もう何カ月も本当にひとりになったことがなかった。ニコラスがそばにいて、話しかけ、教え、愛を交わし……。違う、あれは愛ではなく、ただのセックスだ。ふたりの間で愛が語られたことはない。

だが、愛があると思えた瞬間もあった。

だからこそ、ふたりの関係に決着をつけてよかったと思えるのだ。私とニコラスとは昼と夜のように違っている。ニコラスは私に何を望むのか、はっきりわからせてくれたけれど、あれは愛の誓いではない。ニコラスのような男と一緒にいても未来はない。

未来？

ネルは、自分がマリッツを倒したあとのことを考えていることに、このときはじめて気づいた。これは立ち直りはじめているというしるしだろうか？

そうなのかもしれない。そうだと決めつけるのはまだ早いが、もし立ち直りかけているのだとすれば、そこには時の力だけでなく、ニコラスの力もあったはずだ。

ニコラスは私に嘘をつき、私を傷つけ、私を立ち直らせてくれた。

ニコラスのことばかり考えすぎね。彼のことは頭から締めだしてしまったほうがいいわ。

16

「パルドーは死ぬほどびびってる」サン・ジェルマン四一二番地に停めた車に戻ってくるなり、ジェイミーが言った。「ありゃ簡単には渡さないぞ」

「金は？」ニコラスが訊ねた。車を出してセーヌ川のほうへ向かう。

「心が動いたようだったが、シンプソンがどんな目に遭ったか、知ってるんだな。おれが接触しているとガルドーに知られたから、もう家には来ないでくれとさ」ジェイミーは首を振った。「この前、話したときには買収できそうな感触だったんだが、状況が変わったらしいな。びくびくしてる」

「で、結論は？」

ジェイミーは肩をすくめた。「よくわからん。いまは帳簿を渡せないの一点張りだ。どこへ隠れようと、ガルドーはどこまでも追ってくるだろうから、だとさ」

「ということは、以前と何が変わったんだろう？」ニコラスは自分でその疑問に答えた。「普段の取引状況を知られるより、はるかに大きな打撃をガルドーに与えかねない情報を知らされたということだな」

「おれもそう考えたさ」ジェイミーがにやりとする。「おまえさんの興味を引きそうな情報を仕入れてきたよ。二日前、パルドーはマリッツの名を帳簿から抹消するよう命じられたらしい。首にしたとガルドーに言われたそうだ」

ガルドーは、お気に入りの悪魔を外の暗黒の世界へと放り出したのだ。ひょっとすると、マリッツが抹消されたのは帳簿上だけではないかもしれない。いや、そんなことはないだろう。マリッツは特に頭がいいというわけではないが、勘が鋭く、抜け目がない。まず間違いなく地下に潜ったはずだ。「マリッツがどこに身を隠したか――」

「尾《つ》けられてるな」ジェイミーがさえぎった。「二台後ろの車だ」

ニコラスは表情をこわばらせ、バックミラーにちらりと目をやった。ヘッドライトは確認できるが、闇の中では車種や色まではわからない。「いつからだ？」

「パルドーのアパートを出たときからだ。ダークグリーンのメルセデスだよ。半ブロック後ろに停まってたやつだ」

「パルドーを監視していた連中か？」

「おそらくな。だが、なぜやつの監視を放り出しておれたちをつけてきたんだろうな」

理由は一つしかない。パルドーの言うとおり、ガルドーはジェイミーがパルドーに接触するのを待ちかまえていたのだ。だが、気にならなかった。ガルドーはニコラスを見張るのが好きだ。これまでにも尾行をつけられたことはある。いつもなら無視していればいいのだが、新しい情報をつかんだいまは、ネルのところへ戻りたかった。

「まくか?」ジェイミーが訊いた。

ニコラスがうなずく。「市内の道は連中のほうが詳しいだろうが、郊外の山の中に入れば脇道がたくさんある」アクセルを踏む足に力を入れる。「一本ぐらい見つけられるだろう」

山道にさしかかって五マイルほどのところで、ニコラスはメルセデスがもはや尾行していないことに気づいた。

ただの尾行ではなく、狩りをはじめていたのだ。メルセデスはフォルクスワーゲンの真後ろに迫り、全速力であおってくる。

リアバンパーにメルセデスが激突した。

「くそ」

「場所が悪いな」あたりの険しい地形を見回しながら、ジェイミーがしかめ面をした。「このあたりで道から飛び出そうもんなら、谷を二百フィートは転がり落ちることになる。この肝心なときに、おまえさんの言う脇道とやらはどこへ行っちまったんだ?」

ふたたびメルセデスがぶつかってくる。

ニコラスはアクセルを床まで踏みこみ、メルセデスをぐっと引き離した。

「いつまでも引き離してはおけんぞ」ジェイミーが指摘する。「メルセデスのほうがはるかに馬力がある。おまけにボディは戦車なみだ」

「ああ、わかってる」メルセデスは狙いすましたタイミングでぶつかり、谷へ突き落とそうとしている。くそ、こんなことになるなんて。

メルセデスが追いついてきた。逃れる術はない。あと何度かは逃げられるだろうが、そのうち谷へ突き落とされる。どうせ突き落とされるのだ、連中に場所を選ばせてやることはない。こっちで選んでやる。

「シートベルトをはずせ」

ジェイミーがシートベルトの留め金をはずした。

メルセデスのフロントバンパーがフォルクスワーゲンの左の横腹にぶつかった。

車が横滑りし、道路からはずれそうになるのを、ニコラスがかろうじて立て直す。ジェイミーがサイド・ウィンドウに頭をぶつけ、悪態をついた。こめかみをさすっている。「おい、そんな運転を続けるつもりなら、もう一度シートベルトを締めさせてもらうぞ」

「生きて帰りたければやめておけ。先手を取ってこの車を落とす」

「そんなことだろうと思ったよ。どこで?」

「次のカーブだ。崖の傾斜がゆるそうだからな。車を路肩に向けるから、そのタイミングで飛び降りるぞ。そっちのドアノブに手をかけておけ。できるだけスピードを落としておくが、敵は真後ろだし、飛び降りたことに気づかれたくはない」

カーブは目前だった。ニコラスがアクセルをいっぱいに踏みこむと、車は一気に加速した。

メルセデスが後方に離れていく。

「なあ、名案とは言えないと思うよ」ジェイミーがつぶやいた。

ニコラスもシートベルトをはずした。「ああ、おれもそう思う」

カーブにさしかかった。ニコラスが急ブレーキを踏み、フォルクスワーゲンが尻を振る。

「これは絶対に名案じゃないぜ」ジェイミーがあえぐように言う。

ニコラスは路肩に向かってハンドルを切り、素早くドアを開けた。「飛び降りろ！」

フォルクスワーゲンは車体を傾けながら道を外れ、すさまじい勢いで斜面を落ちていった。

ニコラスは最初の衝撃で開けたドアから外へ放り出された。

こりゃ飛び降りるって言うよりは――

息ができない。地面に叩きつけられて息ができない。斜面を転がり落ちていく。

ジェイミーはどこだ？

山腹を谷底へと転がっていくフォルクスワーゲンのヘッドライトが見えた。

ニコラスは草むらに手を伸ばし、しっかりしがみついた。上の道をじっと見上げる。

メルセデスのライトが見えた。路肩に停まっている。

男が三人、見下ろしていた。

車をか、おれをか？

ここは暗くて見えないはずだ。車のほうをうかがっているに違いない。

フォルクスワーゲンは谷底で止まっていた。降りていって調べるだろうか？

オートマチック銃の銃身がぎらりと光った。

銃声はフォルクスワーゲンの爆発音にかき消された。車はすぐに炎に包まれた。

お見事。任務完了ってところか。

確認に来るだろうか。

いや、メルセデスに戻っていく。見事などとは言えない。怠慢だ。

助かった。

数分後、ヘッドライトは見えなくなった。

ところで、ジェイミーはどこだ？

「ニック？」

用心深い囁き声を耳にして、どっと安堵がこみあげた。ジェイミーはニコラスよりも上の斜面にいた。

「ここだ」ニコラスは草をつかんでいた手を離し、山肌を這い上がりはじめた。「大丈夫か？」

「右の脇腹がおそろしく痛む。あんたは？」

「生きてるよ。ほんの十分前には助からないだろうと思っていたがね」

「おいおい、いまごろになってそんなことを言うのかい？」

ジェイミーは道からほんの十フィートしか下っていない、張り出した岩の下に横たわっていた。ニコラスはジェイミーのそばまで登っていった。「希望を失わせちゃいけないと思ったのさ。なあ、この距離なら連中の顔を見わけられたんじゃないのか？」

「オートマチックを持ってたやつはわかったよ。リヴィルだ」

ガルドーの殺し屋のひとりで、けちな会計士の監視のようなつまらない任務を与えられる小物ではない。リヴィルが送りこまれるとすれば、目的は一つだ。

「あんた、どうやら面倒に巻きこまれたらしいな」ジェイミーが言った。


ネルは闇の中で恐怖におののいて目を覚ました。

コテージに誰かいる。

あの居間から聞こえる物音は、はばかるようなかすかな音だったが、間違いなく足音だ。

マリッツだろうか？　どうやってここを突きとめたのだろう？　タニアなら驚きもしないだろうけど。

――あいつは本物の悪魔だよ
ネルはベッドの脇のテーブルに手を伸ばし、レディー・コルトをつかんだ。

ベッドを出て、静かにドアに近づく。

まだ動きまわっている。寝室のほうへ来るだろうか？

ここでただ待っているなんて我慢できない。

ネルはコルトを握りしめ、勢いよくドアを開けて明かりをつけた。

ニコラスが流しの前に立っていた。頭と顔が血だらけだ。

「銃口をよそに向けてくれないか。その方面でのきみの能力には、まだあまり信用が置けないからな」蛇口をひねった。「起こさないように気をつけたつもりだったんだが、どうやら

──」

「何があったの？」

「車ごと谷に落とされた」ニコラスは水で顔を洗った。「残念ながらこれで〈ハーツ〉は新しいフォルクスワーゲンを買うはめになったな」

「ジェイミーは？」

「たぶん大丈夫だ。肋骨をかなり打ってたが。ハイウェイでヒッチハイクして病院へ行ってもらい、レントゲンをとってもらえと言って降ろしてきた」

「どうしてあなたも入院させなかったのかしらね。新品の頭に替えたほうがよさそうよ」

「ここに戻ってきたかったんだ。今夜は何もかもが狂ってる。起こるはずのないことが起こったんだ。だからきみをどこに移したか、連中にばれていないことを確かめたかった」

「連中？」ネルがつぶやいた。「ガルドーのこと？」

「手下のリヴィルがいたのを、ジェイミーが確認してる。他にあの車には誰が乗ってたのかはわからんが」

「座って。頭を見てあげる」

「いいよ、かまわないでくれ。自分で手当をするのは慣れてる」

「あら。じゃあ、縫う必要があったら裁縫道具を貸してあげるわ」

「ご挨拶だな、きみのために慌てて戻ってきたって──」

「座って」ネルは部屋を横切ると、テーブルの前の椅子にニコラスを無理やり座らせた。

「きちんと拭いてあげるから」流しで洗面器に水を満たし、キッチンタオルを一枚取る。「車が壊れたのに、どうやってここまでたどり着いたの？」

「病院からは農家の車に乗せてもらったんだ」ネルが顔の血を拭きはじめると、ニコラスはさらに言った。「なあ、必要ないよ。大した怪我じゃない」

「そうね。大した傷じゃないわ」ネルはそう言いながら、最後にはえぎわの切り傷を拭いた。何なの、手が震えてる。「きっと出血しやすいたちなのね」

「本当は、血じゃないのさ。途中でケチャップをひと瓶仕入れてね。女の同情をかちとるにはちょっと血を流してみせるに限ると、テレンスがいつも言ってたからな」

「それは間違いね。私は、かわいそうだなんて少しも思ってないもの」

「いや、思ってるね。おれよりも真っ青な顔をしてる」ニコラスはにやりと笑いながらネルを見上げた。「この手は必ず効くのさ」

めまいがし、息苦しくなった。「どうも私は必要ないようね」ネルはタオルを投げ出した。「外の空気を吸ってくるわ」

背後で乱暴にドアを閉めると、ネルは立ちどまって深呼吸をした。空気はひんやりと冷たく、刺すような刺激が心地よい。

「血を見たくらいで気分が悪くなるようじゃ、おれと一緒に来るのは間違いだったな」ニコラスが近づいてきた。

ネルは一歩あとずさった。「外の空気が吸いたくなっただけよ。気分なんか悪くないわ」

「おれの目はごまかせないさ」

「あなた、ガルドーに狙われるはずはないと言ってなかった？」

「間違いだったらしいな」

「どうして襲われたの？　あの素敵な保険はどうなっちゃったの？」

「解約されたんだろ」

「サンデケスが死んだということ？」

「そう考えるのが妥当だ」

「どうしてそんなに落ち着いていられるの？　今夜、ガルドーはあなたを殺そうとしたのよ」ネルは足早に歩き出した。「また襲ってくる。違う？」

「ああ。あらゆる機会を利用してな」

「もう二度と安心して暮らせない」

「そうとは言いきれない。護りを固めるまで、用心深く行動しなければならないというだけのことだ」

「それまで生きていられればでしょ」

「ああ、忘れていた。その条件は必ずついてまわる」

「にやにやするのはやめてよ」ネルはかみついた。「おもしろくなんかないわ」

「ああ、確かにおもしろくはない。だが、きみはひとりでふたり分深刻な顔をしてる」

ネルはニコラスをひっぱたいてやりたくなった。「ええ、そうよ。あなたは、一分一分をとことん楽しむべきだと信じてる。ねえ、あなたのごたいそうなゲートはみんな吹き飛ばされてしまったんだってことに気づかないの？　連中はいまにもあなたをやっつけにこようとしているのよ」

ニコラスはしげしげとネルを見つめた。「おれが死んだらと思うと、きみがひどく動転してくれるということはよくわかった。嬉しいね」

ネルは嬉しくなかった。その晩、ニコラスの姿をはじめて目にしたときに襲われたような恐怖を二度と味わいたくはなかった。「これからどうするつもり？」

「これまでどおりさ。いままでよりずっと用心しなければならないだけのことだ」

「ガルドーと同じ国にいることだってもう危険よ」ネルは目をそらした。「私は――私はかまわない――あなたが最後までやり遂げてくれなくても」

ニコラスの顔から笑みが消えた。「おれがこの計画をはじめたのはきみのためじゃないってことを忘れたのか？　途中でやめるつもりはないよ」

ネルは自分がますます不安になったのか、ほっとしたのかわからなかった。「ただ知っておいてほしかっただけ」ちょっと間をおいた。「もちろん、あなたは――」

「ネル」ニコラスが静かに言った。「心配しなくても大丈夫だ。被害を最小限に食いとめればそれでいいんだよ」

被害を食いとめる――カブラーがあの炎に包まれた家を見ながら口にした言葉だった。死、破壊、それに毎度おなじみの「被害を食いとめる」――

「何とでも言えばいいわ」ネルは唇を湿した。「でも、いまの状況では、私が期待してるほど速やかにことを進めるのは無理のようね。大晦日まで待ちましょう」

ニコラスの顔にゆっくりと笑みが広がった。「お望みとあらば」

「望みなんかじゃないわ」ネルはニコラスに背を向けてコテージに戻りはじめた。「あなたが殺されないようにするには、そうせざるをえないだけ」

ジェイミーは、翌朝、焼きたてのクロワッサンと新聞を持って現われた。クロワッサンをネルに渡すと、新聞をタネクの前のテーブルに放った。「言っただろ、あんたはまずいことになったようだと」

「サンデケスか？」

「ああ、死んだのは確実だな。山奥の自分の農場で、コロンビアの麻薬取締局に殺《や》られた。農場ごと全滅だ」

「いつだ？」

「おれたちがパルドーのアパートを離れる三時間ほど前だ。報道機関に公表されたのはそれからさらに八時間後だから、ガルドーには先に情報が伝わっていたということになる」

「あるいは、そもそもガルドーが当局に情報を与えたのかもしれない。サンデケスの警護は厳重だった。警察は何年も前からやつを捕まえようとしてた」

ジェイミーが短く口笛を吹いた。「ガルドーがサンデケスを警察に差し出したと言うのか。

なんとまあ、汚ねえ野郎だ」

「どうしてガルドーがそんなことを？」ネルが訊いた。「サンデケスは、ガルドーのボスのひとりでしょ？」

「だが、ガルドーから見れば、おれは長い間目の上の瘤《こぶ》だったわけだし、サンデケスがいなくなればやつは別の意味でも都合がいいのさ」

ジェイミーがうなずいた。「言ってみれば、組織の階段を昇ることができるわけだ。それに、コロンビア政府はサンデケスに五百万ドルの賞金をかけてた。その金がスイスの銀行にあるガルドーの口座を一つ潤すことにもなる。あんた、やつがコロンビアの当局に密告したと考えてるんだろ？」

「可能性はある」ニコラスは肩をすくめた。「まあ、そんなことは考えてもしょうがない。サンデケスは死んだんだ。つまり、おれとネルは行動を起こす準備ができるまで、身を潜めていなければならないということさ」

ネルはほっと安心したが、すぐにそれを隠そうとした。「賢明な判断ですこと」クロワッサンを電子レンジに運ぶ。「でも、私は身を潜めてるつもりはないわよ。あなたが言ってたように、私の顔は誰も知らないんだもの」

ニコラスの視線を背中に感じる。

「どこに行くつもりか、うかがいたいもんだね」

「パリよ」

「パリで何をするつもりだ？」

「働くの」

「どこで？」

「私にはわからない。あなたが知ってるはず」ネルはニコラスのほうを向いた。「ガルドーの愛人が所属しているのは、何というモデル・エイジェンシー？」

「シェ・モランブルだ」ニコラスはネルの顔をしげしげと見た。「何を考えてる？」

「ルネッサンス・フェストに潜りこまなければならないわけでしょ。でも、ガルドーが私に招待状を出してくれるとは思えないし、あなたが盗んだり偽造したりするというのも危険だわ。『スポーツ・イラストレイテッド』の記事には、フェストの催し物の一つとして、毎年ファッションショーが開かれると書いてあった。ジャック・デュモアが特別コレクションを発表するの。ガルドーがデュモアに、自分の愛人のいるエイジェンシーを使ってくれと頼むのはまず間違いないでしょう」

「現にそうしてる」

「で、あんたはそのモデル・エイジェンシーに入ろうというわけだ」ジェイミーがにやりとした。「頭がいい。あのころ、ネルがおれたちの仲間だったらよかったのにな、ニック」

「きみはモデルなどやったことがないだろ」ニコラスが言った。

「ファッションショーになら何十回も行ったことがある。まねくらいはできるわよ」ジェイミーのほうを向いた。「あなたが紹介状を偽造して、ポートフォリオ用の写真をとる手配をしてくれればね」

「ニースにひとり、信頼できるカメラマンがいる。三日くれないか」ジェイミーが言った。

「おれは反対だぞ」ニコラスが言った。

「賛成してもらおうなんて思ってないわ」ネルはニコラスを見つめ返した。「ところで、モデルに採用されると思う？」

「自分でもわかってるくせに」苦々しげな笑みを浮かべた。「トロイのヘレンを採用しないエイジェンシーがあるか」

「よかった。うまくいくと思ってたわ。名案でしょ。一種の……正当性もあるしね」

「正当性？」ジェイミーが訊いた。

「つまり、こんなに並外れた顔になれたのはマリッツとガルドーのおかげなんだから、連中のはらわたをえぐり出すためにその顔を利用するのは当たり前だということさ」

そう、ニコラスには私の言わんとすることが正確にわかるだろうと思っていた。ニコラスは私のことをよくわかっている。わかりすぎるくらいに。ネルはクロワッサンをレンジから取り出し、テーブルに置いた。「ショーのモデルたちはたいてい私より背が高くてスリムよ。私の紹介状は非の打ちどころのないものにしておいてね、ジェイミー」

「任せてくれ。それに、みんなきみの顔に見とれちまって、そんなことには絶対気づかないさ」

ネルはそこまで自信はなかった。「とにかくやってみましょ」

「しばらく前からこの計画を練っていたようだな」ニコラスが静かに言った。

「二日もひとりにさせてもらったのよ。その間何をしていたと思うの？ 自分の指をいじって遊んでいたとでも？」

「とんでもない」ニコラスは立ちあがってドアへ向かった。「まったく、きみをひとりにするとろくなことにならないな」


翌朝、ピーターより少し年上らしい黒髪の若者がシャルルマーニュの剣を届けにきた。黒革のジャンパーを着てバイクに乗っており、自信に満ちた笑みを浮かべている。

若者は革でくるんだ包みを、うやうやしくニコラスに差し出した。「どうぞ、セニョール。父の最高傑作です」

「ご苦労、トマス」トマスがいつまでも突っ立ったままネルを見つめているので、ニコラスはしかたなく紹介した。「トマス・アルマンダリス、こちらはイヴ・ビリングズだ」

トマスはネルに微笑みかけた。「僕も優秀な職人なんです。そのうち有名になってみせます」

「そう、素敵ね」ネルは気のない返事を返し、ニコラスのあとに続いてコテージに戻った。

トマスがあとからついてくる。「その剣には僕もかなり貢献してるんですよ」

ニコラスが革の鞘から剣を引き抜いた。

「その褒美にパリで二、三日遊んできてもいいと、父に言われてるんですが」トマスがネルに、たぶらかすような笑みを向ける。「まさか僕とご一緒してくれたりは——」

「じゃあな、トマス」剣を見つめたまま、ニコラスが言った。

トマスの耳には入らなかったようだ。「ソルボンヌに通ってたから、雰囲気のいいカフェを何軒も——」

ニコラスが剣の切っ先をトマスに突きつけた。「じゃあな」

ネルはニコラスをとめなかった。こんなニコラスを見るのは、フロリダでウィルキンズ軍曹を殴り倒したとき以来だ。

トマスが言った。「軽い冗談ですって、セニョール・タネク」

「だろうな」ニコラスは優しく微笑んだ。「剣の出来には非常に満足したと、親父さんに伝えてくれ。さあ、パリに行くんだったろう?」

「はい、はい。すぐに行きます」トマスはコテージから飛び出していった。

「脅かす必要はなかったんじゃないの」ネルが言った。「私がノーと言えばすむことなんだから」

「あいつはつけあがってた」ニコラスはまた剣の柄《つか》を丹念に調べはじめた。「それに、あいつがいるといらいらする」

ネルはその話題を切り上げて剣を見た。本物のほうは一度しか見たことがないが、この複製は驚くほどそれにそっくりだ。「どう、本物と比べて?」

ニコラスはうなずいた。「芸術だな」

「まだそれを使おうと思ってる？」

「サンデケスが死んだいまとなっては、これは文字どおりの意味でも、比喩的な意味でも、おれの唯一の武器なんだ」

「ライオンの穴に自ら入っていくつもりなのね」ネルは口ごもった。「考えていたの。私が正体を見破られずにベルヴィーニュに潜りこむことができるなら、あなたはここにいて、私にすべて任せてくれればいいんじゃないかなって」

ニコラスはネルを見つめ、話の続きを待っている。

ネルは急いで続けた。「それがいちばん賢明なのよ。剣のことは忘れて。あなたは顔を知られているから、生きて帰ってこられるわけがない」

「それがおれを締め出そうとすることだとは一度も思わなかったのか？」ニコラスは低い声で訊ねた。「おれから権利を奪おうとするのに等しいとは？」

その言葉には覚えがあった。ネルがニコラスに使った言葉だ。「今回はそうじゃないわ」

「自分のこととなると、何でもかんでも違うって言うんだな」ニコラスはにやりとした。

「手にとるようにわかるさ。だが、なぜおれがあれほど頑なにきみを牧場に匿《かくま》っておこうとしたか、そのわけはもう考えないことにしたのか？」

「それは、あなたが傲慢で、世界じゅうで自分ひとりだけが――」

「それが理由だとは思ってないんだろう？」ニコラスはネルの目を見た。「きみはまだ砂の中から頭を出してあたりを見まわす心構えができてないらしいな」

ネルは悔しさのあまり拳を握りしめた。「不愉快だわ」

「だろうな。だが、そのうち慣れる。おれは慣れた」ニコラスは剣のほうに向き直った。「それにおれは、形勢を互角にするために、こっそり奥の手を用意しておく必要もあるんだよ」

「被害を最小限に食いとめるために？」

「そうだ」ニコラスはキッチンの引き出しから写真を一束取り出すと、それを剣と比較し、つぶやいた。「素晴らしい出来だ」

どうやら話は終わったようだ。ネルは部屋を出ていこうとした。

「マリッツはベルヴィーニュには来ない」

ネルはさっとニコラスのほうを向いた。「確かなの？」

ニコラスはうなずいた。「ガルドーが首を言い渡した。だから、ひとりずつ片づけていくしかない。まずはガルドーに集中し、マリッツのことはあとで考えよう」

落胆のあまり、ネルの不安と苛立ちがつのった。「マリッツを見つけられると思う？」

「見つけてみせる」ニコラスは現物の剣の脇に、柄の写真を置いた。「きみはいったんパリに行ったら、行動を起こす準備ができるまで、もうここへは戻ってこないでくれ」

「なぜ？」

「危険だからだ。イヴ・ビリングズになるんだったら、イヴ・ビリングズになりきれ。他のモデルたちと友だちになるんだ。週末になると必ず姿を消すなんていうのは絶対にだめだ。

モデルたちとパリで過ごせ」

「わかったわ」ネルは奇妙な喪失感を覚えた。もちろん、ニコラスが正しいのだ。パリに行くというのは自分が言い出したことなのだから、最後までやり通さなければ。「でも、そのうち作戦を打ち合わせる必要が出てくるでしょ?」

「おれがガルドーに接触して形勢を判断するまでは、その必要はない。きみがベルヴィーニュに発つ前の晩に、パリのきみのアパートへ行く。それまで、緊急の場合以外にはいっさい連絡をとらない」

ネルは微笑もうとした。「そうしたほうがよさそうね」

「きみは明日、ジェイミーと一緒にニースへ行って写真をとることになってる。ジェイミーはもう、きみがソルボンヌあたりに小さなアパートを又借りできるよう段取りをつけてある。高級なアパートじゃないぞ。学生や下積みのモデルでも借りられるような部屋だ」

「有能なのね、ジェイミーは」

「きみが思っている以上にな」

そのとおりだった。ネルは本当にはジェイミーたちの生活の一部になってはいないし、もちろん過去を共有してもいない。ふたりに感じている親しみは、ふたりと別れたとたんに消えてしまうだろう。

「気をつけてね」そんなことを言うつもりはなかったのに、つい口から出てしまった。

ニコラスは顔を上げて微笑んだ。「何に? かもめにか? おれを船に乗せてアイダホの牧場に送り返してしまいたいのか?」

そうよ。送り返して、すべてのゲートに鍵をかけてしまいたい。ニコラスもわかっているはず。

「病気だらけの時代なのよ、かもめだってどんな細菌を運んでくるかわからないわ」ネルは陽気に言った。「荷物をまとめてくる」


その剣はセイレーンの歌声のように誘惑的だった。

ガルドーはカラー写真を拡大鏡で仔細に眺めた。

贋物《にせもの》だとしても、本物と見まがうほどの出来だ。

いや、もちろん本物なのかもしれない。タネクにはものを手に入れる大変な才能がある。

全身が興奮に包まれ、手が震えた。征服者の剣。これまでに存在した最大の征服者かもしれない男の剣。

やつの目論見《もくろみ》どおり、私は興奮している。私はまんまとやつの手にのせられているのだ。

シャルルマーニュの剣。

私に贋物をつかませようとする勇気が、あいつにあるだろうか? これは私を死へと誘う罠だ。

シャルルマーニュもやはり何度も命を狙われたが、彼の力と頭脳とは、彼を殺そうなどと考えた愚か者たちをはるかに凌《しの》いでいた。私がタネクを凌いでいるように。

人差し指で写真の中の剣の柄にそっと触れる。信じられない。素晴らしい。私のものだ。

「残念ですが、マドモワゼル、うちで働いていただくわけにはいきません」モランブルは目の前に広げたポートフォリオをとんとんと叩いた。「写真はたいへん素晴らしいのですが、うちはショー・モデル専門で、あなたはその条件に合いませんのでね」

「身長が足りないんですか?」

「五フィート七インチあるんでしょう? いいえ、足りないのはパワーと存在感です。衣装に負けない存在感が必要なんですよ。ニューヨークのショーでならやっていけるかもしれませんが、私どものデザイナーは相当やかましいひとで」モランブルは肩をすくめた。「雑誌のモデルをお続けなさい。その分野でなら必ず成功するでしょう」

「雑誌なんて山ほどあります。私は両方やりたいんです」

モランブルはポートフォリオを閉じてネルに差し出した。「たいへん残念ですが」

最後通告だ。ネルは立ちあがってポートフォリオを受け取った。「お邪魔しました、ムッシュー・モランブル」壁にぶち当たった。でも、壁くらいよけて通ればいい。

「で、どんなご用、マドモワゼル・ビリングズ?」セリーヌ・デュモアが関心なさそうに訊ねた。

無関心な応対は予想どおりだった。ジャック・デュモアは世界のトップ・デザイナーのひとりだ。こういうひとたちは美しさを売買し、消費し、かげりが見えたとたんにぽいと捨てる。「ご主人とお話させてください、マダム」

セリーヌ・デュモアはむっとした。「それは無理ですよ。このサロンを取り仕切っているのはこのわたくし。みなさんジャックと話をしたいとおっしゃいますけれど。主人は忙しいんです。特別コレクションの準備中ですのよ」

「ルネッサンス・フェストですね」ネルはうなずいた。「その発表会のモデルに使っていただきたいんです」

「主人はシェ・モランブルを使っています。エイジェンシーへ応募なさい」

「行きました。とりあってもらえなかったんです。存在感が足りないと」

マダム・デュモアはネルをしげしげと見つめた。「そうかしら。あなたにはある種の存在感がありますよ、だからといってどうということじゃないけれど」

「仕事が必要なんです」

「そんな言葉でわたくしを動かせるとでも?」

この氷山のような女は、ひとがどれだけ困っていようと動じないのだろう。「ヨーロッパでモデルとしてやっていきたいと思っています。ルネッサンス・フェストは私にとって絶好のチャンスなんです」

「パリにいる何千人というモデルたちにとっても同じですよ」

「ご主人はいつもルネッサンスの影響を受けた作品をフェストで発表なさっていますね。私向きだと思います」

「どうしてそう思うの？」

「私に衣装を着せて、ご主人に見ていただければわかります」

「必要なモデルならもう揃っていますのよ」マダム・デュモアはそう言ってから少し迷ったが、それからうなずいた。「でも、あなたのような顔の子はめったにいないし、ジャックはムッシュー・ガルドーに喜んでいただこうと頑張ってるわ。じゃあ、試しに八番を着てみてもらいましょうか」

八番というのは、四角い襟ぐりに長くタイトな袖の、豪華な深紅のドレスだった。しかも、サイズは六ととても小さく、ウエストがきつすぎて、ネルには息をすることもままならない。

「あなた、ものすごく太ってるのねえ」セリーヌ・デュモアが言った。ネルの頭にパールを飾った縁なし帽をのせ、後ろに下がって首を傾げる。「でも、確かに……光るところがあるわ」セリーヌは部屋に入ってきた長身の男のほうを向いた。「ああ、いらしたのね、ジャック」

「何の用だい、呼びつけたりして」ジャック・デュモアは腹立たしげに言った。「僕は忙しいんだよ、セリーヌ」

「わかってるわ」セリーヌは身ぶりでネルを示した。「彼女、どう思う？」

「太りすぎだ。ショーの前にあと十ポンドは痩せさせないと」

「じゃあ、使いものになると思うのね？」セリーヌが訊いた。

「もちろん、使えるさ。はっとするほど美しい。ルネッサンスの高級売春婦とでもいう顔立ちだね。ダ・ヴィンチが描いた顔と言ってもおかしくない。さ、もう行っていいだろう？」

「はいはい。もう決してお邪魔はしないわ」

「例のグリーンのドレスもその子にまわしておいてくれ」ジャック・デュモアは大股で試着室を出ていった。「必ずその贅肉を落とさせてくれよ」

「わかったわ、ジャック」セリーヌはネルのほうを向いた。「受付係に電話番号を教えて帰りなさい。呼ばれたら必ず試着に来てちょうだい。一度でも来なかったら、それまでよ」

「はい、マダム」

「ダイエットに二週間あげます」

「はい、マダム」

「感謝してほしいわね。大変なチャンスを与えてあげたんだから」

「本当に感謝しています、マダム・デュモア」

「当然のことだけれど、今回はギャラなしということになりますよ。こちらのほうが払ってもらいたいくらいなんだから」

よくもそんなことが言えるわね、この冷血な守銭奴！「本当に感謝しています」ネルは繰り返した。

セリーヌ・デュモアは満足げにうなずいて試着室を出ていった。

衣装係にドレスのボタンをはずしてもらっている間、ネルは鏡のほうを向き、ベルヴィーニュへの切符を手に入れてくれた自分の顔を見た。ルネッサンスの高級売春婦はみな、どこをとってもトロイのヘレンのように美しかったはずだ。ネルはセリーヌ・デュモアに本当のことを言ったのだ。

感謝しています。

ありがとう、ジョエル。

「タネクか、おまえの声が聞けるとは嬉しいな」ガルドーが言った。

「ああ、あんたがどんなに喜んでるか、リヴィルから教えてもらったよ。写真は届いたか？」

「申し分のない餌だが、もちろん、私はあの剣を本物だと思いこむような愚か者ではない」

「自分で確かめてみればわかるさ。専門家に鑑定させる機会をやろうと思っていたが、あんたと接触するのはどうやらおれの健康を害しそうな状況になってるからな」

「サンデケスの噂を聞いたのか？　悲しいことだ」

「それはあんたがどういう立場に置かれてるかにもよるだろう」

「私の立場は安泰だ。おまえのほうは危ういがな」ガルドーは言葉を切った。「フェストには来ないでくれ。別の時間と場所を選べ」

「あんたがおれの立場をこんなに危ういものにしなければ、その言葉に応じてやってもよかったんだが。いまとなっちゃ、どうしてもあんたの大事な客の集まる前庭に入れてもらうしかない。そうすれば、あんたは客の手前、おれを追い払ったりしようなどとは考えないだろうからな」

「だが、おまえはその客の面前でおれに恥をかかせようと企んでいるんだろう」ガルドーはしばらく沈黙し、やがて言った。「おまえはオマリーごときのために、とんでもない面倒を背負いこもうとしているんだぞ、タネク。そこまでしてやるほどの男ではなかったろう」

「いや、してやりたいんだ」

「わからんな。あの男は少しもおもしろみのないやつだった。まあ、おまえには多少なりとも楽しませてもらえるんだろうが。さぞやピエトロが喜ぶことだろう」

「やつにその機会はないさ。あんたのゲームに参加するつもりはない」

「いいや、参加することになる」

「剣はどうするんだ?」

「こちらから連絡する。番号を教えてくれ」

「いや、こっちからかける」ニコラスは電話を切ってジェイミーのほうを向いた。「食いついたぞ。よだれを垂らしてる。でなけりゃ、交渉などしようとしないはずだ」

ジェイミーが剣を見た。「確かに素晴らしい剣だ。だが、危険を冒すほどの価値はないな」

「ガルドーにとってはあるらしいぞ」ニコラスが言った。「ありがたいことにな」終わりが近づいている。あとひと月ちょっとで、待つことも、耐えることも、一切が終わる。

「で、次はどうしたらいいんだ?」ジェイミーが訊ねた。

「ネルから連絡があったときのために、このコテージで待機しててくれ。問題が起きない限りはネルに近づかないように頼む。あんたもおれと同じように顔を知られてるからな。おれはここに電話して、連絡がつく場所の電話番号を教えるようにする」

「あんた、どこかへ行くのか?」

ニコラスはうなずいた。「明日の朝、一番の便でパリを発つ」

17

十二月八日　パリ

「だめ。そんなの許さないわよ、タニア」ネルは受話器を握りしめた。「家にいて。そこなら安全なんだから」

「でもマリッツは、家にいたって安全じゃないことをしっかり教えてくれたよ」タニアは言った。「家にいれば安心だったのに、あの男がそれをぶちこわした」

「あなたをおとりになんか使わない。私がそんな人間だと思ってるの？」

「あたしはね、頼んでるわけじゃない。もう決めたって言ってるんだよ。力を貸してくれるの、くれないの——どっち」

「あなたをそんな危険に——タニア、やめて。あなたがまた怪我をするようなことがあったら、私、絶対に自分を許せなくなってしまう」

「ネルのためにやるんじゃない。自分のためにやるんだから」

「ジョエルは何て言ってるの？」

「頭がおかしいとか、行かせないとか、自分でマリッツを追いかけるとか。邪魔をしそう」

「ねえ、ジョエルの言うとおりよ。あなた気が変になっちゃってる」

「そんなことない。おかしいのはマリッツだよ。あたしは正気。あんなやつにあたしの生活を支配されるのはまっぴら」タニアは言葉を切った。「あなたも同じだろうけど、あたしにもこれしか手段がないの。これ以上言い争うのはやめよう。もう切るよ」

「待って。いつこっちに来るの？」

「着けばあなたにもわかると思う」

十二月二十三日 マルセイユ

向こうからやってきてくれた。とても幸せそうだ。

マリッツは、パリの新聞の社交欄のトップに掲げられた写真を見つめた。白いスーツを着たタニアが、晴れやかな笑みを浮かべてジョエル・リーバーを見上げている。

まあ、花嫁というのはみな晴れやかなものだ。

マリッツは写真の下の記事に目を通した。


世界的に有名な外科医ジョエル・リーバー氏は、タニア・ヴラドス嬢（旧姓）とともに、長いハネムーンの最初の訪問地フランスのシャルル・ド・ゴール空港に到着した。

夫妻はカンヌを訪れ、カールトン・ホテルに新年まで滞在する予定。

もう運に見放されたと思っていたのに。可愛いタニアが、向こうからおれの生活に歩み寄ってきてくれるとはな。目撃者のタニアを消すことができれば、ガルドーもマリッツが組織に戻ることを認めてくれるかもしれない。

だが、興奮がマリッツの体をわきたたせたのは、そのせいではなかった。

狩りが再開できる——

ジェイミーはその記事を見て低く口笛を吹いた。

ニックのお気には召さんだろうな。どうにかしてニックに連絡をとらなくては。二日前にも電話をしてみたが、ニックは移動してしまったあとで、知らせてきていた電話番号では連絡がとれなかった。

ジェイミーは代わりにネルに電話をした。「新聞を見たかい？」

「ええ、ふたりが結婚して本当にうれしいわ。タニアったら、きれいじゃない？」

「フランスで何をしてるんだろうな？」

「ハネムーンよ、新聞によれば」

「あんた、何も聞いてなかったのか？」

「この前話したときには、結婚式のことなんて何も言ってなかった」

「タニアには会わんでくれよ。ジョエルには注目が集まってるからな」

「わかってる。会いに行くつもりはないわ」間があった。「ニコラスはどうしてる?」

「元気にしてるよ」ジェイミーは話題を変えた。「どうだい、新しい仕事のほうは?」

「退屈」

「まあ、あさってはクリスマスだ。もうじきさ。だが、タニアがこっちに来てるというのが気にかかる」

「私もよ。じゃあまたね、ジェイミー」

電話を切ると、ネルは首を振った。嘘をついてはいなかったが、前にニコラスが言ったように、言うべきことを言わないのも嘘のうちだ。

新聞に写真を見つけたとき、ネルは死ぬほど驚いた。タニアがこんな大胆な挑戦状を突きつけるとは。あのろくでなしに滞在先まで教えているのだ。

電話が鳴った。

「写真のあたし、きれいでしょ?」タニアが言った。「あのスーツ、アルマーニだよ。ジョエルが、ニューヨークに寄って服をひと揃い買ってくれるって言い出して」

「素敵だったわ。でも、結婚することを教えてくれなかったのね」

「フランスに行く前に結婚しようってジョエルが言い張ったの。結婚しちゃえば、どうにかあたしをコントロールできるだろうと思ったみたい」タニアの背後から嘲るような反論の声がかすかに聞こえた。「そう思ってるくせに、ジョエルったら」

「ね、いまどこにいるの？」

「カールトン・ホテル。すごくお上品なホテルだよ。カンヌ映画祭の期間中は、映画スターたちも泊まるって知ってた？」

「幸せそうね、あなた」

「夢みたい。でも、ジョエルには負けるけどね。まあ、当たり前だけど。あたしは短気でじじくさい医者を手に入れただけだけど、ジョエルはこのあたしを手に入れたんだから」タニアはくすくす笑った。「もう切らなくちゃ。ジョエルがいまにも飛びかかってきそうだから。また連絡するね」

タニアはマリッツが姿を現わしたら教えてくれると伝えたかったのだ。いまの会話で重要だったのは最後の一言だけ――ネルはそう確信していた。

それにしてもタニアは本当に幸せそうだったと、ネルはせつない気持ちになった。輝くほどの幸せ。幸せすぎて、頭上に垂れこめる暗雲のことなどまるで気にならないほど。タニアは一瞬一瞬を楽しむすべを知っている。

ニコラスも。

パリに来てからもう三週間。ニコラスは一度も連絡をくれないし、ジェイミーの電話の様子からも、ネルと話す必要などないと考えているようだ。

そうね、確かに話すことなど何もない。誰もが待機に入ってる。

あと九日。

「ねえ、ディナーに出かけて、新しいドレスを見せびらかしたいな」ネルとの電話を終えると、タニアはジョエルを振り返って言った。「あのピンクのドレスがいいよね。すごく華やかに見えるから、ウエイターに映画スターと勘違いされそう」

「いいとも」ジョエルは、部屋を横切ってバルコニーのフランス窓を開けるタニアを目で追った。「ネルはどんな様子だった？」

「向こうがしゃべるひまはなかったよ。あたし、あのピンクのドレス大好き。このホテルも大好き」タニアは空気を吸いこんだ。「海も大好き」ジョエルのほうを振り返る。「あなたも大好きよ、ジョエル・リーバー」

「光栄だね。リストの最後とは」ジョエルはタニアのあとについてバルコニーに出ると、タニアの肩を抱いた。「ピンクのドレスよりは上にランクされてると思っていたんだが」

「そうなったら、あなた、頑張る気がなくなっちゃうでしょ」タニアはジョエルに寄りそった。「目標を奪いたくないの」

「目標はある」ジョエルはタニアの髪に顔を埋めた。「きみが殺されないよう護ることだ」

タニアはジョエルをきつく抱きしめた。ジョエルはあたしを愛してくれている。何という幸福だろう。だが、ジョエルを巻きこむわけにはいかない。だからといって遠ざけておくのスよりあなたを愛してると思わせて」

ニアはジョエルの頰にキスをした。「さあ、あたしを激しく愛して、やっぱりピンクのドレ

も難しいだろうが。「そのことは口にしないで。あいつは来ないかもしれないんだから」タ

十二月二十七日

「おまえをフェストに招待することにしたよ、タネク」ガルドーが言った。「もちろん、例の剣を持ってくるんだぞ」

「ああ、わかってる」

「結構。玄関よりも中に入れるのは、私が剣を見てからのことになるからな」

「入口で客の剣を預かるつもりか？　まるで、昔の西部の保安官だな」

「おまえの剣だけだよ」

「客の注目を浴びながら剣を見ることができるんだ。だが、横取りはできないぞ」

「四百人もの人間を前にして、博物館から盗んだ国宝級の剣を振りまわせとでも言うのか？」

「よくできた模造品だと言えばいい。誰も本物だとは思わないさ。あんたには信望がある」

「それで、私に横取りされるのをどうやって防ぐ？」

「そんなことをすれば面目を潰《つぶ》してやるだけさ。首相を含め、せっかくお上品なところを見せようとしてる連中みんなの前でな」ニコラスは目を細めた。「正体を暴露してやる」

沈黙があった。「こんな取引はうまくいかんぞ、わかってるだろう。身のほどをわきまえぬやつは懲らしめねばならん。おまえには、友人のオマリーと同じ運命をたどってもらう。覚えているか、やつがどんなに苦しんだか?」

忘れられるものか。「じゃあ、大晦日に。十一時だ」

ニコラスは電話を切り、ジェイミーのほうを向いた。「さあ、作戦開始だ」

「自分が何をやろうとしてるのか、あんたがわかってるといいがな」

「ああ、おれもそう思う」

ガルドーはぼんやりと電話を見つめた。心配することはない。カードはすべてこちらの手の中だ。

しかし、タネクはしつこい男だった。こちらを完全に破滅させる手だては見つけられなくとも、できるかぎりの被害を与えようとするだろう。客の前で面目を潰してやるという脅しが気にかかる。ようやくこのベルヴィーニュでの力と名声に支えられた生活が実現したというのに。やつに正体を暴露されるようなことになれば、すべてが台なしになってしまう。

ばかな。計画どおりにいけば、口を開くすきも与えずにタネクを追い払えるはずだ。万一うまく運ばなかったとしても、やつの言葉を否定し、笑い飛ばしてしまえばいい。あいつは酔っているのだとか、頭がおかしいのだとか言って。

だが、タネクは口のうまい男だし、あのメデジンの猜疑心に凝りかたまったくそったれどもは、ごたごたの気配を嗅ぎつけただけで機嫌を損ねる。他人の金で贅沢な暮らしをしやがってと言われるに違いない。ガルドーの表向きのイメージは、清廉潔白でなければならないのだ。

自分の身は自分で護らねば。タネクが私の名声に与えようとしているダメージを無効にする手だてを、確実に用意しておくべきだ。

ガルドーは受話器を持ち上げ、急いである番号にダイアルした。

十二月二十八日

「見て、ジョエル。きれいなスカーフじゃない？」タニアが言った。小さなブティックのショーウィンドウに、エジプト風の模様をプリントした絹のスカーフがかかっている。「エジプト風のものって大好き。いつの時代にも変わらない気品のようなものがあって」

「だけど、あと五分でレストランにたどり着かないと、予約がキャンセルになってしまうよ」ジョエルが優しく微笑んだ。「それにね、きみはそうやって店ごとに足を止めるけど、買ってやろうかと言うといらないって答えるじゃないか」

「自分のものにしなくてもいいの。見てるだけでも楽しいから」タニアはジョエルと腕を組んだ。「あなた、古代エジプトでもきっと大成功したんじゃないかな。手術法がとても発達してたんだって」

「私は現代の器具や薬のほうが好きだがね」

「それはあたしだって、強力な麻酔もなしに脳の手術なんかされるのはいやだけど、古代のエジプトには――」

そこで口をつぐんだので、ジョエルが怪訝な顔をしてタニアの顔を見た。「どうした?」

タニアは微笑んだ。「ね、あのスカーフが本当に欲しくなってきた。ちょっと行って買ってきてくれない? あたしは隣の店のハンドバッグを見たいから」

ジョエルはあきらめたように首を振った。「この調子じゃ、絶対に遅刻だな」

「大丈夫。間に合うよ。約束する。あとはレストランに着くまでウィンドウは絶対にのぞかない」

「約束、約束か」ジョエルは店に入っていった。

タニアの顔から笑みが消えた。

あいつはここにいる。こっちを見ている。

間違いない。本能が危険だぞと叫んでいる。自分の直感を疑う過《あやま》ちは繰り返したくない。

一度だけ、振り返ってみる。

彼の姿が見えるとは思わなかった。マリッツは姿を見られるようなへまはしない。

だが、タニアが気づいていると知れば喜ぶはずだ。タニアの不安な様子を見ることが、タニアが怯えていると知ることが、マリッツの喜びのはずだ。

うまくバランスをとることが肝心だった。マリッツを楽しませてやりながらも、マリッツが現われたことをジョエルには知られないようにしなければ。

タニアは隣のハンドバッグ店に近づき、ショーウィンドウに目をやった。それからもう一度、素早く振り返った。どう？ 喜んでもらえた、悪魔さん。せいぜい楽しんでちょうだい。今度は前のようにはいかないんだから。

「ああ、タニア、不安でいても立ってもいられないわ」ネルが言った。

「まだ心配することは何もないよ。用心してるし、向こうもあわててない。じっくり楽しむつもりなんだね、きっと」タニアが言った。「どこかいい場所はない？」

「ニコラスが借りている海辺のコテージがあるわ。人里離れた場所だから、マリッツの気を引きそう。いまはまだジェイミーとニコラスがいるけれど、もうすぐ他へ移るし」ネルはタニアにコテージの住所と道順を教えた。「本当にマリッツが姿を現したの？ 見てはいないんでしょう？」

「間違いない。見なくてもわかる。あたしたち、シャム双生児よりお互いをよく理解してるんだから。罠に誘いこむ準備ができたら、また電話する」

「私はあさってベルヴィーニュに発つの」

「そうか、もうすぐ新年なんだね。ハッピー・ニュー・イヤー、ネル」

十二月三十日　パリ

「体調でも崩してたのか？」

「瘦せたな」ネルがドアを開けたとたん、ニコラスは言った。「体調でも崩してたのか？」ネルは首を振った。「私は〝ものすごく太ってる〟らしくて、十ポンドほどダイエットを命じられただけ。メダス島の事件の前の私をマダム・デュモアに見せてあげたかったわ」ニコラスは相変わらずだ――たくましく、健康で、そして剃刀のようだった。

ニコラスが片眉を上げた。「入ってもいいか？」

「あら、ごめんなさい」ネルはあわてて脇に寄った。初めて男というものを目にしたかのようにニコラスを見つめていたのだ。「今夜、本当に来るのかどうかわからなくて」

ニコラスは体をくねらせるようにしてコートを脱ぎ、椅子の上に放った。「来ると言ったろ」

「ひと月も前にね」

「ジェイミーもおれも忙しかったんだ。それでも、打ち合わせもなしにきみをあそこへ送りこむようなことはしないよ」ニコラスは片眉を上げた。「コーヒーはあるかな？」

「もういれてあるわ」ネルはキチネットへ行ってコーヒーを注いだ。「牧場から何か便りは？」

「先週ミカエラに電話したよ。ピーターも元気にやってる。本格的にバーX牧場に引っ越したらしい。きみからもよろしく言っておいてくれるよう、ミカエラに頼んでおいた」

「ジェイミーは元気?」

「ああ、元気だ」

「まだコテージに?」

「いや、一緒にパリに来た。インターコンチネンタル・ホテルにいる」

ネルはニコラスにカップを差し出した。「ジェイミーもあなたと一緒にベルヴィーニュに行くの?」

ニコラスが首を振った。「それはガルドーとの取り決めに違反するからな。ひとりで来るように言われてる」ネルに会釈をした。「あなたは別ですがね、マダム」

ニコラスはカップを受け取って居間へ行った。マントルピースに近づき、暖炉をのぞきこむ。「ガスか?」ネルはうなずき、屈《かが》みこんで点火した。「これでいい。今夜みたいなじめじめした寒い夜は嫌いなんだ」

ネルはまたうなずいた。どうしたというのだろう? ニコラスから目が離せない。「かけて」ネルは自分のカップを持ち、ニコラスについて暖炉の前のカウチに座った。そう、ニコラスに会えなくて寂しかったからだ。

「タニアがこっちに来ていると、ジェイミーから聞いたが」

ネルはぎくりとした。「パリにはいないわ」

「会ってないのか?」

「無理よ。ハネムーン中だもの」

ニコラスにじっと見つめられ、ネルは反射的に緊張した。ニコラスは他人の頭の中が読めるのではないかという気にさせられたことが、これまでにも何度もあった。いまは読まれてはいけない。

ニコラスは話題を変えた。「デュモアのファッションショーは何時からだ?」

ネルは安堵が顔に表われないように努めた。「午後一時。私たちは明日の早朝、車でベルヴィーニュに行くの。ショーのあとは、デュモアのドレスを着たまま、パーティのお客に混じることになってる」

「一日じゅう?」

ネルはうなずいた。「そして、夜にはまたドレスを着替えてパーティに出席するの」

「よし」ニコラスは暖炉の前にひざまずき、上着のポケットから折りたたんだ紙を取り出し、床に広げた。「これがシャトーの見取り図だ」詳細に描かれた図の中央の建物を指さす。「これが本館。フェストのほとんどの催しはここで行なわれる。おれは夜の十一時に到着する。そのころにはパーティはたけなわだろう」ニコラスは脇の細長い建物を指先で叩いた。「こいつがフェンシングの試合が行なわれるホールだ。最後の試合が三時、表彰式が六時だから、夜には誰もいないはずだ」

ホール。ガルドーが身の毛もよだつ懲罰を下すために剣先に死のウィルスをつけておくというジェイミーの話を思い出し、背筋がぞっとした。ニコラスの顔を見上げる。「どうしてホールの話を私に?」

「ガルドーはおれをホールに連れていくだろうからだよ」

ネルはコーヒーをこぼしそうになった。「だめよ」

「だめじゃない」ニコラスがすかさず言った。「計画を成功させられる場所はそこしかない。こっちが与えてやったヒントに気がつけば、やつはおれを客の目のないところに連れていくはずだ」

「でも、ガルドーは手下をホールに待機させておくでしょう。罠にはまるわ」

「だが、その罠をすり抜けることもできると思う。ガルドーはおれが武器を持っていないことを確認するだろうから、きみは夕方早いうちにホールにこっそり戻り、この四四口径マグナムをA-15の客席の下にテープで貼りつけておいてくれないか」ニコラスはポケットから銃を取り出してネルに渡した。「最前列、中央通路の脇だ」

「本気で罠をすり抜けられると思ってるの？ いったい何をするつもり？」

「うまくガルドーを誘導して、やつを撃てる位置に行かせるよ」

「どうやって？」

「ホールに連れていかれたあとは、勘に頼って動くしかない。だが、勘に頼るのは今回が初めてってわけじゃない」

「殺されるわ」

ニコラスがにやりとした。「おれたち、その可能性ははじめから頭に置いてたはずだろう？ まあ、今回はそんなことにはならないと思う。きみが力を貸してくれればな」

「お友だちのオマリーのときは、そうなってしまったわけでしょ」

「ネル、これしか方法がないんだ。力を貸してくれ」

ニコラスは心を決めているのだ。「私にやってほしいのはそれだけ？」ネルは唐突にそう尋ねた。

ニコラスは図の別の場所を指で叩いた。「跳ね橋だ。警備がいるだろうが、客が出入りしてるはずだから、跳ね上げてはいないはずだ。十一時四十五分より前に、橋の見張りを片づけておいてくれ。十一時四十五分には、ここのドアの左五ヤードのところにあるヒューズボックスの前にいてもらわないとならないからな」ニコラスはホールの南側を指さした。「ホールの照明を落としてくれ。それから全力で跳ね橋に向かうんだ。濠《ほり》の外の林で、ジェイミーが車を用意して待っている。おれもすぐに追いかける」

「追いかけてこられたとして、でしょ」

ニコラスはその言葉を無視した。「おれを中に連れこんだら、ガルドーはおそらくホールのすぐ外に見張りを立てるだろう。きみは南側のドアから入る前に、その見張りを始末しなければならないかもしれない。静かにやってくれないと、おれが殺されることになる。どうだい、やれそうかな」

「こんな重責を負わされるとは予想してなかったわ」いまはとても考えたくないほどの重責だった。「あなたはもっと自分勝手なことを言《い》うと思っていた」

「自分勝手を言っているさ。ガルドーを殺《や》るのはおれだ」ニコラスがネルの目を見た。「きみがその特権を要求しておれに逆らったりしないことに驚いてるくらいさ」

ネルは首を振った。「あいつは生かしておいてはいけないし、私だって貢献したいけれど、喜んであなたにまかせるわ。ガルドーは……私には遠い存在なの。顔を見たこともなければ、声を聞いたこともない。マリッツと同じくらいに、ひょっとするとそれ以上に憎いはずの相手だとはわかってるけど、私にはぴんとこないの。あなたほどには」ネルは唇を結んだ。「でも、私を出し抜いてマリッツを殺す特権を奪おうとは思わないでね」

「とりあえずはガルドーのことだけを考えよう」

「あら、逃げるのね」

「ああ、そうさ。いまはマリッツのことは考えたくない。いま言った役割をすべてきみに任せなければならない不安で頭がいっぱいだからな」

「不安？　私には無理だと思ってるの？」

「無理だと思っていたら、きみのコーヒーに睡眠薬でも入れて、明日の夜までここに閉じこめておくさ」ニコラスはにやりとした。「きみは頭がいいし、有能だ。ジェイミーが言ってたとおり、あのころきみが仲間だったらよかったのにと思う」笑みが消える。「だが、だからといって、ベルヴィーニュの半径百マイル以内に近づけたくはない」

「私には近づく権利があるわ」

「ああ、権利はあるな」ニコラスは片目をつぶってみせた。「だが、あのコーヒーポットから目を離さないほうがいいぞ」

ネルは体の力を抜き、微笑み返した。「ええ、一瞬たりとも」

「一瞬たりともというのはどうかな」ニコラスはネルのコーヒーカップを取りあげ、暖炉の上に置いた。「邪魔になりそうだからな」そう言うと、ネルをゆっくりと抱きよせ、囁いた。

「かまわないだろ?」

かまうはずがない。情熱。慰め。安らぎ。ネルはニコラスをしっかり抱きしめた。「ええ」

「やけに素直だな」ニコラスが囁く。「ちょくちょく離れていたほうがいいのかもしれないな」ネルにキスをした。「それとも、戦いに赴《おもむ》く者に力と慰めを与えてくれようとしてるのか?」

「何言ってるの」ネルが囁く。「私もその戦いに一緒に行くのよ」これが必要なの。あなたが必要なのよ。ネルは椅子の背にもたれ、ブラウスのボタンをはずしはじめた。「力と慰めを与えてもらいたいのは、私のほうだわ」

「ここはだめだ」ニコラスはネルを立ちあがらせた。「寝室はどこだ? 暖炉の前で誘惑されるのはお断りだよ。メロドラマみたいだからな」

ニコラスが服を着ている。淡くぼんやりとした影が、夜明け前の部屋の薄闇に浮かび上がっていた。

「気をつけてね」ネルが小声で言った。

「起こさないようにしたつもりだが」ニコラスはベッドに腰を下ろした。「なぜそんなことを、ネルは相手の手を取った。「言ったでしょ。私には力と慰めが必要だって」

「昨夜のきみは、おれから与えられるよりもおれに与えるほうが多かったじゃないか。おれに対するあの怒りはどこへ行った？」

「わからない。あなたに会いたかったということだけしか。いまは私、あまり深く考えてないみたい」

「じゃあ、まだ頭を砂の中につっこんだままってことだな」ニコラスはやさしくネルの髪をなでた。「だが、きみは自分で思っている以上に深く考えてるのかもしれない。本能を信じることが最善の道だという場合もある」ニコラスはにやりとした。「いまの場合、それがとてつもなく楽しいひとときにつながったわけだが」

ニコラスの手を包むネルの手に力がこもった。「やっぱりいい作戦とは言えないわ、ニコラス。失敗の原因になりそうな要素がありすぎる」

「こんな機会はもう二度と来ないし、これよりいい作戦もない」ニコラスは疲れたように言い足した。「それに、こんなことにはもううんざりしたんだ。ガルドーのようなくずが、あのシャトーで肥えた猫よろしく生きてることにはもう我慢がならない。テレンスのことや、テレンスの無意味な死に方を思い出すのにも、きみの心配をするのにもうんざりだ。さっさと片づけて、家に帰りたい」ニコラスはネルの額にキスをした。「最後のチャンスだぞ、ネル。これはきみにとって本当にやる価値のあることだと思うんだね？」

「この期に及んでそんなことを訊くなんて。答はわかっているはずよ」

「それでも確かめておきたい」

「降りるチャンスをくれようとしてるのね。そんなものいらないわ」ネルはニコラスの目を見つめ返した。「あのひとたちは私の娘を悪意をもって故意に殺した。何の価値もないもののようにあの子の命を奪ったくせに、罰せられていないのよ。あんな連中が生きている限り、いつまでも罪のないひとたちが殺されたり傷つけられたり――」そこで口をつぐんだ。「いいえ。私は、他人があいつらに傷つけられることを心配してるわけじゃない。そんな博愛主義者じゃないわ。ジルのため。何もかもジルのためにやるのよ」

「いいだろう。そう答えると思った。だが、もし形勢が不利になったらすぐに逃げるんだ。いいな？」

「ええ」

「本気にしてないな。よし、こういう言い方をしよう。もしもきみがベルヴィーニュで殺されてしまえば、ガルドーとマリッツにジルの死の償いをさせられる者は、誰ひとりいなくなってしまうんだぞ」

ネルはぴくりとした。心が痛い。

「どうやらわかったようだな」ニコラスは立ちあがってドアへ向かった。「十一時四十五分だ。遅れるな」

18

大晦日　午後十時三十五分

ガルドーは愛想のよい政治家のような、洗練された熟年の男だった。緑と金のルネッサンス風の衣装を見事に着こなしている。周りにひしめく大物たちには目もくれず、妻に優しい笑顔を向けていた。

魅力的な男だ。その様子だけを見たら、同じ部屋の反対側に愛人がいるなどとはとても思えない……幼い子供を殺した男だとも。

「何を見とれているんです」マダム・デュモアが通りがかりにネルを叱った。「隅っこに突っ立って、ぼうっとさせておくために連れてきたんじゃありませんよ。歩きまわって。ジャックのドレスをご披露するんです」

「すみません、マダム」ネルは通りかかったウェイターの持つ盆にワインのグラスを載せると、大勢の客の中に入っていった。ルネッサンス風のドレスを着たネルの姿は、凝った衣装をつけた群衆に何の違和感もなく溶けこみ、しかも会場はひとであふれ返っていたために、すぐにただの客のひとりに戻ることができた。

あと二十五分でニコラスがやってくる。

部屋は暑く、音楽は騒々しかった。

ガルドーから目を離してはだめ。子供を殺したあの男から目を離してはいけない。あと一時間もしないうちにニコラスを殺すつもりだろうに、どうしてあんなふうに微笑んでいられるのだろう？

ああ、不安でたまらない。

ガルドーが妻に背を向け、歓迎の笑みを満面に浮かべながら手を差し出した。

男がひとり近づいてゆく。黒のタキシードを着てどこか窮屈そうにしている小柄な男。

ネルは驚いてその場に凍りついた。

あれはカブラー？

カブラーも笑みを浮かべていた。ガルドーと握手する。そして、おどけた表情で何ごとか言い、相手の背中をたたいた。

カブラーのはずがない。カブラーはガルドーを憎んでいる。こんなところに来るはずがない。

カブラーが現われ、まるで親友のようにガルドーと挨拶を交わしているなんて。

カブラーは麻薬取締官だ。きっとおとり捜査か何かなのだ。

ネルは近くに寄り、ふたりの様子を見つめた。ガルドーが妻にカブラーを紹介している。

友人のジョー・カブラー、アメリカの麻薬取締局の幹部だよ。

ガルドーはカブラーが何者か知っているのだ。友人のジョー・カブラー――金で買えない人間などこの世にいない。ニコラスはそう言っていた。

それにしてもカブラーが買収されるなんて。

カブラーはガルドーの妻に向かってにこやかに、素晴らしいパーティに招待していただいてどうもというようなことをぶつぶつとつぶやいた。それから、何気なく会場を見渡した。

そうよ、間違いない。カブラーはガルドーの手下なのだ。

そして、ネルの顔を知っている。

恐怖で心臓が飛び上がった。こんなところに突っ立って何をしているの？　ネルはふたりに背を向けて出口に向かった。

見られただろうか？

怖くて振り返れない。見られたとしても、せいぜい後頭部と横顔くらいのものだろう。せいぜい？　それで十分だ。カブラーとは何時間も一緒にいたことがあるのだから。

ネルは出口から玄関ロビーに飛び出した。

カブラーに見られていませんように。

建物の正面の階段を前庭へと駆け下りる。思いきって後ろを振り返った。険しい表情を浮かべたカブラーが、ロビーのひとごみを縫って近づいてくる。

階段の最下段に達したところでカブラーに腕をつかまれ、むりやり振り向かされた。

「放して」カブラーを睨みつける。「二十フィートも離れてないところにひとがいるのよ。大声を出してもいいの？」

「あんたはそんなことはせん。あんたの目的がなんであれ、それを台なしにしたくはないだろう。タネクに近づいてはいかんと忠告したじゃないか。やつがあんたにしたことを思い出せ」カブラーの声は苦渋に満ちていた。「あんたに何かあったら。あきらめなさい。いまなら私が助けてやれる」

「お友だちのガルドーさんに嘆願してくれるわけね？」ネルは辛辣に言った。

「あんなくずは私の友人ではない。それに、やつがあんたの正体を知ったら、嘆願したところで耳を貸すはずがない」

「ガルドーに私のことをまだ話してないの？」

「知り合いらしいひとを見かけたと言っただけだ。私はあんたを殺されるような目に遭わせたくない。タネクのことは放っておきなさい。あいつも他の連中と同じくずなんだ」

「あなたはどうしてここに？」

カブラーはたじろいだ。「あれ以上やつらと戦うことができなかった。もう限界だったんだ。あの日、アイダホから家に戻ってみると、ガルドーの手下がまた私を待ちかまえていた。息子の医者もだ。息子は白血病だった。あの子には最高の治療を受けさせてやりたいし、いまの私にはそれができるんだよ。やつらには勝てない。連中はとてつもない金と力を握っている。誰もやつらに勝つことなどできないんだよ」

「それで一味の仲間入りってわけね。ガルドーからいくらもらってるの？」

「たっぷりとさ。ようやく女房にも不自由のない暮らしをさせてやれる。子供たちはいい学校に行って、素晴らしい未来を手にすることができる。私はあの子たちが必要なもの、欲しがるものを何でも与えてやることができるんだ」

「それはよかったわね。私には子供はいないけれど。あいにくガルドーに殺されてしまったのよ」

「だが、あんたは生きてる。あんたには生きつづけてほしい。あんたはやつらと違うんだ」

「私とあなたは同じと言いたいの？」

カブラーはうなずいた。「くずどもがどうなろうとかまわないじゃないか。私はコールダーのことこもあの女のことも、どうでもいいと思った。どうせガルドーと同じ薄汚れた連中なんだから」

ネルは愕然として相手を見つめた。一度もそのように関連づけて考えたことがなかった。

「あなたがあのふたりを殺したのね」

カブラーは首を振った。「ガルドーに居所を教えただけだ。すると、まずあんたをあそこに連れていけと命じられた。そうすれば、あとをつけられたんだと言い訳ができる」苦しげな笑みが浮かんだ。「私はやつにとって有益な地位にいる人間だ。やつはその身分を危険にさらしたくなかったんだ」

「つまり私を利用したのね。ニコラスを非難しておきながら、それと同じことをしたのね」

「あんたにはコールダーの秘密を知る権利があった」

「今夜ここに来たことはどう言い訳するつもり？　麻薬取締局のひとたちはガルドーが何者かよく知っているはずよ」

「私は情報収集をしようとしてるだけだ。職務としてね」カブラーはちらりと振り返った。

「こんなところで長話をしていてはまずい。タネクはいまにもやってくるだろう。あんたに邪魔をしてほしくない」

「ガルドーがニコラスを殺す手助けをするつもりなのね」

「私が手助けなどする必要はないさ。私はそんなことのために呼ばれたわけじゃない。ただ、ここへ現われて友人らしくガルドーの背中を叩き、タネクがやつのイメージを貶《おとし》めようとしたらそれを否定してやるだけさ」カブラーはネルの腕を取った。「私の部屋に来てもらうよ。そこで私と一緒にじっとしているんだ。すべて終わったら解放してあげよう」

終わったら。ニコラスが死んだら。「一緒に行かないと言ったら？」

「そうしたらガルドーにあんたの正体を教えねばならんな。あんたはタネクと同様、殺されるだろう」カブラーは優しい口調で言った。「だが、そんなことはしたくない。あんたにはね、傷一つないままここから無事に帰ってほしいんだよ。さあ、来てくれるね？」

はったりではない。本当に正体を教えるだろう。ネルを救いたがってはいるが、ガルドーとの協調関係を危うくするくらいなら、見殺しにするだろう。「わかったわ」

カブラーはすぐにネルの脇にまわって肘を取り、ロビーに入った。

「このタキシードの下に銃を持っている。一応、教えておくよ」そう言ってネルを階段へ導いてゆく。「ほら、笑って」カブラーは囁いた。

ネルは舞踏室の入口の脇にかけられた振子時計に目をやった。手摺を強く握りしめる。

十時五十五分。

午後十一時十分

一台のリムジンが前庭に入ってすぐのところで止まり、四人の男女が降りた。ビロードの外套の下に豪華なルネッサンス風のドレスを着た女ふたりと、タキシードを着たエスコート役の男たちだ。話し声。笑い声。

ひとごみに紛れこむ絶好のチャンスだった。ニコラスは木立ちから歩み出ると、素早く濠を渡った。四人の真後ろに近づき、一緒に前庭をぶらぶらと横切る。

「やあ、タネク、来たな」ガルドーが本館の正面階段に立っていた。四人の客には目もくれず、じっとニコラスを見つめていた。「待っていたぞ」

ニコラスはふと足を止めたが、すぐにまた先を行く四人のあとに続いた。「パーティと聞くとじっとしていられなくてね」

「このパーティには来てもらえないかと心配していたよ」ガルドーが手を振ると、四人の客たちがモーセの葦の海のようにさっと分かれた。「警戒を怠ったようだな」

四人は足早にリムジンへ戻っていく。

「手下か？」

「そうさ。私がこんな簡単な手にひっかかると思ったのか？　やってくる時間を教えてくれたんだ、罠をしかけるだけでいいわけさ。おまえを舞踏室に入れるわけにはいかない。めちゃめちゃにされてはかなわんからな」ガルドーはちらりと後ろを振り返った。「リヴィル。ミスター・タネクをホールへご案内しろ。リヴィルは覚えているだろうな、タネク」

「忘れられるものか」ニコラスは階段を下りてくるリヴィルを見つめた。「忘れがたい衝撃を残してくれたからな」リヴィルの後ろにも小柄な男がいた。マープルだ。残忍で絞首用ロープの扱いが達者、そのうえ敏捷な男だった。ガルドーは最強のメンバーを呼び集めて待ちかまえていた。

「つまらんことを言ってる場合じゃないぞ」ガルドーが言った。「だが、むやみにうろたえられるよりはいいな。冷静でいてくれたほうが、おもしろみが増す」ニコラスが手にしている革にくるまれた剣に目を留めた瞬間、興奮の色が顔に表われる。「それがそうか？」

ニコラスがうなずいた。

ガルドーは階段を駆け下りて剣を取り上げた。「せっかくの苦労も水の泡だな。おまえは背伸びをしすぎたのさ、タネク」そう言って剣の包みをほどきはじめたが、途中でやめた。

「おい、こいつを前庭から連れ出せ」

「いやだと言ったら？」ニコラスが訊いた。

「リヴィルがおまえの頭を殴り、運んでいく」ガルドーはホールへ向かいはじめた。「それるはずだから。

ニコラスはおとなしくリヴィルとマープルに従い、ホールへ向かった。

抵抗はこのくらいでいいだろう。ガルドーはおれが無駄な抵抗をしない男だと承知してい

だけのことだ」

午後十一時二十分

ホールに入るやいなや、ガルドーは剣をおおう革の包みをはぎ取った。照明に剣をかざす。

「見事だ」そうつぶやいた。「堂々たる傑作だ。力が伝わってくる」

ガルドーは剣をいとおしげに撫でると、長い通路の奥の舞台と花道に目をやった。「連れてこい。おまえはまだ私のホールを見たことがなかったな。今日の午後は、ここでヨーロッパ最強の剣士たちが競い合ったんだ。まあ、ピエトロは別だがな。参加すればおそらく全員を負かしたことだろう」ガルドーは花道の前で足を止め、そこに立った痩せた背の高い剣士を手で示した。「ピエトロ・ダニエロを紹介させてもらおう」白いフェンシング用の服、メッシュのマスク。素顔はまったくわからない。「ずっと前からおまえたちを引き合わせたいと思っていた」ガルドーはシャルルマーニュの剣をニコラスに差し出した。「しかもおまえには特別に征服者の剣を使わせてやる。これでピエトロと闘え。幸運をもたらすはずだ」

ニコラスは剣には手を伸ばさなかった。「闘うつもりはない。おまえを喜ばせるようなことはしないぞ」

「ピエトロ、こっちへ来い」

男は花道から飛びおり、剣を体の前に構えたまま小走りに近づいてきた。リヴィルとマープルが飛びのく。

「タネクに剣を見せてやれ。最近、この手の武器に興味を持ちはじめたようだからな」

ピエトロが、ニコラスの胸からわずか一インチのところに剣を突きつけた。

「剣先をよく見るんだ、タネク」

濡れた鋼鉄の剣先が、頭上からの強力なライトを浴びて光っている。

「コローニョだ。おまえが来ると聞いて、新しくメデジンから航空便で送らせた。ピエトロはおまえの皮膚を破るだけでいいんだ。覚えているか、オマリーの傷がどんなに小さかったか？　だが、小さかったのは最初のうちだけだっただろう。傷ができた直後に、傷口に小さな水ぶくれが現われる。死んだときには、水ぶくれと腫れものだらけだったはずだ。このウィルスが、やつの体を内側から食い荒らしたんだよ」

ニコラスは剣先から目を離せなかった。「ああ、覚えてる」

「いまピエトロに切り裂かれると、おまえにはもう助かる可能性はない。剣を取れ。これも武器だ。おまえは賢い男のはずだ。チャンスを生かせ」

「もしおれが勝ったら、リヴィルとマープルに銃を突きつけさせておいて、あんたがおれをピエトロの剣で刺すんだろ、どっちにしても？」

「ああ、必ずしもおまえの命を救うチャンスだとは言っていない」

「その間、あんたは腰を下ろして、自分の意思が実現されるのを神のように見守ってるんだな」

「この世にこれ以上の興奮はない」ガルドーは言った。そして、もう一度、剣をニコラスに差し出す。「さあ、剣を取れ」

ピエトロが剣先をわずかに動かし、ニコラスのシャツの胸ぎりぎりに近づけた。「剣を取れ」ガルドーが低い声で言った。

展開が速すぎる。ネルが照明を消す時刻まで、まだ二十五分もある。

「こんな死に方はお望みじゃない、か？」ガルドーが言った。

苦痛にのたうつテレンスの姿がニコラスの脳裏に浮かぶ。ニコラスは後ろに下がり、ピエトロの剣先から離れた。「ああ、望んでいない」手を伸ばして、ガルドーが差し出す剣を取る。身をひるがえして花道に飛び上がった。「はじめよう」

午後十一時三十五分

ネルは窓にかかったビロードのカーテンを乱暴に引き開けた。

ホールに明かりがついている。

カーテンを握りしめた。いま、ニコラスがあそこにいる。ガルドーに連れていかれ、殺されようとしている。

「窓から離れなさい」カブラーが部屋の反対側から言った。

　ネルはさっと向きを変えてカブラーを見つめた。「あなたにはこんなことはできない。ニコラスはあそこにいるのよ。あのひとたちがニコラスをどうするつもりか、知ってるんでしょう」

「細かいことまでは聞いてない」カブラーはしばらくネルをじっと見つめた。「あんたはちょっとやけ気味になっているようだな。残念だが、私としてはいまのうちに何とかしておかないと」ホルスターから銃を抜いてネルに向ける。「さあ、こっちに来て座りなさい。私はコールダーとは違う——あんたの力を承知している。不意をつかれたりはせん」

「その手で私を殺す覚悟はできているの？」

「そんなことはしたくないが」

「でも、殺すつもりなのね。そんなことをすれば、あなたもガルドーと同じ薄汚れた人間になるんじゃないかしら？」

　カブラーは唇をぎゅっと結んだ。「私は決してあいつのようにはならない」

「なるわよ、私を殺せば」ネルはじりじりとドアに近づいた。「でも、あなたはそんなことはしないと思うわ」

「ドアに近づくんじゃない」

「ガルドーが私を殺すのは見逃せても、自分で私を殺すことはできないはずよ。あなたは私と同じ。あのひとたちとは違うんだから」ネルは自分を正当化したいという相手の願望をじわりじわりと刺激した。「私を殺したら、絶対に自分に言い訳できないわ」

「そこから動くんじゃない。行かせることはできない」

止まるわけにはいかなかった。恐怖が体を駆けめぐっている。手を伸ばし、ノブをつかむ。

カブラーが悪態をつきながら突進してきた。

ネルは体を回転させ、カブラーの腹に飛び蹴りを決めた。カブラーは叫び声をあげ、体を二つに折った。

さらに股間にもうひと蹴り。続いて、首のつけ根に手刀をたたきつけた。カブラーは動けなくなってはいたが、意識はまだあった。あなたは何も知らないほうが身のためよ。ネルは最初の蹴りを入れたときにカブラーが落とした銃を拾い、銃把で頭を殴りつけた。カブラーは床にどっとくずおれた。

ネルはドアの鍵を開けて廊下を走りぬけ、階段を駆け下りた。時計に素早く目を走らせる。十一時五十分。ホールの見張りを片づける時間はない。

ニコラスに頼まれたように、照明を落としてホールを闇にする時間はもうない。

もう遅すぎる。

午後十一時五十一分

いったいネルは何をしてるんだ？

ピエトロは突きを入れたが、剣先がニコラスに触れる直前にさっと後ろに飛ぶ。

ピエトロはニコラスをもてあそんでいるのだ。ガルドーを楽しませる最良のショーを演じているのだ。この十分間に、やろうと思えば何十回も剣先をニコラスに突きたてられたろう。ニコラスは刺されまいと身をかわしながら、熊のように不器用に剣を振りまわすばかりだった。

危険を冒してちらりとホールの時計に目をやる。

午後十一時五十二分

「疲れたのか、タネク？」ガルドーが客席の最前列から訊く。

ニコラスはピエトロの次の突きを払いのけ、あとずさった。

「もう少しタフな男かと思っていたんだが」ガルドーが言った。「ピエトロのほうは何時間でも続けられるぞ」

午後十一時五十三分

これ以上は待てない。ニコラスは剣を下ろした。

「あきらめたのか？　がっかりだな。もう少し――」

ニコラスは剣を振りかざし、槍のようにピエトロめがけて投げつけた。剣は腿のつけ根に突き刺さり、ピエトロは悲鳴をあげて床に倒れた。

ニコラスは花道から飛びおり、すぐさまネルが銃を隠した通路脇の席に走った。

弾丸が頭の脇をかすめる。

「捕まえるんだ。撃つんじゃない、このばか」

そう。ガルドーはこの期に及んでもまだおれをあのウィルスで殺したがっているのだ。

ニコラスは椅子の下に手を伸ばし、マグナムを引きはがした。

が、銃をかまえる前に、全員が一斉にニコラスに飛びかかっていた。リヴィルがニコラスに組みつき、手から銃を叩き落とす。ガルドーが目の前に立っていた。にやにや笑いながら。テレンスが絶体絶命のピンチに立たされた瞬間にも、こいつはこんなふうににやにやしていたのだろう。憎悪がこみあげた。「このろくでなしが」リヴィルを振り切り、ガルドーの顔面に拳を叩きこんだ。

リヴィルがニコラスの腹を蹴る。マープルが銃把でこめかみを殴りつけた。ニコラスは床に倒れ、気を失いかけた。

上からのぞきこむガルドーの顔が見えた。唇が切れて血が流れており、あのにやにや笑いも消えていた。「おい、誰かピエトロの剣を持ってこい」リヴィルが舞台へ向かった。

ニコラスは立ちあがろうともがいたが、ガルドーがその胸を足で押さえつけた。

「お手あげか、タネク？　へどが出そうなほど怯えているだろう、え？」ガルドーはリヴィルからピエトロの剣を受けとった。「一日かそこらは特に何も感じないはずだ」ニコラスの左肩の上で剣先を止める。「深くは刺さんよ。あまり早く死んでもらってはつまらんからな」

剣先がきらめきながら近づいてくる。

ガルドーがニコラスの肩に剣を突き刺した。

激痛が走る。歯を食いしばって悲鳴をこらえる。

ガルドーが剣を抜く。

生温かい血が肩から流れはじめ、ニコラスは目を閉じた。

「ハッピー・ニュー・イヤー！」

ガルドーはぱっとホールの入口を振り返った。客たちがぞくぞくとホールになだれこんでくる。オーケストラが通路を舞台に向かって進みながら〈蛍の光〉を演奏している。ガルドーはその光景を呆然と見つめていた。

「何事だ、これは？」

紙吹雪が宙を舞い、らっぱの類いがやかましい音をたてる。「ハッピー・ニュー・イヤー！」

「まずいぞ、首相もいる」ガルドーはニコラスをちらりと見た。「リヴィル、こいつを連れ出せ！　反対側のドアからだ。まだ見られてないはずだからな」ピエトロの剣を注意深く拭い、隣の座席の下に滑りこませる。そしてポケットからハンカチを取り出し、切れた唇を押さえた。「マープル、シャルルマーニュの剣が花道に落ちたままだ。ばかどもに気づかれんうちに隠せとピエトロに言え」ガルドーは顔に笑みを貼りつけ、ホールになだれこんでくる客の群れのほうに歩きはじめた。

リヴィルがニコラスを立ちあがらせ、出口へ引きずっていく。

そこへ突然、ネルが現われた。「私が連れていくわ」

リヴィルが無視して通り過ぎようとする。

「私が連れていくと言ってるのよ」ネルはドレスのひだの間に隠していた銃をリヴィルに向けた。声が震えている。「彼を放して。さあ」

リヴィルは肩をすくめ、ニコラスから手を離した。「好きにしな。ガルドーはこいつをホールから連れ出せと言っただけだ。もう用ずみさ。誰が連れていこうと気にしないだろう」

彼はそう言い残すと、ガルドーをとりまく群衆のほうへすたすたと去っていった。

ネルはニコラスの脇腹に腕をまわし、ニコラスの腕を自分の肩にかけた。「さあ、寄りかかって」

「ああ、そうするしかなさそうだ。あまり元気じゃないもんでね」

「ごめんなさい」ネルは囁いた。頬に涙が流れる。「やろうとしたけど――カブラーに――邪魔されて――」

「いまは頭がぼうっとしてて、何を言われてもわからない。話はあとにしてくれないか」ニコラスはちらりと後ろを見た。「それにしても、どうして客たちがここに?」

ネルは出口のドアを開けた。「約束の時間を過ぎてしまったの」ネルは吐き出すように言った。「もうホールの外の見張りを追い払う方法を考えてるひまはなかった。だから、舞踏室のオーケストラの舞台に上がって、ガルドーは選手たちが偉大な勝利をおさめた場所で新年を祝いたいと言っていると、大声で知らせたのよ。見張りはたちまち群衆にのみこまれてしまったわ。それ以外にいい方法を思いつかなくて」

「そりゃすごい」

「すごくなんかない」ネルは激しく言った。「私は間に合わなかったのよ。あのひとたちはあなたを刺した。かなりやられたの？」

「頭を殴られ、肩を剣で刺された」

ネルははっと息をのんだ。「剣て、誰の剣？」

「とてもたちの悪い剣さ。ピエトロの剣だよ。病院に連れていってくれると助かるな」

「どうしよう」

ニコラスのめまいはますますひどくなりはじめていた。「ジェイミーのところに連れていってくれ。いいか？」

ネルはうなずき、ニコラスを支えながら前庭を横切った。跳ね橋を渡りはじめたときも、見張りがふたりを呼び止めることはなかった。

「見張りを追いはらっておけと言ったわね」ネルがぼんやりと言った。「でもほら、気にしてないみたいよ」

「ガルドーもな」

ネルはニコラスをしっかりと支えた。「あんなやつ、地獄へ落ちればいいのよ」

ネルは傷ついている。ニコラスはネルを慰めてやりたいと思った。だが、いまは無理だった。あとで。あとで慰めてやろう。

聖母マリア病院の救急処置室はごった返していた。当直のレジデント、ドクター・ミノーはニコラスの要求に渋い顔をした。「傷は深くないんですよ、ムッシュー。抗生物質と破傷風の注射で十分です。顕微鏡で血液検査をする必要などありません」

「何でもいいからやってくれ」ニコラスが言った。「おれみたいな心気症患者がどんなものか、知ってるだろう」

「いまはあなたのお相手をしている時間はないんですよ。どうしてもと言うなら、ラボにサンプルを送ります。結果は一日かそこらでわかりますよ」

「いますぐやってほしいんだ」

「無理です。いまは――」

ネルが歩み出て、医師からほんの数インチのところまで近づいた。「やってくださるでしょ」目をきらきらと輝かせて医師を見つめる。「彼の血液サンプルをいますぐ検査してくださるわよね。明日じゃなくて、いますぐ」

若い医師は思わずあとずさり、つくり笑いを浮かべた。「あの、もちろん、お美しい女性のご要望とあれば」

「どのくらいかかるかしら?」

「五分です。それ以上はお待たせしません」医師は大あわてで退散した。

ニコラスは疲れたような笑顔でネルを見た。「あの医者が断ったら、どうしてやろうと思ってたんだ?」

「どんなことでも。去勢してもいいし、ベッドに誘ってもいいわ」ネルはベッドに腰を下ろした。「気分はどう？」

「護られてる安心感でいっぱいさ」

「ベルヴィーニュでは大して護ってあげられなかったけど」

「思いがけないことが起きるようにできてるのさ。きみだってまさかカブラーがいるとは思っていなかった。おれだってそうさ。ところでジェイミーはどこだ？」

「まだ待合室よ。付添いはひとりしか入れないんですって。あなたが恐ろしい菌にどの程度冒されているか、ミノーにもわかるかしら？」

ニコラスはうなずいた。「このウィルスはものすごくグロテスクな形をしてる。顕微鏡で調べれば見逃すはずがない」

「そのあとはどうするの？」

ニコラスはその質問を無視した。「菌の数を数えるのは、検査の結果が――」

「やめて」ネルの声は震えていた。「いまは冗談なんかよして」

「わかった」ニコラスは言った。「黙って待とう」

五分たっても、ミノーは戻ってこなかった。結局、十五分も待たせたあげく、渋い顔をして処置室に戻ってきた。「終わりました。異常なしです。まったくの時間の無駄でした。満足いただけましたか？」

ネルはびっくりしてミノーを見つめた。

「まったく異常なし？」ニコラスが訊いた。

「ええ、まったく異常なし」

ニコラスの頭が枕に沈みこんだ。「助かった」

「じゃあ、抗生物質と軽めの鎮静剤を処方しておきますから――」

「電話を貸してくれ」ふたたび体を起こしながら、ニコラスが言った。「この部屋には電話がない」

「電話ならすぐにかけられますから、もう少し――」ミノーはネルをちらりと見た。「看護婦に持ってこさせましょう」そう言うと、処置室を出ていった。

「どうしてなの？」ネルがかすれた声で言った。「どういうこと？　奇跡だわ」

「奇跡なんかじゃない」看護婦が電話のプラグを差しこんだとたん、ニコラスは受話器をつかみ、ガルドーの電話番号をダイアルした。「もっと次元の低い話さ」

タネクから電話がかかってきたとき、ガルドーはまだホールにいた。パーティはもう何時間も続いていたが、熱気が冷める気配はない。

「ちょっと失礼させていただきますよ」ガルドーは携帯電話機を受け取った。「夜のこんな時間にかけてくるほどですから、助けを求める電話かもしれませんからな」

「でなければ、酒だろう」首相が笑い声をあげた。「パーティに来いと言いたまえ。フランス一のワインがここにはあるんだから」

ガルドーはにやにやと笑いながら嬌声の届かない場所へ移動した。タネクからの電話など無視してもよかったのだが、せっかくの楽しみをふいにしたくはなかった。「どうした、タネク？」ガルドーは言った。「パニックにでも陥ってるのか？　許しを乞うても無駄だぞ。解毒剤がないことは知っているだろう」

「シャルルマーニュの剣は贋物だと教えてやりたくてな」

ガルドーの胸に怒りが燃えあがった。「たとえ本物でも、おまえはそう言うんだろうよ」

「あれはトレドのヘルナンド・アルマンダリスが作ったものだ。自分で問い合わせてみろ」

ガルドーは深呼吸をして気を鎮めた。「剣のことなどどうでもいい。私が勝ったことに変わりはないんだからな。おまえはじきに死ぬ。では、失礼して、客のところに戻らせてもらっていいかね？」

「ああ、もう長くは引きとめない。だが、明日、聖母マリア病院から報告書が届くはずだから楽しみにしていてくれ」タネクは一瞬、間をおいてから続けた。「それから、鏡で見てみるんだな、自分の顔を」タネクは電話を切った。

ガルドーは電話を見つめ、眉を寄せた。わけのわからんことを言うやつだ。もちろん、鏡など見に行くつもりはないが。鏡を見て、恐ろしい行ないをした怪物のような顔をしていることを確認しろとでも？　勝利をおさめたのは私だ。なぜ私が――

バスルームの鏡に映った自分の姿は、完璧だった。地位と権力とを持った男、征服者。ガルドーはバスルームを出ようとしたが、突然、鏡を振り返った。

タネクが羽交い締めを振りきって殴った唇の傷を、ライトが浮かび上がらせていた。

傷口のまわりに、小さな水ぶくれができはじめている。

ガルドーは悲鳴をあげた。


「コローニョ?」病院を出て、ニコラスを車に乗せながら、ネルは困惑して首を振った。「ガルドーがコローニョに感染? そんなばかな。わけがわからないわ」

「うまくいったのか?」ジェイミーが運転席からふたりを振り返る。嬉しそうな笑みが顔に広がった。「ガルドーの野郎をしとめたのか?」

「ああ、賭けてもいい」ニコラスはシートにもたれた。「明日、調べてみればわかるが、やつはいまごろ最寄りの病院へまっしぐらだろうよ」

「ねえ、どうやったの?」ネルが訊いた。

ニコラスはハンカチを取り出し、中指にはめた印章つきの指輪を慎重にはずした。「ルネッサンス時代の毒入り指輪の現代版だ。ガルドーはルネッサンス時代に夢中だから、ちょうどいいと思ったのさ」指輪をハンカチに載せ、四隅を縛ってそれを包み、車の灰皿に入れた。「何かにぶつかると、中央のイニシャルがつぶれて中の毒が流れ出す」

ネルはぞっとした。ガルドーの手下と揉みあっている間、ニコラスはずっとこの指輪をしていたのだ。

「ちゃんと気をつけていたさ」ニコラスはネルの考えていることを読みとったように言った。

「運がよかっただけよ」ネルが言った。「で、どこからそのコローニョを手に入れたの？」

「ガルドーと同じところだよ。メデジンさ。パロマとファアレスから」

パロマとファアレス。サンデケスのパートナーだ、麻薬カルテルの。

「自分たちの組織の人間を殺すための毒をあなたに？」

「そりゃあ、簡単にはいかなかったさ。連中が結論を出すまで、メデジンで二週間もじりじりと待たされた。いや、結論は最後までわからなかったよ。ついさっきまでね」ニコラスは疲れた様子でシートに頭をもたせかけた。「おれの保険がだめになったから、こちらも奥の手を用意しなければならなくなった。おれはサンデケスの死が利用できるのではないかと思いついた。で、おれはパリに行ってパルドーに圧力をかけた。やつはコロンビアの麻薬取締警察から支払われた賞金を、律義にも帳簿につけてたよ。おれはこう訊いてやった。おれはこれからメデジンに行くが、おまえはガルドーにびくびくしながら余生を過ごすのと、コロンビアの麻薬カルテル全体にびくびくして暮らすのと、どっちがいいかってね。やつは黙って帳簿を渡したよ」

「あなたはそれを持ってパロマとファアレスのところに行き、ガルドーがサンデケスを殺した証拠だと言った」

「連中はガルドーに腹を立てた。結束こそがやつらのすべてだからな。生き延びるための道なんだ。サンデケスを殺したのなら、ガルドーはまた他の幹部を殺してじわじわと組織の結束を崩していくに違いないと考えるのが当然だろう？　だが、そうはいっても、組織内に裏切り者がいると認めるわけにはいかないし、ガルドーは役に立つ存在だ。だから、危険を承知でガルドーを放っておくのが得策なのかもしれない」

「でも、そのひとたちはガルドーを野放しにはしないことに決めたわけね」

「この問題はおれが片をつけてやると提案した。組織の外の人間がガルドーを殺すのであれば、問題の一つは解決するわけだからな。二週間後、連中はおれにまかせようと言ってきた。ガルドーはコローニョを新たに送るよう要求してたが、連中はその中身を無害な液体とすり替えると約束してくれた。そして、おれには毒入りの指輪を渡し、しっかりやりたまえと肩を叩いて送り出したってわけさ」

「どうして私に教えてくれなかったの?」ネルが恨みがましい声で訊いた。

「連中がおれを騙してるのかもしれなかったからだ。おれを殺すためにベルヴィーニュに送ったのかもしれないし、おれを葬ろうと考えて毒をすり替えなかったかもしれない。つまり、指輪のほうにはコローニョが入ってないのかもしれない。仮に入っていたとしても、ピエトロの剣のほうにもコローニョが塗られているかもしれない。そうすれば、ガルドーとおれをまとめて厄介ばらいできるからな。考えきれないほどの可能性があった」

「指輪があるのなら、なぜ私に銃を隠させたの?」

「保険さ。ガルドーに近づこうとしても、当然、手下に邪魔されるだろう。だから、明かりを消してくれと頼んだんだ。そのすきに近づけるだろうと踏んだのさ」

でも、ネルにはそのすきが作れなかった。「私は間に合わなかった」

「しかし、きみが隠しておいてくれた銃は役に立った。あれのおかげで、やつを近くに引き寄せることができたんだ」ニコラスは首を振った。「あれがなければ失敗してたかもしれない」

「だが、成功したんだ」ジェイミーが言った。「これからどうする？　ガルドーはおまえさんを追ってくるかな？」

「二十四時間もたたないうちに、やつはもう自分のこと以外、何も心配しなくなるはずさ」

「じゃあ、どこへ向かう？　コテージか？」

「だめ」ネルがすかさず言った。「コテージはやめて。パリに戻りたいわ」

ニコラスがうなずいた。「それもいいかもしれんな、ジェイミー。ガルドーの出方がはっきりするまで、パルドーを二日ばかりパリから避難させてやってほしい。必ず護ってやると約束したんだ」

「そうね、どんな犠牲を払っても、私たちの獣どもや大ばかどもを護ってやりましょ」ネルが言った。

ジェイミーはこっそりネルの顔をうかがったあと、車を発進させた。

「何かまずいことを言ったか？」ニコラスが低い声で訊ねた。

ネルは答えない。

ニコラスは目を閉じた。「そうか、じゃあ、ひと眠りして体力を回復したほうがよさそうだ。パリに着いたら起こしてくれ」

ネルはアパートのドアを閉めた。「ベッドに横になっていて。薬局に行って処方箋の薬をそろえてもらってくるわ」

「そんな必要はない」

「必要よ。それとも、私にはそんなこともできないと思っているの？」

ニコラスはため息をついた。「またそういう話か」

「私はあなたの力になりたかったのよ」

「力になってもらったさ」

「コローニョのことを教えてくれたってよかったでしょう。一緒にやらせてくれてもよかったじゃない」

「ああ、そうしてもよかった」

「なのに、私には端のほうをちょろちょろ走りまわらせておいて、自分は――」途中でやめ、弱々しく言った。「そうね、あなたが正しかったのかもしれない。私には、あんなことさえきちんとやれなかったんだもの。私のせいで、あなたは危うく殺されるところだった」

「きみは精一杯のことをしてくれたさ」

「でも、もっとやれたはずだわ。もっと早くカブラーを振り切らなくちゃいけなかった。あそこに行って、照明を落とさなくちゃいけなかったんだから」涙がまた頬を伝いはじめる。

「あなたの期待を裏切ったわ」

「裏切っちゃいないさ。きみはスーパー・ウーマンじゃないんだ。予期しないことだって起きる」ニコラスがぶっきらぼうに言った。ネルに近づき、肩をつかんだ。「コローニョに関して手を貸してもらわなかったのはな、きみをあんなものに近づけたくなかったからだ。テレンスがどんなに苦しんだか、おれはこの目で見たんだ。あんなものにきみが近づくと考えるだけでも耐えられなかった」

「それくらいなら自分ひとりを危険にさらすほうがましだったということね。私がどんな気持ちで聞いたと思ってるの？　肩の傷が——」

「どんな気持ちだったんだ？」

「わかってるくせに」

「きみの口から聞きたい。一度だけでいい。言ってくれ」

「あなたに申し訳なくて、こわくて——」

「おれを失いたくないと思ったはずだ」

「そうよ、あなたを失いたくないと思ったわ」

「なぜ？」

「あなたが一緒にいることに慣れてしまったからよ。一緒にいて——」

「なぜなんだ？」

「あなたを愛してるから。これでいい？」ネルはニコラスの胸に顔を埋めた。「でも、辛いわ。こんなことになりたくなかった。こんなことになってはいけなかった。一生懸命、抵抗してきたのに。あなただけは愛したくなかった——ばかみたいなフェンスに囲まれて暮らしてるあなただけは。あなたもきっと死ぬわ、ジルのように。あんなことがまた起こるかもしれないなんて、私にはとても耐えられない」

「ひとは誰でも必ず死ぬ。おれだって永遠に生きるとは約束できない」ニコラスはネルを強く抱きしめた。「だが、生きている限りきみを愛することは約束できる」

「それだけじゃいや。そんなことでうんとは言わないわよ。わかった？」ネルはニコラスから体を離した。「さあ、早くベッドに入って。もうあなたなんか見ていたくない。薬を買ってくる」そう言うと、テーブルの上にあったハンドバッグをつかみ、ドアへ向かった。「それにあなたを愛してるからって何の意味もない。私はそんなこと——忘れてみせる」

「忘れられるわけがない」ニコラスが微笑んだ。「運命を受け入れ、それに逆らわない——それが一番いいんだよ」

ネルはばたんとドアを閉めると、そこに立ったまま濡れた頬を手の甲で拭った。認める？そんなことはとてもできない。ニコラスが怪我をしているのを目にし、彼は死んでしまうのかもしれないと思ったとき、胸が張り裂けそうになった。ジルの死を知ったときのあの心を打ち砕くような悲しみがよみがえり、あやうくその場にくずおれそうになった。もう二度とあんな思いはしたくない。

運命など絶対に受け入れられない。

19

一月二日　パリ

「ガルドーが昨日の朝、入院したぞ」アパートに入ってくるなり、ジェイミーが新聞を振ってみせた。「病名は伏せられたままだが、危篤状態と伝えられる」読み上げながらにやりと笑う。「ルネッサンス・フェストの忘れがたい成功のあとだけに、きわめて残念なことである」

「カブラーについては？」

ジェイミーは肩をすくめた。「何も書いてない。まあ、いまごろはどう言い訳をしようか思案しながら、ワシントンへ戻る途中だろうな」

「カブラーはガルドーの身に何が起きたのか知っているはずよ。あなたに危害を加える可能性はないの？」ネルがニコラスに訊いた。

「こっちにはパルドーの帳簿があるんだ、そんなばかなまねはしないさ。帳簿にはやつの名前がでかでかと載っている」

「新しい保険というわけね」

「シンプソンの帳簿と合わせれば、プラチナめっきの保険証書のできあがり」

「カブラーはこのまま麻薬取締局に居座るのかしら」

「あいつはずる賢いやつだ。麻薬取締局は、やつがガルドーに買収されてたことに気づいてもいないだろう。このままいけば金時計を贈られて引退さ」

ネルは首を振った。

「何もかも思いどおりにはできないよ」ニコラスが静かに言った。「あいつをどうにかするわけにはいかない。口を閉じておいてもらわなければこっちが困るし」

「だが、マリッツなら片づけられそうだぞ」ジェイミーが言った。「南フランスにいるという噂を耳にしたんだ。モンテカルロで見かけた者がいるらしい」

ネルがジェイミーのほうを向いた。「いつ？」

「何日か前だ。いま、確認してる」

「わかったら教えてくれる？」

ニコラスがネルの顔をじっと見つめた。「興奮したって顔でもないな？」

「興奮は卒業したの」ネルはそっけなく言った。「この二、三日の興奮でもう十分」立ちあがってクローゼットに近づく。「それで思い出したけれど、デュモアのドレスを返しに行かなくちゃ。セリーヌから留守番電話に三回もメッセージが入ってて。警察に連絡するって言ってる」ネルは血のついた泥だらけのドレスを取り出して、顔をしかめた。「まあ、どっちにしても、ここまで台なしにされてれば警察に訴えるわね」ドレスを腕にかけ、ハンドバッグをつかむと、ドアに向かった。「二、三時間で戻るわ」

「モンテカルロじゃない。あいつはここにいる」アパートの近くの電話ボックスからネルが電話をすると、タニアは断言した。「いまいるところは、モンテカルロの近くなの。一日だけ、ジョエルとふたりでモンテカルロに行った」

「ということは、マリッツはあなたを尾けて行ったということね」

「どこにでもついてくるよ。あいつ、焦れてきたみたいで……注意散漫になってる。昨日は姿を見たよ」

「どこで？」

「海岸通りで。ほんの一瞬だけど、お店のウィンドウに映ってた」

「あなた、ガルドーのことは知っている？」

「うん。本当に重病なの？　こうなるとは思ってなかったな」

「私だって、思ってもみなかったわよ。ニコラスは教えてくれなかったんだもの」ネルはちょっと言葉を切った。「もうじきかしら？」

「うん、もうじきだと思う。襲ってくる気になったかどうか、確かめるまで待ってて。連絡する。アパートからあまり遠くに行かないようにしてて」

「早かったな」ネルが中に入ると、タネクが言った。

「ええ」でも、タニアに電話をするには十分だった。レンタカーを借りて、アパートの近くに停めてくるのには十分だった。まもなくだ。まもなく始まるのだ。

「がみがみ怒鳴られたか？」ニコラスが尋ねた。

「誰に？　ああ、マダム・デュモア？」

「それ以外に誰がいる？」

何気ない質問だ。だがネルは油断した自分を呪った。ニコラスは何一つ見逃さない。「かんかんだった」ネルは笑いを浮かべた。「あんたなんか、もう働けなくしてやるって。もうモデルにはなれないわ」

「そりゃ残念。羊の世話でもして生活費を稼がなくちゃいけないようだな」

ネルの笑みが消えた。

「何でもないよ。神経質になるな」ニコラスは穏やかに言った。「いまはその話はしないことにするよ」立ちあがる。「昼食にでも行かないか？　いままで外で一緒に食事をしたことがなかった。たまにはいいだろう」

——あまり遠くに行かないようにしてて

ネルは首を振った。「疲れてるの。ここで食べるほうがいいわ。通りの先にお店がある。何か買ってきてくれない？」

ニコラスは眉を上げた。「お望みとあらば」

まもなくだ。

マリッツは、このスイートに入ったのだ。

タニアは宝石箱を見下ろした。ドレッサーの上に置いて出かけたはずだ。それがいまはバスルームのカウンターに置いてある。

新聞に載った写真でタニアが着ていたアルマーニの白いスーツは、クローゼットの中ではなく、椅子にかかっている。

マリッツはここにやってきた。そして来たことをタニアに教えたかったのだ。

その気になったのだ。

一月四日　午前七時十分

電話が鳴り出した瞬間、ネルはベッドを飛び出し、居間に走った。

「今日よ」タニアが言った。「今夜六時にコテージに向かうから。八時には着く。遅れないで」

「遅れないわ」ベルヴィーニュでは遅れて、危うくニコラスを失うところだった。今回は誰にも邪魔させない。「でも、あいつを誘い出せたら、そのあとは私にまかせて」

「様子を見て決めようよ」

「だめ。あなたに権利はない。あいつは私がやるわ。あなたはあなたの役割を果したのよ。

私にまかせて」

「そんなの――」

「あいつは私の娘を殺したのよ」

沈黙。「わかった。まかせる」タニアは電話を切った。

ネルはベッドに戻り、毛布に潜りこんだ。

「誰からだ？」ニコラスが訊いた。

ネルは答えなかった。タネクにはもう嘘をついている。二度と嘘はごめんだ。

「間違い電話か？」

うなずいて、ニコラスにすり寄った。ニコラスも間違い電話だとは思っていないが、逃げ道をつくってくれているのだ。何かあると疑ってはいるが、強引に聞き出すことは絶対にないだろう。それはニコラスの流儀に反する。じっと見守ろうと考えているのだ。

「抱いて、ニコラス」ネルは囁いた。「あなたさえかまわなければ」

「きみからそんなことを言い出すのは初めてだな」ニコラスはネルのほうを向き、抱き寄せた。「おれはかまわないさ。いつだってかまわない。いまも」キス。「五十年先も。きみが望むならいつでも」

ネルはニコラスを強く抱きしめた。

「ただし、肋骨を折らないでくれるならだが」

「愛してるわ、ニコラス」

「シーッ、わかってる」ニコラスは毛布を押しのけ、ネルに重なった。「大丈夫。わかってるよ……」

午後六時三十五分

「ネルは南へ向かってる」ジェイミーが言った。

「見失うな。おれもすぐに追いかける」ニコラスは受話器を置くとアパートをあとにした。

ネルの使った外出の口実がでたらめだということはわかっていたが、何を言っても外出をやめさせることはできなかった。

南。モンテカルロか？

ニコラスは車に乗りこみ、アクセルを踏んだ。

ネルがどこへ向かっているのか誰にもわかりはしない。だが、どこへ向かっているにしろ、行く先にマリッツがいると考えていることは確かだった。

そう考えただけでぞっとする。

午後六時五十分

可愛いタニアは、どうやらけりをつける決心をしたようだな。

赤いトライアンフのコンバーティブルがハイウェイを突っ走り、タニアの茶色の髪が風になびく。

タニアはひとりだった。

マリッツはタニアと同じ速度を保ち、追い越そうとはしなかった。タニアはマリッツが後ろにいることにもう気づいている。

逃れられないことを知っているのだ。

殺される時が来たことを知っているのだ。

前回のタニアの抵抗ぶりを思い出し、マリッツの体が期待に震えた。今回は、タニアも危険をはっきりと認識しているのだから、前回よりもさらに楽しいはずだ。

もうすぐ終わりだよ、可愛いタニア。

「コテージに向かってるらしい」ニコラスが自動車電話の受話器を取ると、ジェイミーが言った。「こりゃ心配ないよ、ニック」

心配ないだと？

ネルがコテージに向かっているとすれば、それはコテージにマリッツがいるからだ。でなければ、すぐにコテージにやってくるからだ。

くそ。

「おれはまっすぐコテージまで登ったほうがいいかな？」ジェイミーが訊く。

ああ。行って、ネルを止めろ。ネルを救うんだ。

「ニック？」

ニコラスは深呼吸をした。「いや、麓《ふもと》で車を停めておれを待っていてくれ」

午後七時五十五分

ネルがコテージの裏に車をまわしたときには、あたりは闇に包まれていた。明かりもない。他の車もない。

今夜は間に合った。

車を降り、足早に玄関へまわる。鍵を開け、玄関の階段の上にレディー・コルトを置き、ポーチの明かりをつけた。月は明るかったが、利用できるものはすべて利用したかった。それがすむと、崖の縁まで歩いてゆき、磯に砕ける波を見下ろした。何度か深呼吸をし、肩をゆすって筋肉をほぐす。

もっと神経質になったり、パニックに襲われたり、激昂したりすると予想していた。だが、感じていたのは、やるしかないのだという静かな決意だけだった。

いよいよマリッツがやってくる。これまで鍛練を重ねてきたのは、この闘いのためなのだ。

道を登ってくる車のライト。緊張が走る。

タニアの車だとはっきり確認できたのは、車がわずか百ヤードのところまで来たときだった。赤い小型のコンバーティブルが玄関の前で止まり、タニアが降りてくる。

「ついてきてる?」ネルが訊く。

タニアがちらりと後ろを振り返った。「ほら」

一台の車がゆっくりと、ほとんど停まっているようなスピードで、近づいてくる。

「コテージに入って。鍵は開いてるわ」

タニアは躊躇した。「あなたをひとりにしたくない。銃は持ってる?」

「玄関の階段の上」

「そんなところに置いたって、何の役にも立たないじゃないの」

「私が倒せなかったとき、あいつはあなたを追いかけるわ」

「お願い、銃を持ってて」

ネルは首を振った。「銃で撃つなんてあっけなさすぎる。ジルはそんなあっけない殺され方はしなかった。もっと苦しめたいの。死の恐怖を味わわせてやりたいの」

タニアは大股に玄関に歩み寄って銃を拾い上げると、ネルに押しつけた。「持ってて。じゃなきゃ、中には入らない」

ネルは銃を受け取った。言い争っている場合ではない。ヘッドライトはもうほんの数ヤードのところまで近づいている。「急いで」

タニアがコテージに走る。

次の瞬間、ネルは光の中に立っていた。

車が目の前で止まる。男が降り、開いたドアの脇に立った。

「タニアはどこだ?」

マリッツ。影しか見えないが、その声は忘れようがなかった。ネルの悪夢の中でこだまするあの声。

「中よ。でも、彼女には手を出させない」

マリッツが近づき、ネルのテニスシューズからジーンズ、手にした銃へと目を走らせる。

「お巡りを呼んだのか、タニアは？　見損なったな」

「私は警官じゃないわ。忘れたの、マリッツ」

マリッツがネルを見つめる。「さてね――コールダー？　コールダーの女房か？」

「そうよ、ちょっとヒントをあげれば思い出してくれると思ってたわ」

「大したもんだな、リーバーの腕は。だが、おれに感謝してくれてもいいんだぜ」

ネルの胸に焼けつくような怒りが燃えあがった。「感謝？　娘を殺してくれたことに？」

「おっと、忘れてたよ、ガキのことは」

本心だろう。マリッツにはごくささいなことだったのだ。だからジルを殺したことなど忘れていたのだろう。

マリッツがさらに一歩、前に出た。「だが、いま思い出したよ。泣きながら、バルコニーに出ようとしてたっけなあ」

「黙りなさい」

「おれは洞窟であの子に顔を見られた。だから、顔を覚えられていてはまずいと思った。ガルドーにはそう弁解しておいたよ。だが、それは嘘だ。ガキを殺すのは格別だからな。肉は柔らかいし、猛烈に恐がってくれる。たまらない味だ」

銃を握るネルの手が震えた。マリッツの狙いどおりに反応しているのだとわかっていたが、ネルは彼の言葉に平静を失いかけていた。

「ナイフで刺したが、一度では足りなくてな。あの子はちょっと――」マリッツがぱっと飛びかかり、片手で銃を跳ねとばすと、もう片方の手の甲でネルの頬を打った。

ネルは地面に倒れた。

マリッツがネルに馬乗りになり、悪意のこもった目でネルを見下ろす。「聞きたくないのか？　娘がどんな悲鳴をあげて――」

ネルはマリッツの顎を拳で殴った。彼の体を跳ねのけ、脇に転がる。

月明かりに、マリッツが手にしたナイフの刃がぎらりと光った。

ナイフ。ネルはぱっと立ちあがってあとずさった。記憶が渦巻きながらよみがえる。

メダス島。追いつめられている。私に手を触れないで。ジルに手を触れないで。お願い、やめて。

「おれを止めることはできないぞ」マリッツが近づいてくる。「あのときだってできなかった。今度も同じさ」

――あいつは本物の悪魔だよ
――ひたすら迫ってくる
「さあ」マリッツが囁いた。「おれがあんたの娘をどうやって刺したか、もっと聞きたくはないのか？　何度、あんたの娘を刺したか」

「いいえ」ネルはかすれた声で言った。

「この根性なし。相変わらずめそめそするだけか。顔は変わっても中身は同じだ。すぐに片づけて、タニアを追いかけることにしよう」

冷水を浴びせられたようにその言葉がネルの心に刺さった。いま犠牲になろうとしているのはタニアだ。ジルではない。ここはメダス島ではなく、私はもうあのときの私とは違う。

「そうはさせないわ」ネルは身をひるがえし、マリッツの腹に回し蹴りを入れた。

マリッツが苦痛にうめき、体を折る。だが、ネルが次の攻撃をしかける前に、立ち直って身をかわした。

ネルが間をつめる。「タニアを殺させはしないわ。あんたにはもう誰も殺させない」

「ほう」マリッツはにやついていた。「かかってくるがいい」

ネルが腕を蹴り、ナイフが吹っ飛んだ。

マリッツが悪態をついてナイフを取ろうと身を投げる。

それを追ってネルが走った。

マリッツが起き上がり、切りつけた。ぞっとするほど正確な狙い。

目のくらむような痛みが上腕に走り……

マリッツが迫ってくる。ひたすら迫ってくる。にやにやと笑いながら。

ネルは痛みをこらえながらあとずさった。

断崖の縁。マリッツはまだ迫ってくる。下で波が砕けた。

メダス島。

あんなことは許さない。

ネルはマリッツを待った。

「覚悟はできたか?」マリッツが囁いた。「もうそこまで来てるよ。そいつの囁きが聞こえるだろう?」

死神。死神のことを言っているのだ。「ええ、覚悟はできてるわ」

マリッツがネルに飛びかかる。ネルは体を脇に開き、ナイフを持った腕をねじあげた。

そして、手首のつけ根を突き上げて鼻の下に叩きこんで骨を砕き、そのかけらを脳みそに突き刺した。

マリッツがよろめき、背中から落ちていった。

ネルは一歩崖に近寄り、じっと下を見つめた。ひしゃげたマリッツの体を波が洗う。

——落ちて　落ちて　落ちて……

ネルは地面にしゃがみこんだ。

終わったわ、ジル。終わったわ。

「ネル」

ニコラスだ——ぼんやりと気づく。

「あいつは死んだわ」

ニコラスはネルを抱いた。「ああ。見てた」

「一時はもうだめだと――」ネルはニコラスを見上げた。「見てたの？」

ニコラスの声は震えていた。「ああ。だがあんな光景はもう二度と見たくない」

「見てたのに、手出しはしなかったのね？」

「おれが割りこまないよう、ずいぶん骨を折ったようだからな。マリッツを殺す権利を奪ったりしたら、絶対に許してはくれないだろう？」ニコラスはちょっと言葉を切った。「と言っても、もう一歩で手を出してたところだったが」

「どうしてもひとりでやらなくちゃならなかったのよ、ニコラス」

「ああ、わかってる」ニコラスは後ろに下がり、ネルの腕を見た。「血は止まってるが、コテージに行って包帯を巻いたほうがいい」

タニアが近づいてくる。「すんだの？」静かに訊く。

コテージに向かって歩き出す前に、ネルは崖を振り返った。「ええ、すんだわ」


緊急処置室から早足で出てきたジョエルは、険しい表情をしていた。

タニアはため息をついた。ジョエルが怒ることはわかっていた。

「ネルの腕、大丈夫だった？」タニアは尋ねた。

「ああ。少し失血しているから、一日入院する必要があるが」

「あたしと離婚したくなった？」

「やめたほうがいいよ。あなたの前の奥さんから、慰謝料の取り方を教えてもらったんだからね。彼女よりいっぱい取ってみせる。文なしにしてあげる」

「冗談を聞く気分じゃない」

「どうしてもやらなくちゃならなかったんだってば、ジョエル」タニアはジョエルの腕に飛びこみ、胸に頭をもたせかけた。「あたしを護ってくれようとしてるのはわかってたけど、あなたにそんなことはさせられなかった。大切なひとだもの。でも、また殺し屋に狙われることがあったら、必ずあなたに殺させてあげるから。殺し屋を探してきてあげてもいいよ。セントラル・パークには、浮浪者がずらっと並んで職務質問されるのを待ってるんでしょ。帰りにニューヨークに寄って――」ジョエルがくっくっと笑いはじめ、タニアは見上げた。よし。これで嵐は去った。「名案だと思わない？」

「きみなら本気でやりかねないな」ジョエルはタニアを見下ろした。「手に負えないよ。もう二度とこんなことはしないと約束するね？」

「約束する。でも、あたしは大して危険じゃなかったわけだし」

ジョエルは鼻で笑った。

「本当だってば」タニアは笑みを浮かべてジョエルを見上げた。「あたしはただのポール・ヘンリード。ハンフリー・ボガートはネルだったんだから」

「考慮中だ」

ニコラスはベッド脇の椅子に腰を下ろし、ネルの手を取った。「どうだ?」

体の具合だけを尋ねているのではないということは、ネルにもわかっていた。「わからないわ」首を振った。「心が安らいでいて。ぼうっとして。それに空っぽ」

「ジョエルがきみの腕をきれいに縫ってくれた。痕は残らないはずだよ」

「よかった」

「明日の飛行機を予約してきた。きみを牧場に連れて帰る」

ネルは首を振った。

「もう少しフランスにいたいのか?」

ああ、この言葉がこれほど辛いとは。「あなたは牧場に帰って」

ニコラスが凍りついた。「きみを置いて?」

ネルは急いでうなずいた。「しばらくひとりになりたいの」

「どのくらい?」

「わからない。はっきりわからない。もう何もわからないわ」

「おれにはわかる。きみはおれを愛しているんだ」

「こわいのよ、ニコラス」ネルは小さな声で言った。

「おれが永遠に生きられないことがか? おれにはその問題は解決してやれない」ニコラスはネルの頬に指先を触れた。「ともに過ごせる時間だけで十分と思えるかどうか、きみ自身が判断すればいい」

「口で言うのはたやすいわ。誤った判断をしてしまったら？　そういうこともありうるでしょう」ネルはしばらく考えてから続けた。「覚えてる？　人間は完成に向かっていくつかの段階を経るものだと、私が話したこと。あのとき、私はまだ未熟でばらばらだと言ったわね。私はあれからこれっぽっちも成長していない」

「おれが力になる」

「私を護ることはできるでしょう。でも私の力にはなれないわ。これはひとりでやらなければならないことなの」

ニコラスは唇の片端だけで笑った。「じゃあ、きみは白鳥になるために去ってしまうということか？」

「私は自分を癒し、成長させ、人生を見つめ直すために遠くへ行くのよ」

「何をするつもりだ？」

「絵を描き、仕事をし、ひとと話をし……。必要なことなら何でも」

「そこにおれは含まれていないのか？」

「いまはね」

「でも、準備ができたら牧場に戻ってきてくれるんだな？」

「まだ私を待っていてくれたら」

「当たり前だ。待ってるよ」ニコラスは立ちあがり、ネルの目をのぞきこんだ。「そういうことなら、きみをひとりにしてやろう。だがな、追いかけていかないという約束はできないぞ」短い、激しいキス。「早いところ戻ってこい」

ニコラスは出ていった。

ネルの目に涙があふれた。ニコラスを呼び戻し、自分も一緒に飛行機に乗ると、もうためらわないと、言いたかった。

だが、それはできなかった。半人前の自分を差し出してニコラスを騙すことはできなかった。

自分自身を騙すことはできなかった。

エピローグ

「ゲートに誰か来てますよ」ミカエラが言った。

ニコラスは本から顔を上げた。「誰だ？　ピーターか？　ジャンがピーターを連れて、ジョンティの子犬を見せに来ることになってるんだが」

「違うよ」ミカエラは背を向けた。「自分で行って見てごらんなさいな」

「なぜおれが行くんだ？　ちょっと電子ロックを解除して、その誰かさんを通してやってくれればいいだけじゃないか」ふと、ミカエラがいかにも嬉しそうな顔をしていることに気づいた。いつもは無表情な顔に、つくり笑いのようなものが浮かんでいる。ニコラスはゆっくりと立ちあがった。「誰なんだ？」答は待たなかった。ポーチに出て、秋の陽射しに手をかざしてゲートを見る。

ジーンズにチェックのシャツを着た彼女が、ゲートのインターホンの脇に立っていた。日の光で髪がほのかな金色に輝いている。

ニコラスは彼女に向かって歩きはじめた。ゲートに着くまでの時間がとても長く感じられた。

ゲートで足を止め、彼女を見つめた。素晴らしい。美しく、たくましく、のびのびとして。

「ずいぶん時間がかかったな。一年以上だぞ」

「私はのみこみが遅いのよ。でもね、ようやくわかったわ」

ニコラスが軽く会釈をした。「マダム・スワンでいらっしゃいますね？」

「そのとおりですわ」ネルは晴れやかな笑みを浮かべた。「さあ、早くゲートを開けて中に入れて、タネク」

訳者あとがき

「ほんの一瞬の出来事が、あなたの人生を一変させるかもしれない」——これはアメリカの女性誌に掲載された本書の広告のキャッチフレーズだ。まさにこのコピーどおり、『スワンの怒り』は、ほんの一瞬の出来事をきっかけに生まれ変わることになった一人の女性の物語である。

ネル・コールルダーは平凡な女だった。とりたてて特徴のない顔だち、ぽっちゃりした体つき。エリート銀行家の夫と幼い一人娘だけが生き甲斐の、平凡だが幸福な暮らし。彼女の死を願う者などいるはずもなかった。

ところがある日、ネルの幸せはほんの一瞬にして粉々に砕け散ってしまう。エーゲ海に浮かぶ美しい小島での華麗なパーティの夜、麻薬カルテルが送りこんだ殺し屋に襲われて夫と娘を殺され、ネル自身も瀕死の重傷を負ったのだ。

なぜ彼女が麻薬カルテルに命を狙われることになったのか。夫や娘が死ななければならなかった理由は？

アメリカに戻って高度な整形外科手術を受け、絶世の美女に変身したネル。絶望感から一度は死を願うが、同じカルテルに恨みを抱くニコラス・タネクが、彼女に生きる意味を――復讐という目的を与えた。ネルはその目的を果たすべく肉体の鍛練に励み、武術を身につけ、心身ともにたくましく成長していく。

みにくいアヒルの子は、いつしか白鳥へと変身していた。そして運命は、思いもかけぬ方角へと転がり始めた。

甘いロマンスあり、サスペンスあり、息をもつかせぬアクション・シーンあり、軽い知的障害のある少年との心温まるエピソードあり――なんとも欲張りな作品である。

『スワンの怒り』は、アイリス・ジョハンセンの五十一冊めの作品に当たる。

それまでの五十冊の発行部数の総計は一千万部をゆうに超えると言われ、アメリカではすでに超がつく人気ロマンス作家の一人だった。とはいえ、世界的にはほとんど名が知られていなかった。

しかし、本書でついにハードカバー・デビューを果たし、書評誌各誌から高い評価を獲得して海外の出版社からも注目され、各国語に翻訳されて大ベストセラーとなった。日本でも一九九七年に初めて紹介されるや、たちまちロマンティックサスペンスの女王として不動の地位を築いた。

ジョハンセンは、本書の主人公ネルとともに、真の白鳥へと変身を遂げたのだ。

白鳥の執筆意欲は休息を要せず、またその美貌は衰えとは無縁らしく、その後も〝ヴィンドダンサー〟三部作に代表される〝クラシック・コレクション〟と、現代に舞台を設定した〝サスペンス・コレクション〟を巧みに書き分けながら、『失われた顔』『爆風』(二見文庫)、『そしてさよならを告げよう』『波間に眠る伝説』(ヴィレッジブックス)などなど、いったん読み始めてしまったら徹夜になること間違いなしのページターナーを平均して年に二冊という超ハイペースで発表し続け、戴冠《たいかん》から十年が過ぎたいまも、女王の座をしっかりと守っている。

なお、今回の新装版刊行を機に改めて全編を読み返し(初版から十年以上が経過しているというのに古さを感じさせないことに驚嘆した)、訳文に若干の変更を施したことをお断わりしておきたい。

二〇〇八年五月

ザ・ミステリ・コレクション

新版《しんぱん》 スワンの怒《いか》り

著者 アイリス・ジョハンセン
訳者 池田真紀子《いけだまきこ》

発行所 株式会社 二見書房
東京都千代田区神田神保町1-5-10
電話 03(3219)2311［営業］
03(3219)2315［編集］
振替 00170-4-2639

印刷 株式会社 堀内印刷所
製本 関川製本

ISBN978-4-576-08080-2
http://www.futami.co.jp/

失われた遺跡
アイリス・ジョハンセン
阿尾正子［訳］

1870年。伝説の古代都市を探す女性史学者エルスペスは、ディレイニ一族の嫡子ドミニクと出逢う。波瀾万丈のヒストリカル・ロマンス〈ディレイニィ・シリーズ〉最新刊！

いま炎のように
アイリス・ジョハンセン
阿尾正子［訳］

ロシア青年貴族と奔放な19歳の美少女によってミシシッピ流域にくり広げられる殺人の謎をめぐるロマンスの旅路。全米の女性が夢中になったディレイニィ・シリーズ刊行！

氷の宮殿
アイリス・ジョハンセン
阿尾正子［訳］

公爵ニコラスとの愛の結晶を宿したシルヴァー。だが、白夜の都サンクトペテルブルクで誰も予想しえなかった悲運が彼女を襲う。恋愛と陰謀渦巻くディレイニィ・シリーズ続刊

鏡のなかの予感
アイリス・ジョハンセン他
阿尾正子［訳］

ディレイニィ家に代々受け継がれてきた過去、現在、未来を映す魔法の鏡……。三人のベストセラー作家が紡ぎあげる三つの時代に生きる女性に起きた愛の奇跡の物語！

青き騎士との誓い
アイリス・ジョハンセン
酒井裕美［訳］

十二世紀中東。脱走した奴隷のお針子ティーアはテンプル騎士団に追われる騎士ウェアに命を救われた。終わりなき逃亡の旅路に、燃え上がる愛を描くヒストリカルロマンス

星に永遠の願いを
アイリス・ジョハンセン
酒井裕美［訳］

戦乱続くイングランドに攻め入ったノルウェー王の庶子で勇猛な戦士ゲージと、奴隷の身分ながら優れた医術を持つブリンとの愛を描くヒストリカルロマンスの最高傑作！

眠れぬ楽園
アイリス・ジョハンセン
林 啓恵［訳］

男は復讐に、そして女は決死の攻防に身を焦がした…美しき楽園ハワイから遙かイングランド、革命後のパリへ！十九世紀初頭、海を越え燃える宿命の愛！

誘惑のトレモロ
アイリス・ジョハンセン
坂本あおい［訳］

若き天才作曲家に見いだされ、スターの座と恋人を同時に手に入れたミュージカル女優・デイジー。だが知られざる男の悲しい過去が、二人の愛に影を落としはじめて……

爆 風
アイリス・ジョハンセン
池田真紀子［訳］

ほろ苦い再会がもたらした一件の捜索依頼。それは後戻りのできない愛と死を賭けた壮絶なゲームの始まりだった。捜索救助隊員サラと相棒犬の活躍。

失われた顔
アイリス・ジョハンセン
池田真紀子［訳］

大富豪から身元不明の頭蓋骨の復顔を依頼されたイヴ・ダンカン。だが、その顔をよみがえらせたとき、彼女は想像を絶する謀略の渦中に投げ込まれていた！

顔のない狩人
アイリス・ジョハンセン
池田真紀子［訳］

すでに犯人は死刑となったはずの殺人事件。しかし自らが真犯人と名乗る男に翻弄されるイヴは、仕掛けられた戦慄のゲームに否応なく巻き込まれていく。

そしてあなたも死ぬ
アイリス・ジョハンセン
池田真紀子［訳］

女性フォトジャーナリストのベスは、メキシコの辺鄙な村を取材し慄然とした。村人全員が原因不明の死を遂げていたのだ。背後に潜む恐ろしい陰謀とは？

旅路
キャサリン・コールター
林 啓恵［訳］

老人ばかりの町にやってきたサリーとクインラン。町に隠された秘密とはなんなのか…スリリングなラブ・ロマンス！クインランの同僚サビッチも登場するシリーズ第一弾

迷路
キャサリン・コールター
林 啓恵［訳］

未解決の猟奇連続殺人を追う女性FBI捜査官。畳みかける謎、背筋つたう戦慄――最後に明かされる衝撃の事実とは!? 全米ベストセラーの傑作ラブサスペンス

袋小路
キャサリン・コールター
林 啓恵［訳］

全米震撼の連続誘拐殺人を解決した直後、サビッチのもとに妹の自殺未遂の報せが…『迷路』の名コンビが夫婦となって活躍――絶賛FBIシリーズ第三弾！

土壇場
キャサリン・コールター
林 啓恵［訳］

深夜の教会で司祭が殺された。被害者は新任捜査官デーンの双子の兄。やがて事件があるTVドラマを模した連続殺人と判明し…SSコンビ待望の第四弾

死角
キャサリン・コールター
林 啓恵［訳］

あどけない少年に執拗に忍び寄る魔手――事件の裏に隠された驚くべき真相とは？ 謎めく誘拐事件にSSコンビも真相究明に乗り出すが……シリーズ第五弾！

ロザリオの誘惑
M・J・ローズ
井野上悦子［訳］

ホテルの一室で女が殺された。尼僧の格好をさせられ、脚のあいだにロザリオを突き込まれ…。女性精神科医と刑事は事件に迫るが、それはあまりにも危険な行為だった…

二見文庫 ザ・ミステリ・コレクション